SCIENCE FICTION

Herausgegeben
von Alfe Berlin

ALFE BERLIN

ISTALOG

Science-Fiction-Roman

Alfe Berlin
Erstauflage 2024
Umschlagbild: Alfe Berlin
mit Dank an Gabriel Bur
Satz: Alfe Berlin
Eigenverlag in Berlin
Druck und Bindung: KDP

ISBN 979-8-32-064608-4

ISTALOG

Teil Eins

Ringphase

Ein Punkt flog entlang einer unsichtbaren Route. Seine Bewegungen waren ruckartig, sprunghaft, schnell aufeinander folgend, wie in einem alten Film, der eine zu geringe Bildfrequenz aufweist, sodass das Auge den Trick der angeblich flüssigen Bewegung noch durchschaut.

Um vage die Kugelgestalt des Punktes zu erkennen, musste man sich so stark nähern, dass er einem stetig davonhuschte, mit Sprüngen, die jetzt so gewaltig waren, dass sie den Betrachter schnell hinter sich ließen. Besucher konnten sich nur sinnvoll nähern, wenn der Punkt schlagartig innehielt, seine hastige Reise abrupt und ohne Abbremsvorgang unterbrach und plötzlich gleichgültig stillstand. Dann schien er massig und unfähig, sich aus eigener Kraft zu bewegen. Das geschah alle paar Monate.

Sobald die Kugel an einem wohlbekannten Ort im Raum stehenblieb, näherten sich von allen Seiten kleinere Fahrzeuge, auf silbernen Schimmern reitend. Sie strebten ihrem Ziel zu, wie Aasfresser zum Kadaver eines endlich verendeten Bullen zogen. Beim Näherkommen zeigte sich ihnen die Kugel erst als blasse Scheibe wie ein kleiner

Mond am Himmel, dann als grauer Ball, und schließlich erkannte man die Strukturen der Oberfläche.

Die Raumstadt war völlig rund. Streifen überzogen sie wie die aufgemalten Breitengrade eines Planeten. Diese Musterung mochte wie eine besonders gleichmäßige Wolkenbildung aussehen, aus der Nähe erkannte man jedoch, dass die Kugel aus konzentrischen Zylindern bestand. Die innersten waren lang und dünn, gingen von Pol zu Pol, bildeten die Achse. Darum lagen Schicht um Schicht immer mehr Zylinder, jeder ein wenig breiter und kürzer als sein innerer Nachbar. Am Äquator schließlich fand sich nur noch ein schmales Band, das mehr Ring als Zylinder war.

Während sich die diffuse Wolke aus Ankömmlingen enger um die Stadt schlang, strömten abreisende Raumfahrzeuge aus den Zwischenräumen der Zylinder hervor. Beide Gruppen mischten sich und bildeten einen breiten, flachen, ungleichmäßigen Ring.

Solange er hielt, wurde in ihm gereist und reger Handel getrieben. Schiffe bildeten Schlangen auf zahlreichen Routen zwischen Ring und Stadt, belieferten sie mit benötigten Waren, brachten neue Bewohner, Rohstoffe, Parasiten, Krankheiten.

Für die Zeit der Ringphase füllten sich die sonst unbewohnten äußeren Schalen der Stadt mit Leben. Massen von Wartungspersonal durchzogen dann diese Bereiche, um das Material nach Ermüdungserscheinungen durch Sprungfehler zu untersuchen und notwendige Reparaturen durchzuführen. Eingelagerte Güter wurden erst untersucht, bei Tauglichkeit dann weiter nach innen verfrachtet, um dort verbrauchte zu ersetzen. Fertige Produkte und Rohstoffe wurden von ihren Fabriken im Innern nach außen geschafft, dort eingelagert, eingeschlossen, alleingelassen.

Nach einigen Tagen zerfaserte der Ring zusehends. Schiffe strebten entweder in die Stadt oder entfernten sich schnell von ihr, um in eine sichere Distanz zu gelangen.

Die äußeren Schalen der Stadt leerten sich. Korridore, Flure, Schächte wurden stillgelegt und schließlich evakuiert.

Wenn sich keine Schiffe mehr im Umfeld der Stadt befanden und die Frachtschalen unbelebt waren, wurden die Generatoren der Sprungspulen im innersten Zentrum der Stadt wieder aktiviert, und ohne weitere Vorwarnung, ohne das Aufleuchten eines Triebwerkes und ohne spektakuläre Entladungsblitze war die Stadt von einem Moment auf den nächsten verschwunden, fortgesprungen, und binnen Bruchteilen einer Sekunde war auch schon ihr nächster Sprung erfolgt.

* * *

Im dreihundertfünfzigsten Zylinder der Raumstadt Singa fuhr ein Hochgeschwindigkeitszug in einen Bahnhof ein. Er bremste schon seit einigen Kilometern sanft ab, rollte jetzt nur noch aus und kam schließlich mit einem kleinen Ruck zum Stillstand. Seine Türen entriegelten und fuhren seitlich in die Wände. Sofort quollen Menschenmassen aus den Waggons, drängten auf den schmalen Bahnsteig.

Die Passagiere strebten mühsam und im Drängeltempo dem Ausgang zu. Unter ihnen war ein Mann Anfang dreißig. Gelassen ließ er sich von der Menge voranbuchsieren, durch die Ausgangstore. Dann verteilten sich die Menschen auf ein gutes Dutzend endlose Rolltreppen, die in unterschiedliche Decks des Zylinders führten. Am Ende der Rolltreppen zerstreuten sich die Massen, verschwanden in Straßenbahnen, nahmen Busse, Robotaxis oder gingen zu Fuß.

Der Mann folgte dem Gehweg aus engen Stahlrosten. Er trug eine dicke Jacke, die in der Wärme der Raumstadt unangebracht schien. Seine Hände hatte er in ihren Taschen vergraben. Nach einigen hundert Metern ging er eine Treppe zu einem der Balkons hinauf, die die gesamte Straße säumten. Sie stellten den Zugang zu den höhergelegenen Wohnungen dieses Decks dar. Dort oben bog er in einen Gang ab. Rechts und links lagen jetzt nur noch Quartiere. Im Vorübergehen las er die Namen auf den Schlössern. Er hielt bei der Anzeige *Garringer* und drückte einen Klingelknopf. Durch die Tür war blass ein synthetischer Gong zu hören.

Nach wenigen Sekunden öffnete sie sich.

Drinnen stand die kleine, drahtige Garrie, ungekämmt und mit einem zu großen T-Shirt und Shorts bekleidet. Sie kratzte sich irgendwo hinten am Kopf in den Haaren.

»Ah, Lorth – komm rein«, sagte sie. Sie blinzelte kurz verschlafen und wandte sich dann bereits wieder ab.

Lorth folgte ihr und schloss die Tür hinter sich.

»Kann ich dir was anbieten?«, fragte sie und gähnte.

»Nein, danke.« Er sah sich um, alles war wie immer: Kleidung und gebrauchtes Geschirr lagen herum. Das Licht war auf das notwendige Minimum reduziert, teilweise, indem Dinge über die großen Lampenschirme gehängt worden waren. Garrie verschwand nach hinten in die Küche.

»Was gibt es?«, rief sie jetzt von dort. Dem Geräusch nach hantierte sie mit Porzellan.

»Ich muss Glimp kurz bei dir abgeben.«

Das Klirren von Tassen auf Untertassen verstummte. Nur noch das Summen eines Wasserkochers stieg gemächlich an. Still lehnte sich Garrie durch die Küchentür in den Flur und sah Lorth an. Beide schwiegen einen Augenblick, dann verschwand sie zurück in die Küche.

»Ein Auftrag?«, drang ihre Stimme sanft um die Ecke.

»Ja.«

»Für Tamm?«

»Ja.«

»Brauchst du Backup?«

Nach einem Moment: »Nein ... das ist ein Job für einen.«

Garrie antwortete nicht. Sie goss Wasser aus dem Kocher um, das Summen verklang. Sekunden später kam sie mit einer flachen Tasse auf einer Untertasse zurück in das dämmerige Wohnzimmer. Sie rührte den Tee sachte um.

»Setz dich doch«, sagte sie leise. Ein Bein schlug sie unter den Körper, als sie ihrerseits in einem Haufen Kissen auf einer Couch Platz nahm. Lorth räumte einen alten Sessel frei und setzte sich.

Garrie rührte weiterhin nachdenklich in ihrem Tee, das Gesicht hinter hellen Haaren verborgen, die ihr zerzaust herabhingen. Schließlich nahm sie den Löffel aus der Tasse und trank einen Schluck.

Lorth öffnete den Reißverschluss seiner Jacke. Vor seinem Bauch lag etwas Zusammengerolltes, das jetzt im plötzlichen Licht einen Kopf hervorstreckte.

Garrie sah auf, lächelte. »Ah, Glimp!« Sie stellte ihre Tasse neben eine andere auf dem flachen Tischchen und gestikulierte mit beiden Händen der träge blinzelnden Echse. »Komm her! Komm zu Garrie, alte Spinne!«

Lorth hob seinen Begleiter heraus und setzte ihn auf die Armlehne seines Sessels. »Er kann dich nicht hören«, sagte er.

Sie ignorierte den Hinweis. »Komm her, hier, komm!« Sie hatte sich aufgerichtet und lockte eifrig mit beiden Händen.

Glimp hockte auf eigenartig eingeklappten Gliedmaßen und drehte den Kopf von Lorth weg, als schaute er sich im Raum um. Unvermittelt erhob er sich plötzlich auf drei Gliedern und fuhr in einem sanften Bogen empor, wie eine Hebebühne. Dann entfaltete er seinen vierten Arm und griff damit gezielt nach der Lampe über dem Tisch. Im ausgeklappten Zustand war jede Extremität fast einen Meter lang, obwohl der Körper des Tieres kleiner als der einer Katze war. Eine kleine Hand packte das Kabel der Lampe, dann hob Glimp die anderen Glieder nacheinander von der Lehne und zog sich unter die Quartierdecke. Die Arme klappte er dort wieder ein.

Garrie sah enttäuscht zu der Echse hinauf.

»Er kommt schon noch, wenn ihm kalt wird«, sagte Lorth. »Höchstens eine Stunde.«

Sie schaute versonnen auf den Klumpen unter der Decke. »Ich hol sie«, sagte sie schließlich und stand auf. Sie ging in einen Raum hinter der Küche und kam kurz darauf mit einem kleinen Koffer zurück. Sie gab ihn Lorth, der ihn öffnete. Darin befand sich eine schallgedämpfte Pistole. Während seine Kollegin sich wieder auf die Couch setzte und ihren Tee trank, nahm er die Waffe heraus und zerlegte sie mit wenigen Handgriffen. Er reinigte jedes an sich schon saubere Teil mit einem Lappen und einer Bürste aus dem Koffer. Anschließend ölte er einzelne Stellen, setzte die Pistole wieder zusammen und lud sie. Unter seiner Jacke trug er bereits ein Schulterholster. Jetzt steckte er die Pistole dort hinein und zog den Reißverschluss bis unters Kinn zu.

Als er aufbrach, hielt er auf der Schwelle noch einmal kurz inne. »Danke«, sagte er, ohne sich umzusehen.

»Viel Erfolg«, antwortete Garrie und nahm einen Schluck aus ihrer Teetasse.

Er nickte, ging dann und zog die Tür hinter sich zu.

Lorth ging von Garrie aus mehrere Decks tiefer zu einem Terminal im Abdeck. Dort lagen einige öffentliche Transporter angedockt, mit denen man zum benachbarten, weiter außen liegenden Zylinder fliegen konnte.

Er betrat den, der als Nächstes abfliegen sollte, und setzte sich in die Ecke einer Sitzbank, den Rücken gekrümmt gegen die Plastikpolster gedrückt. Den Ellenbogen stützte er auf dem Fensterrahmen ab, ballte die Hand zur Faust, legte den Wangenknochen darauf. Er blickte lethargisch durch die kleine Scheibe nach draußen.

Neben seinem Transporter stand ein weiterer, weniger als eine Armlänge entfernt. Das Fenster des anderen war übersät mit Tröpfchen. Reflexionen der Beleuchtung des Terminals verbargen das Innere des Nachbargefährts vor Lorths Blicken.

Dumpfe Hupsignale kündigten den Abflug an, es zischte, die Türen schlossen sich. Die Triebwerke zündeten, wurden im Innern als leises Summen und Rauschen wahrnehmbar. Nach wenigen Sekunden hatte der Schub das Gewicht ausgeglichen. Der Transporter begann zu schwanken, Halteklemmen lösten sich, und Ausgleichsdüsen hielten ihn auf Position. Kurz darauf sank er ab.

Das Nachbarfahrzeug glitt nach oben davon. Unter seinen nassen Fenstern hatte es ein dunkelgrau lackiertes Blech mit zwei waagerechten dünnen weißen Streifen. Sie markierten das Ende des schönen Scheins, darunter zeigten sich rohe Maschinen. Große Düsen mit einer Unzahl schwarzer Schläuche, Adaptern, Spulen, Servos, Schrittmotoren und andere hässliche Gerätschaften. Krude Wirklichkeit, die Lorth stoisch betrachtete.

Als sie unter den Nachbarn gesackt waren, wurde es vor dem Fenster dunkel. Im Augenwinkel sah Lorth sein Spiegelbild dicht hinter der Scheibe verharren und aus der Dunkelheit in die Wärme nach innen schauen.

Majestätisch zog die große Halle vorbei. In einiger Entfernung blinkten Lichter an der Wand neben verschiedenen Tunneleingängen. Ein erster Tropfen kroch zögerlich an der Außenseite vor Lorths Augen nach unten. Bald folgten ihm weitere und verklärten die Sicht. Aus einzelnen Positionsleuchten in der Ferne wurden wabernde Christbäume und gemächliche Feuerwerke.

Draußen drehte sich die Welt, als sie ihrem Ziel zuschwenkten.

Der Fahrtwind und die Turbulenzen der Triebwerke ließen die Tropfen auf dem Fensterglas ziellos hin und her laufen. Der Transporter drang in den Tunnel ein, und ein wildes Lichterspiel vorbeirauschender Lampen und sich windender Schatten aller Vorsprünge erfüllte kurz Lorths Sicht. Dann wurde es schlagartig dunkel, als das Fahrzeug den Tunnel wieder verließ und in den Gap genannten Raum zwischen den Zylindern flog. Die klimatischen Bedingungen draußen änderten sich abrupt, die eben noch wild im Wind zuckenden Tropfen auf den Scheiben wurden binnen Sekundenbruchteilen eingefroren. Wo sie klein genug waren, bildeten sich Flecken kristalliner Struktur, wie kleine Spinnennetze. Traurige, regnerische Sicht wich eisiger Dunkelheit.

Lorth hob den Kopf von der Faust und blickte seinem Spiegelbild direkt in die Augen. Ernst beobachtete er seine Reflexion, versuchte, die Emotionen in diesem Gesicht zu deuten. Sein Abbild war blasser als er selbst, entschied er schließlich und stützte den Kopf wieder auf die Faust.

Der Zwölfte

Auf der Kuppe eines Hügels, der sich neben einem kleinen Weiher erhob, hatte eine Gruppe jugendlicher Wanderer ein Nachtlager errichtet. Sie hatten einen weiten Weg zurückgelegt und befanden sich jetzt auf der Heimreise, nur noch etwa einen Tagesmarsch von zu Hause entfernt. Zwei der Jungen knieten einander gegenüber, auf den Hacken sitzend, die Rücken gerade, die Hände auf den Oberschenkeln abgelegt. Der jüngere Jar hatte sie unwillkürlich zu Fäusten geballt, der ältere Jayken, offiziell schon ein Erwachsener, saß entspannter da. Keiner der neun anderen mischte sich ein oder zeigte besonderes Interesse.

Jayken hob eine Hand vor das Gesicht seines Gegenübers und hielt sie dort einen Moment. »Gut, Jar«, sagte er. »Die Dritte Lehre endet nun für dich.«

Der Jüngere schloss seine noch blinden Augen und spürte einen leichten Schauer. Nach einigen Sekunden öffnete er sie.

Es schien ihm blendend hell zu sein. Der Eindruck verging, er erkannte die Dunkelheit, und schließlich konnte er einzelne Sterne sehen. Mitternacht war schon eine Weile vorbei, doch Antir würde erst kurz vor der Dämmerung aufgehen. Sie hatten sich weder Lichter noch Kochfeuer geschaffen. Nur sanftes Sternenlicht verlieh der Nacht einen schwachen Schimmer.

Er neigte den Kopf. Seine Nackenmuskulatur war steif vom langen Sitzen in dieser Haltung. Er bemerkte seine unwillkürlich geballten Fäuste und entspannte sie, und auch sie taten dabei weh. Erde fiel aus ihnen herab, zu zwei festen, fast spiegelbildlichen schwarzen Brocken gepresst, die auch auf dem Boden in dieser Form blieben. Einen Moment lang betrachtete er seine zerfurchten Fingernägel, unter denen sich dunkle Ränder zeigten.

Schließlich stand er auf und reckte die Glieder, bis die Bewegungen nicht mehr schmerzten. Er sah sich um und ging zu Jayken hinüber, der sich nach dem Ende des Rituals an einen Baum gesetzt hatte. Er kniete bei ihm nieder und hockte sich auf seine Hacken. Alle elf Schüler auf dieser Wanderschaft waren jung, auch der Erste. Doch er hatte seinen Abschluss und damit den Schritt ins Erwachsenenleben schon vor vielen Monaten gemacht.

»Danke«, sagte Jar.

Der Erste lächelte ihn kurz an, dann senkte er den Blick auf das Gras zwischen seinen Füßen, die Ellenbogen auf den Knien. Die anderen Elfer schliefen oder beschäftigten sich mit Dingen, die bei Sternenlicht getan werden konnten. Einige von ihnen hatten die Dritte Lehre noch vor sich. Von denen schauten jetzt ein paar neugierig zu ihm herüber.

Jar stand wieder auf und ging zu seinem Lager zurück. Er war ungeduldig. Er hatte einen Monat lang nichts sehen können. Er sehnte sich nach dem Sonnenaufgang.

Weit vor der Dämmerung glitt Antir als schmale Sichel hinter die Bäume am Horizont und verwandelte sie in einen unglaublich schönen Scherenschnitt. Jars Herz schlug heftig. Er war glücklich, im Einklang mit sich und der Welt.

Etwas durchdrang den Bann des Lagers. Sofort war der Erste auf den Beinen. Jar stand auch auf, mehr aus Neugierde und Höflichkeit als aus Wachsamkeit. In der Dunkelheit sah er vage einen einzelnen Mann, der gerade zwischen ihre Schlafstätten trat. Jar dachte nicht an Gefahr, die von dem Fremden ausgehen könnte.

»Ich komme als Zwölfter«, sagte der Neuankömmling erschöpft. Es war die übliche Bitte um Unterkunft für die Nacht oder Begleitung für ein paar Tage. Den Kopf hielt er gesenkt und unter einer Kapuze verborgen, wie nur Bruderschaftler sie trugen. Er wartete keine Antwort ab, sondern setzte sich gleich an einen Baumstamm.

»Als Zwölfter seid Ihr willkommen.« Jayken nahm den Fremden mit den korrekten Worten auf. Während ihrer Wanderschaft hatte er schon einige Zwölfte so aufgenommen, meist für einzelne Nächte. Doch dieses Mal hörte Jar eine Schärfe in der Stimme ihres Ersten, die er so noch nicht kannte.

»Jar, die Dritte Lehre kann trügen ...«

Jar suchte den Sprecher im Zwielicht der Sterne und entdeckte seinen Bruder Bese, der unter seiner Decke hervorschaute und ihn beobachtete. Er und Jar waren sich sehr nah, so war es nicht verwunderlich, wenn Bese zu dieser Zeit wach war. Jar spürte beim Anblick des so lange nicht gesehenen Gesichts Wärme und lächelte, die Situation für eine Sekunde vergessend. Doch schnell fasste er sich.

»... und tragen«, ergänzte er knapp und wandte sich wieder ab. Eine Binsenweisheit zur Dritten Lehre.

»Trügen und töten«, brummte der Zwölfte düster.

»Bei Elfern spricht man nicht vom Tod!«, fuhr der Erste den Zwölften an.

Leises Rascheln von den Schlafstätten.

Der Mann blickte auf und zeigte im Sternenlicht ein Gesicht, dessen Alter schwer zu schätzen war. »Erster – du weißt doch nichts vom Tod.« Der Zwölfte klang schnippisch, legte den Kopf bei den Worten leicht schief und kniff die Augen zusammen.

Der Angesprochene atmete tief durch, wie um sich zu beruhigen. Dann sagte er: »Ihr seid hier nur Zwölfter! Euer Schicksal ist für uns ohne Belang! Vermeidet das Thema oder verlasst den Bannkreis!« Er bot dem Fremden die Stirn und wies mit dem gestreckten Arm nach außerhalb des Lagers. Jar vergaß Bese und seine Mahnung und folgte seinem Gefühl. Er stellte sich zwischen Ersten und Zwölften und blickte seinem Führer ins Gesicht.

»Er kommt als Zwölfter, Jayken! Wir haben keinen Zwölften – du kannst ihn doch nicht wegschicken!«

Der Erste sah ihn zornig an und stieß die Luft aus. Ein paar Sekunden vergingen.

»Die Dritte Lehre kann wirklich trügen«, sagte der Fremde schließlich hinter Jar. »Ich wollte keinen Streit. Ich beuge mich eurem Ersten und bin still.«

Er stand behutsam auf, nickte Jayken in einer Geste des Respekts leicht zu und setzte sich einige Meter entfernt unter einen anderen Baum.

Jar spürte, wie aufgebracht der Erste war, doch er konnte sich nicht erklären, warum. Zwölfte waren häufig seltsame Burschen. Nie war ihr Gruppenführer so voreingenommen gewesen.

Ruhe kehrte wieder ein.

Warten.

Die Sonne ging auf.

* * *

Der seltsame Zwölfte legte sich gleichzeitig mit Jar kurz nach dem Sonnenaufgang zum Schlafen hin. Die Gruppe Elfer hatte gerade das Ritual der Dritten Lehre für Jar abgeschlossen. Um die Augen des Schülers zu schonen, wurde die kleine Zeremonie nachts vollzogen, daher lagerten sie noch den größten Teil des darauffolgenden Tages. Gegen Nachmittag erwachte Jar und sah Bese und den Zwölften abseits des Lagers. Sie standen beieinander und besprachen etwas.

Jar blinzelte schlaftrunken in das grelle Tageslicht und drehte sich um. Zwischen den inzwischen zusammengepackten Schlafstätten entdeckte er den Ersten, der Bese und den Zwölften mit kühler Missbilligung beobachtete.

Jar krabbelte unter seiner Decke hervor, stand auf, gähnte und streckte sich. Er hatte in seiner Kleidung geschlafen und fühlte sich jetzt verschwitzt, doch sie würden noch heute heimkehren. Es lohnte nicht mehr, irgendetwas oder auch nur sich selbst zu waschen. Jar war ungeduldig. Er wollte seine Eltern wiedersehen.

Sie hatten auf einem Hügel am Ostrand eines Hains gerastet, und in einiger Entfernung, am Fuße des flachen Hügels, lag ein Weiher. Auf ihm schwammen ein paar Vögel, und sein Ufer war mit Schilf bewachsen. Dahinter erhob sich ein weiterer Hügel, auf dem einige Bäume die Sicht zum Horizont unterbrachen. Hinter ihnen, erinnerte sich Jar, war kurz vor dem Morgen Antir aufgegangen und ein wenig später, an exakt derselben Stelle, die Sonne.

Zum Abschluss der Dritten Lehre wurde immer ein möglichst schöner Ort gewählt. Jayken hatte eine gute Wahl getroffen.

Der Weiher war Jar fremd. Das wunderte ihn auch nicht, denn sie waren fast einen Tagesmarsch von Trissolt entfernt. Die Gegend sah jedoch wieder sehr vertraut aus. Die schroffen, felsigen Hänge des Gebirges der letzten Monate waren Vergangenheit. Vor ihnen lag die gewohnte gelbgrüne Wiesenlandschaft, unterbrochen an einigen Stellen von Feldern jeder Form, in deren Mitte ein Bauer ein paar Häuser und Schuppen errichtet hatte.

Jar ging zum Ersten hinüber.

»Guten Morgen! Wann ziehen wir weiter?«, fragte er ohne Umschweife. Dabei verschränkte er die Hände hinter dem Rücken und hob sie an, um die Schultern zu dehnen.

»Bald«, antwortete Jayken.

Jar folgte seinem Blick zu Bese und dem Zwölften, die sich noch immer unterhielten und hin und wieder gemeinsam über die Landschaft schauten.

»Sag mal, was war eigentlich letzte Nacht los? Du hast doch was gegen diesen Zwölften ...?«

»Jaaa ...«, sagte Jayken leise und gedehnt, ohne wegzublicken. »Sein Geist sieht seltsam aus. Ich hatte den Eindruck, dass er nicht zufällig zu uns gekommen ist. Und ich glaube, er selbst glaubt auch, dass er eine Gefahr für uns ist.«

»Meinst du, er will uns was Böses?« Jar verspürte keine Angst.

»Nein. Aber er nimmt den Schaden in Kauf, den er anrichtet. So wirkt er auf mich.«

Jar sah zu dem Zwölften hinüber. Er war ein mittelgroßer Mann, der mal so aussah, als könnte er schon erwachsene Kinder haben, dann vom Gesicht her wieder zu jung dafür schien. Er war ganz in dunkles Leder gekleidet, der lange Mantel mit einer tiefen Kapuze, die jetzt auf seinem Rücken hing. Warum er zu Fuß unterwegs war, war nicht erkennbar, doch er trug, wie Jar mit großen Augen erkannte, eine kurze Kette am Gürtel.

»Er ist Senarist?«, fragte er unnötigerweise.

»Sieht ganz so aus«, antwortete der Erste.

»Warum reist der zu Fuß?«

»Frag ihn doch.« Jayken sah Jar an. »Ich schätze, weil er uns – oder vielleicht eine etwas ältere Elfergruppe als uns – finden wollte. Manchmal machen Bruderschaftler das, wenn sie eine Gruppe für eine Mission zusammenstellen.« Er kniff die Augen zusammen. »Elfersammler.«

Jayken, ein hochgewachsener junger Mann, schaute mit leicht schräggestelltem Kopf zu ihm herab. Sein Blick wurde seltsam versonnen, und Jar sah weg, weil ihm das unangenehm war.

Bese hatte sein Gespräch beendet und kam zu ihnen herüber.

»Meister Perrez hat eine Aufgabe in Trissolt zu erfüllen, aber er muss auch noch nach Perrolt. Er fragt, ob es uns etwas ausmacht, wenn er mit uns –«

»Das ist Perrez?« Jaykens Gesicht war schlagartig versteinert, sofort fixierte er wieder den Zwölften, der gerade sein Bündel inspizierte.

»Ja.« Bese nickte tiefgründig.

Jars Blick flackerte zwischen seinem Bruder und dem starrenden Ersten hin und her. »Wer ist Perrez? Was ist mit ihm?«

Bese sah ihn an. »Meister Perrez hat einen Ruf als Elfersammler für komische Aufträge.«

»Ah, ja, das erklärt dann auch dein Gefühl«, meinte Jar unbekümmert.

Jayken schaute ihn daraufhin mit gerunzelter Stirn an, als hätte Jar irgendetwas nicht verstanden. Doch er sagte nichts weiter, sondern ging zu dem Senaristen hinüber.

In einigen Schritten Abstand blieb er stehen und sagte so, dass alle Elfer es hörten: »Senar Perrez, ich würde mich freuen, wenn wir Euch etwas für Euren weiten Weg nach Perrolt mitgeben könnten.«

Der Bruderschaftler antwortete nicht, sondern nickte nur einmal freundlich zum Zeichen, dass er verstanden hatte, die Lippen leicht geschürzt. Anscheinend überraschte ihn der unverhohlene Rausschmiss durch Jayken nicht besonders. Minuten später hatte er sein Gepäck geschultert und war aufgebrochen.

Jar war nicht wohl bei dem Gedanken, dass ein Zwölfter seinem Ersten so wenig willkommen gewesen war. Solcherlei Ablehnung gehörte sich nicht.

Kurz darauf machten sich auch die Elfer wieder auf den Weg und stapften durch kniehohes Gras.

»Was hast du mit Meister Perrez besprochen?«, fragte Jar seinen Bruder.

»Ich hab ihn gefragt, wie er heißt.« Er blickte weiterhin geradeaus und schmunzelte.

»Ja, aber das war doch sicher nicht alles!« Jar knuffte seinen viel zu verschwiegenen älteren Bruder in die Rippen.

»Okay, okay«, sagte dieser lächelnd. Spielerisch deutete er eine Geste für einen Schild an, mit dem man lästige Insekten hätte fernhalten können. »Er hat mir erzählt, dass in Trissolt ein Konvent stattfinden soll, um Mitglieder für eine Mission zu finden. In Perrolt hat er das Gleiche vor, und einige hat er wohl schon ausgewählt.«

»Worum geht es denn bei der Mission? Hat er das gesagt?«

»Ja, und das ist komisch.« Bese wandte sich zu Jar und sah ihn fest an. »Denn ich hatte ihn gar nicht danach gefragt.«

Jar hob die Augenbrauen.

Bese sprach weiter: »Ich glaube, er hat vor, mich mitzunehmen. Darum hat er gleich erzählt, worum es geht.«

»Hey!« Jar lachte seinen Bruder beglückwünschend an. »Und? Was hat er vor?«

»Er sagte, es sei eine Rettungsmission.«

Jar riss die Augen auf. »Eine Rettungsmission? Wer muss denn gerettet werden?«

»Das hat er mir nicht gesagt. Ich hab auch nicht gefragt.« Bese schmunzelte wieder leicht.

»Hat er wenigstens erzählt, wo es hingehen soll?« Jar war aufgekratzt. Bese als Mitglied einer Rettungsmission!

»Nein, aber ich hatte den Eindruck, dass es nicht auf Balta sein würde.«

Jar lachte übermütig und machte Anstalten, eine Pirouette zu drehen, beließ es jedoch beim ersten großen Schritt, als er sich des Gewichts seines Gepäcks wieder bewusst wurde.

Bese sollte in einem Monat seinen Abschluss vor Vertretern der Bruderschaft machen und würde dann als Erwachsener zählen. Doch es wäre ungewöhnlich, als so junger Mann einen Ruf zu erhalten. Die meisten Missionen galten zudem nur einem der anderen Kontinente

Baltas und verließen den Planeten nicht. Reisen zu anderen Welten wurden in der Regel von Bruderschaftlern durchgeführt.

Als Jar sich kurz darauf in der Gruppe umsah, fiel sein Blick auf Jayken, der einen Blick aufgesetzt hatte, der zwischen Missbilligung und Sorge lag. Jars gute Stimmung vermochte das jedoch nicht zu trüben.

Sie rasteten gegen Abend kurz, aßen die Reste ihrer Vorräte und zogen schnell weiter. Als es dunkler wurde, griff Jar gedankenverloren nach Beses Schulter. Von ihr hatte er sich den letzten Monat über leiten lassen, während sie vom Gebirge in die Wiesen hinabgestiegen waren.

Sein großer Bruder schaute im Dunkeln zu ihm herüber und lächelte, doch er sagte nichts. Als mehr und mehr Elfer sich Lichter schufen, bemerkte Jar seinen Rückfall und zog peinlich berührt die Hand weg. Bese sagte wieder nichts, grinste nur und erzeugte sich selbst mit einer Handbewegung ein Licht, das fortan träge über seinem Kopf hing.

Jar hatte beständig das Gefühl, nach dieser Schulter greifen zu müssen, doch er beherrschte sich, indem er die Daumen unter die Tragegurte seines Rucksacks schob.

Tief in der Nacht kamen sie auf die Straße, die Trissolt mit dem nächsten Ort verband. Es war seltsam, nach so langer Zeit wieder Pflaster unter den Füßen zu spüren. Das Wandern schien so viel einfacher zu sein als durch Wiesen oder über Geröll, dass sie meinten, doppelt so schnell voranzukommen.

Dann tauchten im Dunkel vor ihnen die Gebäude Trissolts auf. Sie zogen schweigend zwischen ihnen hindurch, eine Prozession mit viel Gepäck und kleinen Leuchten über den Köpfen.

Als sie am ersten Haus eines der Elfer ankamen, verabschiedeten sie sich von ihm, nachdem sie so leise wie möglich den Bund aufgelöst hatten. Die Gruppe zog weiter durch die schlafende Stadt, entließ ein Mitglied nach dem anderen, bis sie schließlich an Jars und Beses Heim vorüberkamen. Die Brüder wünschten den verbliebenen Elfern eine gute Nacht und gingen ins Haus. Es war weit nach Mitternacht.

»Ach, da seid ihr ja endlich!« Ihre Mutter kam glücklich und ziemlich müde aus der Halle zum Eingangsraum. Sie war eine Frau in den besten Jahren, nur wenig rund um die Hüften und noch immer schön. Ihr Haar war lang und dunkel und nach hinten zu einem Knoten hochgesteckt. Es war ganz anders als die braunen Locken, die Jar und Bese von ihrem Vater geerbt hatten. Die Andeutungen von Falten in ihrem Gesicht waren größtenteils vom Lachen, zu einem kleineren Teil von tiefen Überlegungen und ganz wenige von schweren Entscheidungen.

»Hi, Ma«, sagte Jar glücklich, aber um Haltung bemüht. Er umarmte sie, ohne vorher auch nur seinen Rucksack abgenommen zu haben.

»Hallo, Ma.« Bese stellte sein Gepäck auf den Boden. »Du hättest doch nicht extra auf uns warten müssen ...«

Jar teilte diese Meinung nicht ganz, hätte das aber nicht zugegeben.

»Ach, ich hätte ja doch nicht schlafen können, wenn ich weiß, dass ihr irgendwann nachts wiederkommt«, sagte sie mit einer wegwerfenden Handbewegung. »Außerdem habt ihr sicher Hunger, oder?« Sie umarmte ihren älteren Sohn.

»Ja!«, machte Jar mit großen Augen.

»Wo ist Pa?«, fragte Bese kontrastierend leise.

»Der schläft.«

Jar war nur milde enttäuscht. Ihr Vater war eher pragmatisch. Wenn er nichts Sinnvolles zum Empfang beitragen konnte, wäre das Wachbleiben für ihn ziemlich schwer zu ertragen gewesen.

Ihre Mutter ging in die Küche, nachdem sie Jar darauf hingewiesen hatte, dass er sich waschen und die Kleidung wechseln sollte. Dieser hatte daraufhin sofort beteuert, dass die Hinweise nicht notwendig gewesen wären.

Nach einem kurzen Bad der beiden Brüder saßen sie zu dritt am knorrig-massiven Küchentisch und aßen ein Nachtmahl.

»Bese geht auf eine Rettungsmission zu einer anderen Welt«, sagte Jar zwischen zwei Bissen von einem belegten Brot. Er forschte aufmerksam nach Reaktionen im Gesicht seiner Mutter und kaute weiter.

Sie hob sachte die Augenbrauen und sah ihren älteren Sohn an, wie um seine Meinung zu dem Thema zu erhalten.

Bese seufzte und ließ sein Brot sinken, ohne abgebissen zu haben. Er blickte seinen kleinen Bruder vorwurfsvoll an. »Das ist doch überhaupt noch nicht klar, Jar. Also wenn du dich nicht lächerlich machen willst, erzählst du sowas lieber nicht.« Zu seiner Mutter gewandt erklärte er dann: »Wir hatten letzte Nacht einen Zwölften, einen Senaristen, der mir gesagt hat, dass er Mitglieder für eine Mission sucht.«

»Du hattest noch nicht einmal deinen Abschluss – warum sollte er gerade dich auswählen?« Sie wirkte, als wollte sie Bese die Unsinnigkeit seiner Idee vor Augen führen.

»Ja, ich weiß, es ist nicht üblich, ich hatte nur so einen Eindruck, weil er mir schon ungefragt erzählt hat, um was es in der Mission geht.« Bese war es sichtlich peinlich, dass seine Mutter ihn für einen naiven Trottel halten könnte, der sich falsche Hoffnungen machte. »Aber das ist alles nicht sehr wahrscheinlich«, ergänzte er noch.

Jar glaubte das nicht, wollte das nicht glauben. Zwei senkrechte Falten zeigten sich auf seiner Stirn.

»Wieso meint ihr, dass die Mission zu einer anderen Welt geht?«, fragte ihre Mutter nach.

»Das hat er auch nicht direkt gesagt«, räumte Bese ein. Mit einem nervösen Blick auf seinen Bruder rieb er seine Finger an den Handflächen. »Ich hatte nur diesen Eindruck, weil er Teseleg erwähnt hat.«

»Teseleg? Aber das ist ja fast schon in der Randzone!«, rief Jar aufgeregt.

»Nicht so laut, Jar, Pa schläft doch!«, flüsterte seine Mutter sofort. Sie klopfte sanft mit den Fingerspitzen gegen seinen Ellenbogen, den er auf den Tisch gestützt hatte.

»Vielleicht kommt ja auch jemand von dort mit zur Mission«, sagte Bese zu Jar und hob die Schultern. »Meister Perrez hat das nur ganz nebenbei erwähnt.«

»Meister Perrez?«, fragte sie scharf.

»Hast du auch schon von ihm gehört?« Bese sah wieder seine Mutter an.

Sie dachte schweigend nach, während ihre Söhne sie beobachteten.

»Ja«, sagte sie schließlich, den Blick leer auf den Brotkorb gerichtet. »Er hat einen komischen Ruf, oder?«

Jar schaute zu Bese, der nickte und sagte: »Ich hab gehört, er rekrutiert gerne Elfer für komische Missionen.« Er zog die Brauen hoch.

Ihre Mutter schwieg eine Weile nachdenklich, und auch die beiden Brüder sagten nichts.

Schließlich fragte sie noch, wie ihre Wanderung gewesen sei, und lauschte dann aufmerksam der Erzählung ihrer Söhne von den Erlebnissen der Elfer im Gebirge.

QUER DURCH DIE HALLE

Der Transporter dockte an, wieder Hupen, Zischen. Die Fensterscheiben hatten sich unbemerkt geklärt. Auch hier lag nebenan ein anderes Fahrzeug bereit. Lorth stand auf, ging zum Ausgang und hielt sich dabei an den Haltestangen fest. Feuchtkalte Luft strömte ihm entgegen, als sich die Türen öffneten. Die Überfahrt zum Zylinder 351 hatte nur wenige Minuten gedauert. Abfahrt und Andocken hatten den größten Teil der Zeit verschlungen. Jetzt ging Lorth hinaus in eine dunkle, belebte Gegend.

Sein Ziel lag in einem Einkaufsviertel. Wohnquartiere waren hier selten. Mangels Tag und Nacht auf Raumstädten hatten fast alle Geschäfte ständig geöffnet. Die meisten Menschen planten ebenfalls nicht in Tagen oder Ähnlichem, sondern lebten ihren individuellen Rhythmus oder waren spontan in ihren Entscheidungen.

Uhren waren allgegenwärtig, doch sie zählten nur Sekunden mit einer dezimalen Digitalanzeige. Althergebrachte Bezeichnungen hatten auf Raumstädten daher neue Bedeutungen bekommen: Hundert Sekunden wurden Minute genannt, hundert Minuten Stunde, und zehn davon waren ein Tag. Keine dieser Zeiteinheiten war am

Biorhythmus des Menschen orientiert. Aber das war eine Grundeigenschaft von Raumstädten: Hier ordnete sich das Leben der Technik unter.

Die Andockhalle war drei Etagen hoch, von oben blass beleuchtet und bestand aus Stahl. Die Wände waren Stahlbleche, Böden und Decken waren Stahlroste, durch die manchmal Andeutungen der nächsten Decks erkennbar waren. Es gab Stahlgeländer und Stahlschranken. Selbst Fenster wären wohl aus Stahl gewesen, doch auf so etwas musste man hier verzichten. Nur ein breites dunkles Display an der Decke simulierte den Blick auf den Gap zwischen den Zylindern. In scheinbar großer Höhe stellte es die Strukturen des 350 mit seinen Myriaden von roten und blauen Positionsleuchten dar, die wie düstere Stahlwolken langsam in stets konstanter Richtung vorüberzogen.

Die hohe Luftfeuchtigkeit im 351 führte zu einem beständigen leichten Nieselregen, der zusammen mit Geräuschen von Deck zu Deck drang. Sonst gelangte nicht viel durch die engen Bodenroste. Nicht einmal eine Erbse hätte ihre Löcher passieren können.

Lorth ging mit den Händen in den Jackentaschen und gegen die Feuchtigkeit gesenktem Kopf durch die Ladenpassagen. Viele Schaufenster waren schon vor langer Zeit zerschlagen, geplündert, dann mit Platten aus Metall oder zähem Kunststoff vernietet oder sonst irgendwie abgedichtet worden. Wo sie intakt waren, lagen sporadisch Waren hinter den feuchten Plexiglasscheiben aus. Einfacher Schmuck, billige Kleidung, Adits. Etwas weiter kam ein Schuster – weniger ein Handwerker, sondern mehr ein Besitzer alter Roboter, die die eigentlichen Arbeiten erledigten. Imbisse aller Art. Geschirr, Bestecke, sonstiger Hausrat. Dazwischen immer wieder kleine Dienstleister wie Schuhputzer, Wahrsager, Friseure, Künstler. Diese arbeiteten oft ohne Laden einfach in der Mitte des Ganges oder vor einem Geschäft, das sie duldete. Vereinzelte Musiker in größerem Abstand, meist an den Ecken, die ein Instrument spielten und fast immer auch sangen. Nippes, Tücher, Glaswerke. Und Bettler. Sie waren zahlreich und in allen Altersstufen vertreten, von Kindern bis zu alten Leuten. Auf Städten war ein Quartier nicht so wichtig wie auf Planeten mit echter Witterung, doch die feuchte Luft in weiten Teilen dieses Zylinders vertrug nicht jeder gut. Viele waren krank, husteten, wenn sie ihren Spruch aufsagten. Lorth ließen sie weitgehend in Ruhe, er sah weder wohlhabend noch spendabel aus.

Kurz vor seinem Besuch bei Garrie hatte er seinen Weg geplant. Er war schon oft im 351 gewesen, doch diesen speziellen Ort kannte er nicht. Es waren so wenige Leute unterwegs, dass man auf einer schnellen Flucht nicht von ihnen behindert werden würde. Zwischen den Lampen waberte die Decke leicht von den Schatten, die die Menschen in der nächsthöheren Ebene auf die Bodenroste warfen.

Nach einigen Minuten kam er in eine große Halle, die alle drei Etagen des Decks verband, mit Treppen, Balkons und Brücken. Sie war ebenso breit wie hoch, fast hundert Meter lang und so hell erleuchtet, dass er schon früh auf seinem Weg ihren Schein durch den Dunst gesehen hatte. Starke Lampen an der Decke beleuchteten gewaltige Kübel am Boden mit wuchernden Pflanzen und einigen Bäumen darin, die bis unters Dach hinaufreichten. Die Lampen waren von einem leuchtenden Halo umgeben, der durch die Tröpfchen in der Luft erzeugt wurde. Um die Kübel herum standen kleine überdachte Verkaufsstände. Einige boten Waren feil, andere waren schon jahrelang mit Platten verschlossen, unbrauchbar geworden, zerfallen.

In der mittleren Ebene der Halle war ein Schnellrestaurant namens Mutts untergebracht, das Tamm ihm genannt hatte. Lorth stellte sich auf eine der Rolltreppen und lehnte sich an ihr speckiges Geländer. Sobald er sie mit seinem Gewicht belastete, gab die Treppe ein kontinuierliches, winselndes Knarren von sich, schien aber ihrer Aufgabe noch gewachsen zu sein. Nur einige Dutzend Menschen waren im Bereich der gesamten Halle, die meisten in der untersten Etage, die restlichen verteilten sich weitläufig. Viele blickten in Schaufenster, gingen in Geschäfte oder kamen aus ihnen und sortierten in Beuteln ihren Einkauf. Ganz oben saßen Leute vor einem Imbissladen und genossen Aussicht und Licht. Trotz der hohen Feuchtigkeit war es nicht kalt in den Decks. Lorth sah von unten einige Tische und Stühle am Geländer. Die Rolltreppe glitt ächzend in die Waagerechte.

Er ging zu Mutts. Eine Tür des Windfangs quietschte beim Öffnen, sollte jedoch kein Hindernis darstellen. Die inneren Türflügel waren nur lose Schwinger. Solche Details würden gleich wichtig werden, daher merkte Lorth sie sich. Am Tresen studierte er kurz das Menü auf dem großen Schild darüber und stellte sich ein Mittagessen zusammen. Ein kleiner Verkäufer tippte jeden Posten in eine Tastatur und kassierte dann Bargeld in Form der auf Singa üblichen Plastikchips.

Nur Sekunden später bekam Lorth seine Bestellung auf einem alten Tablett, das einmal weiß gewesen sein musste. Er nahm es und ging zu dem langen schmalen Tisch, der die gesamte Fensterfront säumte. Er setzte sich auf einen der Barhocker und begann zu essen.

Nebenbei blickte er aus dem Fenster, an dem langsam einige Tropfen hinabliefen. Etwas seitlich vor dem Eingang von Mutts führte eine Brücke zu einem Geschäft gegenüber. Rechts und links war sie mit einigen Metern Abstand von Baumstämmen und hochwachsenden Pflanzen aus der untersten Etage gesäumt. Über der Tür des Geschäfts stand *Wein* in schlichten schwarzen Buchstaben auf einem weißweinfarbenen Schild und direkt dahinter *Marten* in schlichten weißen Buchstaben auf einem rotweinfarbenen Schild. Er steckte sich ein Stück panierten Fisch in den Mund und sah auf eine Uhr in der Halle.

In der untersten Etage bestieg ein Mann im grauen Overall die Rolltreppe. Es war ein stilisierter Arbeiteroverall, aber aus einem feinen Material hergestellt, darüber noch ein leichter Mantel gegen die Feuchtigkeit. Solche Kleidung stellte ein Statussymbol dar, Kennzeichen von Personen in öffentlichen Stellungen oder besonderer Zugehörigkeit. Eine Hand auf das Geländer gelegt, fuhr der Mann sanft nach oben. Er verließ die Rolltreppe und steuerte direkt auf Wein Marten zu.

Lorth sah den Mann in das Geschäft gehen. Er kannte ihn nur von dem Foto, das Tamm ihm gezeigt hatte. Er steckte den Rest eines Stückes in den Mund. Seine Augen wurden für einige Sekunden starr, er hörte auf zu kauen, blickte leer quer durch die Halle, während er seinen Geist auf Wanderschaft schickte.

Seine Augen klärten sich schließlich wieder. Er warf einen flüchtigen Blick auf sein Essen. An der Serviette wischte er seine Fingerspitzen ab und schluckte den fade gewordenen Brocken hinunter. Das Tablett war noch nicht leer, trotzdem rieb er auch hier über die Griffe. Für eine intensive Spurensicherung wäre das nicht genug, doch die Mittel der Polizei auf Raumstädten waren begrenzt.

Der Mann wurde bedient, Einzelheiten erkannte Lorth aber nicht. Er zog den Reißverschluss seiner Jacke so weit auf, dass er die Waffe darin bequem erreichen konnte.

Bei Wein Marten war der Mann fertig mit seinem Einkauf und bezahlte. Lorth stand auf, hielt das Tablett mit der Serviette fest und stellte es in die Öffnung für das benutzte Geschirr, wo eine Maschine es sofort abräumte. Die Serviette steckte er in seine Jackentasche und ging zum Ausgang, in den Windfang, öffnete die eine Hälfte der äußeren Doppeltür – sie quietschte wieder leicht – und zog die Waffe. Der Mann verließ gerade das Weingeschäft. Lorth legte durch die geöffnete Tür an, zielte, schoss.

Ein lautes Ploppen ertönte in dem winzigen Raum, eine Patronenhülse fiel zu Boden. Die Kugel flog quer durch die Halle und erzeugte eine Spur in dem dünnen Nebel, die sich sofort auflöste. Sie traf den Mann vor Wein

Marten seitlich am Hals. Beim Austreten riss sie ein großes Loch auf der anderen Seite. Ein Schwall Blut klatschte auf den Rand des Schaufensters. Er griff sich an seinen zerfetzten Hals und brach hinter der Balustrade zusammen. Nur die Füße waren noch sichtbar. Sie lagen still.

Lorth behielt die Waffe in der Hand, verließ Mutts und ging konzentriert, aber gelassen über die Brücke. Er kam auf der anderen Seite an und sah den Mann in seinem Plastikmantel auf dem Boden liegen. Die Hand hatte er noch immer an den Hals gepresst, das Gesicht ins Metall gedrückt. Lorth schoss ihm von oben in den Hinterkopf.

Plopp!

Die Hand rutschte weg und zeigte eine hässliche Wunde. Blut verteilte sich unter dem Kopf, breitete sich als Lache schneller aus, als es durch die Roste sickern konnte. Lorth steckte die Waffe wieder in die Jacke und schloss den Reißverschluss. Dann bückte er sich zu dem Toten hinab und nahm ihm seinen Einkauf aus der schlaffen Hand. Die Weinflasche war nicht zerbrochen, der Beutel nicht vom Blut beschmutzt. Gut. Er richtete sich auf und ging zu einer der Rolltreppen, die nach unten fuhren.

Niemand war nahe genug, um Einzelheiten bemerkt zu haben, doch einige Leute blickten ihm verunsichert nach. Eine junge Frau machte ihren Begleiter auf Lorth aufmerksam. Aber da war nur ein Mann von hinten zu sehen, der dort im Dunst verschwand, einen Beutel locker am Handgelenk baumelnd, nichts Besonderes. Sie hatten zwar irgendwie das Gefühl, dass etwas passiert sei, doch entweder sie erkannten noch nicht, was wirklich geschehen war, oder sie wagten nicht, etwas zu unternehmen. Vielleicht ein bisschen von beidem.

Lorth erreichte unbehelligt die Andockhalle. Als die Polizei des 351 am Tatort eintraf, war er schon an Bord eines Transporters in Richtung Zylinder 350. Und über Kontrollen an den Transportern dachte man erst nach, als er die Waffe bereits wieder bei Garrie hinterlegt und Glimp abgeholt hatte.

Der Konvent

Ein paar Tage nach der Heimkehr von Jar und Bese trafen sie ein. Eine Ornir-Karawane mit kapuzentragenden Männern in den Gondeln kam nach Trissolt hereingezogen. Wie die ersten Beobachter schon erkannten, hatten einige der Bruderschaftler kurze Ketten an ihren Gürteln. Die Neuigkeit ihrer Ankunft verbreitete sich in Windeseile durch die ganze Stadt.

Jar erfuhr direkt davon, weil er sie vor seinem Fenster vorbeischwanken sah. Mindestens zehn der großen Lasttiere trugen etwa doppelt so viele Bruderschaftler und schritten mit weit ausladendem Gang die Hauptstraße entlang. Die Leute folgten ihnen bereits, Kinder sprangen aufgeregt herum, lachten und schrien.

Auch Jar verließ sein Zimmer und lief auf die Straße. Er versuchte Perrez auszumachen und rannte dafür zur Spitze der Karawane. Der Senarist saß in der Gondel seitlich unter dem langgestreckten Bauch des vordersten Ornirs. Zwischen den Beinen des Tiers hindurch unterhielt er sich mit dem zweiten Passagier, einem Greis.

Vor der Stadthalle hielt die Karawane, ein Ornir nach dem anderen. Die Bruderschaftler verließen die offenen

Gondeln, klopften sich den Staub der Reise aus der Kleidung und gingen in das große Haus. Die Fenster waren schon umringt von Schaulustigen, die neugierig durch die kleinen Scheiben nach innen spähten, um zu sehen, was die Bruderschaftler in der Halle taten.

Jar stellte sich hinten an und bedauerte, der Karawane nicht vorausgerannt zu sein. Die besten Plätze dicht an den Fenstern waren bereits alle belegt. Um ihn herum drängelten sich beständig mehr Leute, Kinder lachten und riefen sich wilde Mutmaßungen über den Grund des Konvents zu.

Doch bald schon zeigte sich, dass die Bruderschaftler nicht in der großen Halle tagen würden, sondern in einen weiter oben gelegenen Raum gegangen waren. Enttäuscht löste sich die Menge vor den Fenstern auf. Die Kinder suchten sich neue interessante Dinge und fanden sie in den Orniren, die von Helfern auf nahegelegene Weiden gebracht wurden. Ornire waren zu groß für Ställe.

Jar blieb in der Nähe der Stadthalle, voller Hoffnung, dass sie bald nach Bese schicken würden und er dann vielleicht noch etwas mehr erfahren könnte.

Im Stockwerk über der großen Halle öffnete sich ein Fenster, und Perrez schaute heraus. Er winkte Jar und gestikulierte. Der lief aufgeregt unter das Fenster.

»Meister?«, rief er hinauf.

»Du warst Jar, nicht?«

»Ja!«

»Komm mal rein.« Perrez zwinkerte ihm zu, verzog sonst aber keine Miene.

Jar stutzte, doch das Fenster schloss sich schon wieder über ihm. Er wurde rot, als er bemerkte, dass ihn die meisten Umstehenden ansahen, und ging so schnell er konnte zwischen den Menschentrauben hindurch zum Eingang der Stadthalle.

»Ich soll zu Senar Perrez«, erklärte er mit heißem Kopf. Der Mann an den großen doppelten Türflügeln ließ ihn daraufhin ein und wies ihn die breite Haupttreppe hinauf. Hinter ihm schlossen sich die schweren Holztüren rumpelnd und sperrten den Krach der Menge aus.

Oben liefen Leute geschäftig hin und her. Bruderschaftler trugen Stühle und Tische in einen Raum, der wohl auch der war, an dessen Fenster der Senarist gestanden hatte. Der Junge ging vorsichtig auf die Tür zu.

»Jar!«, drang Perrez' Stimme aus dem Raum. »Komm rein und setz dich da hin!«

Jar konnte noch niemanden sehen. Erst als er sich der Tür näherte, entdeckte er den Bruderschaftler in dem Raum, in einer Hand ein Dokument, die andere nachdenklich am Kinn. Er schaute auf und sah den Jungen. »Da!« Er zeigte auf einen Stuhl und widmete sich sofort wieder dem Schriftstück in seiner Hand.

Der Stuhl war der äußerste einer kurzen Reihe, die gerade von Helfern in einem leichten Bogen aufgestellt wurden. Ihnen gegenüber standen Tische mit deutlich mehr Stühlen dahinter.

Jar setzte sich und schob die Hände seitlich unter die Oberschenkel.

Die Aufstellung wurde fertig, es kehrte Ruhe ein.

Perrez legte das Dokument auf einen Tisch, ging zum Fenster, stützte sich auf den Rahmen und blickte hinaus. Die Umräumarbeiten waren beendet, der letzte Bruderschaftler verließ den Raum und schloss die Tür hinter sich. Es wurde sehr still.

Jar beobachtete den Mann, der eine Weile nur regungslos am Fenster stand und hinaussah. Schließlich fragte er ihn: »Äh, Meister Perrez, soll ich Bese holen gehen? Er müsste jetzt in der Brauerei sein und –«

»Nein«, sagte der, ohne sich umzudrehen.

Jar rutschte unruhig auf seinem Sitz hin und her. Wozu heraufkommen, wenn er Bese gar nicht holen sollte?

»Wie lange wohnt ihr schon in Trissolt?«, fragte Perrez unvermittelt.

»Schon immer, seit unserer Geburt«, antwortete Jar sofort pflichtbewusst. Er war jedoch etwas ratlos, was die

Frage sollte. Der Rücken des Senaristen war diesbezüglich auch nicht informativ.

»Na, dann wird Bese ja wohl wissen, wo die Stadthalle von Trissolt ist.«

»Ja, ich denke schon ...«, antwortete er lahm.

Perrez wandte den Kopf, grinste schief über die Schulter und drehte sich zurück.

Jar empfand ein nagendes Gefühl, das er nicht zu bezeichnen wusste. Es hatte irgendwie mit Perrez zu tun.

Der machte plötzlich das Fenster auf und winkte. Dann rief er etwas hinab, schloss das Fenster wieder und ging zur Tür.

»Äh, soll ich mitkommen?«, fragte Jar. Er hatte den starken Eindruck, vergessen worden zu sein.

Perrez drehte sich um und sah ihn an. »Nein.« Der Senarist schüttelte leicht den Kopf und machte eine Schnute. »Du bleib mal da sitzen.« Er zwinkerte ihm noch einmal zu und verließ den Raum. Die Tür ließ er hinter sich offenstehen.

Jar schaute ihm perplex hinterher, aber wenigstens war klar, was er tun sollte: nichts.

Eine Minute später warf Bese vorsichtig einen Blick durch die Tür. Einen Moment lang sahen sich die Brüder nur an, keiner sagte etwas. Dann kam Bese herein und setzte sich neben Jar.

»Was tust du hier?«, fragte er leise, um die andächtige Stille des Raumes nicht zu stören.

»Ich wollte auf dich warten, aber Meister Perrez hat mich reingerufen.«

Bese sagte nichts, zeigte auch sonst keine Reaktion.

»Der will mich doch nicht auf die Mission mitnehmen?« Jar klang halb hoffnungsvoll und halb ängstlich.

»Nein, das glaube ich nicht«, sagte sein großer Bruder. Seine Sachlichkeit ertränkte Jars eigentümliche Idee in einer Woge aus Nüchternheit.

»Ich verstehe nur nicht, was ich hier soll«, sagte Jar resigniert.

Bese dachte nach. »Vielleicht will er dich etwas über mich fragen – oder über einen anderen Kandidaten.«

Jar ließ das sacken. Sofort überlegte er, was er wie sagen sollte, um seinen Bruder in einem möglichst guten Licht dastehen zu lassen. Es fiel ihm schwer, sich Fragen auszudenken, die ihm nicht gleich wieder banal erschienen.

Er stellte sich gerade vor, wie er gefragt wurde, ob er Bese für geeignet hielt, als drei weitere Männer aus Trissolt in den Raum kamen. Alle waren deutlich älter als die beiden Jungs und spähten etwas verwundert zu Jar hinüber. Sie begrüßten Bese und setzten sich neben ihn. Der letzte grüßte andeutungsweise auch den jüngeren der Brüder, der in sich zusammengesackt dasaß und kaum reagierte.

Draußen wurden Stimmen hörbar, dann strömten auf einmal Bruderschaftler in den Raum, einige eben noch aufgeregt diskutierend, jetzt verstummend, als sie in Hörweite kamen. Sie sammelten sich hinter der Tischreihe. Perrez war nicht dabei, aber in der Mitte blieben auch noch zwei Plätze frei.

Die kapuzenbewehrten Männer setzten sich schweigend und beobachteten ihre Gegenüber. Jar kam sich sehr jung vor.

»Geht gleich los«, sagte ein Bruderschaftler nach einer Weile und lächelte Jar freundlich an. Er trug einen kurzen dunklen Vollbart mit grauen Strähnen darin und eine Brille, die seine Augen etwas kleiner machte. Jar lächelte unsicher zurück.

Schließlich kamen auch Perrez und der Greis herein, den Jar schon als seinen Mitpassagier gesehen hatte. Der Alte schlurfte ein wenig, benutzte aber keinen Stock. Jars Herz schlug heftig. Er schaute zu seinem Bruder hinüber und bemerkte, dass dieser seine Lippen befeuchtete und die Handflächen an der Hose rieb. Die Erkenntnis, mit seiner Aufregung nicht alleine zu sein, linderte sie schon. Er drückte seine Hand sanft gegen Beses Oberschenkel.

Der sah zu ihm, und sie lächelten sich kurz an, bevor sie wieder zu dem schlurfenden Greis blickten.

Perrez rückte seinem alten Kollegen den Stuhl zurecht, dann setzte er sich selbst.

Jar hielt den Atem an.

Perrez sah sich suchend um, entdeckte schließlich das Dokument auf der Ablage beim Fenster und bat die dort sitzenden Bruderschaftler gestikulierend darum. Es wurde durchgereicht, und der Senarist studierte es noch einmal. Dann legte er es vor sich auf den Tisch.

»Gut. Wen haben wir jetzt hier ... Tajan, Firdul, Bradford, Bese und Jar, richtig?«

Die fünf auf der Kandidatenseite nickten der Reihe nach. Und dann erneut, als Perrez vom Dokument aufblickte, für den Fall, dass es ihm entgangen war.

»So, dann will ich jetzt uns vorstellen. Wir sind, unschwer zu sehen, von der Bruderschaft und haben die Aufgabe, Teilnehmer für eine Mission auszuwählen. Zu meiner Rechten sitzen ...« Er stellte der Reihe nach alle anwesenden Bruderschaftler vor. Jar merkte sich nur, dass der Greis sogar ein Großthaumiker war und Pius hieß und dass neben Perrez noch zwei weitere Senaristen unter ihnen waren.

»Die Mission dient der Rettung eines Mannes«, fuhr Perrez fort. »Es gibt gewisse ... ungewöhnliche Aspekte bei diesem Fall. Die meisten davon sind geheim und dürfen nur Teilnehmern genannt werden. Allgemeine Fragen können wir jetzt aber beantworten.«

Tajan, der am weitesten von Jar entfernt saß, stellte sofort einige.

»Wer wird die Mission leiten?«

»Ich«, antwortete Perrez.

»Wann soll es losgehen?«

»Sobald wir vollzählig sind.«

Das überraschte niemanden, schließlich lag die Dringlichkeit in der Natur einer Rettung.

»Wer ist der Mann?«

»Kann noch nicht genannt werden.«

»Wie alt ist der Mann?«

»Erwachsen. Eher jung, kein Greis.«

»Welcher Art ist die Gefahr, aus der er gerettet werden muss?«

»Kann noch nicht genannt werden.«

»Wo befindet sich der Mann derzeit?«

»Kann noch nicht – ah, ich sehe gerade, es ist eine Mission, die Sprungreisen mit einschließt, also dann vielleicht doch nicht auf Balta«, deduzierte Perrez trocken. Einige der Bruderschaftler schmunzelten. Jar war zu aufgeregt, um für Humor zugänglich zu sein, aber er bemerkte, dass zumindest Tajan die Ironie mit einem Lächeln quittierte.

»Wie lange wird die Mission voraussichtlich dauern?«

»Oh, das ist eine gute Frage!« Perrez lehnte sich zurück. »Wir planen für die erste Phase – die reine Rettung – eine Dauer von einem Monat ein.«

Die Kandidaten, einschließlich Jar, bekamen einen nachdenklichen Blick. Bese und der Mann neben ihm lehnten sich ebenfalls zurück. Ein Monat für eine Rettung, das bedeutete entweder, es war weit weg, oder aus irgendeinem Grund kompliziert und zeitraubend.

»Welche Fähigkeiten werden bei der Mission benötigt?«

»Kann noch nicht genannt werden, aber alle Anwesenden erfüllen diese Voraussetzungen.«

Jar schrak hoch. »Was? Ich auch?«

»Du bist doch anwesend …?«, fragte Perrez. Die gespielte Ratlosigkeit des Senaristen vermittelte den Eindruck, als wäre die Anwesenheit alleinige Voraussetzung für die Teilnahme an der Mission. Er faltete seine Hände locker auf dem Dokument und beugte sich leicht vor.

»Ja …«

»Na, dann betrifft das wohl auch dich.« Perrez hob die Augenbrauen gespielt blasiert. Er zeigte mit keiner Miene, ob er den Tumult genoss, den er in Jar ausgelöst hatte.

»Aber Jar ist noch so jung!«, rief Bese aufgebracht. »Ist das nicht viel zu gefährlich? Für sein Alter ist er ziemlich gut, aber er kann einfach noch nicht besonders viel!« Er blickte hilflos zu seinem Bruder als fürchtete er, dieser könne ihm seine offenen Worte übelnehmen. Doch Jar erwiderte ähnlich ängstlich seinen Blick als wollte er sagen: *Erklär mir das!*

»Ich will es mal so ausdrücken«, sagte Perrez. Er lehnte sich zurück und wurde wieder ernst. »Er ist nicht allein, und viele unserer Fähigkeiten werden uns auf dieser Mission vielleicht gar nichts nützen. Für Jar wird es nicht gefährlicher als für die anderen Kandidaten sein. Und seine Jugend kann sich als Vorteil erweisen.«

Bese schien nicht überzeugt. Doch in Jar wuchs der Gedanke, auf eine Mission zu gehen, stetig. Und so wenig konnte er auch nicht. Gut, er hatte noch keine Trennung gemeistert, aber er konnte schon einiges an Lenkung, die im Alltag recht brauchbar war. Und was ist mit Kämpfen?, fragte eine kleine Stimme tief in ihm. Nein, musste er zugeben, es sei denn, man zählte Flucht zum Kämpfen – dafür waren einige seiner Fähigkeiten durchaus geeignet.

Doch Perrez war davon überzeugt, so schien es, dass Jar keine Probleme bekommen würde, also warum sollte Jar selbst sich Sorgen machen? Er sah Bese an und lächelte. Sein Bruder blickte ihm zutiefst verunsichert ins Gesicht und versuchte gequält, zurückzulächeln.

Nein, Bese würde ihm die Teilnahme nicht missgönnen, er machte sich nur ehrliche, große Sorgen um ihn.

»Wie groß wird die Gruppe sein und wie viele werden noch benötigt?«

Tajan hatte die Frage gestellt. Sie riss Jar aus seinen Gedankengängen heraus, in denen er sich schon als Mitglied der Mission gesehen hatte. Er griff hastig nach Beses Hand und starrte zu Perrez hinüber.

»Wir planen eine Gruppenstärke von zwölf Mann. Neun sind schon gewählt.«

Jars Herz sank in den Keller.

Ein Glas Wein

Aufträge wie die Liquidation in der Halle waren inzwischen die Ausnahme für Lorth. Früher, als er selbst noch Mitglied einer Gria gewesen war, waren solche Situationen häufiger gewesen. Nicht jedes Mal klare Auftragsmorde – oft war es aber zu Kämpfen gekommen, und in einer Gria gingen diese selten ohne Verluste aus. Auch im Personenschutz war er viel eingesetzt worden, und das hatte ebenfalls immer wieder zu Schießereien geführt.

Als er vor einigen Jahren auf Singa angekommen war, hatte er es vermieden, erneut in diesen Strudel zu geraten und sich stattdessen als externer Spezialist etabliert, der auf eigene Kappe arbeitete.

In seltenen Fällen konnte Tamm keinen seiner eigenen Leute beauftragen. Zum einen hatten diese nicht Lorths spezielles Talent und verursachten stets viel mehr Aufregung, und zum anderen waren sie bekannt und leicht der 350er Gria zuzuordnen.

Außer Tamm wusste niemand, wie man Lorth kontaktieren konnte. Aufträge an ihn wurden immer persönlich von Tamm übermittelt, und noch hatte er jeden perfekt erfüllt.

Lorths Methoden waren – für Gria-Verhältnisse – ungewöhnlich schlicht. Er erregte bei seinen Aktionen kein Aufsehen, wurde nie aufgehalten, musste nie fliehen. Bisher war nie ein Polizist in Zivil oder ein anderer aufmerksamer Zeitgenosse Zeuge gewesen. Oder eine unglücklich positionierte Überwachungskamera. Bisher. Man hätte denken können, dass Lorth gewaltig viel Glück gehabt hatte und irgendwann einfach auch einmal Pech haben würde. Er selbst wusste, dass es nicht nur Glück war, doch das behielt er für sich.

Jetzt saß er in dem Restaurant seines Auftraggebers, um zu berichten, was in der Halle geschehen war.

Er war kein Geheimnis – vielmehr hatte er sogar ein Alias, unter dem er hier auch anderen Gria-Leuten bekannt war: Pionier. Tamm hatte ihm diesen Namen zu Beginn ihrer Geschäftsbeziehungen gegeben, und Lorth hatte ihn gleichgültig akzeptiert.

Tamm trat durch den Perlenschnurvorhang, der diese Nische vom Wirtschaftsraum abtrennte, und setzte sich wortlos mit an den Tisch.

Lorth konnte Tamms Stimmung nicht richtig einordnen. Der Gria-Mann war breitschultrig und groß, mit einem erheblichen Bauchansatz, der aber gut zu seinem Alter von etwa fünfzig Jahren passte. Unter seinem kurzgeschnittenen weißen Haarschopf schauten hellblaue Augen hervor. Hin und wieder benutzte er eine Brille, jetzt jedoch nicht. Er trug einen dunklen Overall aus feinem Stoff, dem von Lorths Opfer nicht unähnlich. Normalerweise war er eher gelassen bis stoisch, aber nicht steif.

Zwei große Männer kamen noch in den Raum, und nach einem Zeichen von Tamm setzten sie sich an einen der anderen Tische. Bei ihren ersten Treffen waren Lorth die Leibwächter unangenehm gewesen. Dieses Gefühl hatte inzwischen einem sanften mentalen Druck Platz gemacht.

»Okay, erzähl.«

»Keine Probleme. Ich habe den Wein – hier ...«

Er holte die Flasche aus dem Beutel und stellte sie auf den Tisch. Dann lehnte er sich seitlich in dem Stuhl zurück, einen Ellenbogen auf die Armlehne gestützt.

»Ich hab ihm zwei dafür gegeben, da war er bereit.«

Tamm nahm den Wein in die Hand und begutachtete ausgiebig das Etikett unter dem Licht der Lampe, die tief über dem Tisch hing. Er gestikulierte einem der Leibwächter. »Hol mal einen Korkenzieher.« Der stand auf und duckte sich durch den Vorhang.

»Irgendwelche Zeugen?«

Lorth zuckte unmerklich die Schultern. »Etliche Leute haben etwas gesehen, aber es hat keiner darauf geachtet. Ich war vorher weg.«

Der Bodyguard kam zurück und brachte zwei Weingläser mit. Er stellte sie auf den Tisch zwischen seinen Boss und dessen Gast. Tamm reichte ihm die Flasche, und er begann, den Korkenzieher in den Korken zu schrauben.

Tamm wandte seine Aufmerksamkeit wieder Lorth zu und unterstrich diesen Fakt mit gehobener Lautstärke, als er sagte: »Ja, das kommt mir irgendwie bekannt vor, Pionier!« Er deutete ein Grinsen an. Die Andeutung verschwand, sein Gesicht fiel etwas zusammen, wirkte erschöpft. »Nur schade, dass es überhaupt passieren musste.«

Lorth legte den Kopf leicht schief. Der Bodyguard zog, es ploppte laut. Er nahm sich Tamms Glas, goss ein wenig ein, stellte es vor seinem Boss ab und wartete. Der sah das Glas einen Augenblick lang gedankenversunken an, hielt es dann ins Licht der Lampe, drehte es beiläufig zwischen den Fingern, beobachtete, wie der Wein die Innenwand benetzte. Schließlich roch er daran, kostete und war offenbar zufrieden. Der Leibwächter durfte mehr einschenken, diesmal in beide Gläser. Er stellte die Flasche ab und setzte sich zu seinem Kollegen zurück.

»Ja«, sagte Tamm. Und schwieg.

Lorth richtete sich etwas im Stuhl auf, um wortlos mit seinem Auftraggeber anzustoßen, dann tranken sie. Er mochte Wein nicht besonders, doch dieser war gut.

»Ist auch egal!«, sagte Tamm schließlich, sichtlich um einen positiven Abschluss der Sache bemüht. »Wir haben jedenfalls einen hervorragenden Wein bekommen!« Er deutete wieder ein Grinsen an, das in den Falten seines alternden Gesichts ein wenig unterging.

»Ja«, sagte Lorth. Er fragte sich, wer sein Opfer wohl gewesen sein mochte.

»Gut, dann zu etwas anderem.«

Lorth horchte auf. »Noch ein Auftrag?«

»Nein, ein Tipp.«

Sprünge und Spurer

»Kommt nicht in Frage!« Sein Vater stand auf und stützte die Fäuste zitternd auf den Tisch. Sein Gesicht verzog er zu einer Grimasse, die Jar noch nie zuvor bei ihm gesehen hatte. »Du sagst ihnen, dass du nicht mitkommen möchtest! Hast du verstanden?«

Es hinterließ einen bleibenden Eindruck bei Jar. Dass sein Vater schließlich einsah, dass sich niemand dem Ruf zu einer Mission entziehen sollte, änderte das auch später nicht mehr.

Ihre Mutter sagte nicht viel zu ihrem Entschluss. Als sie hörte, dass ihre Söhne zwei erwachsenen Männern – Firdul und Bradford – vorgezogen worden waren, wurde sie sehr still und nachdenklich, ihre eigenen Wünsche sorgsam verbergend. Jar war nicht sicher, ob er die Mission auch antreten würde, wenn seine Mutter ebenfalls dagegen sein sollte, doch sie enthielt sich der Stimme. Auf Nachfrage betonte sie nur, wie wichtig es sei, dem Ruf zu einer Mission zu folgen. Ein freier Wille sei ein wichtiger Bestandteil dieses Rufes – sie wolle diesen Willen nicht unfrei machen.

Jar sah sie verständnislos an, und Bese musste ihm

später erklären, was sie gemeint hatte. Jar war aber auch nach der Erklärung darauf fixiert, eine klare Meinung in ihre Äußerung zu interpretieren. Er war sich allerdings nicht sicher, in welche Richtung er interpretieren sollte.

Sie reisten also bereits am selben Abend mit dem Segen ihrer Eltern ab. Jar sah Tränen auf dem Gesicht seines Vaters, als dieser ihn zum Abschied umarmte. Er versuchte nicht, sie zu verstecken, sondern sagte nur, dass sein Herz mit seinem Kopf nicht im Einklang sei. Auch Jar weinte. Und wollte seine Tränen verbergen.

Bese half ihm mit seiner ruhigen, beständigen Art, einfach, indem er einen Halt, einen Orientierungspunkt bot.

* * *

Die erste Etappe bestand darin, nach Perrolt zu gelangen, wo sie mit dem Rest ihrer Gruppe zusammentreffen sollten. Sie ritten nicht als Karawane auf den Orniren, sehr zu Jars Enttäuschung – die Tiere waren langsam und Würdenträgern vorbehalten. Stattdessen nahmen sie ein einfaches Floß, das einige Meter über dem Boden schwebte und die Strecke von etwa zwei Tagesmärschen in wenigen Stunden zurücklegte. Jar reiste nicht zum ersten Mal per Floß.

Perrolt war Trissolt sehr ähnlich in Größe und Architektur. Jar kannte die Stadt bereits, daher interessierte ihn der Zwischenstopp nicht besonders. Doch dieser Aufenthalt war anders als alle vorherigen. Immer wieder sah er sich neugierigen Blicken ausgesetzt, wenn die Leute erfuhren, dass er trotz seiner Jugend an einer Mission teilnahm. Dies und ehrliches Interesse trieb ihn dazu, immer wieder Tajan anzusprechen.

Tajan war ebenfalls aus Trissolt, und Jar kannte ihn vom Sehen, aber bis zu der Mission hatten sie sich noch nie miteinander unterhalten. Wie Jar erfuhr, hatte er schon an einigen Missionen teilgenommen und dennoch nie zur Bruderschaft gefunden. Jetzt wollte er sich eigentlich seiner Familie widmen. Doch er vernahm noch immer den Ruf und vermochte sich ihm nicht zu entziehen. Auf Jar machte er den Eindruck eines sachlichen, kompetenten und ansonsten eher zurückhaltenden Mannes. Daher war es schwer, andere Dinge als Fragen zur Gesprächseröffnung zu finden. Meist beantwortete Tajan diese schnell, freundlich und hinlänglich und beendete damit die Gespräche, bevor sie Tiefe gewannen. Jar war sich nicht sicher, ob er überhaupt an Unterhaltungen interessiert war.

Bese erwähnte irgendwann, dass Tajan sehr gut seinen Geist von seinem Körper trennen konnte und beinahe ständig in leichter Trennung blieb. Sogar Geisterkämpfe sollte er schon bestanden haben. Jars Respekt für den Mann wuchs beständig.

Die restlichen Missionsteilnehmer hatten sie schließlich in der Stadthalle getroffen. Sie waren alle deutlich älter, bis auf Martis, der etwa in Beses Alter war und ebenfalls seinen Abschluss noch vor sich hatte. Es deprimierte Jar, dass nicht noch mehr junge Mitglieder zur Gruppe gehörten. Er begann sich zu fragen, ob er eine gute Wahl getroffen hatte, als er dem Ruf gefolgt war. Durch die befremdeten Blicke der anderen Gruppenmitglieder fühlte er sich oft wie das fünfte Rad am Wagen. Gespräche verliefen freundlich, doch jeder schien ihm zeigen zu müssen, dass er der Jüngste der Gruppe war, indem er ihn besonders kindgerecht behandelte.

Die Reise als solche war ihm eine willkommene Ablenkung von seinen Kontaktschwierigkeiten.

»Wir werden morgen früh nach Teseleg aufbrechen«, hatte Perrez verkündet und damit bestätigt, was er Bese gegenüber angedeutet hatte.

»Wie kommen wir da hin?«, hatte Jar gefragt. Er hatte es sofort bereut, als er bemerkte, dass die meisten sich nicht für die Antwort interessierten, weil sie sie offensichtlich schon kannten. Die gespannte Aufmerksamkeit der anderen war verflogen, abwesende Blicke quer durch den Raum füllten die Zeit der Beantwortung und machten es Jar schwer, die angemessene Konzentration aufzubringen.

»Wir werden einen Sprung in einen Spurer machen und uns von ihm die Strecke tragen lassen. Über Teseleg werden wir dann wieder springen, um auf die Oberfläche zu gelangen.«

Jar war nie zuvor gesprungen, und einen Spurer hatte er auch noch nicht gesehen oder auch nur davon gehört. Bese konnte ihm Letzteres auch nicht beschreiben. Also fragten sie Tajan, der aber ziemlich beschäftigt wirkte. Nach einem kurzen Erklärungsversuch mit Begriffen, die sie nicht kannten, sagte er nur, dass sie eigentlich gar nichts wissen müssten, sie würden alles rechtzeitig sehen.

Etwas unbefriedigt und ein wenig verunsichert schliefen die beiden Brüder in dieser Nacht nicht besonders gut in der Stadthalle von Perrolt. Am nächsten Morgen packten alle ihre Sachen zusammen und zogen zum Sprungplatz.

Ein Sprungplatz war Bestandteil jeder größeren Ortschaft, und so gab es auch in Trissolt einen, den Jar und Bese seit ihrer Kindheit gut kannten. Der von Perrolt war ähnlich angelegt: eine große, freie, runde Fläche, bedeckt mit verschiedenen Mustern und manngroßen Symbolen. Die Zeichnungen waren vielfach ausgebessert worden, um ihre Wirkung aufrechtzuerhalten. Um den Platz herum standen hohe Säulen mit einem Abstand von einigen Schritten zueinander. An einer Stelle war der Säulenring unterbrochen, damit größere Güter bequem transportiert werden konnten.

Die Gruppe versammelte sich exakt in der Mitte des Sprungplatzes. Perrez als der ranghöchste anwesende Thaumiker nahm sich Sloral, einen stillen Dünnen, und Pooty, einen Dicken, als Sekundanten für das Ritual und führte es routiniert durch.

Ohne Vorwarnung und ohne dass etwas Besonderes im Ablauf des Rituals erkennbar gewesen wäre, war plötzlich der Sprungplatz zusammen mit allem anderen verschwunden, das Balta ausmachte. Himmel, Bäume, Vögel, sogar Schwerkraft und der Boden, alles war mit einem Schlag durch eine so sternenklare Nacht ersetzt, wie Jar sie noch nicht erlebt hatte.

Er übergab sich Sekunden später in einen leeren Beutel, als sein Magen ein Problem mit dem nicht enden wollenden Gefühl des Fallens bekam. Peinlich berührt säuberte er den Beutel anschließend mit ein paar Handbewegungen und gemurmelten Worten. Ein alter Mann, fast schon an der Schwelle zum Greis, erzählte ihm schmunzelnd, dass ihm bei seinem ersten Sprung in den Orbit ebenfalls übel geworden sei. Jar lächelte ihn angespannt an und wandte sich der Aussicht zu, die ihn einigermaßen für das Ungemach entschädigte.

Er sah Balta unter sich als riesengroße Kugel mit blauen Ozeanen. Der Planet war hier und da mit grüngelben Kontinenten gesprenkelt, alles überzogen mit Schleiern und Klecksen weißer Wolken, die die faszinierendsten Muster bildeten. Jar hielt sich an Bese fest, der zwar schon gesprungen war, aber noch nie in den Orbit, und dem daher dieser Anblick auch neu war. Minutenlang pressten sie sich gegenseitig die Hände und bestaunten ihre Heimatwelt von oben. Oder unten. Jar hatte mangels Schwerkraft nicht das Gefühl, hinabzublicken.

Sie waren ins Innere eines Spurers gesprungen. Spurer waren Thaumische, die im interstellaren Raum lebten und von Thaumikern benutzt wurden, um die Distanzen zwischen den Welten zu überbrücken. Ihr Spurer hätte problemlos die gesamte Bevölkerung Trissolts aufnehmen können.

Der Spurer war fast völlig durchsichtig. Nur ein blasses rosa Schimmern war in einigen Richtungen zu sehen. Und man konnte ihn fühlen, wenn man an seine Innenwand stieß. Jar musste an das Innere einer Seifenblase denken und fürchtete, den Spurer kaputt zu machen. Das Gelächter der anderen zeigte ihm, dass sie seine Befürchtungen nicht teilten. Wieder kam er sich sehr jung vor.

Der Spurer ließ Balta nach dem Start binnen weniger Sekunden so weit hinter sich, dass der Planet völlig verschwand. Auch Baltas Sonne war sehr bald nur noch ein Punkt, den Jar aus den Augen verlor. Er kannte einige Sternbilder, wie sie von Balta aus geformt waren. In welches jetzt die Sonne Baltas als zusätzlicher Stern geschrumpft war, konnte er sich aber nicht merken.

Seine Übelkeit war kurz nach dem Abflug wieder verflogen und bald schon langweilte ihn der immer gleiche Anblick, so grandios er auch war. Er wurde müde und ließ seine Gedanken wandern ...

Bese weckte ihn etwas später gerade noch rechtzeitig, um die Ankunft mitzuerleben. Ein Stern voraus war schon bedeutend heller als alle anderen Sterne. Er wuchs in quälender Langsamkeit. Doch dann, plötzlich, wuchs er immer schneller und schneller, bis er so grell wie die Sonne an einem klaren Tag war. Fast schon schlagartig erschien die rötlichbraune Kugel von Teseleg, und die Fahrt endete sanft. Neben ihnen hing der Planet als riesiger Ball am Himmel, wie noch einige Stunden zuvor Balta.

Perrez gruppierte sie wieder zusammen, richtete die Leute so aus, dass der Planet zu ihren Füßen lag, nahm sich seine zwei Sekundanten und vollführte das Sprungritual. Wieder ohne Vorankündigung und ohne erkennbaren Grund änderte sich die Umwelt gravierend. Eben noch waren sie in der stillen Schwärze des Alls und betrachteten die majestätische Ansicht Teselegs vom Orbit aus. Schlagartig wurde daraus staubtrockene Luft, pfeifender, mit Sand gefüllter Wind, ein roter Himmel und vor allem Schwerkraft.

Jar klappte zusammen, fiel schmerzhaft auf die Knie und dann zur Seite. Er keuchte und presste die Augen zusammen. Sand kroch ihm überall hin, brannte auf seiner Haut. Er hielt sich einen Arm vor das Gesicht, doch zwischen seinen Zähnen knirschte es bereits. Er wünschte sich zurück in den Spurer.

Er wurde an den Oberarmen hochgezogen und zwangsweise irgendwohin eskortiert, wobei seine Beine nicht viel zum Vorwärtskommen beitrugen. Als er durch einen Türrahmen kam, hörte der Wind auf, ihm Sand unter die Augenlider blasen zu wollen. Er wurde ein paar Schritte weiter vorsichtig abgelegt. Nach einigen Sekunden machte er zaghaft testweise die Augen wieder auf.

»Jar! Hörst du mich?« Beses Stimme.

Jar nickte, konnte aber noch nicht viel sehen.

»Mach dir nächstes Mal einen Schild gegen den Sand, ja? Du siehst ja schlimm aus!«

Jar dachte kurz nach und wob sich einen Schild, der den Sand ferngehalten hätte. Im Haus war er nicht mehr viel nütze. Warum hatte er nicht sofort daran gedacht? Er kam sich dumm vor.

Er hatte noch immer Sand in den Augen, doch langsam spülten seine Tränen mehr und mehr hinaus, und er erkannte das Innere eines Hauses. Der Rest der Gruppe war ebenfalls eingetroffen, die Tür war verschlossen worden, und einige klopften sich Sand aus Kleidung und Haar.

Der Raum war flach und rötlich, mit Fackeln an den Wänden und Fenstern, durch die man den Sandsturm beobachten konnte. Jar fühlte sich miserabel. Seine Knie taten weh, seine Augen brannten, Nase und Kehle waren voller Sand.

Jemand trat neben ihn und hielt ihm eine Feldflasche hin. Es war ein Kind, in ein kompliziert wirkendes Gewand gehüllt und das Gesicht mit einem Tuch halb verdeckt. Doch Jar konnte große braune Augen sehen, die ihre Hilfsbereitschaft deutlicher ausstrahlten, als Worte es hätten tun können.

Er nahm die Flasche entgegen und krächzte etwas. Die Augen strahlten einen Augenblick, dann rannte das Kind zum Nächsten.

Das Wasser in der Flasche war warm, doch es schmeckte sauber. Den ersten Schluck würgte er wieder hoch und spuckte eine sandige Brühe auf den Steinboden. Danach konnte er trinken. Jar legte den Kopf in den Nacken und goss sich etwas Wasser über die Augen. Einzelne Tropfen rannen ihm kühl über das Gesicht, ins Haar und um die Ohren. Bevor die Flasche ganz leer war, machte er eine kurze Handbewegung und blies darauf. Sofort vermehrte sich der restliche Inhalt der Flasche, bis sie wieder voll war. Hier in der Sandwüste war Wasser vermutlich wertvoll.

Er gab die volle Flasche dem Kind zurück, als es wieder an ihm vorbeikam. Es faltete kurz die Hände, nickte hastig und machte dabei einen Schritt rückwärts von Jar weg. Er lächelte, so gut er konnte.

Tajan kam zu ihm herüber. »Oh, du siehst nicht gut aus«, sagte er ernst und befühlte die Haut in Jars Gesicht. Die Berührung der rauen Finger brannte. Das Wasser hatte den Sand rund um die Augen ein wenig weggespült, doch er hatte Schürfungen auf den Wangen und der Nase.

Tajan, der völlig unversehrt wirkte, holte einen Flakon hervor, in dem dicker weißer Rauch schwappte. Er goss eine winzige Menge des Podamins auf Jars Stirn und verteilte sie dann geschickt auf seinem ganzen Gesicht. Den Rauch fächelte er dabei mehr hin und her, als dass er ihn direkt berührte. Das Podamin entfernte bei Kontakt Schürfungen und letzte raue Sandkörner. Als der Rauch über Jars Augen zog und ihm kurz die Sicht nahm, verschwand auch das Brennen in ihnen.

»Ihr habt einen ziemlich schlimmen Sturm in diesem Winter erwischt«, meinte eine Stimme aus der Mitte des Raumes.

Jar blickte hin und sah einen großen Mann zur Gruppe sprechen. Er trug ein ähnliches Gewand wie das Kind und hielt einen Stab in der Hand, der ihn um einige Handbreit überragte.

»Wie lange wollt Ihr bleiben?«

Perrez antwortete ihm: »Wir müssen so schnell wie möglich nach Harim weiter. Einer von uns bleibt hier und bezieht Posten. Er braucht eine Unterkunft für etwa einen Monat, eventuell mehr.«

Es war kein Problem, eine Unterkunft zu bekommen, doch Kriss, der die Stellung halten sollte, war ganz offensichtlich ziemlich unzufrieden mit seinem Los. Jar konnte es ihm nachfühlen. Teseleg war vermutlich kein besonders angenehmer Ort für eine einmonatige Wache, auch wenn es eine eher ungefährliche Aufgabe zu sein schien.

Doch Perrez ignorierte alle Andeutungen Kriss', als hätte er ihn nur für genau diese Aufgabe ausgesucht.

Während der folgenden Wartezeit informierten sich Jar und Bese über ihr nächstes Ziel und hofften insgeheim, dass nicht einer von ihnen dort als Stellungshalter zurückgelassen werden würde. Jar wurde ganz flau im Magen bei dem Gedanken, von Bese getrennt zu werden. Mit dieser Möglichkeit hatte er nie gerechnet.

Harim, so stellte sich heraus, lag schon in der Randzone. Es wurde spekuliert, ob dies das Ziel der Reise war oder ob es noch weitergehen würde. Und wenn ja, ob sie womöglich sogar mit Raumschiffen reisen würden. Jar hörte sich kurz um, doch niemand schien bereits Erfahrungen mit diesem Transportmittel gemacht zu haben. Er fragte sich, wie es wohl wäre, in einer Maschine zu reisen.

Jars Wissen um Maschinen war sehr beschränkt. Sie funktionierten auf Balta fast nie und wenn, dann nicht sehr lange. Einige Bewohner Trissolts hatten alte Artefakte, die wohl von Raumfahrern stammten, aber nur als Andenken. Die meisten hatten ihren Geist schon vor Generationen aufgegeben. Man brauchte auch keine Maschinen, wenn man Thaumik hatte. Aber Jar hatte gehört, dass Maschinen auf nichtthaumischen Welten wohl länger funktionierten.

Mit den Raumfahrern hatte es früher einmal Kriege gegeben. Soweit Jar wusste, hatten die Thaumiker den Kampf zu ihren Gunsten entschieden – Maschinen funktionierten eben nicht so gut wie Thaumik, war die übliche

Begründung. Der Frieden währte jetzt schon lange – wie lange genau, wusste Jar nicht. Einige Generationen mindestens, denn auch seine Großeltern kannten keinen Krieg. Doch die Abneigung saß tief. In den Randgebieten fürchteten die Thaumiker deshalb, von den Raumfahrern als solche erkannt zu werden. Hin und wieder kam es immer noch zu Angriffen der einen Seite auf die andere, doch die räumliche Trennung half, die Konflikte kleinzuhalten.

Der Aufenthalt der Missionsgruppe auf Teseleg war kurz. Bereits einige Stunden nach ihrer Ankunft verabschiedeten sie sich von Kriss, der ernst und unzufrieden dreinschaute. Sie woben sich Schilde gegen den Sand und traten hinaus in den Sturm. Jar fühlte sich erneut sehr dumm, als er erkannte, wie wenig ihm der Sturm jetzt anhaben konnte. Das größte Problem war die Sichtweite – mehr als ein paar Schritte weit konnte man nicht sehen. Man musste also vorsichtig gehen, um seinen Hintermann nicht versehentlich abzuhängen oder in den Vordermann zu stolpern.

Die elf verbliebenen Mitglieder der Gruppe versammelten sich wieder exakt in der Mitte des Sprungplatzes. Da sie den Säulenkreis nicht sehen konnten, verließen sie sich diesmal ganz auf die Symbole im Pflaster, über das kleine Sandteufel tanzten.

Perrez, Sloral und Pooty vollführten wieder das Ritual. Ein weiteres Mal verlor Jar die Orientierung. Plötzlich stand er wieder in tiefschwarzer Nacht, eine große rote Kugel weit unter seinen Füßen und einen grellen, großen Stern hinter sich.

»Oh, der ist kleiner«, meinte jemand. Jar brauchte eine Weile, bis er erkannte, dass der Spurer gemeint war. Bei dem vagen Erscheinungsbild von Spurern fand er es bemerkenswert, dass überhaupt jemand ihre Ausmaße erkannte. Jar sah nur ein blasses Schimmern in allen Richtungen und konnte nicht einmal sagen, ob die Innenwand in Reichweite seiner Arme war.

Nach einer kurzen Weile wurde ihm wieder übel, doch er musste sich dieses Mal nicht übergeben und konnte den Abflug genauer miterleben. Der Spurer beschleunigte gewaltig, doch in seinem Innern spürte man nichts davon. Der Planet zu ihren Füßen war binnen Sekunden zu einem Punkt geschrumpft und dann verschwunden. Seine so gnadenlos brennende Sonne, die aus dem All betrachtet der von Balta zum Verwechseln ähnlich sah, schrumpfte gemächlicher und blieb als Stern sichtbar.

Damit er nicht wieder einschlief, unterhielt sich Jar diesmal mit Bese und befreite seine Kleidung noch vom Sand. Doch das brachte ihm ungnädige Rufe der anderen ein, weil sich die Körnchen in der Schwerelosigkeit gleichmäßig zu verteilen schienen und bald alle störten.

»Die nächsten Fahrgäste werden sich freuen«, meinte Perrez trocken. »Einen sandigen Spurer hatte ich noch nie.«

Jar wurde rot und überlegte fieberhaft, wie er den Spurer wieder sauber bekommen könnte, doch ihm fiel nichts ein.

So unerfreulich die Ankunft auf Teseleg gewesen war, so angenehm verlief die auf Harim. Jar war auf alles vorbereitet und brauchte gar nichts – nicht einmal das Gleichgewicht verlor er dieses Mal. Er schwankte nur kurz und blinzelte dann in einen heiteren blauen Himmel. Der Sprungplatz lag auf einer Bergkuppe mit freier Sicht in alle Richtungen.

»Damit man schwere Ladung nachher nur noch nach unten fahren muss«, erklärte ihm ein dicker Händler.

Sie waren auf einem Markt, der direkt neben dem Sprungplatz war. Die vielen Stände waren für Jar so überwältigend interessant, dass er Perrez im Stillen für seine Eile verfluchte.

»Aber wenn man was wegschicken will, muss man es dann doch immer mühsam zur Bergspitze bringen«, wunderte sich Jar.

Der Händler zwinkerte, was bei den Augenschlitzen in seinem runden Gesicht kaum auffiel, und meinte: »Dafür haben wir noch den unteren Sprungplatz.« Er deutete an Jar vorbei in ein Tal, in dem ein Fluss sich seinen Weg zum Meer gesucht hatte.

Von hier bis ins Tal und noch ein gutes Stück weiter war die gesamte Fläche mit niedrigen Häusern bebaut, bestimmt einige Stunden Fußmarsch. Die ganze Gegend war eine einzige große Stadt, viel dichter und enger, als Jar das von einer Siedlung auf Balta kannte. Keine Bäume, keine Gärten, keine Bäche waren in diesem Häusergewirr zu erkennen. Doch in der Tat konnte Jar nach einigem Suchen dort neben dem Fluss einen Kreis ausmachen. Aus dieser Entfernung wirkte er wie die Spielzeugsprungplätze, die sie als Kinder aus Steinen und farbigem Sand gebaut hatten.

»Bese, schau mal!«, rief er seinem Bruder hinterher, der den Hals reckte, um an Jars Arm entlang den Sprungplatz über die Distanz hinweg zu erkennen. Schließlich lächelte er, nickte und ging weiter der Gruppe hinterher, die sich durch die Menschenmenge schob.

In der Luft lag ein leicht salziger Geschmack, und Jar wäre gerne zum Meer gegangen. Es war lange her, dass er in Baltas Ozean geschwommen war.

»Du kannst ja als Wache hierbleiben, wenn wir nach Krussalat weiterfliegen«, meinte Perrez, als er später einem Gespräch zwischen den Brüdern in einer Gaststätte folgte.

Jar war so überrascht von der Idee, dass er während des gesamten Essens mit dem Gedanken spielte und überlegte, was er hier auf Harim alles anschauen könnte. Doch dann wurde ihm wieder klar, dass das bedeuten würde, von Bese getrennt zu sein und außerdem den Rest der Mission nicht mitzuerleben. Und allein unter so vielen fremden Menschen in einer so gewaltigen Stadt wollte er auch nicht bleiben.

Er ging schließlich zu Perrez und teilte ihm seinen

Entschluss mit. Der Senarist sah Jar fest an, schürzte die Lippen und sagte, leicht nickend, als dächte er schon darüber nach, wie er jetzt seine Pläne ändern müsste: »Na gut.«

Tajan, der neben Perrez saß, lächelte still, und Jar war sich nicht sicher, was er davon halten sollte.

Bese sprach noch kurz vor dem Schlafengehen in einer Herberge mit Jar. Hier gab es viele kleine Schlafräume mit weißen Wänden und nur je zwei Betten, die aus Metall und Matratze bestanden.

»Ich glaube nicht, dass Meister Perrez das ernst gemeint hat«, sagte Bese. »Er wusste ganz genau, dass du nicht alleine hier bleiben wollen würdest. Mir ist noch immer nicht klar, warum du dabei bist, aber ich bin sicher, dass er dich nicht einfach irgendwo als Wache zurücklassen wird.«

»Meinst du, er hat eine besondere Aufgabe für mich vorgesehen?«

Bese lag unter der absurd weißen und glatten Bettdecke, den Kopf auf einem ähnlichen Kissen. Er schaute an Jar vorbei, der im zweiten Bett auf dem Bauch lag und auf die Ellenbogen gestützt seinen Oberkörper hochbog. Die Betten standen rechtwinklig zueinander, jedes an einer Wand. Das dadurch abgetrennte Quadrat in der Ecke war geschickt mit einem exakt passenden flachen Tischchen gefüllt, auf dem ein Deckchen lag mit einer Vase darauf. Aus der Vase staken Blumen und Ähren hervor, die schon längst gestorben und ganz braun und trocken geworden waren. Aber die Vase war sehr schön und gleichmäßig getöpfert.

»Ich weiß es nicht«, sagte Bese schließlich und sah seinen jüngeren Bruder wieder an.

Jar kaute auf der Unterlippe.

»Wäre möglich«, sagte er dann noch. »Aber ich würde mir nicht zu viele Gedanken machen.« Er schien noch etwas sagen zu wollen, schwieg dann aber doch. Sie sahen sich noch eine Weile an.

Schließlich lächelte Bese und sagte: »Schlaf gut, Jar.« Er löschte das Licht über seinem Kopf mit einer Handbewegung.

Jar lag noch eine Weile im Dunkeln auf seine Ellenbogen gestützt und dachte nach. In Gedanken ging er die letzten zwei Tage durch – oder wie lange waren sie bereits unterwegs? Er überlegte, wie spät es jetzt wohl in Trissolt war und ob seine Eltern in diesem Moment auch an ihn und Bese dachten.

Der Club

Aus einem kleinen Kasten an der Decke des dunklen Raumes kam ein dicker Schwall bleichen Nebels. Die Musik machte jede Unterhaltung unmöglich und überdeckte auch das Zischen der Nebelmaschine. Die Wolke senkte sich, verteilte sich über die Tanzfläche. Eine leichte Trance wummernder Rhythmen umfing die Tanzenden, von denen nicht wenige auch im Rausch verschiedener Chemikalien waren. Die meisten bemerkten gar nicht, dass sie jetzt für die Umstehenden unsichtbar wurden, dass nur noch eine farbig aufleuchtende Nebelwand zu sehen war.

Lorth hielt eine Hand über sein Getränk, als die Wolke ihn erreichte. Billige Flüssigkeit erzeugte fauligen Nebel, doch bessere wurde auf der Raumstadt nicht hergestellt und war daher als Importartikel für ein Etablissement wie dieses unerschwinglich.

Der Gestank stach Glimp in die Nase, er bewegte sich unruhig in Lorths Jacke. Lorth griff sich wie zufällig an den Bauch um seinen kleinen Partner zu beruhigen. Gleichzeitig versuchte er, den Künstler, von dem Tamm ihm berichtet hatte, in dem sich auflösenden Nebel auszumachen. Schließlich entdeckte er auf der anderen Seite der Tanzfläche einen hageren Mann, der allein im Lichtorgelgewitter an einer Spiegelsäule stand.

Als der Nebel sich noch nicht ganz verzogen hatte, kam er mit schleichenden Schritten auf die Tanzfläche und begann, sich geschmeidig im Takt zu wiegen. Einige Minuten lang beobachtete Lorth nichts Auffälliges. Er sah den anderen Gästen zu und trank hin und wieder einen Schluck. Dann änderte sich die Musik.

Lorth konnte das Stück vom Klang her nicht leiden, doch kam es ihm in diesem Fall gelegen. Der Künstler würde dadurch schneller als erwartet die Aufmerksamkeit des fetten Händlers auf sich ziehen, der Lorths Opfer werden sollte. Tamm hatte nicht viel über den Dicken sagen können, nur, dass es sich bei ihm lohnen würde.

Doch auch so war es für Lorth offensichtlich, dass der Mann mehr Geld in seiner Brieftasche hatte, als er selbst in einem Jahr hätte verdienen können. Tamm hatte noch sagen können, dass dieser Mann einen hervorragenden Schutz gegen Diebe bei sich hatte: einen Personenwächter mit empathischer und räumlicher Sensorik. Dieses kleine und überaus teure Gerät war mental mit seinem Besitzer verbunden. Es reagierte auf heftige Angst ebenso wie auf einen schnellen Gegenstand, der auf den Träger zuflog, nämlich mit einem starken Antigrav-Feld nach außen. Kugeln, aber auch Umstehende in einem gewissen Radius wurden davon weggeschleudert. Dieses Gerät war verboten. Wie gesagt: Der Träger war ein reicher Mann.

Die Musik wurde wilder, und plötzlich umfing den Künstler eine auffällig helle Aura. Rasch leerte sich die Tanzfläche, irgendjemand rief bestimmt gerade die Polizei. Diese Art von Künstler war wie alles, was mit Strömen arbeitete, tabuisiert und wurde unter verschiedenen Vorwänden verfolgt. Lorth hatte einmal beobachtet, wie die DJs in dieser Phase eines Künstlerauftritts versucht hatten, die Musikanlagen abzuschalten, was einfach nicht mehr gegangen war. Keine Maßnahme bewirkte mehr, dass die Musik auf der Tanzfläche leiser wurde. Es war wie verhext. Ein Trennen der Energiezufuhr hatte keine Auswirkungen mehr gehabt. Lorth war froh, dass seine Begabung in eine praktischere Richtung schlug.

Die sanften wiegenden Bewegungen des Künstlers gingen allmählich in ein Schweben über. Kleine elektrische Entladungen zuckten ab und zu um seinen Körper, wurden häufiger.

Der fette Händler hatte seinen gewaltigen VIP-Drehsessel jetzt gewendet und starrte wie gebannt zur Tanzfläche. Diese Ablenkung war für Lorths Vorhaben unerlässlich. Er zog den Reißverschluss seiner Jacke so weit auf, dass Glimp vorsichtig herausschlüpfen und an Lorth hinabklettern konnte. Das kleine affenartige Wesen hangelte sich unter den Stühlen bis zu dem massigen Sessel des fetten Mannes durch und zog sich in eine dunkle Ecke zurück. Dort blieb es an seinen absurd langen Gliedmaßen hängen und schwang im Schatten sachte hin und her.

Lorth lehnte sich gegen den Tresen, konzentrierte sich und hoffte, dass es funktionierte. Heute wäre die entgangene Beute gewaltig, sollte er scheitern. Er schloss die Augen. Er fühlte gar nichts. Es war wie vor seinem Untertauchen auf dieser Raumstadt, als sie seinen Geist in einen Psi-Käfig gesperrt hatten. Doch plötzlich, als wäre eine Seifenblase zerplatzt, spürte er den starken Sog des Stroms. Er konnte einen wilden Strudel von dem Künstler wahrnehmen und etliche starke und schwache Geister um sich herum erkennen. Viele drifteten hin und her, einige waren stabil. Der Strom begann ihn zu umfließen, ihn reinzuwaschen, streifte ihm die Fesseln der Körperlichkeit ab.

Er betrachtete alle Geister der Reihe nach und fand schließlich den fetten Händler. Wie erwartet ein starker Geist, der Geist eines Mannes mit Lebenserfahrung und Durchsetzungsvermögen. Tatsächlich überraschte Lorth diese Stärke. Mit derartigen Menschen hatte er selten solchen Kontakt gehabt und wenn, dann hatte er sie nicht berauben wollen. Er suchte die Verbindung zu dem Personenwächter. Er betrachtete den Geist von allen Seiten, bis er einen dünnen Kontakt fand, der kein richtiges Ende hatte. Das Gerät selbst konnte Lorth in dieser Welt nicht sehen.

Er verließ den Händler, wandte sich um, suchte den kleinen harten Geist von Glimp und gab ihm ein Zeichen. Dann kehrte er zurück. Er näherte sich der Verbindung zu dem Wächter und klemmte sie sanft ab. Einige andere Teile des Geistes, die inaktiv waren, beobachtete er. Ohne die Ablenkung durch den Künstler wären diese Teile jetzt in heller Aufregung gewesen. Lorth klemmte sie ebenfalls ab, doch es war, als griffe er mit Kinderhänden nach Bodybuildermuskeln, um eine Arterie abzudrücken. Er fühlte sich nicht als Herr der Lage. Beunruhigt wartete er auf Glimp.

Das kleine Wesen rannte über einen Gang und kletterte geschickt an dem Sessel empor. Es schwang sich auf die Brust des Mannes und griff mit einer geschmeidigen Bewegung seiner langen winkeligen Arme in seine Kleidung. Aus der Innentasche des Jacketts fischte es ein kleines Ledertäschchen. Bevor der Händler begriff, dass das kleine, seltsame Tier ihm schaden konnte, sprang Glimp über die Köpfe einiger Umsitzender davon. Dabei erregte er eine Menge Aufsehen, doch das spielte jetzt keine Rolle mehr.

Lorth hatte sofort den Schwall von Gefühlen gespürt, die von dem Händler ausgingen und speziell durch den Tunnel zu dem Wächter wollten. Stärkere Gefühle als erwartet, viel stärker. Lorth bekam Angst. Stellen, die er abgeklemmt hatte, rissen sich frei. Er würde diese Flut nicht aufhalten können, doch noch kontrollierte er den Verbindungsschlauch.

Der Händler begriff schließlich, dass seine Schutzvorrichtungen versagt hatten, stand wutentbrannt auf, zog eine kleine Strahlenpistole und schoss dem Kletterwesen hinterher.

Lorth verlor die Kontrolle, eine Welle brandete durch den Schlauch in das Nichts des elektronischen Bodyguards und warf Lorths mentales Selbst aus dem Strom.

Die dünnen, geräuschlosen Strahlen aus der Pistole des fetten Händlers waren in der stattfindenden Lichtorgie untergegangen, doch jetzt schien der Mann zu explodieren. Ein gewaltiges Krachen brandete durch den Raum, lauter als die Musik. Im näheren Umkreis des Händlers wurde alles zerfetzt, Teile der Einrichtung flogen durch die Luft und landeten rings um Lorth, der sich zu Boden fallen ließ. Sekunden später hörte er neben einem abschwellenden Tinnitus langsam wieder die Geräusche seiner Umgebung: Schreie aus Schmerz, Angst, Verwirrung. Krachen und Poltern von Dingen, die noch umfielen oder weggestoßen wurden. Die Musik war aus, die Boxen in kleine Splitter zerschlagen oder einfach nicht mehr da. Irgendwo weit weg heulte ein Feueralarm.

Lorth blickte vorsichtig vom Boden aus in Richtung Händler. Der stand breitbeinig, aber sichtlich schockiert da, die Strahlenpistole noch in der Hand, und blickte stumm auf das Chaos. Um ihn herum lagen Menschen. Viele stöhnten oder schrien, bewegten sich unkontrolliert oder hielten sich verletzte Körperteile. Einige bewegten sich auch nicht mehr.

Etwas krabbelte unter Lorths Bauch. Glimp hatte ihn gefunden. Sogar die Brieftasche des Händlers hatte er noch in seinen winkeligen Armen. Lorth war voller Adrenalin und hatte doch einen Kloß im Hals vor Freude, ihn unverletzt wiederzusehen. Dennoch ignorierte er ihn vorerst und sondierte die Lage. Schließlich ließ er ihn möglichst unauffällig in seine Jacke und zog den Reißverschluss hoch. Danach stand er auf und rollte sich seitlich über die Theke. Er wollte wie die anderen Gäste wirken, die jetzt alle irgendwohin rannten, kletterten oder krochen. Doch ihn hätte ohnehin niemand beachtet.

Lorth wusste, dass es neben den Zapfhähnen eine Luke gab, durch die das Personal im Falle einer Razzia abhauen konnte. Diese Luke war getarnt hinter einer Kühlschranktür. Eine Leiter durch einen Durchbruch der Bodenschicht führte nach unten.

Schon einen geheimen Ausgang anzulegen war verboten, den Boden zu durchbrechen war in den Enddecks der Zylinder jedoch ein wirklich ernstes Vergehen. Hier kam weiter außen nur noch das Abdeck vor dem Vakuum bis zum nächsten Zylinder. Ein Leck könnte hier verheerende Folgen haben. Lorth war das jetzt allerdings egal. Er schnappte sich die improvisierte Leiter und glitt die wenigen Meter hinab in den Frischluftkanal unter dem Club.

Glimp hatte sich wieder in Lorths Jacke eng an ihn gekuschelt, Beine und Arme mehrfach gefaltet. Die kalte Luft machte die kleine Echse müde. Er suchte die Wärme seines Herrn. Lorth schaltete die Heizung seiner Jacke ein.

Vier Grad sollte die Luft in den Belüftungseinrichtungen haben. Hier kam sie jedoch direkt aus den Dekompressionsstellen und war mehr als zwanzig Grad unter Null. Lorth musste sich beeilen, seine Jacke war nicht für eine solche Kälte ausgelegt. Er rannte los.

Die Wölkchen seines Atems wirkten unheimlich im gespenstischen Licht der vereinzelt funktionierenden, teilweise nur flackernden Leuchtelemente. Trockene Luft strömte ihm von hinten eiskalt um die Hosenbeine, sein schweres Haar klatschte ihm ins Gesicht, wurde zu harten Klumpen gefroren, wo es schweißnass gewesen war.

Er fand die Schleuse für Kanalarbeiter und steckte seinen Nachschlüssel einen Moment in den Schlitz unter der normalen ID-Platte neben der Tür. Es klackte laut. Dann ein Summen, die Tür öffnete sich, und sofort zischte ihm warme Luft entgegen, bis der Druck sich angepasst hatte. Er betrat die Schleuse, sah sich um, atmete durch. Die Tür schloss sich wieder mit einem Summen.

In der warmen Geborgenheit der Schleuse rieb er sich die Hände bis die Kälte aus ihnen verschwunden war. Dann öffnete er die Außentür und verließ das Kanalsystem.

Harim

Am Morgen wurden Jar und Bese durch Lärm geweckt, der durch das offene Fenster immer lauter in ihr Zimmer drang. Jar stand schließlich auf, um nachzusehen, was der Lärm zu bedeuten hatte.

Hunderte von Leuten liefen unten vor ihrem Fenster hin und her. Auf den ersten Blick wirkte es wie ein Auflauf, doch jeder Einzelne wirkte nicht besonders aufgeregt. Und es liefen auch alle stetig weiter, alle in verschiedene Richtungen.

In der Mitte der Straße fuhren Fahrzeuge, die einen Großteil des Krachs verursachten. Jedes der Fahrzeuge brummte und rauchte, als würde etwas darin brennen.

Jar sah zu Bese, der ihn fragend ansah.

»Scheint nichts Besonderes zu sein«, meinte Jar und schloss das Fenster, um den Krach auszusperren. Er wankte müde zu seinem Bett zurück und kroch wieder unter die Bettdecke.

Doch sie sollten keine Gelegenheit zum Weiterschlafen bekommen.

Etwas später klapperte es im Schloss der Zimmertür und jemand versuchte, hereinzukommen. Die Tür ließ sich nicht öffnen, da Bese am vorigen Abend einen Bann darauf gelegt hatte. Perrez hatte die Teilnehmer der Mission aufgefordert, einen solchen anzubringen.

»Au! Was ist das denn?«, rief jemand verärgert vor der Tür. Es war eine Männerstimme, gerade erwachsen. Bese war sofort auf den Beinen, als jemand seinen Bann zu durchdringen versuchte.

»Wer ist da?«, rief er jetzt warnend zur Tür.

»Oh, Entschuldigung, ich wusste nicht – ich dachte, weil Ihr nicht abgeschlossen habt ...«

Pause.

»Ja?«, fragte Bese forschend durch die geschlossene Tür nach.

»Ah – hört zu ... Schließt Euch doch bitte ein, wenn Ihr nicht gestört werden wollt. Die meisten Gäste sind um diese Zeit beim Frühstück, und ich mache gerade die Zimmer. Dieses – diesen Bann oder was das ist – kann man von außen nicht sehen, tut mir leid«, schloss der Mann vor der Tür leicht beleidigt. Es hörte sich so an, als würde er weggehen. Kurz darauf hörten sie ein Klappern von weiter weg, als wäre er jetzt bei der nächsten Tür.

Bese lauschte noch eine Weile. Schließlich sah er Jar fragend an.

»Wir sollen uns einschließen?«, fragte Jar, selbst verwirrt.

»Ja, scheint so.« Bese sah sich die Klinke an. In ihrer Achse gab es einen kleinen Drehknopf. Bese drehte diesen in Richtung Rahmen. Es klackte. Er versuchte testweise, die Klinke zu drücken. Sie war blockiert.

Bese lachte verblüfft und sah Jar an, der Beses Freude am Wunder der Technik teilte. Das musste untersucht werden. Jar murmelte etwas und zog vom Bett aus an einer imaginären Tür vor sich. Sofort klackte die echte Tür auf und schwang leicht ins Zimmer. Die Klinke hatte sich nicht bewegt.

»So ein Quatsch!«, sagte Jar und schüttelte den Kopf, abgestoßen von der offensichtlichen Unsinnigkeit der eben noch bewunderten Technik. Bese, noch immer über die Klinke verblüfft, drückte die Tür versonnen wieder zu.

»Wozu machen die so ein Ding da rein, wenn es gar nichts bringt?«, ärgerte sich Jar und legte sich wieder zurück. Für ihn war der Fall damit abgeschlossen.

»Na ja, es bringt ja was, wenn man keinen Öffner kennt.« Bese war nachdenklich.

Jar runzelte die Stirn. »Wie – keinen Öffner? Ich kenn den schon ewig!«

»Ja, du schon«, sagte Bese, »aber du bist ja auch nicht von hier. Das hier ist die Randzone, die benutzen hier nicht so viel Thaumik.«

Jar dachte nach. »Aber das ist so leicht, dass Kinder das bei uns lernen. Wieso sollten die von Harim das nicht können? – Wenn sie damit durch Türen kommen, die verschlossen sind, würden doch wenigstens *einige* das lernen wollen.« Beiden Brüdern war klar, welche Sorte *einige* das wäre.

»Ja, seltsam.«

Jar hatte eine Idee: »Vielleicht sind die Menschen hier einfach anders und können das gar nicht lernen!«

»Ja, möglich.«

Die beiden Brüder sollten dieses Rätsel noch am selben Tag ergründen.

Etwas später gingen sie gemeinsam zum Frühstück. Dort war alles etwas seltsam. Jede Speise war in kleinen Mengen verpackt oder zumindest schon vorportioniert. Kleine Brote, kleine Päckchen Marmelade, kleine Würste, kleine runde Käse. Jemand musste Stunden damit verbracht haben, Butter in kleine Stückchen mit sehr gleichmäßig welligen Rändern zu schneiden. Jar schätzte, dass er für ein einziges solches Stück mehrere Minuten gebraucht hätte, und wollte es erst gar nicht auf seinem winzigen Brot verstreichen. Als er es dann tat, fühlte er sich, als hätte er ein Gemälde zertreten, und nur die pure Masse an identischen Butterstückchen linderte seinen Schmerz.

Die Menschen auf Harim hatten ganz offensichtlich ein extremes Maß an Perfektion bei der Herstellung aller möglicher Dinge erreicht. Jar entdeckte mehrere Vasen, alle völlig identisch zu der in ihrem Zimmer. Und die vertrockneten Blumen und Ähren darin waren anscheinend kein Versehen gewesen, sondern Ausdruck eines perfiden Humors oder einer unverständlichen Haltung zu Pflanzen, denn sie waren überall zu finden.

»Wie wird es weitergehen, Meister?«, fragte Martis schließlich und sprach damit die Frage aus, die Jar nicht zu stellen wagte, um nicht als ungeduldiges Kind zu erscheinen.

»Nächster Halt ist Krussalat«, sagte Perrez, ohne aufzublicken, schob sich eine Brötchenhälfte in den Mund und biss herzhaft ab, als wollte er keine weiteren Fragen beantworten können.

Doch Martis wartete nicht ab. »Wo liegt das, wie kommen wir hin und wann geht es los?«

Perrez kaute gemächlich auf seinem Bissen, legte das Brötchen aber beiseite. »Krussalat«, sagte er schließlich mit noch halbvollem Mund, »liegt jenseits der Randzone.« Einige Mitglieder der Gruppe nickten, als hätten sie dies schon erwartet. »Wir werden mit einem Raumschiff hinfliegen. Harim« – er machte eine umfassende Handbewegung – »ist so eine Art Umschlagplatz. Hier sind Thaumiker wie wir noch willkommen, aber selten, und Raumfahrer kommen gelegentlich auch hierher, doch normalerweise meiden Raumfahrer uns Thaumiker. Wir werden also verbergen, was wir sind.

Den Vormittag über werden wir uns neu einkleiden, um weniger aufzufallen. Am Nachmittag werden wir nach Tor fahren, dort gibt es einen Raumhafen. Ich werde uns als Reisegruppe ausgeben. Aber seht euch vor!«

Jar überlegte hektisch, ob er etwas falsch gemacht hatte, als der Senarist unerwartet streng in die Runde blickte.

»Ab dort sind wir keine Thaumiker mehr! Wir dürfen dann keine Thaumik mehr nutzen!«

Eine Pause entstand, als sich diese Information bei den Missionsmitgliedern setzte.

»Meint Ihr, wir gehen als Raumfahrer durch?«, sagte schließlich ein untersetzter Mann mit langem schwarzem Haar, das er zu Zöpfen geflochten und dann zu einem Knoten am Hinterkopf gebunden hatte. Er hatte eine feste, ruhige Stimme. Jar hatte seinen Namen schon wieder vergessen. »Wir können doch froh sein, wenn wir die ungewohnte Kleidung richtig anziehen ...«

Perrez nickte. »Als ganz normale Raumfahrer gehen wir nicht durch, das sehe ich auch so. Aber es gibt bei den Raumfahrern Religionen, die Technik ablehnen. Wir werden uns als eine solche religiöse Reisegruppe ausgeben, um eine Erklärung zu haben für Fehler« – er nickte dem Untersetzten zu – »die wir unvermeidlich machen werden. Wichtig ist, dass wir von dem Moment an, wo wir den Zug nach Tor besteigen, nicht mehr als Thaumiker auftreten. Wir dürfen also keine Thaumik mehr nutzen, die als solche zu erkennen ist. Wir sollten versuchen, auch für andere Thaumiker wie Raumfahrer zu wirken, also sind auch Trennungen kritisch.«

»Ist denn damit zu rechnen, dass andere Thaumiker dort sein werden?«, fragte der Untersetzte.

»Nein«, sagte Perrez so knapp, als wollte er das Thema schnell begraben.

Nach einer peinlichen Pause fragte jemand nach dem anstehenden Einkauf der Kleidung.

Jar lehnte sich unauffällig zu seinem Bruder, der neben ihm saß. »Bese – wie heißt der nochmal?« Er nickte leicht zu dem Untersetzten.

»Grillo«, sagte Bese. »Das ist der, der nicht von Balta war, erinnerst du dich?«

Jar dachte zurück an ihre Vorstellungsrunde. Zu viele Leute, die ihm im Wesentlichen gleich erschienen waren – er hatte sich kaum jemanden mit Namen gemerkt – doch dieser war der einzige gewesen, der nicht aus Trissolt oder Perrolt gewesen war.

»Doch, ja – der war von Benos, nicht? Ich kann mir nur die Namen nicht merken …« Jar sah an seinem Bruder vorbei zu Grillo.

* * *

Nach dem Frühstück brachen sie gemeinsam auf. Sie drängten sich durch die vollen Straßen, die Jar schon von ihrem Fenster aus gesehen hatte.

»Meister, wenn wir jetzt zu einem Schneider gehen, wie lange wird der brauchen, um unsere Kleidung zu fertigen?« Jar hatte zu Perrez aufgeholt und lief jetzt neben ihm an der Spitze der Gruppe. Immer wieder bemerkte er neugierige Blicke der anderen Menschen.

»Nein, wir haben keine Zeit für einen Schneider«, klärte Perrez ihn leise auf. »Wir werden fertige Sachen kaufen. Hier wird so etwas in vielen Größen auf Vorrat hergestellt, es sollte also kein Problem sein. Außerdem tragen Mitglieder religiöser Orden bei den Raumfahrern ähnliche Kleidung wie bei uns.«

Askese schien überall gleich zu sein.

Jar nahm das Geschäft, in dem sie den Einkauf tätigten, weniger als Laden und vielmehr als Lagerhalle wahr. Viele Leute liefen darin herum, und eine immense Menge an Gütern wurde hier feilgeboten. Jar hatte noch nie eine solche Masse an Waren in einem Haus oder sonst irgendwo aufgetürmt gesehen.

Sie folgten Perrez, der zielstrebig ein bestimmtes Stockwerk aufsuchte und sie dort in eine Ecke der Halle führte. Die Treppen faszinierten Jar. Ihre Stufen schoben sich von alleine nach oben, sodass man sie nicht ersteigen musste, sondern sich einfach darauf stellen und sich nach oben tragen lassen konnte.

Ihre neue Kleidung bestand aus hellen Hosen und Hemden und einfachen dunklen Kapuzenponchos darüber. Sie probierten sie in kleinen Kabinen an.

»Bese –«

Jar zupfte seinem Bruder an der neuen Kleidung. Bese drehte gerade die Hüften und Schultern hin und her, um den ungewohnten Anblick seiner selbst besser in einem der gewaltigen Spiegel sehen zu können. Die meisten anderen Männer ignorierten die Spiegel geflissentlich.

»Meister Perrez hat keine neuen Sachen anprobiert. Weißt du, warum?«

Bese sah zu Perrez hinüber. Der stand etwas abseits in seiner üblichen Lederkleidung und beobachtete. Hin und wieder griff er helfend ein oder erklärte ein Utensil an der Kleidung. Viel Erklärung war nicht nötig, die Kleidung bestand aus festem Stoff und wurde mit Bändern gebunden.

»Vermutlich hat er sich schon vorbereitet. Ich habe den Eindruck, dass er ziemlich genau weiß, was als Nächstes zu tun ist, so als wäre er hier schon gewesen.«

Jar bemerkte, dass Tajan seine Kapuze nach innen stülpte. Und noch mehr Missionsmitglieder taten dasselbe. Jar ging zu ihm und fragte, warum er sie nicht nach außen hängen ließ.

»Meister Perrez ist Bruderschaftler. Solange er bei uns ist, sollten wir keine Kapuzen tragen oder wenigstens nicht zeigen. Das gebietet der Respekt vor seiner Stellung.« Tajan zog die ungewohnte Kleidung zurecht. Besonders der Poncho mit der nach innen geklappten Kapuze wollte nicht bequem fallen.

»Kann es nicht sein, dass die Raumfahrer das komisch finden und wir dadurch schneller auffallen?«

Tajan dachte kurz nach. »Ja, das ist möglich. Aber wenn uns jemand wegen der fehlenden Kapuzen für Thaumiker hält, dann nur, weil er die Bruderschaftler von Balta kennt.«

»Ist es das Risiko wert?«

Tajan unterbrach den Kampf mit dem Poncho. »Ich denke ja. Zum einen – denk mal nach! – wer Balta kennt, wird bei den Raumfahrern vermutlich ebenfalls fremd sein und so nicht wissen können, ob es nicht ein Brauch der Raumfahrer ist. Außerdem wird er vermutlich auch nicht unser Feind sein –«

»Meister Perrez sagt, wir sollen uns auch vor anderen Thaumikern verbergen –«

»Er hat auch gesagt« – Tajan schloss kurz die Augen und schüttelte leicht den Kopf, wie, um die Unterbrechung fortzuwischen – »dass nicht zu erwarten ist, dass wir auf welche stoßen. Und zum anderen – das ist eigentlich viel wichtiger als der Rest – sollten wir nie vergessen, wer wir sind und wem wir Respekt schulden, besonders wenn wir eine andere Kultur besuchen.« Er blickte Jar einen Moment lang so ernst an, dass der nichts mehr sagte. Dann setzte der ältere Mann den Kampf mit der widerspenstigen Kleidung fort.

Jar stülpte missmutig die Kapuze seines Ponchos ebenfalls ein. Sie drückte unbequem am Rücken.

* * *

In der Tat hatte Perrez sich schon vorbereitet, wie Bese vermutet hatte. Nachdem sie zu ihrer Herberge zurückgekehrt waren, um ihr Gepäck abzuholen, kam er in einer dunkelblauen Kluft zurück, bei der Jar zunächst grinsen musste, weil sie wie ein dünner Strampelanzug für Erwachsene aussah. Allerdings hatte der Overall, wie diese Kleidung genannt wurde, einen Gürtel und viele Taschen. Sie stellten sich in einem Vorraum der Herberge in eine Ecke und lauschten Perrez, der das weitere Vorgehen mit ihnen besprach.

»Gut. Wir werden heute Nachmittag zum Bahnhof gehen und von dort aus nach Tor fahren. Ich werde ab dem Bahnhof euren Reiseleiter spielen, meine Kleidung ist entsprechend förmlich. Ihr spielt folgende Rolle: Ihr gehört zu einer religiösen Gruppe, die sich die Nachkommen nennen. Sie sind dort, wo wir hingehen, bekannt, aber selten anzutreffen. Es ist nicht zu erwarten, dass irgendjemand viel über sie weiß. Falls ihr gefragt werdet, solltet ihr aber dennoch einige Dinge über sie wissen, damit ihr nicht alle Unterschiedliches erzählt.

Der Hauptsitz der Nachkommen ist auf der Welt Quedda in der Stadt Newtah. Sie lehnen Technologie ab und üben sich in einem Leben ohne sie. Die Kleidung, die sie tragen, ist handgemacht. Ihr müsst nicht wissen, was sie alles ablehnen, denn das meiste davon kennt ihr tatsächlich selber nicht. Sie hassen die Technik nicht, ihre Ablehnung geht aber so weit, dass sie keine Faszination dafür empfinden. Also springt nicht rum und jubelt, wenn euch ein technisches Gerät beeindruckt, sondern haltet euch zurück und zeigt eure Ablehnung.«

Perrez sah in die Runde. Jar kam es so vor, als schaute er ihn etwas länger an als die anderen.

»Nutzt keine Thaumik.« Er machte eine Pause. »Ich sage das nochmal: Nutzt keine Thaumik. Es ist leicht, das zu vergessen. Wenn ihr gerade wach werdet und es dunkel ist« – er zuckte gelangweilt mit den Schultern – »dann sucht eben einen Lichtschalter oder macht ein Streichholz an, aber macht euch kein thaumisches Licht.«

Jar machte sich eine mentale Notiz, herauszubekommen, was ein Lichtschalter war.

»Vermeidet, in Trennung zu gehen. Regelmäßig apathisch dreinblickende Männer können als Thaumiker erkannt werden. Schon Berichte davon gelangen schneller zu den falschen Leuten, als uns lieb ist. Schwache Trennung kann von einem anderen Thaumiker bemerkt werden. Es ist nicht anzunehmen, dass wir einem begegnen werden, doch wenn möglich, wollen wir auch dann unsere Tarnung aufrecht erhalten. Benehmt euch wie Raumfahrer. Wenn wir erkannt werden, könnte es Probleme geben.«

Jar konnte sich noch kein Licht wirken. Die Lichter, die auf Balta benutzt wurden, waren ritualistisch und deshalb schwerer zu lernen als die einfache Symbolistik, die zum Öffnen von Türen oder zum Füllen von Gefäßen benutzt wurde. Es würde ihm nicht schwer fallen, auf

Thaumik zu verzichten, doch jedes Ritual musste vom Herzen her gelernt werden und ging einem dadurch in Fleisch und Blut über. Für die älteren Missionsmitglieder – und das waren alle anderen – würde es schwer werden, das zu kontrollieren.

»Wenn die Nachkommen Technologie ablehnen – was tun sie dann hier – also was tun wir dann hier?«, fragte Martis.

»Die Nachkommen sind an Thaumik interessiert, können aber keine wirken.« Jar horchte auf, sagte jedoch nichts, und Perrez sprach weiter: »Wir sind eine Delegation, die sich hier aus erster Hand über Thaumik informieren wollte. Aber diese Geschichte kann auch misstrauisch machen, also drängt sie niemandem auf, der nicht danach fragt.«

Jar sah den Moment gekommen, zu fragen, was ihn seit dem Morgen beschäftigte.

»Meister – warum können die Nachkommen keine Thaumik wirken?«

Aus dem Augenwinkel sah Jar, wie Bese erst zu ihm und dann sofort zu Perrez blickte. Er war an der Antwort genauso interessiert wie Jar.

Perrez blickte Jar einen Moment an und sah aus, als kaute er mit den Schneidezähnen auf einem Krümel. Dann atmete er tief durch und lehnte sich leicht zurück. Er ratterte ein paar Sätze herunter, als wären sie eine böse Nachricht, die er möglichst schnell loswerden wollte.

»Die Nachkommen leben auf nichtthaumischen Welten. Dort existiert keine Thaumik. Wenn wir dort hingehen, nehmen wir Thaumik mit uns. Sie wird mit der Zeit jedoch schwächer.«

Die Männer waren totenstill. Jar wurde sich des Geräuschpegels um sie herum bewusst. In Hörweite ihrer Gruppe war niemand, doch vor der Herberge fuhren die motorbetriebenen Wagen ununterbrochen auf und ab, und hunderte von Menschen wuselten auf dem Gehsteig durcheinander.

»Wie bald?«

Tajan hatte gefragt. Einige Köpfe drehten sich zu ihm, dann wieder zu Perrez.

Der hielt den Kopf leicht schief und zog das Kinn hoch. »Unterschiedlich. Bei einigen bleibt ein Teil der Thaumik ein Leben lang erhalten, bei anderen ist sie nach einigen Monaten völlig verschwunden.«

Vage Erleichterung machte sich bei den Thaumikern in der Runde breit. Sie würden nur einen Monat dort bleiben, in dieser Zeit sollte also nicht zu viel verloren gehen.

»Es ist auch damit zu rechnen«, ergänzte Perrez noch, »dass man alle thaumischen Fähigkeiten so schnell zurückerhält, wie sie verschwanden, wenn man wieder auf thaumische Welten zurückkehrt.«

Noch mehr Erleichterung. Einige lächelten sich an, als hätte ein Arzt ihnen erst den unaussprechlichen Namen einer Krankheit genannt und sie dann aufgeklärt, dass es sich nur um einen Schnupfen handelte.

»Es gibt noch mehr«, sagte Perrez.

Die anderen hörten sofort wieder intensiv zu.

»Trennungen fallen jenseits der Randzone schwerer und schwerer. Es ist, als bekäme man eine Hülle, die die Trennung verhindert. Testet dies nur in einem unbeobachteten Moment. Dieser Effekt tritt sofort auf und verschwindet auch sofort wieder, wenn wir zurückkehren. Wir müssen also nicht monatelang darauf warten.«

Einige lächelten so leicht und so schief, dass deutlich war, dass sie nicht so recht wussten, ob sie in der Stimmung für Witze waren.

* * *

Jar hatte keine Schwierigkeiten, seine Neugierde im Bahnhof zu kontrollieren. Als sie den überdachten Bahnsteig entlang gingen, sah er nach oben, um die Vögel zu beobachten, die unter seiner hohen, langgestreckten Kuppel wohnten. Die Maschinen waren gigantisch, haushoch, und die Gebäude waren immens, größer als alle, die er bisher gesehen hatte.

Doch ihm ging noch der Abschied durch den Kopf.

Perrez hatte Tansir ausgewählt, auf Harim zu bleiben und die Stellung zu halten. Es hatte ihn unerwartet getroffen, und er hatte nicht so recht damit umzugehen gewusst.

Tansir war schon ziemlich alt, an der Schwelle zum Greisenalter, und er hatte sich unwillkürlich umgeschaut und nachdenklich gemurmelt. Er hatte sich hin und her gedreht, als ob er etwas suchte, und dabei sinnentleert seine Taschen abgetastet. Jar hatte gar nicht hinsehen wollen.

Tansir war sehr nett. Er erinnerte Jar an einen Nachbarn, den sie in Trissolt hatten. Auf Harim war er sicher vor den Gefahren, die die weitere Mission noch zu bieten hatte, und das freute Jar. Doch Tansir war tatsächlich alt, und es lag nahe, dass er deshalb an diesem absehbar anspruchslosen Zwischenstopp zurückgelassen worden war, und das war allen klar. Jar war es unangenehm gewesen, Tansir in eine solche Verlegenheit gestürzt zu sehen.

Beim Wegsehen war Jars Blick auf Martis gefallen. Martis hatte seltsam gewirkt. Nicht unbeteiligt, nicht gefühlskalt. Nur irgendwie fatalistisch. Jars Kopf konnte sich den Zwängen der Umstände beugen, nicht jedoch sein Herz. Bei Martis schien das anders zu sein.

Perrez erfüllte seine Rolle und wies ihnen den Weg zu ihrem Zug, einer endlos langen Maschine, an der sie erst eine Weile entlangwanderten, bevor sie zu dem Teil kamen, der für sie vorgesehen war. Sie stiegen ein und verstauten ihr Gepäck in hängemattenartigen Halterungen über den Sitzen.

Die Waggons hatten jeweils etwa ein Dutzend Abteile. Die Gruppe kam mit zweien aus. Jar teilte sich seins mit Bese, Martis, Tajan und einem Mann aus ihrer Gruppe, der ebenfalls schon ziemlich alt war, aber noch deutlich stärker als Tansir wirkte. Er lächelte Jar oft freundlich aus seinem faltigen Gesicht an, doch sie hatten noch nie ein Wort gewechselt. Der Rest der Gruppe war im anderen Abteil.

»Bese, was meinst du, wie die Raumschiffe aussehen werden? Ob die noch größer sind als dieser Zug hier?«

»Hm, ja, ich hab gehört, dass die ziemlich gewaltig sein sollen. Aber vielleicht gibt es ja auch kleinere.«

Die anderen Männer hörten schweigend zu. Keiner von ihnen hatte Erfahrungen mit Raumschiffen.

Alles wackelte. Jar erschrak, ebenso die anderen im Abteil. Doch der Zug war nur angefahren, wie sie kurz darauf bemerkten, als die Halle, der Bahnsteig und die anderen wartenden Züge nach hinten wegzugleiten schienen.

Jar sah aus dem Fenster, nahm die Eindrücke in sich auf.

Nachdem sie den Bahnhof verlassen hatten, wurde es heller. Sie rollten gemächlich durch die Stadt, deren Namen Jar nie gehört hatte, doch auf dem Bahnhof hatten Schilder gehangen: *Prinney Hauptbahnhof*.

Vor ihrem Fenster zogen Straßen, flache Gebäude und Plätze vorbei, alle extrem belebt, Menschen überall. Der Bahnhof hatte dicht neben dem Fluss im Tal gelegen, und die Gleise führten jetzt wieder den Berg hinauf. Bald bekamen sie einen Teil des Überblicks über die Stadt, wie sie ihn von der Bergkuppe des oberen Sprungplatzes aus gehabt hatten.

Unvermittelt wurde das Rumpeln des Zuges lauter, er schien leicht zu wanken, dann wurde es so plötzlich dunkel, dass Jar erschrak, doch nach wenigen Sekunden flammte eine Laterne auf, die in der Decke des Abteils eingebaut war. Einige Minuten fuhren sie durch den Tunnel. Eine dunkle Wand zog endlos an ihrem Fenster vorbei.

Ebenso schlagartig wie der Anfang kam das Ende des Tunnels. Die Landschaft war auf dieser Seite des Berges gänzlich anders. Im Tal hatten sie nur die Stadt gesehen. Hier war plötzlich ein Feld am anderen. Hin und wieder kam eine Weide mit großen äsenden Tieren darauf, die Jar nicht kannte. Nichts schien ungenutzt, kein Flecken naturbelassen. Jar schaute verwundert, als sie an einer hausgroßen Maschine vorüberfuhren, die sich träge über ein Feld schob und es dabei aberntete.

»Prinney war ja sehr groß«, meinte Bese nachdenklich, als Jar ihn darauf ansprach. »Die vielen Menschen brauchen natürlich auch viel Nahrung. Vermutlich sind hier deshalb so viele Felder.«

Doch die Felder und Weiden hielten an. Sie durchfuhren weite Landstriche, ohne das kleinste Stück Wildnis zu entdecken. Alles war kultiviert, von kleinen Straßen und Wegen durchzogen, überall waren Schuppen und Scheunen, immer wieder kamen sie an Häusern und Ställen vorüber.

Auf Balta konnte man die größten Bauernhöfe an einem oder zwei Tagen umwandern, und zwischen zweien lag stets ein gehöriger Abstand Wildnis. Auf Harim gab es keine Wildnis. Die Bauernhöfe stießen direkt aneinander, füllten die gesamte Fläche aus. Auf Balta hätte niemand seinen Hof so dicht an einem anderen errichtet.

Jar sah minutenlang nach draußen. Die Fahrt, das gleichmäßige Rattern der Räder auf den Schienen, die immer gleichen Eindrücke – vorbeiziehende Felder, Bäche, Dörfer – hatten eine beruhigende Wirkung auf ihn. Ein Vogel flog mit der Richtung des Zuges, ein Vogel mit gewaltiger Spannweite. Eine Taube in dieser Entfernung wäre gerade noch zu sehen gewesen. Er schlug seine weiten Schwingen alle paar Sekunden einmal.

Etwas löste sich von dem Vogel, blieb hinter ihm in der Luft zurück. Jar sah genauer hin, war sich aber nicht sicher, was er da sah. Dann wieder: ein länglicher, dunkler Fleck, der von der Luft gebremst nach unten torkelte. Der Vogel schlug mehrmals heftig mit den Flügeln, verlor dabei eindeutig Federn aus den Schwingen, die als Wolke hinter ihm zurückblieben und zu Boden schwebten.

»Bese ...«, sagte Jar, ohne wegzusehen, und tippte seinen Bruder an. Bese schlief. Der Vogel verlor immer mehr von seinem Gefieder und begann ein Flattern, das bei seiner Größe seltsam krank aussah. Jar packte einen Arm und schüttelte, bis Bese wach wurde.

»Was –?«

»Schau!« Jar starrte weiter aus dem Fenster.

Bese schaute einen Moment. »Was ist das?«, fragte er dann.

»Ein Vogel, der Federn verliert«, sagte Jar ernst. »Mitten im Flug. Gerade eben flog er noch ruhig dahin.«

Bese runzelte die Stirn. »Ich kann nicht viel erkennen, ist zu weit weg, aber irgendwas flattert da und verliert was. Bist du sicher, dass es seine Federn sind?«

Jar dachte nach. So genau konnte er das nicht sagen. »Was soll es sonst sein?«

»Hmm ...«, machte Bese.

Jetzt schaute auch Martis nach draußen zu dem verzweifelt strampelnden Vogel, der inzwischen deutlich an Höhe verloren hatte. Tajan döste ebenfalls, und der Alte las ein Buch. Die drei jüngeren Thaumiker sahen weiter zu, bis der Vogel sehr unelegant in einen Baum stürzte, wo die Äste unter seinem Gewicht erheblich schwankten. Der Baum zog nach hinten davon und war bald außer Sichtweite.

»Sollen wir Meister Perrez Bescheid sagen?«, fragte sich Jar laut.

»Das war kein Vogel. Das war eine Usne«, meinte der Alte, ohne aufzublicken. »Ich würde mich nicht wundern, wenn Meister Perrez die runtergeholt hätte.«

Er blätterte um und las weiter.

»Was ist eine Usne?«, fragte Jar verblüfft.

»Ein Thaumischer«, sagte Bese. »Ich wusste nicht, dass sie auf Harim leben. Ich dachte, die kämen von viel weiter innen.« Damit meinte er weiter weg von der Randzone.

»Ja, das stimmt auch«, sagte der Alte wieder und blickte jetzt ruhig auf. »Aber ihre Neugierde treibt sie überall hin. Auf Balta geschieht nicht viel, deshalb sieht man sie da selten.«

»Das war kein Vogel?«, fragte Jar ungläubig.

»Eine Usne ist intelligent«, sagte der Alte milde. »Sie kann Thaumik nutzen und unternimmt Reisen zu anderen Welten. Du kannst dich mit ihr unterhalten, wenn du ihre Sprache sprichst. Würdest du sagen, das ist ein Vogel?«

Jar blickte nach draußen. »Na ja, ein kluger Vogel halt.«

Der Alte schmunzelte. »Sieh dich vor! Usnen könnten beleidigt sein, wenn man sie als Vögel bezeichnet.« Dann las er weiter.

»Und warum hat Meister Perrez die Usne runtergeholt?«, fragte Martis jetzt den Alten.

»Wir können keine neugierigen Verfolger gebrauchen«, antwortete Bese für ihn.

Martis sah Bese an und dachte nach. Dann zuckte er unmerklich die Schultern, als wollte er sagen, dass in ihrer Situation alle Aussagen auf Sand gebaut seien, und sah weg.

* * *

Tor war sicher ebenso groß wie Prinney, lag jedoch nicht an einem Berghang, sondern auf einer Hochebene. Der Zug wurde stetig langsamer, als es immer steiler wurde. Am Abend rollten sie gemächlich in die Stadt hinein. Es war bereits dunkel geworden, doch die Stadt war hell erleuchtet. Wie in Prinney gab es an jeder Straße alle paar Dutzend Schritte eine Laterne an einem Mast, und alle leuchteten. Der Anblick war herrlich.

Auf Balta war fast jeder Erwachsene in der Lage, sich selbst ein Licht zu erzeugen, und Verkehr war rar. Die meisten Menschen beendeten dort ihre Außenarbeiten spätestens kurz nach Sonnenuntergang. Ohne Jahreszeiten waren auch alle Tage gleich lang, sodass kein Winter die Nächte in die Arbeitszeit hinein ausdehnte. Öffentliche Laternen gab es deshalb nur an wichtigen Gebäuden.

Bei der Sicht auf die hell erleuchteten Städte Harims bedauerte Jar dies und musste von Bese daran erinnert werden, dass er seine Faszination nicht zeigen sollte.

Von den geografischen Unterschieden abgesehen, war Tor Prinney sehr ähnlich. Die meisten Häuser waren eher flach, es gab auf vielen Straßen viele Menschen, und Thaumik war nicht zu sehen.

»Oh, es gibt hier Thaumik«, sagte Perrez zu ihm, als er ihn danach fragte, »doch hier funktioniert nicht so viel. Harim hat sich eher der Technik zugewandt, und Thaumik und Technik vertragen sich nicht gut miteinander. Aber es gibt wirksame Thaumik hier. Sie ist nur nicht so offensichtlich wie die Technik.«

Die Missionsteilnehmer hatten sich etwas gemischt, und Jar war jetzt im anderen Abteil. Er bemühte sich, draußen etwas Thaumisches zu entdecken, doch es gelang ihm nicht. Schließlich sagte er zu Perrez: »Meister, ist hier wirklich irgendetwas Thaumisches? Außer den Sprungplätzen kann ich überhaupt nichts entdecken ...«

Perrez dachte einen Moment nach, dann zeigte er auf Jar, nein, an Jar vorbei auf den Sitz. »Die Bezüge der Polsterung sind thaumisch hergestellt. Raumfahrer hätten Nähte an den Stoffen.« Er tippte mit dem Fingerknöchel gegen das Glas des Fensters. »Das Glas hier ist versiegelt, damit es keine Kratzer bekommt und länger hält.« Er schmunzelte und zeigte auf ein Fahrzeug, das neben ihrem Zug auf einer dunkel geteerten Straße fuhr und Frontscheinwerfer gegen die Dunkelheit eingeschaltet hatte. »Der Wagen da unterstützt seinen Antrieb mit Thaumik, und die Abgase werden thaumisch gesäubert. Und der Grundriss der Städte hier« – er deutete die Stadt da draußen als Ganzes an – »enthält eine große Anzahl thaumischer Symbole. Das Trinkwasser in den Leitungen wird durch sie angetrieben.«

Jar sah sich verunsichert und unbestimmt beeindruckt

um. Offenbar konnte jede Kleinigkeit hier verborgene Thaumik enthalten.

»Aber dein Eindruck ist nicht ganz falsch«, sagte Perrez dann noch. »Die Menschen in den Randzonen verbergen ihre Thaumik eher, und viele nutzen wenig oder keine. Starke Thaumiker sind hier meist nur ein paar Monate tätig und gehen dann auf eine Welt zurück, die nicht in der Randzone liegt.«

Ihr Zug rollte noch einige Minuten durch die Stadt, wurde dann langsamer und fuhr schließlich in einen Bahnhof ein, der auf seinen Schildern verkündete: *Tor Hauptbahnhof*.

»Wir steigen hier noch nicht aus«, sagte Perrez, als einige schon Anstalten machten, ihr Gepäck aus den Netzen herabzuholen.

»Ach so?«, fragte Jar.

»Wir fahren bis *Tor Raumhafen* weiter.«

Jar ließ sich wieder in seinen Sitz fallen und blickte zum Fenster hinaus. Trübe Laternen hingen von quergespannten Seilen aus Metall. Insekten umschwärmten sie, ernährten eine Armee von Spinnen, die die immer gleichen Lichtquellen als Lockmittel für ihre Zwecke nutzten. Über zwei menschenleere Bahnsteige hinweg war die Wand der Bahnhofskuppel zu sehen. Sie war von hier innen blass beleuchtet und bestand aus milchigen Scheiben, durch die man nur erahnen konnte, dass es draußen dunkel war. Ein taubengroßer Vogel hockte auf einer Querstrebe der Kuppelinnenwand, den Kopf tief an den Körper gezogen, dösend.

Der Zug ruckte wieder an, beschleunigte gemächlich. Der Bahnhof zog an ihnen vorüber mitsamt den Spinnen, Insekten, Vögeln und seinen anderen Bewohnern. Draußen lag noch immer die Stadt mit ihren prächtig beleuchteten Straßen und den vielen Lichtern in den Häusern. Sie überquerten in großer Höhe einige Plätze, die von Geschäften gesäumt waren. Trotz der späten Stunde waren hier noch viele Menschen unterwegs oder saßen vor den Läden, die Jar für Gasthäuser und Schenken hielt. Einige davon blinkten, und dumpf stampfende Geräusche schienen von ihnen auszugehen.

Sie fuhren nur wenige Minuten später in den nächsten Bahnhof ein, diesmal *Tor Raumhafen*. Sie rafften ihr Gepäck zusammen, drängten aus den Abteilen zu den Türen. Mit quietschenden Bremsen und einem letzten Ruck hielt der Zug, die Türen wurden freigegeben, schwangen nach außen auf. Die als Nachkommen verkleideten Thaumiker verließen den Zug und sammelten sich auf dem Bahnsteig.

Perrez führte sie dann gemäß seiner Rolle als Reiseleiter den Bahnsteig entlang und zum Ausgang. Sie hatten den Bahnsteig noch nicht verlassen, da fuhr der Zug neben ihnen wieder an und rollte aus dem Bahnhof, weiteren Zielen entgegen. Er hatte schwache rote Laternen an seinem Ende. Während Jar sie in der Ferne immer kleiner und dunkler werden sah, wurde es still um sie.

Vor dem Bahnhof erhob sich ein vielstöckiges Gebäude. Jar kannte einen Turm auf Balta, der ähnlich hoch sein musste, doch der hatte einen kleinen Grundriss. Und natürlich wusste er von Burg Prastigor auf den elf Kontinenten, doch die hatte er nie gesehen. Dieses Gebäude hingegen war in jeder Hinsicht gewaltig. Es war größer als jeder Platz, den Jar gekannt hätte, gänzlich grau und fast fensterlos. Nach oben hin verjüngte es sich nicht, sondern dehnte sich noch aus. An seiner Spitze wurde es von einem breiten überlappenden Rand gekrönt.

Der Raumhafen war wie ein rundes Stadion angelegt und umrahmte die Start- und Landeplätze in einem weiten Bogen. Zutritt erlangte man unterirdisch. Der Haupteingang, der dem Bahnhof gegenüberlag, bestand aus einer breiten Treppe, die tief in den Boden führte.

»Denkt daran, dass ihr als Nachkommen Technologie ablehnt«, ermahnte Perrez sie noch einmal, als sie sich dem Eingang näherten. Einige der Thaumiker hatten die Augen weit aufgerissen, bemühten sich jetzt aber wieder um einen neutraleren Blick und stiegen schweigend hinter Perrez die Treppe einige Stockwerke tief in den Keller hinab.

Am Fuß der Treppe kamen sie in eine Halle. Hier gab es Schalter und lange Reihen aus Bänken, doch es war kaum Betrieb. Wenige Personen saßen vereinzelt oder in kleinen Gruppen und schauten auf dünne Brettchen, die sie in der Hand hielten, oder starrten Löcher in die Luft. Es rauschte hohl und leise aus Kästen in der Decke, an denen leicht flatternde Bändchen hingen. In einiger Entfernung sahen sie ein paar Männer in Uniform schlendern: Ordnungshüter, wie Jar von Perrez erfuhr.

»Also wie die Wachen bei uns?«

Perrez verzog das Gesicht, als fielen ihm Argumente dafür und dagegen ein.

»Wache kann bei uns jeder werden«, sagte er dann. »Diese da« – er deutete auf die Ordnungshüter – »haben ihren Beruf viele Monate gelernt.«

»Was haben sie denn dafür so lange gelernt?« Jar wunderte sich. Die Wachen in den Städten auf Balta hatten nicht viel zu tun und waren für einige Monate gewählte normale Bürger der Stadt. Ihre Hauptaufgabe bestand darin, die Augen für Angriffe von außen offenzuhalten und in diesem Fall Alarm zu schlagen. Doch da der letzte Angriff länger zurücklag als Jars Geburt, war ihre Nebenaufgabe in den Vordergrund gerückt: Streitigkeiten schlichten und in extremen Fällen die Streithähne einem Senaristen vorführen. Doch bei der Erfüllung ihrer Aufgabe mussten sie selten Gewalt anwenden und konnten sich meist auf die Hilfe Unbeteiligter verlassen. Wenn es handgreiflich wurde und sie sich nicht selbst durchsetzen konnten, riefen sie Bruderschaftler zu Hilfe.

»Im Wesentlichen kämpfen«, sagte Perrez knapp.

»Kämpfen?«, fragte Jar völlig überrascht. »Dann sind sie Taristen oder so eine Art Bruderschaftler?«

Perrez grinste ihn von der Seite an. »Glaubst du, dass Bruderschaftler vor allem kämpfen können?«

Jar fasste sich. »Nein, aber sind Bruderschaftler nicht auch immer gute Kämpfer?«

»Nein, nicht alle. Viele, ja, das mag stimmen, aber nein, diese Ordnungshüter erfüllen ihre Aufgabe als Beruf. Sie tun ihr Leben lang nichts anderes. Man könnte sie also wirklich eher mit Taristen vergleichen.«

Perrez sah beim Sprechen nach vorne und schlug einen leisen und ruhigen Tonfall an, wie wenn man jemandem eine umfassende und wichtige Weisheit mit einem Mal vermitteln will.

»Bruderschaftler sind dem Ruf verpflichtet, der mit der Bruderschaft einhergeht. Ihre Aufgabe ist es, das Wissen um die Thaumik zu mehren, aber nicht vorrangig, um sie einzusetzen, sondern um ein besseres Verständnis von der Welt zu erlangen.«

Er sah wieder zu Jar. »Man lernt dabei auch das Kämpfen, das stimmt, aber das ist nicht das Ziel, sondern es ist einfach nur Teil des Wegs.«

Sie sammelten sich in einer Ecke, wo mehr als genügend freie Sitzplätze waren. Perrez ging zu einem Schalter, sprach durch ein kleines Fenster mit jemandem darin und kam dann zu ihnen zurück.

»Bese, meinst du, es wird ein Problem sein, ein Raumschiff zu finden, das uns mitnimmt?« Jar wunderte sich, so wenige Menschen in dieser riesigen Halle zu sehen. Es war offensichtlich, dass hier Kapazitäten bereitstanden, die für sehr viel mehr Passagiere vorgesehen waren.

»Ich glaube, das ist schon vorbereitet und muss jetzt nur noch geklärt werden. Raumfahrer kommen nicht oft hierher, hat Meister Perrez gesagt, also wäre es ein ziemliches Risiko, auf gut Glück zu kommen. Vielleicht müssten wir dann monatelang auf ein Schiff warten.«

Neben dem Schalter ging eine Tür auf und ein nicht sehr großer, hart wirkender Mann mittleren Alters kam heraus. Er hatte schwarz-grau meliertes Haar, das so kurzgeschnitten war, dass es borstig nach oben wegstand. Sein Gesicht war streng und kantig. Er trug einen grauen

Overall, dem von Perrez nicht unähnlich, doch passte dieser Mann zu seiner Kleidung, die wie angegossen saß und an einigen Stellen bereits abgenutzt und dünn war. Er kam mit schnellem Schritt direkt auf sie zu, die Augen keinen Moment von ihnen abgewandt.

»Perrez«, sagte er ruhig und fest, als er nur noch ein paar Schritte entfernt war. Er wandte sich ohne Umschweife an den einzigen, der sich durch seine Kleidung von den anderen abhob. Jar zuckte unwillkürlich, als ein Fremder den Senaristen so familiär ansprach.

Perrez nickte.

»Ihr seid da. Gut. Ich warte schon auf euch. Ich bin Kapitän Dacker«, sagte er dann etwas lauter und mehr in die Runde. »Wir gehen sofort an Bord. Ich werde den Start für« – er schlenkerte ein breites, lockeres Armband unter dem Ärmel hervor, sah es kurz an und hob den Blick sofort wieder zu der Gruppe – »vier Uhr dreißig ansetzen. Ich hoffe die Flugkontrolle akzeptiert das noch. Kommt mit.«

Er drehte sich wieder um und ging zu der Tür zurück, die er offengelassen hatte.

Sie nahmen ihre Sachen und folgten ihm schweigend durch die Tür.

Jar beugte sich zu Bese und flüsterte: »Kennen die beiden sich?«

»Ich weiß nicht«, flüsterte Bese zurück, »hattest du den Eindruck?«

Hinter ihnen schloss eine junge Frau die Tür und kehrte dann in den Schalter zurück, der von dieser Seite der Wand aus offen zugänglich war.

»So halb.« Jar war unschlüssig. »Ich glaube, ja, aber es sollte nicht offensichtlich sein.«

»Warum das?« Beses flüsternder Tonfall war weiterhin sachlich, er hatte den Kopf zu Jar gedreht.

Jar hob die Augenbrauen, zuckte die Schultern und schob die Unterlippe vor.

Die Tür führte zu einer Kette aus mehreren Räumen,

die sämtlich leer waren bis auf das Inventar, das aus Stühlen und Schreibtischen mit Geräten darauf bestand. Auf Jar wirkte es nicht so, als wäre dies der offizielle Weg für Passagiere. Außer Kapitän Dacker und der jungen Frau vom Schalter hatte er noch niemanden hier hinten gesehen.

Dacker ging schnurstracks durch die Räume und führte die Gruppe schließlich durch eine große und sehr dicke Schiebetür aus Stahl in eine enorme, schummrige Halle. Sie war so groß, dass mehrere baltanische Dörfer in ihr Platz gefunden hätten, und so hoch, dass das größte baltanische Gebäude ihre Decke nicht einmal ansatzweise berührt hätte. Nur einige eingezeichnete Wege auf der Bodenfläche waren gut beleuchtet mit gleißend hellen Laternen, die an langen Masten befestigt waren und nur nach unten strahlten. Die Wände waren grau mit einem leichten Gelbstich. Hier und da waren Dinge an ihnen befestigt, einige in großer Höhe. Jar sah in der Düsternis klobige Kästen mit runden Gittern davor, durch die sanft rauschend Luft einströmte. Er bemerkte Lichter, die nur als Signal dienen konnten, denn sie waren farbig und alle viel zu dunkel, um in der riesigen Halle mehr zu beleuchten als ihre direkte Umgebung. Daneben gab es auch Rohre, Kabel und Seilzüge. Gewaltige Galgenkräne ragten von den Wänden, die schwenkbar und jetzt zur Seite gedreht waren. Die Decke schien metallisch aus der Schwärze herabzuschimmern. Von dort hingen weitere Seile herab mit schweren Haken daran. In einigen dunklen Ecken standen Hebebühnen und Fahrzeuge vor Garagen mit Rolltoren.

Jar hörte Perrez' mahnende Stimme kaum. Er sagte gerade etwas wie: »Denkt daran, dass ihr Technik ablehnt …«

In der Halle stand ein Raumschiff.

Es war gewaltig. Riesig.

Es war so groß, dass es die Halle fast völlig ausfüllte. Es stand auf Füßen, die so dick waren, dass sie ganze

Häuser hätten zerdrücken können. Sie waren unten wie Kufen rundherum etwas nach oben gebogen. Darüber waren dunkle Verschalungen, Massen an Schläuchen und Kabeln, Gestänge und Gelenke. In einiger Höhe knickte jedes Bein dann in einem unwirklich groß erscheinenden Gelenk zum Raumschiff. Ein kreisrundes Scharnier war dort sichtbar, in dem man von der Größe her bequem eine Wohnstatt hätte errichten können.

»Kommt weiter, Kapitän Dacker hat es eilig.«

Jar zählte mindestens acht solche Füße, vier rechts und vier links von dem beleuchteten Hauptweg, der unter dem Raumschiff durchführte, doch weite Teile der Halle waren einfach zu dunkel, um sicher zu sein. Auf ihnen stand das eigentliche Raumschiff. Es war mehr oder weniger linsenförmig. An seiner Unterseite, die haushoch über ihnen hing, hatte es eine Phalanx von Triebwerken, Düsen und Aggregaten, die Jar an die löchrigen Steine erinnerten, die aus erstarrter Lava entstanden. Eine Ordnung darin war nicht zu erkennen. Sie wirkten irgendwie nicht menschengemacht, sondern gewachsen, dann verwuchert und schließlich gestorben und erstarrt.

Perrez' Stimme, jetzt etwas ärgerlich: »Jar, komm weiter jetzt!«

Jar sah kurz zu Perrez und folgte Bese etwas schneller, der zwar auch das Raumschiff betrachtete, jedoch seine Aufmerksamkeit größtenteils noch dem Weg schenken konnte.

Über der Antriebsphalanx erhob sich wie ein gewaltiger Felsen der Bauch des Schiffes. Er war metallisch grau verkleidet und wies Zeichen auf, die im Dunkeln nicht zu entziffern waren. Einige Flecken darauf sahen aus wie Fenster, doch sie waren so weit weg von der Beleuchtung, dass Jar nur mutmaßen konnte. Als sie erst auf das Schiff zu und dann darunter hindurchgingen, änderte sich seine Ansicht nur quälend langsam. Sie schienen kaum unter dem endlosen Rumpf voranzukommen. Zwischen seinen Beinen hatte man den Eindruck, durch eine große Höhle zu gehen.

Schließlich erreichten sie einen Kasten, von dem aus Seile senkrecht nach oben in das Schiff verliefen. Aus der Ferne hatte er klein gewirkt. Jetzt erkannte Jar, dass ihre Gruppe ihn nicht im Mindesten füllte.

Sie betraten den Kasten durch ein Tor. Hinter ihnen schloss es sich mit einem Gitter, das von der Decke des Kastens herabrollte. Der Kasten ruckte und hob sich dann vom Boden. Einige der Männer bewegten sich unruhig, doch ihr geringes Gewicht hatte keinen spürbaren Einfluss auf den Aufzug. Sie wurden gemächlich zu den Triebwerken und Düsen des Schiffs hinaufgezogen.

Durch das Gitter sah Jar auf den Weg hinab, den sie gekommen waren. Jetzt wirkte er wie eine Spur aus Lichtern, die ein Thaumiker in einem Feld angelegt hatte, um ein Symbol zu ziehen.

Die Lichter erloschen jetzt eins nach dem anderen. Jar fühlte sich, als bräche hinter ihm eine Brücke zusammen. Die Masten mit den Laternen versanken im Boden und wurden automatisch abgedeckt.

Vor das Tor des Kastens schob sich der Trichter eines Triebwerkes, versperrte die Sicht mit seiner Größe, zog nach unten, verjüngte sich nur leicht nach oben hin. Er ragte aus einer glasig-glänzenden dunkelroten Decke, in die der Kasten jetzt gezogen wurde. Vor dem Gitter fuhr eine dunkle Metallwand abwärts. Sie warteten ab. Schließlich wurde der Kasten ins unterste Deck gezogen, bremste abrupt, und sofort rollte das Gitter nach oben.

»Willkommen an Bord der Piatrusti«, sagte Kapitän Dacker.

Durch die Quartiere

Geländer umrahmte eine Öffnung im Boden, ein Schacht führte nach unten. Zischend schloss sich hinter ihm das Schott. Lorth trat an das Geländer und schaute hinab. An der Wand waren Steigeisen, sie reichten etwa zehn Meter abwärts und endeten auf dem Boden der untersten Etage des Decks.

Er wartete eine Weile. Nur das sanfte Rauschen der Lüftung war zu hören. Nichts rührte sich dort unten. Schatten von Passanten oder Fahrzeugen waren nicht auszumachen.

Er griff nach den Steigeisen und begann den Abstieg. Sein eigener Atem kam ihm unangenehm laut vor, und jeder Schritt auf dem Metall machte zu viel Lärm. Er blickte immer wieder nervös an seinen Beinen hinab und hielt zum Lauschen inne. Er wollte noch einmal in die Ströme schauen, doch dann hätten seine Hände losgelassen, und er wäre den Schacht hinabgefallen. Also stieg er vorsichtig weiter.

Der Schacht führte nicht auf eine Straße, sondern endete in einem kleinen Raum. Eine Wartungstür an einer Wand hatte auf dieser Seite eine Klinke. Lorth öffnete die Tür ein wenig und spähte durch den Spalt. Er sah einen schmalen Gang, etwa zwei Meter breit und zweieinhalb hoch, der gleich abknickte und dadurch nicht weiter einsehbar war. Vermutlich ein Quartiergang.

Lorth schloss die Tür vorerst wieder. Jetzt war eine Gelegenheit. Er lehnte sich an die Wand und schickte seinen Geist auf Wanderschaft.

Sofort packte ihn der Strom und wollte ihn mit sich reißen. Er sah sich um. Nichts Lebendiges in Sichtweite, von Glimp abgesehen. Die Quartiere hier mussten unbewohnt sein. Lorth kehrte in seinen Körper zurück, der bereits etwas zusammengesunken war.

Er schlüpfte durch die Tür und drückte sie mit einem Schnappen hinter sich zu. In der anderen Richtung war der Gang deutlich länger. Und tatsächlich waren rechts und links typische Türen zu Wohnungen.

Quartiergänge waren generell öffentlich zugänglich, daher schlich er nicht mehr, sondern ging, die Hände wieder in den Jackentaschen, um die Ecke. Der Gang führte etwa fünfzig Meter geradeaus auf eine Straße zu, die belebt schien. Von dort waren jetzt auch Geräusche zu vernehmen, und es waren Fahrzeuge zu sehen, die vorbeihuschten.

Als er vielleicht zwanzig Meter gegangen war, öffnete sich vor ihm eine der Wohnungstüren. Lorth erschrak und suchte instinktiv nach Deckung, die es hier nicht gab. Dann stutzte er. War er schon so weit von dem Punkt entfernt, an dem er in den Strom geschaut hatte? Er hatte die Quartiere für unbewohnt gehalten. Und normalerweise waren nicht nur einzelne Wohnungen in einem Abschnitt wie diesem vergeben. Doch er ließ sich nichts anmerken. Eine junge Frau in einem schicken Overall trat in den Gang. Sie blickte ihn kurz an und wandte sich dann ihrer Tür zu, die sie verschloss, als er an ihr vorüberging. Sie kam in einigem Abstand hinter ihm her.

Die Straße war nur noch Sekunden entfernt. Lorth duckte sich kaum merklich, um einen besseren Überblick über die Lage dort zu bekommen. Sie war ein gesamtes Deck hoch, also etwa zehn Meter, und etwa zwanzig Meter breit. An ihren Rändern waren Gehwege und je zwei Balkongänge darüber, in ihrer Mitte verliefen Schienen für öffentliche Nahverkehrsmittel. Daneben waren Spuren für kleinere Fahrzeuge. Es herrschte sporadischer Verkehr. Lorth trat aus dem Quartiergang und bog zielstrebig auf den Fußweg ab, als wüsste er, wohin er wollte. Die Balkongänge über ihm führten zu den höher gelegenen Wohnungen dieses Decks. Alle paar Dutzend Meter gab es Treppen.

Da die junge Frau ebenfalls in seine Richtung abgebogen war und ihm weiterhin folgte, ging Lorth eine dieser Treppen nach oben. Er wollte niemanden lange hinter sich haben. Zeugen, die sich erinnern würden, welchen Weg er eingeschlagen hatte, konnte er nicht gebrauchen.

Sie nahm jedoch auch die Treppe und folgte ihm. Ob Zufall oder Absicht – sie war ihm lästig. Er wollte aus dem Gefahrenbereich, dann in eine leerstehende Wohnung und die Brieftasche des Händlers näher untersuchen. Vielleicht waren Spurgeber darin untergebracht. Nicht sehr wahrscheinlich, aber Lorth riskierte ungern etwas. Er ging daher am oberen Ende der Treppe in die entgegengesetzte Richtung weiter, zurück zu dem Quartiergang. Durch das Bodengitter sah er einen Mann, der zu ihm hinaufblickte und etwas in seinen Adit sprach.

Lorth wurde unruhig. Er hätte sich den Typen gerne im Strom angeschaut, doch das wäre jetzt zu auffällig gewesen. Die Frau hinter ihm lief weiter geradeaus und damit von ihm fort. Nur wenige Sekunden später bog in einiger Entfernung ein Polizeiskimmer in die Straße ein. Seine Warnleuchten flackerten rundherum in blauem und rotem Licht.

Lorth ging sofort in den nächsten Quartiergang und lief los. Er war jetzt genau über dem Gang, aus dem er vorhin gekommen war, und dieser hier war auch in gleicher Weise angelegt: Nach etwa fünfzig Metern bog der

Gang ab. Lorth rannte um die Ecke – in diesem Stockwerk gab es keine Wartungstür zu dem Frischluftkanal – und weiter den Gang entlang. Rechts und links zogen Türen vorbei. An einer Kreuzung bog er ab, weg von der Straße.

Nach einigen Metern sah er voraus rotes und blaues Licht aufflackern. Er hielt abrupt, drehte sich wahllos zu irgendeiner Tür. Er schob seine Schlüsselkarte in das Schloss daneben. Die Tür klackte, und Lorth zog sie auf. Die Räume waren eingerichtet und beleuchtet, ganz offensichtlich nicht unbewohnt. Es war ihm egal. Er huschte in die Wohnung, drückte die Tür zu und lauschte daran.

Ein Geräusch von der anderen Seite des Raumes ließ Lorth herumwirbeln. Ohne nachzudenken, sprang er mit wenigen Schritten um ein flaches Tischchen zu der Zimmertür, in der jetzt ein schockierter Mann stand, unrasiert, in Unterwäsche, mit Bauch. Lorth schlug ihm hart die Faust ins Gesicht, der Kopf flog nach hinten gegen den Türrahmen, und der Bewohner des Quartiers ging zu Boden. Jemand anders im Raum stieß einen grellen Schrei aus.

Lorth blickte sich gehetzt um. In einer Ecke saß ein Junge von etwa zehn Jahren, der sich in die Polsterung eines Sofas drückte und panisch über die Schulter spähte. Lorth starrte das Kind an, dann kurz zur Wohnungstür. Es war nur eine Frage der Zeit, bis die Polizei alle Räume durchsucht hätte.

»Gibt es hier einen Betriebsraum?«, fragte er verkrampft und wischte sich hastig den Schweiß von der Stirn. Das Kind weinte weiter und antwortete nicht.

Lorth atmete heftig, versuchte, sich zu beruhigen. Offensichtlich war der Junge völlig verängstigt.

»Wo ist das Klo?«, fragt er diesmal, etwas entspannter.

Der Junge hatte Schwierigkeiten, sein Sofa loszulassen, blickte aber eindeutig an ihm vorbei tiefer in die Wohnung. Lorth sprang auf ihn zu, hielt ihn an der Brust fest und holte aus. Er spürte den schluchzenden Atem der kleinen Lunge. Das Gesicht war weggedreht, in die Polsterung verkrochen. Lorth keuchte.

»Sieh mich an!«, sagte er barsch.

Der Junge drehte ängstlich den Kopf und zeigte hinter schützend erhobenen Händen ein feuchtes verzerrtes Gesicht. Er wimmerte. Jetzt wäre der richtige Moment. Kurzes blondes Haar. Ein Gedanke schoss ihm durch den Kopf: Gannie musste jetzt auch etwa so alt sein. Ein kräftiger Schlag gegen die Schläfe – seine Zähne wirkten viel zu groß für seinen Mund –, und das Geschrei würde enden, keine Polizei hierherlocken.

Die nächsten Sekunden versanken wie im Nebel. Dann stürmte Lorth nach hinten, vorbei an zwei Zimmertüren, ins Bad. Neben der Toilette war eine Metallplatte in der Wand, etwa fünfzig mal fünfzig Zentimeter groß. Sie war mit einem Schloss versehen. Er steckte seinen Nachschlüssel hinein, es klackte, er klappte die Platte weg.

Dahinter war ein enger Schacht. Lorth tauchte Kopf voran in den Raum unter der Wohnung. Er war dunkel und sehr flach. Doch wenn er Glück hatte, war dieser Betriebsraum der Quartiere hier mit einem größeren Wartungsschacht verbunden, durch den er tiefer gelangen konnte.

Er robbte über Stahlgitter. Knöpfe seiner Jacke blieben daran hängen, rissen ab. Schweiß und Tränen liefen ihm ins Gesicht. Er war so unerträglich langsam! Hinter sich hörte er entfernt eine Frauenstimme schreien. Es durchfuhr ihn eiskalt. Er hätte in die anderen Zimmer schauen sollen. Zu spät. Und umsonst, was er gerade –

Er robbte weiter, auf ein Kabelbündel zu, das senkrecht im Boden verschwand. Um den Leitungsstrang herum war tatsächlich ein quadratmetergroßes Loch, das zu einem Wartungsschacht gehörte. Hinter ihm huschte kurz der Lichtkegel einer Taschenlampe auf, dann leuchtete jemand direkt vom Bad aus nach unten in den Betriebsraum. Lorth kroch Kopf voran in den Schacht, fiel etwa drei Meter tief und fing seinen Sturz mit der linken Hand ab. Ein stechender Schmerz durchzog sein Handgelenk. Er war am Boden der untersten Etage, auf der Höhe der Wartungstür zum Frischluftkanal. Er wollte alles andere als wieder näher an den verwüsteten Club kommen, doch er hatte keine Wahl.

Die Kabelstränge an den Wänden bogen in die Waagerechte und liefen einen Kanal entlang. An seinem Ende drang Licht durch die Decke. Lorth rappelte sich auf und rannte so schnell er konnte darauf zu, gebückt, bemüht, sich nicht den Kopf zu stoßen. Das Licht fiel aus einem Gang über dem Kanal durch eine Bodenplatte, die wieder mit einem Schloss gesichert war. Lorth entglitt seine Schlüsselkarte, als er sie gedankenlos mit der linken Hand halten wollte. Er fischte sie zwischen den Kabelsträngen hervor und öffnete das Bodengitter, ohne sich die Zeit zu nehmen, vorsichtig zu spähen. Hektisch kletterte er hinaus und ließ es krachend zufallen. Seine linke Hand schmerzte so sehr, dass er sie nicht mehr in die Jackentasche bekam.

Hinter sich hörte er weit entfernte aufgeregte Rufe, ein Megafon knackte, und eine blecherne Stimme hallte aus großer Ferne heran. Lorth verstand nur das Wort *Polizei*. Er drehte sich nicht um, sondern rannte von dem Geräusch weg, seine Linke jetzt eng an den Körper gedrückt. Dicht voraus stieß der Gang auf einen Quergang. Farbiges Blinken von rechts. Er erhaschte einen kurzen Blick: Eine massige Gestalt mit Schutzhelm und dicker Kleidung kam von dort herangetrottet, eine Handfeuerwaffe im Anschlag, zum Boden gerichtet, umspielt von blaurotem Licht von der Straße dahinter.

Lorth blickte in die andere Richtung: ein ähnliches Bild, mehr Polizisten, aber weiter entfernt. Er entschied sich für die Richtung fort von dem Einzelnen, der ebenfalls etwas mit gellender Stimme rief. Ab jetzt erwartete er, jeden Moment von Kugeln oder Strahlen getroffen zu werden.

Vor ihm rückte das Ende des Ganges näher, eine andere Straße. Doch auch hier flackerte blaues und rotes Blinken auf. Er stoppte abrupt. Neben sich sah er wieder Türen, die in Wohnungen führen würden, von wo aus er nur in den Betriebsraum flüchten konnte, genau wie durch alle Bodenplatten, die er vielleicht hier im Gang finden würde. Die Decke war massiv bis auf die Stellen, wo ein Wartungsschacht sie durchstieß. Er entschied, seine Taktik zu ändern.

Er öffnete wahllos eine Quartiertür und stürmte in einen dunklen Raum. Diesmal ließ er die Tür hinter sich offenstehen und sah sich um. Er fand eine kleine Lampe gleich neben dem Eingang. Er stellte sich auf das Kabel und warf sie so hart er konnte in die Dunkelheit. Der Anschluss riss mit einem Ruck aus der Lampe, die krachend im hinteren Teil des Raumes landete. Lorth holte sich das Ende des Kabels, trennte die beiden Adern, aus denen die blanken Drähte zerfasert herausschauten, und betätigte den Schalter. Es blieb dunkel – die Lampe dazu lag irgendwo hinten im Raum. Heftig atmend kauerte er neben der Tür, wischte sich mit dem Ärmel Schweiß vom Gesicht und hoffte, der Polizist möge ebenfalls schwitzen.

Sekunden später war dieser vor der Wohnung angelangt. Sein Helm hatte kein Visier. Er versuchte kurz, den Raum von außen zu sichern, kam dann aber doch recht schnell ins Dunkel – offensichtlich erwartete er den Flüchtigen nicht gleich hier. Lorth schleuderte ihm das Kabelende entgegen, traf sein Gesicht wie mit einem Peitschenhieb. Der Polizist machte einen panischen Laut, der nach einem langgezogenen einzelnen Schluckauf klang, und feuerte einen Schuss ab. Der kurze Stromschlag genügte. Unwillkürlich verdrehte sich der Mann mit einem gewaltigen Zucken und ließ die Waffe fallen. Lorth sprang auf ihn zu und stieß ihm gnadenlos das Kabelende ins Gesicht.

Die Kiefer des Polizisten klackten geräuschvoll zusammen, als seine Muskeln sich verkrampften, sein Kopf schnellte in den Nacken, seine Schultern nach oben, und er fiel um. Seine Arme und Beine zuckten spastisch und schoben ihn von der Tür weg. Das Kabel war zu kurz, Lorth riss es aus der Wand, als er weiter nachsetzen wollte. Er ließ es fallen und griff nach der Waffe.

Der Polizist schien benommen, aber nicht ohnmächtig. Lorth hastete zurück und schlug die Tür zu. Es wurde stockfinster. Er fingerte an der Wand herum, bis er den Schalter der Raumbeleuchtung fand. Er drückte ihn, mehrmals dann, doch es blieb dunkel. Seine letzte Attacke hatte vermutlich die Sicherung des Quartiers ausgelöst und den Strom abgestellt.

Seine Augen gewöhnten sich an die Dunkelheit, er sah Lichtpunkte. Quer durch den Raum stand ein schwach glimmendes Glaswerk etwa auf Augenhöhe. Es genügte, um vage Konturen zu erkennen. Lorth ging vorsichtig wieder zu dem Polizisten, der sich kaum bewegt hatte, aber heftig atmete.

Er ließ sich neben ihm nieder und rammte ihm grob die Pistole in den Mund. Nähe war gefährlich, doch Lorth wusste, dass man jemanden sehr viel schlechter aus zwei Metern Abstand einschüchtern und so zur Kooperation überreden konnte.

»Keinen Laut!«, flüsterte er eindringlich.

Der Polizist hatte offensichtlich verstanden, denn er blieb still und bewegte sich nicht.

»Waffen?« Er hatte sich tief zu seinem Opfer hinabgebeugt. »Wenn ja, sag mir wo. Ich durchsuch dich nachher sowieso – finde ich dann noch was, knall ich dich ab.« Er zog ihm die Pistole aus dem Mund.

Der Polizist hustete gepresst und spuckte etwas aus. Lorth hatte ihm mit dem Lauf einen Zahn lädiert.

»Schulterholster«, sagte der Mann rau und tonlos.

»Das ist alles?«

Schmatzen, Husten. »Ja.«

Lorth dachte kurz nach. Mit einer Hand konnte er das nicht alleine machen.

»Okay, die Jacke auf!« Dann betonte er jedes Wort einzeln: »Greif nicht hinein!«

Er erhob sich, um dem anderen ausreichend Bewegungsfreiheit zu geben. Dieser griff sich langsam an den Hals, zog zwei Druckknöpfe auf, anschließend einen Reißverschluss darunter.

Lorths linke Hand war nahezu unbrauchbar. Wie sollte er dem Mann die Waffe abnehmen, wenn er in der rechten schon eine andere hielt? Er atmete tief durch.

»Klapp die Jacke weit auf.«

Der Polizist tat es. Lorth sah im sanften Schimmer des Glaswerkes einen Schatten unter der linken Achsel.

»Nimm sie mit der linken Hand vorsichtig heraus und leg sie neben dich auf den Boden.«

Der Polizist verrenkte sich, bekam dann die Waffe mit links zu packen. Er lehnte sich zur Seite und ließ sie fallen. Etwas traf hart Lorths rechte Hand, die Pistole schleuderte davon. Sein linkes Bein wurde vorgezogen, er verlor das Gleichgewicht, kippte nach hinten und stützte sich unwillkürlich mit beiden Armen ab.

Schmerz durchfuhr sein Handgelenk, doch mehr als ein verkrampftes Ausatmen entrang sich ihm nicht. Er rollte beiseite ins Dunkel, wie er hoffte, wollte seine Hand schützen. Ein Fuß oder etwas anderes traf ihn hart am Knie, dann noch einmal am Oberschenkel, rammte ihn jedes Mal ein Stück über den Boden.

»Du blödes Arschloch!« Die Stimme des Mannes war von einer finsteren, rachsüchtigen Wut erfüllt.

Lorth durchzuckte Panik. Er hatte sich bisher instinktiv so bewegt, dass Glimp vor seinem Bauch in der Jacke nichts geschah, doch diese Tritte waren unkontrolliert und gefährlich.

Er rollte sich gegen die Beine des Mannes, klammerte sich an sie. Der Polizist drohte zu stürzen, drehte sich im letzten Moment zur Seite weg, ließ sich auf die gepolsterten Knie fallen und schlug mit der Faust in Lorths Gesicht. Er traf ihn seitlich am Kiefer, und kurz sah er einen Blitz. Noch ein Treffer und noch einer. Lorth brüllte, drehte sich nach oben, schob eine herabkommende Faust mit der linken Hand beiseite, durchs Adrenalin vom Schmerz befreit, und schlug seinerseits mit rechts zu.

Er traf genau in die Mitte des offenen Helms, der Kopf des anderen flog nach oben. Lorth setzte nach, schlug erneut zu, traf wieder genau die Nase. Der Mann fiel rückwärts, krachte mit dem Helm auf ein Tischchen, das zerbarst und in Teilen davonflog. Lorth war über seinem Gegner, schlug wieder ins Gesicht, und wieder.

Die Tür flog auf, blendend helle Scheinwerfer leuchteten herein, lautes Stimmengewirr. Lorth öffnete die Fäuste, richtete sich auf und hielt die Hände hoch, wie einige der Stimmen lautstark forderten. Schmerz kehrte zurück in seine linke – er hatte die letzten Schläge mit ihr ausgeführt.

Der Polizist, auf dem er hockte, rührte sich nicht mehr. Im Licht der Lampen sah Lorth ein blutig verschmiertes Gesicht in dem Helm.

Die Piatrusti

»Wir suchen einen Mann namens Lorth.«

Perrez hatte die Gruppe zusammengerufen, um sie endlich über Details zu ihrer Mission zu informieren. Jetzt lauschten sie, gespannt zu erfahren, warum sie unterwegs waren, wen es zu retten galt und wie dies erfolgen sollte.

Sie hatten sich im Speisesaal der Piatrusti eingefunden. Von den Thaumikern abgesehen war dieser nun leer, bot jedoch Platz für einige hundert Menschen. Etwas verloren saßen die Missionsmitglieder als kleines Grüppchen an einem der vielen Tische. Sämtliche Möbel waren fest am Boden verschraubt, damit sie in den Phasen ohne Schwerkraft ihren Platz nicht verließen.

Perrez sprach weiter: »Er stammt von Balta, aus Perrolt. Deshalb wurden auch so viele Männer von dort für die Mission ausgewählt. In seiner Kindheit hat es einen Überfall gegeben, einige von euch werden sich erinnern.«

Mehrere Männer nickten, vor allem die älteren. Auch Tajan, der aus Trissolt stammte, schien von dem Vorfall zu wissen. Jar hatte nie davon gehört.

»In dem Kampf sind einige Menschen ums Leben gekommen, und Lorth wurde verschleppt. Wir wissen noch immer nicht, wer den Überfall durchgeführt hat oder warum sie damals Lorth mitgenommen haben. Vielleicht können wir das ja jetzt noch herausbekommen. Wir haben im Lauf der Zeit mehrmals versucht, ihn ausfindig zu machen und zurückzuholen, bisher leider vergeblich. Einige der Versuche scheiterten mit hohen Verlusten, dennoch haben wir ihn nie aufgegeben.«

Jar fühlte sich unbehaglich. Er wollte lieber nie zu hohen oder sonstigen Verlusten gezählt werden.

»Es ist nicht anzunehmen, dass er sich an seine Herkunft erinnert. Er wird uns daher weder erwarten noch vertrauen. Wir müssen damit rechnen, dass er vor uns zu fliehen versucht.

Nach unseren Informationen lebt er als eine Art freischaffender Kantarist auf einer Raumstadt namens Singa und ist gerade in Schwierigkeiten, aus denen wir ihn herausholen werden. Auf diese Weise können wir gleich unsere freundlichen Absichten demonstrieren.«

»Ein Kantarist? Ist er als Thaumiker aktiv?«, fragte Tajan mit gerunzelter Stirn. Er sah aus, als hätte er gerade erfahren, dass sie auf der Suche nach einer Bombe waren.

»Nein«, sagte Perrez. »Soweit wir wissen, lebt er als Raumfahrer. Sein ... Betätigungsfeld ist aber das eines Kantaristen.«

Ein Tarist war ein baltanischer Thaumiker, der auf Kampf spezialisiert war. Normalerweise war ein Tarist als Lehrer tätig oder bei einem Fürsten angestellt, als Leibwächter und um für Sicherheit und Ordnung zu sorgen.

Ein Kantarist war auf heimlichen Kampf spezialisiert: überraschend, unerwartet und möglichst auch im Nachhinein unerkannt. Kantaristen waren bevorzugte Attentäter und in Baltas Geschichte zum Einsatz gekommen, wann immer einer der Fürsten der elf Kontinente progressive Politik betreiben wollte. Dies war jedoch nicht oft geschehen.

»Meister, wenn wir ihn ... ›gerettet‹ haben« – Martis sprach das Wort zögerlich und nachdenklich aus – »was werden wir dann tun?«

Perrez hob die Schultern, schaute aber gelassen drein, als er antwortete.

»Wir sagen ihm, wer er ist, was er ist, und bieten ihm an, ihn nach Hause zurückzubringen.«

»Meint Ihr, er wird mitkommen?«, fragte der Alte, der Jar im Zug über die Usne aufgeklärt hatte. »Warum sollte er nach Balta wollen?«

Perrez lehnte sich nachdenklich zurück. »Ja, was können wir ihm bieten ...?« Er schaute in die Runde. Dann setzte er sich wieder auf und sagte: »Also – er hat bei den Raumfahrern keine Wurzeln, keine Familie, keine Verwandten. Er wird verfolgt, weil seine Tätigkeit illegal ist. Sogar seine Anwesenheit auf dieser Raumstadt verstößt dort gegen das Gesetz. Er war ja auch nicht immer auf Singa. Er zog stets weiter, wenn es irgendwo zu brisant für ihn wurde.« Er blickte säuerlich in die Runde. »Das machte es uns auch so schwer, ihn zu finden: Er will nicht gefunden werden und verwischt seine Spuren so gut es geht.«

»Und was können wir ihm als Alternative bieten?«, fragte der Alte ruhig.

Perrez sah von Mann zu Mann. Seine Augen verharrten kurz bei Jar, unwillkürlich, wie es schien, denn sein Kopf drehte sich weiter.

»Er hat eine Erbschaft anzutreten«, sagte er dann.

Leise geäußerte Überraschung, und auch Jar hob die Brauen, blieb aber stumm.

Natürlich hätten alle Erbstücke von damals längst neue Eigentümer finden müssen. Konnte ein Erbe über einen Zeitraum von mehr als elf Monaten seine Erbschaft nicht antreten, fiel der Nachlass normalerweise an seine Stadt. Nur Dinge von besonderer Bedeutung wurden von der

Bruderschaft verwahrt – meist waren es thaumische Gegenstände.

»Und wir können ihm Unterstützung bieten«, ergänzte Perrez schließlich noch. »Er lebt derzeit ohne sie, in steter Gefahr. Die Obrigkeit hat ihn gefangengenommen und will ihn für lange Zeit inhaftieren.« Perrez setzte sich etwas aufrechter hin. »Doch – ich denke, dass es für Lorth das Beste wäre, mit uns zu kommen. Und ich denke auch, dass wir ihn davon überzeugen können, wenn wir das nicht ganz falsch anstellen.«

Jar sah sich um. Die meisten Männer schwiegen und wirkten nachdenklich. Martis hingegen schien das Gesagte mit derselben Einstellung hinzunehmen, mit der er Beses Vermutung über die Usne hingenommen hatte. Jar runzelte die Stirn. Es war eine seltsame Haltung, die ihm nicht so ganz einleuchten wollte, die aber oft bei dem anderen jungen Thaumiker durchschimmerte. Vermutungen schien er vor allem nach ihrer Herkunft einzustufen, weniger nach ihrer Glaubwürdigkeit oder Logik. Und es gefiel Jar nicht so recht, wie Martis die Quellen bewertete. Beses Vermutung hatte Jar sofort nachvollziehen können, sie schien ihm kein bisschen unwahrscheinlicher als Perrez' Hoffnungen.

»Ihr sagtet, der nächste Halt sei Krussalat, Meister«, meldete sich Tajan zu Wort. »Wird die Piatrusti anschließend nach Singa fliegen oder wechseln wir das Schiff noch einmal?«

Perrez grinste schief. »Beides«, sagte er und machte eine kurze Pause, bevor er weitersprach. »Die Piatrusti fliegt zur Welt Krussalat, wir werden aber an Bord bleiben. In demselben System wird auch Singa erwartet, um eine Ringphase einzuleiten. Wir werden in den Ring fliegen und von dort aus mit einem Landungsboot in die Stadt reisen.«

»Was für ein Ring ist das?«, fragte Tajan, als Jar noch überlegte, ob er fragen sollte.

»Ah.« Perrez lehnte sich wieder etwas zurück. »Raumstädte haben Sprungphasen und Ringphasen. Während der Sprungphasen machen sie große Raumsprünge, um zu reisen. Während der Ringphasen lagern sie. Wenn eine Raumstadt lagert, fliegen viele Schiffe in ihre Nähe, um mit ihr Handel zu treiben. Diese Schiffe kreisen dann im Orbit um sie und ordnen sich dafür in einem Ring an.«

Die Missionsmitglieder schauten nachdenklich. Martis zuckte mit den Schultern, als wollte er sagen: »Klingt logisch«, oder zumindest: »Okay, wenn Ihr das sagt ...«

Jar sah seinen Bruder an, der etwas zu überlegen schien.

»Meister, wie groß ist so eine Raumstadt?«, fragte er schließlich.

Perrez schmunzelte wieder schief und schaute Bese an. »Raumstädte sind Welten«, sagte er dann. »Du wirst sehen, sehr groß.«

* * *

Die Piatrusti hatte eine Besatzung von einigen hundert Mann. Sie beförderte Rohstoffe und war nur bedingt auf Passagiere vorbereitet. Der größte Teil ihres Rumpfes bestand aus Lagerräumen. Womit diese im Moment gefüllt waren, wussten Jar und Bese nicht.

Seit sie das Raumschiff betreten hatten und sich auf dem Flug von Harim nach Krussalat befanden, gab es weder Tag noch Nacht. Die Mannschaft hatte feste Arbeitszeiten mit Schichten, die sie an einen Rhythmus banden, doch die Passagiere waren frei. Perrez hatte ihnen nur gesagt, dass der Flug etwa fünf Tage dauern würde, wobei die mittleren drei als Sprungphase vorgesehen waren.

Um Sprungspulen einzusetzen, musste man eine große Distanz zu allen anderen Objekten in der Umgebung einhalten. Zu Beginn und zum Ende eines Fluges flog ein Schiff deshalb jeweils etwa einen Tag mit Hilfe seiner Triebwerke. Wann immer möglich simulierten die meisten Raumfahrzeuge eine relativ schwache Schwerkraft durch die Beschleunigung dieses Antriebs. Er blieb deshalb auch während der Sprungphase aktiv.

An Bord des Frachters gab es nicht viel zu erkunden. Jar langweilte sich. Ihre Rolle als Nachkommen verbot ihm, die Mannschaft mit neugierigen Fragen zu löchern, und so beschränkten sich die Brüder bald darauf, ihre Übungen durchzugehen.

Sie saßen einander gegenüber in ihrer Kabine, jeder auf seinem Bett, die Hände auf den Oberschenkeln. Jar hatte seine zu Fäusten geballt. Auf Balta führten sie diese Übung im Freien durch, möglichst in toten Gegenden, wo nur die wenigen Geister des Unbelebten störten. Auf ihrer Wanderung als Elfer hatten sie sie oft etwas abseits von den anderen durchgeführt. So war es auch im letzten Monat gewesen, als Jar sich blind von seinem Bruder hatte führen lassen.

Er fand es schwer, loszulassen. Die ungewohnte Umgebung lenkte ihn ab. Er öffnete die Augen, sah Bese vor sich sitzen, die Lider geschlossen. Doch auch sie hoben sich eine Sekunde später.

»Schließ die Augen«, sagte sein großer Bruder, das Gesicht zwar ernst, aber entspannt.

Jar atmete durch, sah ihn weiterhin an.

»Ich kann nicht.«

Bese betrachtete ihn noch einen Moment, beugte sich vor und griff nach der geballten Faust seines Bruders. Der lockerte die Hand, dann auch die andere, als er sie bemerkte.

»Was ist los, Jar?«

Jar sah beiseite. Die Wände waren mit weiß gestrichenen Tapeten beklebt, doch an der Tür und ihrem Rahmen erkannte man, dass ihr Skelett metallisch war. Es kam ihm falsch vor. Er sah zur anderen Seite. Kleine Nachttischchen, Schränkchen, die hölzern hätten sein können, tatsächlich aber aus einem seichten, hohlen Material waren, das er nicht kannte. Darüber ein Spiegel. Ein Spiegel! Er wirkte wie eine an die Wand genagelte Wasserfläche. Praktisch, ja, aber einfach falsch. Jar sah auch davon weg, zurück zu Bese, dem angenehmsten Anblick im Raum. Ein ernstes, vertrautes, geliebtes Gesicht. Eine Träne stahl sich aus seinem Auge, floss an seiner Nase hinab. Wie um ihr zu folgen, senkte er den Kopf, beobachtete die Hand seines Bruders, die zärtlich und reglos auf seiner jetzt lockeren Faust lag.

»Wie können Menschen hier nur leben?«, fragte er schließlich, als der Kloß in seinem Hals nachgelassen hatte.

Bese verstand. Und Jar spürte es sofort. Er spürte es an der Art, wie sein Bruder ein winziges bisschen lauter ausatmete, wie sein Rücken ein Quäntchen gerader wurde, an dem klein wenig stärkeren Druck seiner Hand auf der eigenen. Mehr Tränen.

Bese wartete und ließ Jar seinen Kummer ausleben.

* * *

Nach den vorgesehenen Tagen erreichte die Piatrusti den Orbit um Krussalat. Zu sehen war davon nichts. Nur die Status-Anzeigen des Schiffs meldeten mit symbolischen Diagrammen ihren aktuellen Standort.

Perrez stellte ein Missionsmitglied namens Pooty als Wache ab, um auf dem Planeten zu warten, doch Jar erfuhr davon nur im Nachhinein, als er bemerkte, dass der stämmige kleine Mann nicht mehr bei ihrer Gruppe war. Nach einigen weiteren Stunden hieß es, sie seien inzwischen im Ring um Singa angekommen und sollten zur Shuttlerampe gehen.

»Viele Landungsboote bewerben sich jetzt gleichzeitig um einen Andockslot«, erklärte Perrez ihnen. »Wir sind nicht auf einen bestimmten Hafen festgelegt. Wir nehmen den ersten, von dessen Kontrolle wir eine Andockerlaubnis erhalten.«

»Die Raumstadt hat wohl nicht nur einen Hafen«, sagte ein schlanker junger Mann nachdenklich, an dessen Namen sich Jar nicht mehr erinnerte. Er hatte glattes helles Haar, das nicht sehr lang war. Aber es versperrte ihm die Sicht, wenn er es nicht ab und zu aus dem Gesicht wischte, was er jetzt gerade tat. Er klemmte eine Strähne hinter dem Ohr fest.

Lelix.

Der Name fiel Jar auf einmal wieder ein. Seit Perrolt hatte er ihn vermutlich nicht mehr gehört.

»Tausende«, sagte Perrez nur.

* * *

Die Shuttlerampe war eine dunkle Halle, in der ein Landungsboot der Piatrusti bereitlag. Es sah aus wie ein Frachtcontainer, an den man seitlich vier schwenkbare Düsen montiert hatte. Eine Eingangsluke befand sich am Heck, vorne war eine abgeflachte Frontscheibe. Im Schummerlicht waren sonst keine Details zu erkennen. Jar fühlte sich an den gigantischen Hangar erinnert, in dem die Piatrusti auf Harim gestanden hatte. Doch in dem Raumhafen in Tor war es ruhig gewesen. Hier hingegen war ein gehöriger Krach, dessen Ursache Jar nicht erkennen konnte, der aber jede Unterhaltung erschwerte.

Ein Mannschaftsmitglied, das mit einer Art Schreibblock bewaffnet war, stand neben dem Eingang zum Shuttle. Als sie näher kamen, hielt der Mann die Hand mit dem Griffel an den Mund und rief: »Ihr seid die restlichen Passagiere?«

»Ja. Wir gehören zu Perrez«, antwortete Grillo, ebenfalls tapfer gegen den Lärm ankämpfend.

Der Senarist war nicht bei ihnen gewesen, als sie die Nachricht erhalten hatten, dass sie aufbrechen sollten.

Der Mann zählte sie kurz ab, notierte dann etwas auf seinem Block und winkte sie weiter. Sie betraten das Shuttle mit einem großen Schritt durch die Luke.

In dem kleinen Raumschiff wurde es zum Glück umso leiser, je entfernter der Eingang war. Ihr Gepäck verstauten sie in schrankartigen Verschlägen mit Schiebetüren. Sie gingen weiter durch einen engen Gang zu einem Raum mit Reihen von Sitzen. Perrez saß bereits in einem davon. Es gab keine sonstigen Passagiere. Jar nahm sich einen Platz am Gang und schaute neugierig nach vorne durch eine Glaswand ins Cockpit und durch die Frontscheibe nach draußen in die dunkle Halle. Viel konnte er nicht erkennen, nur die Innenseite des großen Außentors.

»Ihr müsst euch festschnallen«, sagte Perrez. »Der Flug zur Stadt erfolgt teilweise in Schwerelosigkeit. Und einige Manöver werden uns etwas durchrütteln.« Er löste seinen eigenen Gurt, stand auf und half ihnen dabei.

Jar war nicht wohl bei dem Gedanken, festgebunden zu sein, auch wenn er die Schnallen selbst öffnen konnte. Er entdeckte Papiertüten in einem Netz an seiner Armlehne, die eindeutige Bilder trugen. Sie beruhigten ihn ein wenig.

Etwas knackte, zischte, knackte erneut. Alle verstummten und lauschten nervös. Dann war eine blecherne Stimme zu hören, die schnell und betonungslos einen Text aufsagte:

»Hier spricht Lotse Frink, ich darf Sie an Bord des Landungsbootes Pia-2 willkommen heißen, die Bordmannschaft besteht aus einem Funker und mir, die Überfahrt nach Singa wird in wenigen Augenblicken beginnen und voraussichtlich fünfunddreißig Minuten in Anspruch nehmen –«

Der Sprecher brach abrupt ab. Nach einer kurzen Pause und einem weiteren Knacken setzte die Stimme jedoch in dem gleichen monotonen Singsang fort:

»Wir steuern Andockslot 34 in Zylinder 210 an, von dort haben Sie direkten Anschluss an das Stadtbahnnetz –«

Wieder eine Pause, ohne dass die Stimme einen darauf vorbereitet hätte.

»Der Rückflug der Pia-2 erfolgt um vier-sechs-drei-acht Singa-Zeit, wir wünschen einen angenehmen Flug.«

Es knackte erneut, rauschte noch einen Moment, dann verstummten die unsichtbaren Geräuschquellen.

Für ein paar Sekunden ertönte vom Eingang her ein unterbrochener Warnton, der denen von den Schotts der Shuttlerampen ähnelte. In der Halle wurde es schlagartig völlig dunkel. Die Beleuchtung im Shuttle selbst senkte sich ebenfalls. Jar schaute hoffnungsvoll durch das Fenster, doch draußen war alles schwarz.

Minuten verstrichen. Dann flackerten in der Halle gelbe Warnlampen auf. Ein sachtes Rumpeln war zu spüren. Jar sah hinaus auf rotierende Lichtkegel, die über die Wände huschten. In ihrem Schein war vage zu erkennen, dass sich das Außentor langsam nach oben wegschob. Sterne wurden sichtbar, immer mehr. Als die gesamte Außenwand offenstand, verloschen die Warnlampen, das Rumpeln stoppte.

Jar hielt den Atem an und bewunderte wieder einmal die sternklare Nacht – bis ihm einfiel, dass man im Weltall nicht von Tag oder Nacht sprechen konnte. Was er betrachtete, war die Schönheit des Universums. Die Pia-2 hob sich sanft, schwenkte ihren flachen Bug zum Tor und flog aus der Piatrusti.

Der Druck, mit dem Jar in die Rückenlehne gepresst wurde, stieg. Er sah Schimmer, doch in weiter Ferne, kleine helle Fackeln im All. Die Schiffe, die auf ihnen ritten, konnte er nicht erkennen.

Sie flogen nun einen sanften Bogen. Eine riesige graue Kugel schob sich ins Sichtfeld, halb von der Seite beleuchtet. Der Anpressdruck ließ langsam nach, und die Kugel wuchs, als sie darauf zuflogen. Jar meinte, ein Muster auf ihr zu erkennen, das aus feinen konzentrischen Ringen bestand. Die Sitze schwenkten nach hinten, bis die Passagiere lagen, dann bremste das Shuttle wieder ab, Jar wurde jetzt in die Sitzfläche gepresst. Das Cockpit schien unten am Shuttle zu sein, und Jar war für die Sicherheitsgurte dankbar.

Sie waren Singa inzwischen so nahegekommen, dass

grobe Einzelheiten erkennbar wurden. Die Pia-2 flog in etwa auf einen Pol zu. Jar erkannte langsam mehr als nur die grobe Ringstruktur. Die Oberfläche der Raumstadt war unregelmäßig und wies tiefe Schluchten zwischen den Ringrändern auf, in denen Unmengen kleiner Lichter zu sehen waren.

Der Schub ließ wieder nach, die Sitze richteten sich auf, das Shuttle kam zum Stillstand. Einige Minuten verharrte es in Schwerelosigkeit, während die Strukturen der Raumstadt langsam vorbeizogen.

Ohne Vorwarnung rotierte das Shuttle nacheinander um verschiedene Achsen. Draußen schob Singa sich frontal ins Bild. Jetzt blickten sie direkt in eine unendlich tief scheinende Schlucht und darin auf ein Meer von Lichtern, gelb und grün auf der einen Seite, rot und blau auf der anderen. Der Anblick zauberte ein Grinsen auf Jars Gesicht.

Ein gleichmäßiger Schub setzte wieder ein und drückte Jar angenehm zurück in seinen Sitz. Sie näherten sich der blau-rot beleuchteten Seite der Schlucht, dann zog der Zylinder vorbei, dessen Außenseite sie darstellte, und die nächste, weiter innen liegende Schlucht erschien, genauso illuminiert.

Die Oberflächen sahen metallisch aus und waren übersät mit Aufbauten, Antennen, Parabolspiegeln, Schotts, Luken, Röhren und anderen Geräten unbekannten Zwecks. Auf Jar wirkten sie ähnlich wie die Antriebsphalanx der Piatrusti: gewachsen, verwuchert, versteinert. Nur größer. Unendlich viel größer.

Es knackte erneut.

»Wir erreichen in Kürze Singa, Zylinder 210, Andockslot 34, bitte halten Sie Ihre ID-Karten bereit –«

Stocken.

»Am Andockslot 34 haben Sie Anschluss an die Linien 141, 121 und 201 des Stadtbahnnetzes –«

Pause.

»Die Mannschaft der Piatrusti würde sich freuen, Sie

bald wieder an Bord willkommen heißen zu dürfen. Der Rat der unabhängigen Stadt Singa wünscht einen angenehmen Aufenthalt.«

Der Schub ließ wieder nach, die Sitze rotierten erneut, diesmal schwenkten sie nach vorne, und ein Schub nach unten setzte ein, sie wurden wieder in die Rückenlehnen gepresst. Doch nur für kurze Zeit, dann setzte das Landungsboot dazu an, in die Schlucht zwischen die zwei Zylinder zu fliegen, die mit erheblicher Geschwindigkeit um Singas Achse rotierten und jetzt zügig an der Pia-2 vorbeistrichen. Als sie stetig bremsend einige Kilometer tief eingetaucht waren, rotierte das Shuttle wieder und begann dann, Fahrt mit den Strukturen der Raumstadt aufzunehmen. Schon bald wirkte es so, als flögen sie rückwärts über eine stillstehende metallische Landschaft und würden nach und nach langsamer.

Die Breite der Schlucht betrug etliche hundert Schritte. Die kleine Pia-2 verlor sich im Raum zwischen den Zylindern. Mit der allmählichen Anpassung der Geschwindigkeit an die Zylinder wuchs die gefühlte Schwerkraft.

Einige Minuten später hatten die Passagiere beim Blick nach draußen den Eindruck, langsam und dicht über der Innenseite des äußeren Zylinders dahinzuschweben zu einem Landeplatz. Darüber angelangt sank das Shuttle in eine große Halle, die mit gelb blinkenden Warnleuchten ausgestattet war. Die Decke des Hangars schloss sich, sobald sie sie passiert hatten. Die Pia-2 setzte sanft auf dem Boden auf, ein leichtes Rütteln ging durch das Shuttle, dann verschwand das konstante Vibrieren, die Triebwerke verloschen, es wurde still.

Perrez' Gurt schnappte auf und surrte in seine Halterung.

* * *

»Nein, der ist nicht erwischt worden«, sagte der schmalgesichtige Mann. »Den Auftrag hat er wohl ausgeführt, hört man.« Er zuckte mit den Schultern, was sie bei seiner gebeugten Haltung nach vorne rutschen ließ.

Perrez sah ihn einen Moment lang nur an. »Nicht?«, fragte er und schaute nachdenklich zur Seite. Dann seufzte er leise und langgezogen, als bereitete ihm das große Sorgen.

»Ist das nicht gut?«, fragte Lelix wie üblich beschwingt und lächelte den Informanten glücklich an. Der lächelte nicht zurück. Er wirkte eher, als wäre es ihm egal.

»Hmm«, machte Perrez und rieb sich mit dem Handballen die Schläfe. »Jetzt wissen wir nicht, wo wir Lorth finden können.« Dann blickte er zu Lelix. »Und jetzt kommen wir nicht als Retter.« Perrez schüttelte leicht den Kopf, die Stirn in Falten. Zum ersten Mal, seit Jar ihn kannte, wirkte er ratlos.

»Morgen hab ich 'nen Deal mit dem Typen von der Gria«, sagte der Kontaktmann beiläufig. »Er ist unsere Verbindung zu dem Externen.« Er legte den schon schief gehaltenen Kopf von der einen auf die andere Seite. »Der erste Plan hat nicht geklappt, okay, aber wir können es ja einfach nochmal probieren.«

* * *

»Was hat er damit gemeint, Meister?«, fragte Jar, nachdem der Kontaktmann sie wieder verlassen hatte. »Wie war denn eigentlich der Plan?«

Perrez sah den Jungen einen Moment an. »Ja«, sagte er dann nur, als wäre dies eine Antwort. Er nickte und schaute vor sich auf den Boden. Als Jar schon dachte, dass mehr nicht kommen würde, und überlegte, wie er möglichst respektvoll nachfragen könnte, sagte Perrez noch: »Ich werde die Hintergründe später allen erklären.« Er hob den Blick. »Das war nicht vorgesehen, aber jetzt brauche ich einige von euch auch für diesen Teil.« Er schaute Jar an und wirkte fast schon etwas elend.

Der sah unsicher zurück.

Einige Stunden später rief Perrez die Missionsmitglieder zusammen.

»Ich wollte die hiesigen Ordnungshüter dafür benutzen, Lorth für uns zu finden. Das hat nicht funktioniert, weil er bei dem Auftrag, den ich ihm zugeschoben habe, nicht gefangen worden ist. Ich weiß noch nicht, warum.« Er hielt kurz inne und sah nachdenklich zwischen seinen Leuten hindurch.

»Vielleicht hat er mehr von einem Thaumiker in sich, als ich gedacht habe, auch ohne Ausbildung.« Er schüttelte leicht den Kopf. »Wir werden es jedenfalls noch einmal versuchen, ihn darüber aufzuspüren, dass wir ihm einen Köder hinwerfen.«

»Meister, ich verstehe das nicht ganz«, sagte Sloral mit leiser Stimme. »Sagtet Ihr nicht, dass er unter anderem unsere Hilfe braucht, weil er gefangen sei?«

Perrez nickte. »Ja. Nach dem ursprünglichen Plan hättet ihr nicht erfahren, auf welche Weise er in Gefangenschaft geraten ist.«

Jar schaute sich schnell einige Gesichter an. Keiner der Männer zeigte offen, was er davon hielt, uninformiert geblieben zu sein. Doch eine Stimme neben ihm hob plötzlich an.

»Meister Perrez, ich finde, wir können ihn nicht erst in Gefangenschaft bringen, um uns dann als Retter hinzustellen!«

Jar nahm in Beses Worten ein ganz leichtes Beben wahr, das sonst bestimmt niemandem auffiel.

Perrez nickte langsam und nachdenklich. »Ich verstehe, was du mir sagen willst, Bese. Ich würde das auch nicht gutheißen, wenn ich nicht wüsste, dass Lorths Tage auf Singa ohnehin gezählt sind. Er hat auf einer anderen Raumstadt ein Attentat auf jemanden aus der dortigen Regierung verübt. Er konnte damals mit Mühe und Glück fliehen. Vor Kurzem ist bekannt geworden, dass er jetzt auf Singa ist. Es ist jetzt nur noch eine Frage der Zeit, bis er hier ebenso gesucht wird.« Perrez setzte sich etwas auf, streckte den Rücken und wirkte wieder sehr viel autoritärer. »Es wird nur schwer, ihm zu helfen, wenn er uns nicht vertraut. Um das zu erreichen, hatte ich vor, ihn zu belügen.« Er sah jetzt direkt in Beses Augen.

Der erwiderte die Rede ebenso fest wie den Blick. Jar erfüllte es mit Angst und Stolz zugleich.

»Meister, ich würde vorschlagen, ihn einzuweihen, sobald wir ihn gefunden haben. Wenn unsere Motive hehr sind und die Mittel angemessen, kann unsere Offenheit sein Vertrauen in uns stärken.«

»Das werden wir jetzt wohl so machen müssen«, sagte Perrez und kniff die Augen zu Schlitzen zusammen. »Ich alleine hätte Lorth das verschweigen können. Aber unter neun Lügnern ist die Wahrscheinlichkeit für einen schlechten viel zu hoch.«

»Ihr glaubt also nicht, dass er uns eher vertraut, wenn wir ihm alles sagen?«

Den Blick noch immer auf die Augen seines Gegenübers geheftet, dachte Perrez nach, hob das Kinn. »Das werden wir sehen«, meinte er schließlich. Dann zog er die Brauen hoch und verlor einiges an Spannung. »Aber schön, dass wenigstens dir die jetzt notwendige Vorgehensweise besser gefällt als der Plan, den die Bruderschaft entworfen hat.«

* * *

»Ich finde es gut«, sagte Bese später zu Jar, als sie wieder allein in ihrem Quartier waren, »dass wir jetzt eine Vorstellung davon haben, mit welchen Mitteln Meister Perrez arbeitet.«

»Überraschen sie dich?«, fragte der jüngere Bruder harmlos.

»Oh – ja«, sagte Bese mit weit hochgezogenen Brauen und nickte langsam und betont im Takt der zwei Silben. »Bisher hatte ich den Eindruck, dass er fair spielt.«

Jar überlegte, ob es fair war, sich den Raumfahrern gegenüber als Nachkommen auszugeben, ohne es zu sein. Oder Kriss nichts weiter zu sagen, als dass die Mission nach Harim weitergehen würde, und ihn dann auf einem öden Wüstenplaneten zurückzulassen. Wo war Geheimhaltung fair, wo war sie unfair?

»Nein, nicht die Geheimhaltung ist das Unfaire«, antwortete Bese, als Jar ihn danach fragte, »sondern Lorth Fallen zu stellen, damit er geschnappt wird.«

»Aber Perrez meint doch, dass er sowieso bald geschnappt wird ...«

»Das sagt er. Lorth scheint aber recht geübt darin zu sein, nicht geschnappt zu werden. Vielleicht will Perrez ihn auch einfach nur um jeden Preis finden und hat keine Lust, zuzusehen, wie er mal wieder verschwindet und irgendwo anders untertaucht, wenn er ihn fast hat.«

POLIZEISTATION

»Name?«

Lorth zögerte. Da er vor einigen Jahren inoffiziell eingereist war, konnte er eigentlich alles behaupten.

»Smith«, sagte er schließlich langsam und leise.

Der Polizist sah von seinem Adit auf und über den Bericht hinweg, der sich auf dem Bildschirm vor ihm automatisch ausfüllte, während die Vernehmung voranschritt.

Der Bericht war schon jetzt fast vollständig. Kleine KI-Einheiten in den Skimmern hatten die beteiligten Polizisten ausgehorcht und so das meiste bereits herausbekommen.

»Ein Smith mit Ihren biometrischen Daten findet sich nicht in den Datenbanken«, meldete die KI-Einheit des Bildschirms unbeteiligt. »Möchten Sie Ihre Aussage korrigieren?«

»Ich habe mich nie registriert«, sagte Lorth schlicht.

Die KI-Einheit ratterte eine vorgefertigte Meldung herunter: »Ich weise Sie darauf hin, dass Sie nicht verpflichtet sind, Aussagen zu machen, mit denen Sie sich selbst belasten. Diese Information gilt generell und wird nicht wiederholt.«

Den Duktus zurückgewandelt ertönte wieder die etwas weniger vorgefertigte Stimme: »Dies stellt einen Verstoß gegen die Aufenthaltsbestimmungen auf der freien Raumstadt Singa dar. Möchten Sie Ihre Aussage korrigieren?«

»Nein.«

Der Polizist seufzte und lehnte sich zurück, als erwartete er eine langwierige und langweilige Prozedur.

»Beschreiben Sie Ihre Einreise nach Singa.«

»Ich möchte meinen Anwalt sprechen.«

»Bitte nennen Sie den Namen Ihres Anwaltes.«

KI-Einheiten waren extrem schlagfertig.

»Kontaktieren Sie Tamm Rainnen.« Lorth war sich nicht sicher, ob Tamm darüber besonders glücklich wäre, aber er hatte nicht mehr viel zu verlieren, und Tamm war der Polizei als das bekannt, was er war, es war nur nichts beweisbar.

»Tamm Rainnen ist nicht als Anwalt registriert. Bitte nennen Sie einen registrierten Anwalt.«

»Tamm Rainnen wird mir einen Anwalt besorgen, wenn ich mit ihm sprechen darf.«

»Bitte warten Sie, wir nehmen Kontakt mit Tamm Rainnen auf.«

In der folgenden Stille blickte Lorth an seinem Arm hinab. Er saß auf einer schweren Stahlbank, die rechte Hand mit einer Handschelle an ihre Armlehne gekettet. Die Armlehne war zerkratzt – hier wurden häufiger Handschellen befestigt. Seine linke Hand hatte der Arzt untersucht und einen Sehnenriss, Prellungen und Hämatome diagnostiziert. Die Hand war dick bandagiert und lag jetzt in einer Schlaufe. Seine Jacke hatte man ihm weggenommen, ebenso Glimp. Sie hatten gesagt, dass sie ihn versorgen würden. Lorth nahm an, dass er ihn nie wiedersehen würde.

Er saß jetzt ungewohnt im T-Shirt bei der Vernehmung. Es war ein seltsames Gefühl. Lorth zog seine Jacke sonst nur in seinem Quartier aus. Er fühlte sich nackt, als müsste er frösteln, doch dafür war es zu warm.

Vor ihm war der Tisch mit dem eingelassenen Bildschirm und der eingebauten KI-Einheit. Dahinter saß der Polizist und schaute auf sein Adit, während die Vernehmung automatisch voranschritt. Hinter ihm an den Wänden waren große Variopapiere als Poster aufgehängt, die neutral blickende Gesichter von Gesuchten zeigten. Unter jedem stand ein Name und eine Zahl: eine ausgesetzte Belohnung. Lorth war auf keinem der Poster. Er kannte auch keinen der Gesuchten.

Die Tür ging auf, ein kleiner älterer Polizist stellte sich in den Rahmen und sagte: »Sie haben Besuch, Mr. Smith.« Er deutete ein ironisches Lächeln an.

Als Tamm sich an dem Polizisten vorbeischob, war Lorth plötzlich hellwach. Das Restaurant Rainnen war mindestens eine Stunde entfernt. Wenn Tamm jetzt hier auftauchte, dann war er vermutlich schon lange vorher informiert gewesen, was geschehen würde.

»Hallo«, sagte Lorth, ohne einen Namen zu nennen.

»Hallo, Pionier«, antwortete Tamm weniger vorsichtig. Er nickte ihm leicht zu, drehte sich dann zu dem älteren Polizisten um und murmelte etwas Kurzes. Lorth witterte einen Deal zwischen den beiden. Der Bewacher hinter dem Tisch verließ auf einen Wink des Älteren zusammen mit diesem den Raum.

Tamm wartete, bis sich die Tür schloss, dann beugte er sich über den Tisch und schaltete die KI-Einheit ab.

»Okay, was wirft man dir vor?«, fragte er Lorth. Er setzte sich halb auf den Tisch und verschränkte die Arme. Er sprach schnell und knapp. Lorth entschied, dass er besser mit eigenen Fragen warten würde.

»Eine KI-Einheit hat mir eine Liste vorgelesen. Schwere Körperverletzung und Widerstand waren das Schlimmste. Sonst nur Kleinkram – Hausfriedensbruch, Tierhaltung, Umgehung, Sachbeschädigung, –«

»Die Sache in dem Club schreiben sie dir nicht zu?«

Eine Alarmglocke tief in Lorth klingelte. Er hätte den Club hier nicht erwähnt. Aber er hatte darüber auch schon nachgedacht. »Nein, da war gar kein Eigentumsdelikt dabei.«

»Der Bulle ist gestorben.«

Lorth sah Tamm an. »Was? Welcher?«

»Der, den du bearbeitet hast. War überraschend, sah wohl erst nicht so schlimm aus. Wir haben die Information aus der Krankenstation abgefangen, sonst hätten sie hier schon höhere Sicherheitsmaßnahmen aufgefahren, und ich hätte nicht mehr zu dir gekonnt.«

»Aber der lebte noch, ich hab nur zugeschlagen!«

Tamm wirkte angespannt. »Davon weiß ich nichts!«, blaffte er. »Die Info wird hier noch eintrudeln, dann werden sie Mord mit auf die Liste setzen, deshalb haben wir nicht viel Zeit, und ich muss noch was mit dir besprechen.

Vor etwa vier Stunden haben wir erfahren, dass die Polizei einen Tipp erhalten hat, dass ein Gesuchter mit deiner Beschreibung ziemlich genau da auftauchen wird, wo du schließlich geschnappt worden bist. Ich glaube, der Tipp, den ich an dich weitergab, war vergiftet.« Er bekam einen gefährlichen Tonfall. »Und ich mag es nicht, wenn man mich benutzt, um meine Leute in Fallen zu locken.«

Tamm atmete durch.

»Zu dem Tipp: Neulich haben wir einen Deal gemacht. Der Verkäufer war ein komischer Vogel mit seltsamer Aussprache. Konnte ich nicht zuordnen. Glattes braunes Haar, schulterlang, schmales Gesicht, schwacher Bartwuchs, Anfang dreißig, etwa eins-achtzig groß, sagt dir das was?«

Lorth blickte zur Seite, dachte kurz nach. Die Beschreibung passte auf niemanden, den er kannte. »Nein, sagt mir erst mal nichts.«

»Okay, der Typ war jedenfalls so zufrieden, dass er meinte, er gibt uns noch 'ne Info dazu. Ich hatte keinen Grund, ihm das nicht abzunehmen. Er erzählt uns also das, was ich dir gesagt hab: Künstler und Zeik zur selben

Zeit im selben Club. Zeik ist der Dicke, den du beklaut hast«, ergänzte er ungefragt. »Wir haben dann noch dazu rausbekommen, wie sich Zeik zu schützen pflegt.«

Lorth nickte. Der Name war ihm neu, doch sonst war es der Tipp, den er von Tamm erhalten hatte.

»Kannst du dir vorstellen, dass dich –«

Bevor Tamm den Satz beendet hatte, schlug die Tür auf und unterbrach ihr Gespräch. Der ältere Polizist kam herein, gefolgt von zwei Kollegen.

»Tamm Rainnen, ich muss Sie festnehmen, uns liegen schwere Anschuldigungen gegen Sie vor. Die Regierung der unabhängigen Raumstadt Goodsphere hat einen Ordnungsantrag gestellt, der die Verhaftung eines flüchtigen verurteilten Mörders zum Ziel hat. Sie stehen unter dem Verdacht der Strafvereitelung und der versuchten Beihilfe zur Flucht.«

Tamm starrte den Polizisten an. »Was soll das jetzt?«, fragte er fassungslos.

Der Polizist ging nicht darauf ein, sondern ratterte ihm die gleichen Rechte herunter, die auch Lorth erst vor Kurzem zu hören bekommen hatte, während Tamm Handschellen angelegt wurden und man ihn aus dem Raum führte. Das Ende der Rechte hörte Lorth schon gar nicht mehr, weil zuvor die klinkenlose Tür mit einem Rums ins Schloss gefallen war.

Goodsphere. Ein Phantom aus seiner Vergangenheit hatte ihn also eingeholt.

Er saß allein in dem Vernehmungszimmer, die KI-Einheit abgestellt, an die Sitzbank gekettet, und hatte nichts mehr zu verlieren. Automatisch begann er, über Flucht nachzudenken. Die Handschelle war massiv. Ohne einen Schlüssel würde er sie nicht öffnen können. Die Sitzbank war schwer, aber er konnte sie verrücken. Doch was würde das bringen? In Vernehmungszimmern war nichts außer dem Tisch mit der KI-Einheit, die Türen hatten innen keine Klinken. Testweise stand Lorth auf und zog an der Handschelle. Die Sitzbank wog sicher mehr als er selbst, doch er verrückte sie, als er sein Gewicht in den Zug legte.

Draußen fiel ein Schuss. Lorth erstarrte. Kurz darauf ein weiterer, dann hörte Lorth aufgeregte Rufe und einen kurzen Schrei. Dann wieder Ruhe. Lorth lauschte gebannt, vor der Bank kauernd, noch in der Haltung zum Ziehen.

Wieder fiel ein Schuss, gefolgt von einem dumpfen einzelnen Wummern und einem Pfeifen. Dann fielen in schneller Folge weitere Schüsse, auch aus automatischen Waffen, unaufhörlich jetzt. Lorth verzog sich hinter die Bank.

Mehr Wummern und Pfeifen folgte, wie als Antwort auf die Schüsse, die langsam weniger wurden, als würden es kontinuierlich weniger und weniger Schützen.

Wer oder was griff die Polizeistation an?

Die Tür flog auf, und ein Junge mit sonnengebräunter Haut stürmte herein, als hätte er sie eingerannt. Er war vielleicht fünfzehn Jahre alt, hatte kurze braune Locken, und hinter ihm gab es einen Lichtblitz mit Druckwelle, die ihn von den Beinen fegte. Mit einem lauten Wummern ruckte der Tisch der KI-Einheit ein gutes Stück durch den Raum. Der Junge stand sofort wieder auf, streckte einen Arm in Richtung Tür, die mehrere Meter entfernt war, und machte eine seitliche Wurfbewegung. Sie flog mit einem Krachen zu.

Lorth hielt den Atem an. Ein Telekinet? Draußen pfiff und wummerte es weiter, untermalt von nur noch vereinzelten Schüssen.

Der Junge sprang zur Tür und strich mit beiden flachen Händen über ihre gesamte Innenseite, als wollte er sie von einer Staubschicht befreien. Die Geräusche von draußen wurden leiser, dumpfer.

Nachdem er sich bis zur Schwelle durchgearbeitet hatte, richtete er sich auf, stemmte die Hände in die Hüften, atmete zufrieden durch und drehte sich um. Er strahlte über das ganze verschwitzte Gesicht.

»Ich bin Jar! Du bist Lorth?«

Die Frage schien einen Keim von Ungewissheit zu wecken, denn sein Strahlen fiel etwas in sich zusammen, und er zupfte aufgeregt seinen Umhang zurecht, ohne Lorth aus den Augen zu lassen. Er war in eine Art dunklen Überwurf gekleidet, wie ihn Fischer in aquatischen Zylindern oft bei der Arbeit trugen. Doch dieser war nicht aus wasserabweisendem Gummi oder Plastik, sondern aus einer Art dickem Filz.

Lorth kauerte noch immer hinter der Bank und wusste nicht, ob es gut oder schlecht wäre, der Gesuchte zu sein, doch alles deutete darauf hin, dass der Junge nach einem Lorth suchte und diesen als Freund ansah.

»Ja –«, sagte Lorth und wusste dann nicht weiter.

Sofort wurde das Lächeln des Jungen wieder breiter. »Gut!«, sagte er bestimmt. »Sehr gut!« Er wandte sich wieder zu der Tür, die Hände in die Hüfte gestemmt. »Das sollte eine Weile halten!« Er begutachtete sie von oben bis unten, als suchte er einen Fehler in seinem Werk, und fand keinen.

Er drehte sich erneut um und schaute Lorth kurz an, nach einigen Sekunden blickte er wieder weg, offenbar hin- und hergerissen zwischen Neugierde und Scheu, jetzt, da er nichts mehr zu tun zu haben schien.

»Wir müssen nur noch kurz abwarten ...«, sagte Jar zum Boden und deutete vage auf die Tür.

Lorth konnte sich nur halb aufrichten, weil die Handschellen seine Hand auf Kniehöhe hielten.

Der Junge beobachtete ihn sofort wieder aufmerksam. Sein Akzent war ungewöhnlich, doch er war weder einsachtzig noch langhaarig oder Anfang dreißig. Aber er schien nicht alleine zu sein. Vielleicht war einer seiner Begleiter der Mann, den Tamm beschrieben hatte.

»Oh, warte kurz!«, sagte Jar pflichtbewusst und kam zu ihm gelaufen, als Lorth sich gerade wieder auf die Bank setzte. »Die kriege ich auf!« Er blickte auf die Handschellen und griff nach Lorths rechter Hand.

Lorth zuckte unwillkürlich zusammen, als Jar ihn berührte, und dieser schrak zurück.

Voller Scheu blickte der Junge in Lorths Gesicht und meinte dann verlegen: »Ich glaub, ich würde die aufkriegen, wenn du magst ...« Er deutete linkisch auf die Handschellen.

Lorth dachte nur kurz nach und meinte dann: »Okay, los«, und drehte die Hand so, dass das Schloss der Handschelle nach oben wies.

Jar machte sich eifrig daran, sie zu öffnen. Er hockte sich neben die Bank und drehte Lorths Hand wieder zurück, sodass er das Scharnier der Handschelle sehen konnte, murmelte etwas und blies kurz darauf. Dann zog er an beiden Bügeln der Handschelle, die auseinander glitten, als wäre kein Stift mehr im Scharnier. Lorth starrte auf die Handschelle bis er bemerkte, dass Jar ihn wartend ansah. Er zog die Hand zwischen den Bügeln heraus und sah, dass der Stift sehr wohl noch im einen Bügel steckte und auch das Auge im anderen unversehrt war.

Er blickte Jar fassungslos an. »Was bist du für ein Vogel?«

Jar wirkte leicht verunsichert. »Na ja, wieso? Das war doch nur einfache Lenkung ...« Er zuckte mit den Schultern.

Lorth starrte ihn weiter schweigend an.

Jar stand verunsichert auf, ging ein paar Schritte von Lorth weg, den Blick gesenkt, als hätte er ein schlechtes Gewissen.

Lorth versuchte weiterhin, das Gesehene zu verdauen. Lenkung war eine thaumische Fähigkeit. Aber Thaumiker waren doch nur eine Legende aus grauer Vorzeit! Thaumik sollte es eigentlich nur – wenn überhaupt – jenseits der Randzonen geben. Warum also waren jetzt Thaumiker hier auf Singa?

Er rieb sich kurz das Handgelenk am Kinn, da seine linke Hand nicht verfügbar war, und stand rastlos auf. Er schaute schließlich von Jar weg, der trotz seiner ungewöhnlichen Fähigkeiten im Moment wohl keine Gefahr darstellte, und ging einen Schritt in Richtung Tür, blieb ziellos stehen und beobachtete sie.

»Kannst du mir sagen, was hier los ist?«, fragte er nach einer Weile und blickte dann zurück zu Jar. »Ich meine, was wollt ihr hier, wie viele seid ihr ...« Er gestikulierte milde hilflos mit der rechten Hand. »Wer seid ihr überhaupt?«

Jar sah ihn beschämt an, als wäre er bei einem Streich ertappt worden.

»Eigentlich solltest du lieber mit Senar Perrez sprechen, ich weiß nicht genau ...« Er überlegte kurz, doch Lorth hatte den starken Eindruck, dass er sich fast auf die Lippe gebissen hätte, um nicht zu sagen: »... was ich dir sagen soll und was nicht.«

»Also«, sagte Jar dann bestimmt und in einem Tonfall, der sehr nach Erklärung für Unmündige klang, »es war nicht so geplant, dass ausgerechnet ich als Erster mit dir spreche, und jetzt will ich da auch nichts durcheinander bringen.« Er hielt die Hände beschwichtigend vor sich und hatte zwar den Kopf gesenkt, sah Lorth aber über nicht vorhandene Brillengläser hinweg aufmerksam an.

»Wie viele seid ihr?«, fragte Lorth gerade so, als hätte er Jars Erklärung gar nicht gehört.

»Neun«, sagte Jar sofort und ließ die Hände sinken. Lorths Tonfall gebot sofortige Antwort, und Jar war nicht gewohnt, Gebote zu missachten.

»Und ihr seid Thaumiker?«

»Ja.«

»Neun Thaumiker?«

»Ja, alle.«

»Ihr seid meinetwegen hier?«

»Ja ...« Leichtes Zögern. Lorth war an einen Punkt gekommen, an dem der Junge offensichtlich nicht sicher war, was er verschweigen sollte. Also fragte er zügig weiter, um Jar nicht zu viel Zeit zum Nachdenken zu geben.

»Was passiert da draußen gerade? Nehmen deine Freunde die Station auseinander?«

»Wir ... äh ...«, begann Jar, stockte dann, verwirrt. »Der Station tun wir gar nichts ...?«, sagte er dann vorsichtig, den Kopf leicht schief.

»Bringt ihr die Polizisten um?«, fragte Lorth rund heraus.

Jar riss die Augen auf. »Nein!« – und schwieg einen Moment, sah dann weg. »Na ja, könnte passieren«. Schulterzucken. Er sah Lorth wieder ernst und fest an. »Aber wir wollen das nicht.«

Sie würden für ihn töten. Lorth hatte ein komisches Gefühl im Bauch. Was wollten die von ihm? Woher kannten die ihn? Einem Teil von ihm war es auf seltsame Art lieber, eingesperrt und hilflos in der bekannten Gewalt der Polizei zu sein, als von irgendwelchen Unbekannten mit unbekannten Fähigkeiten aus unbekannten Gründen befreit zu werden. Er schaute Jar noch einen Moment stumm an.

Dann drehte er sich zur Tür, atmete durch und fragte leise: »Was habt ihr mit mir vor?« Er fuhr mit dem Zeigefinger die Ränder der einzelnen Schichten seines Verbandes entlang.

Jar antwortete nicht gleich. »Ich – ich weiß es nicht genau, aber es war davon die Rede, dass du gerettet werden musst.«

Lorth nahm diese Information ohne eine Reaktion auf. Wenn diese Thaumiker ihn retten wollten – oder mussten –, dann war ihm das erst einmal recht. Hilfe konnte er im Moment wirklich gebrauchen. Aber er war erst seit einigen Stunden auf der Polizeistation. Woher kamen diese Thaumiker so plötzlich?

»Guten Flug gehabt?«, fragte er beiläufig, ohne sich zu Jar umzudrehen. Eigentlich wollte er wissen, ob sie erst kürzlich angekommen waren oder fest auf Singa lebten. Vor allem wollte er sein Weltbild wieder etwas geraderücken und wenigstens nicht annehmen müssen, dass er auf dieser Raumstadt seit Jahren von unerkannten Thaumikern umgeben gewesen war.

Jar stutzte, sagte aber wohlerzogen: »Äh, ja, danke.«

»Kommt ihr oft auf Raumstädte, um jemanden zu retten?«

Jar lachte spontan. »Nein, ich glaube nicht! Ich weiß nicht, ob das überhaupt schon mal gemacht worden ist!«

»Was ist an mir so Besonderes?«

Jar schwieg. Lorth drehte sich wieder zu ihm um und nahm die Hand von seinem Verband. Jar wich seinem Blick aus und schien nachzudenken. »Du solltest wirklich auf Perrez warten ...«

»Ja, schon gut«, sagte Lorth beruhigend und blies Luft zwischen den Lippen hindurch.

Er wollte Jar nicht in Schwierigkeiten bringen, also horchte er ihn nicht weiter aus. Er ging wieder zur Bank, hob die thaumisch geöffnete Handschelle kurz an und betrachtete sie nachdenklich, wie um sich zu vergewissern, dass er das nicht nur geträumt hatte.

Er ließ sie fallen. Sie schlenkerte geräuschvoll an der massiven Armlehne. Er ging entschieden zur Tür und wollte lauschen, doch als er sie berührte, fühlte sie sich seltsam glatt an, als wäre eine Schicht Plastik oder Wachs über sie gezogen worden.

»Was hast du mit der Tür gemacht?«, fragte er und strich über ihre Oberfläche.

»Versiegelt. Solange das Siegel hält, kommt da nichts durch.«

»Thaumik?«

»Auch nur Lenkung.« Jar nickte dabei, doch Lorth hatte ihn nicht angesehen.

»Lenkung ist keine Thaumik?«

»Doch, natürlich!«, antwortete Jar sofort – beschämt, ein Missverständnis ausgelöst zu haben. »Aber halt keine besondere ... Lenkung ist die Thaumik, die schon fertig ist und bei der man meist gar nicht weiß, warum sie funktioniert. Man muss sie nur kurz lernen.«

Er sagte das, als beschriebe er, wie man eine Klinke benutzt.

Lorth sah Jar wieder an. Was meinte er mit »fertig«? Doch er fragte: »Also es gibt verschiedene Formen von Thaumik?«

»Äh, ja, und Lenkung muss man nur auswendig lernen, deshalb ist die so einfach.«

»Verstehe«, sagte Lorth, der einen vagen Eindruck hatte. »Die anderen Formen sind also schwieriger?«

Begeistert sagte Jar: »Ja, Trennungen zum Beispiel sind schwer!« Er drehte den Kopf leicht zur Seite und strahlte verschwörerisch.

»Was trennt man dabei?«, fragte Lorth ungerührt.

Jar schien sich an Lorths Art etwas gewöhnt zu haben und interpretierte seine kargen Reaktionen nicht mehr als Vorwurf. Er riss die Augen auf und sagte eindringlich, wie um Lorth zu beeindrucken: »Geist und Körper!«

Lorth zuckte innerlich zusammen. Das Tauchen in den Strom. Ihm wurde kalt. War er selbst ein Thaumiker? Wollten diese Leute deshalb etwas von ihm?

»Ich glaube, das kenne ich«, sagte er abwesend. Ein Teil von ihm schüttelte sofort abfällig den Kopf über den anderen Teil, der diese wertvolle Information einfach so herausgeplappert hatte, doch auf Jar machte es offensichtlich Eindruck.

»Wirklich?«, fragte der Junge mit großen Augen, den Kopf nach vorne gestreckt.

Lorth antwortete nicht sofort, rang sich dann aber doch dazu durch.

»Ja, ich glaube, dass ich das kann. Jedenfalls würde ich es so beschreiben, was ich mache. Ich tauche in den Strom ab und sehe da irgendwie andere Geister um mich herum. Ich kann dann auch ein bisschen Einfluss nehmen und die anderen anschauen und –«

Es klopfte dumpf und leise an der Tür.

Sofort machte Lorth ein paar Schritte von ihr weg und Jar ein paar auf sie zu.

Eine gedämpfte Stimme war zu hören: »Jar, bist du da drin?«

»Ja! Lorth ist auch hier, alles in Ordnung!«, rief Jar zurück. Er strich mit dem Handrücken über die Tür und murmelte etwas.

»Okay, das Siegel ist weg, aber hier innen ist keine Klinke!«, rief er dann.

Die Tür öffnete sich sofort. Draußen stand ein junger Mann, kaum älter als Jar, ähnlich gekleidet und von ähnlichem Aussehen. Er blickte von Jar zu Lorth, dann wieder zu Jar.

»Perrez ist sauer. Mach schnell und bring ihn mit«, sagte er zu Jar und ging dann weg, ohne auf eine Antwort zu warten.

Jar sah sich kurz schuldbewusst zu Lorth um. »Na gut. Komm, gehen wir zu ihm.« Er klang nicht glücklich.

Intermezzo

GOODSPHERE

Auf der Raumstadt Goodsphere im Zylinder 451 war ein Straflager für Häftlinge. Um dieses Straflager herum befanden sich evakuierte Frachträume, die die Flucht erschwerten und ohne Shuttle oder Raumanzug unmöglich machten. Der große Abstand zu den Sprungspulen im Zentrum der Raumstadt bewirkte so weit außen schon messbare Sprungfehlerraten, sodass für die Insassen an diesem Ort körperliche Schäden nicht mehr ausgeschlossen werden konnten, doch Gerichte hatten entschieden, dass die dadurch bestehende Gefahr noch im Bereich des Zumutbaren lag. Es fanden sich auch immer genügend Freiwillige, die in dieser Einrichtung als Wachpersonal tätig sein wollten. Die Armut bestimmter Bevölkerungsschichten von Goodsphere war den Gerichten bekannt und wurde, wie es hieß, im Urteil berücksichtigt. Die Intellektuelleren unter den Häftlingen bewerteten diese Anmerkung als zynisch, doch die meisten Insassen sahen langfristige gesundheitliche Gefährdungen nicht als vorrangiges Problem.

Im Abstand von etwa zehn Kilometern zum Straflager hasteten zwei junge Männer Anfang zwanzig aus einem

Shuttle in einen Korridor, der bereits wieder mit Luft gefüllt war. Der eine trug noch die Kleidung der Strafgefangenen, ebenso ein enganliegendes Gerät am Handgelenk, das ein warnendes rotes Blitzen zeigte und damit anzeigte, dass der Träger sich in einem für ihn nicht zugelassenen Bereich befand. Der andere war in eine dicke Thermojacke gehüllt. Die beiden rannten um eine Ecke, um eine weitere, durch ein Schott, schlossen es hinter sich. Dann verschnauften beide, lauschten. Kurz darauf hörten sie eine Explosion dumpf wummernd durch das Schott. Sie hatten eine Sprengladung in dem Shuttle angebracht. Jetzt flogen seine Überreste von dem Andockpunkt weg, angetrieben durch die Luft, die aus dem Gang schoss, den die beiden eben noch entlanggerannt waren.

»Zeig mal das Ding«, sagte der Mann mit der Jacke und deutete auf den Spurgeber am Handgelenk des Sträflings. Der andere hielt ihm das Gerät zur Begutachtung hin. Einige Minuten später hatten sie es aufgebrochen. Sie schmolzen das Gerät mit einer Strahlenpistole zu einem hässlichen schwarz-gelben Fleck auf dem Boden der Frachtschale.

»Komm weiter, Mann. Wir haben nicht viel Zeit.«

Lorth hielt die Strahlenpistole in der Hand, sah noch immer auf den Fleck – dann endlich in Bills Gesicht. »Okay, lass uns gehen.«

Sie rannten den Korridor entlang, von dem Schott weg. Nach etwa einer Minute brachen sie eine Tür zum Versorgungssystem auf, kletterten eine Röhre hinauf und gingen durch eine Schleuse. Lorth fröstelte in seiner dünnen Sträflingskleidung. Das Laufen machte es erträglich, aber langsam wurden seine Finger steif. Sie folgten dem Frischluftkanal einige hundert Meter weit, dann verließen sie ihn durch eine andere Schleuse, und es wurde wieder wärmer.

In diesen weit außen liegenden Zylindern wohnte niemand, und auch Wartungspersonal war hier fast nur während der Ringphasen zu finden. Doch etliche Prozesse liefen automatisch ab, Sereps führten die Verarbeitungen durch und transportierten Rohstoffe von den Lagerstätten zu den Anlagen und Produkte zurück.

Über einen Wartungsgang erreichten sie ein automatisch betriebenes Förderband, auf das sie aufstiegen. Das Band fuhr mit wenigen Stundenkilometern durch einen niedrigen Tunnel mit Stahlwänden, der nur ein Kauern auf dem Band erlaubte. Es bestand aus mehreren parallel nebeneinander liegenden Segmenten, und hin und wieder war eins davon ausgefallen. Die darauf transportierten Container wurden dann rechtzeitig von weichenartigen Klappen in der Decke auf die funktionierenden Nachbarbänder verschoben. Lorth und Bill mussten jedes Mal aufpassen und selbst rechtzeitig das Segment wechseln, um nicht auch ruppig umgesetzt zu werden.

Alle paar Minuten kamen sie an Ladehöfen vorbei. Das Band durchlief dann eine flache, weiträumige Halle, und dort lenkten Klappen Container vom Band auf automatische Wagen, die dann abfuhren, oder schoben neue auf das Band. Nach einigen Kilometern stiegen sie in einer solchen Halle ab und gingen zwischen den Logistikrobotern hindurch zu einem weiteren Andockpunkt, an dem wieder ein Shuttle festgemacht war. Sie kletterten hinauf in das kleine Schiff, zogen die Leiter ein, schlossen die Luke. Lorth zog die bereitgelegte Kleidung an und setzte sich in den Copilotensessel. »Nicht viel Verkehr hier.« Er spähte durch die Frontscheibe nach rechts und links in den Gap.

»Nee, Mann – zwischen den Zylindern hier draußen ist nie viel los. Wir haben noch ein Stückchen vor uns.«

Um schneller von den äußeren Zylindern zu den inneren gelangen zu können, gab es Schächte, senkrechte Tunnel, die durch einen gesamten Zylinder führten. Es gab sie in allen Größen – die großen waren seltener. Ihr Shuttle war klein, passte durch jeden. Das war gut so, denn die größeren waren stärker überwacht. Sollte Lorths Flucht bereits entdeckt worden sein, dann könnten sie dort in eine Kontrolle geraten.

Bill machte einen gewaltigen Umweg. Er flog eine halbe Stunde zwischen dem 450 und dem 449 entlang bis fast zum Äquator der Raumstadt. Auf ihrem Weg sahen sie vereinzelt weitere Shuttles, mal auch größere Transporter und Lastschiffe. Der Verkehr blieb sporadisch, sie konnten nie in ihm untertauchen. Schließlich flogen sie durch einen schmalen Schacht nach oben in den nächsten Zwischenraum, von dort durch den nächsten, wieder einen Zylinder weiter. Nach etwa einer Stunde fortwährenden Aufstiegs hatten sie auf diese Weise einige Dutzend Zylinder unter sich gelassen. Der Verkehr nahm beständig zu, sie mussten sich bei den Tunneln bereits einreihen. Bill wich Computerleitsystemen aus, solange er konnte, doch etwa ab dem 400 ließen sie sich nicht mehr vermeiden.

»Wir werden das Shuttle noch einmal wechseln«, sagte er gelassen. Er schaute konzentriert nach schräg oben. Das Shuttle war nach hinten gekippt, sie lagen weitgehend auf dem Rücken in ihren Sitzen.

Lorth reagierte nicht. Er war in Gedanken in der Zukunft. Er würde Goodsphere verlassen müssen. Würde Lera ihn begleiten? Sollte sie ihn begleiten? Er wollte sie nicht verlieren. Nicht für immer.

»Lorth?«, fragte Bill schließlich und sah zu ihm herüber.

Lorth sah auf, atmete durch, wandte sich zu Bill.

»Ich muss hier weg«, sagte er seinem Freund. »Weg von Goodsphere.«

Bill sah ihn noch eine Sekunde an, beobachtete dann wieder, wie die Oberflächen der Zylinder gemächlich an ihnen vorüberzogen.

»Ja«, sagte er. »Die Ringphase endet in zwei Wochen.«

»Zwei Wochen ...« Lorth starrte leer auf die Instrumente für den Copiloten. Er sah noch einmal zu Bill. »Niemand weiß etwas von Lera und Ganni. Das muss auch so bleiben.«

Bill sah abermals zu Lorth herüber, versuchte, in dem rätselhaft unbeweglichen Gesicht etwas zu deuten. Lorth sah aus wie immer, wie als sie sich kennenlernten, wie bei ihren Jobs, wie bei dem Attentat, der Verhandlung, der Urteilsverkündung. Nichts zu deuten. Doch Bill wusste, dass da Gefühle hinter der Maske waren. Sie kannten sich dafür schon lange genug.

»Klar, Mann«, sagte er und sah nach vorn. Ein Computer hatte gerade wieder die Steuerung des Shuttles übernommen. Sie flogen geschmeidig auf einen Schacht zu, sahen an seinen senkrechten Wänden die Ketten von Signallampen, drangen in ihn ein wie in die untere Öffnung eines Schornsteins, ließen die Lichter geräuschlos an sich vorbeiziehen und hatten doch den Eindruck, etwas dabei zu hören: *wusch-wusch-wusch* …

Das Ende des Tunnels spuckte ihr Schiffchen wieder aus, in eine weitere bevölkerte Zwischenwelt, dieses Mal über Zylinder 381 und unter Zylinder 380.

»Wohin fliegen wir jetzt?«, fragte Lorth.

»Erst mal zu einem größeren Hafen, um unsere Spuren noch weiter zu verwischen, dann zu Lera.«

Lorth nickte.

Sie flogen auf dem 320 in einen Hafen, dockten an, ließen das Shuttle zurück. Mit der Bahn fuhren sie gut die Hälfte des Zylinders weiter, gingen zu einem anderen Hafen, mieteten ein anderes Shuttle, flogen wieder los. In Zylinder 284 dockten sie erneut an, gaben das Shuttle ab, stiegen noch einmal in die Bahn um. Danach nahmen sie für die letzten paar Zylinder öffentliche Transporter. Das war Risiko und Sicherheit zugleich: Dort konnten sie kontrolliert oder Lorth erkannt werden. Wenn sie aber unbehelligt durchkamen, war ihre Spur verwischt.

Sie erreichten Leras Quartier etwa zwei Raumstadtstunden nach dem Ausbruch. Niemand hatte ihr Bescheid gesagt. Sie war nicht zu Hause.

* * *

»Wann wird sie wiederkommen?«

Die Frage blieb in der stillen Luft des Wohnzimmers hängen. Sie war auch nicht an Lorth gerichtet oder an irgendwen, sie war nur Ausdruck Bills innerer Unruhe.

Lorth stand still in Gannis Zimmer, sog den Anblick in sich auf. In den zwei Monaten seit seiner Festnahme hatte sich nichts verändert. Das Kinderbett stand leer in einer Ecke, zerwühltes kleines Bettzeug darin. Klobige Spielsachen, Malstifte, Papier waren im Zimmer verstreut. Ein Glaswerk stand in einem hohen Fach des Schranks an der anderen Wand, schimmerte schwach und konstant. Erste Malversuche waren in Bilderrahmen gefasst und hingen jetzt an den verbleibenden freien Stellen der Wände. Ein Tisch, vor einiger Zeit noch als Wickeltisch benutzt, stand jetzt ohne rechte Aufgabe neben der Tür. Bill kam den Flur entlang, spähte vorsichtig in das Zimmer.

»Lorth?«

Lorth würde loslassen müssen. Er war es gewohnt. Seine Eltern, kaum Erinnerungen, nur noch vage Bilder und Eindrücke – seltsame Eindrücke. Verloren, wie man einen Schlüssel verliert, unklar, wie genau, doch überlebt. Pflegeeltern, verloren in einem Brand, Krieg und Bomben, knapp entkommen, überlebt. Allein auf den Straßen eines Planeten, den er nicht kannte, überlebt. Raumschiffe, Hilfsarbeiten, Diebstähle, Schlägereien. Und Morde. Doch überlebt! Immer wieder überlebt! – Und immer wieder verloren, immer wieder neu begonnen, immer wieder vor dem Nichts gestanden.

Doch diesmal war alles anders. Bisher war es immer möglich gewesen, die Brücken abzubrechen. Bisher war er immer frei gewesen, ohne Bindung. Doch Ganni –

Die Pockennarben auf seiner Stirn vertieften sich, echte Falten erschienen zwischen ihnen. Falten in jeder Richtung, senkrecht, waagerecht. Er sank auf die Knie, kauerte, den Kopf auf der Brust. Seine Hände lagen kraftlos in seinem Schoß. Zwerchfell, Brust und Kehle krampften stoßweise. Tränen rannen über sein Gesicht.

»Überleben«, flüsterte er tonlos zwischen den stillen Schluchzern, »und wofür?«

Eine Hand legte sich auf seinen Rücken, er zuckte. Bill hockte hinter ihm, versuchte unsicher und vorsichtig, Trost zu spenden. Natürlich vorsichtig. Lorth zeigte nie Gefühle. Bill musste die Szene unwirklich erscheinen, als hätte er einen anderen Lorth aus dem Gefängnis befreit.

Lorth stand abrupt auf. »Lass uns gehen.«

»Was?« Bill hockte noch am Boden und sah perplex zu Lorth hinauf, der die Tränen auf seinem wieder hart und glatt gewordenen Gesicht ignorierte.

»Ich muss von Goodsphere runter. Die Chancen im Moment sind besser als später. Ich kann sie nicht mitnehmen, weder Lera noch Ganni, das wäre für beide zu gefährlich.«

Bill stand auf. »Willst du nicht wenigstens mit ihr sprechen, bevor du gehst?«

Lorth zögerte. Wie erklären? Er kämpfte mit den Worten und verlor, senkte den Blick.

Nach einem Moment der Stille sah er wieder auf, in Bills Gesicht. »Du musst ihr nicht sagen, dass ich hier war. Sag ihr, dass eine günstige Gelegenheit eine schnelle Flucht ermöglicht hat.« Er sah Bill auf diese kranke Art neutral an. Bill drehte den Kopf eine Sekunde später zur Seite und schwieg.

»Bill? – Bitte!«

Bill sah zurück, die Stirn in Falten, den Kopf schief. »Mann, du willst sie zum Abschluss belügen?«

»Kein Abschluss!«, bellte Lorth.

»Okay, Mann«, sagte Bill und hob leicht die Hände. Ob Beschwichtigung oder Verteidigung hätte er nicht sagen können. »Ist gut, Mann. Wir gehen.«

Er wollte sich zur Tür drehen, Lorth hielt ihn am Ärmel fest. Bill blickte alarmiert zurück, doch Lorth sah ihm nur fest ins Gesicht.

»Du tust ihr nur weh, wenn du ihr sagst, dass ich hier war.«

Bill schaute noch kurz in diese bodenlosen Augen mit der schwarzen Iris, dann senkte er den Blick, nickte. »Okay.«

Lorth ließ die Jacke los, Bill ging aus dem Kinderzimmer.

Ein letzter Blick. Lorth sog die Luft ein, wischte sich die Tränenspuren aus dem Gesicht, folgte dann Bill aus dem Zimmer, den Flur entlang, zur Eingangstür, die Bill ihm aufhielt, durch die Tür, hörte, wie Bill sie hinter ihm schloss, den Quartiergang zur Straße, dort ein paar Meter zur Seite. Erst hier konnte er wieder atmen. Er stand sehr aufrecht, sah den endlosen Schlauch der Straße entlang, zum Horizont in der Ferne, wo die vier Kanten zu einem Punkt verschmelzen wollten und im Dunst verschwanden.

Bill holte ihn ein.

»Wo ist Glimp?«, fragte Lorth, ohne sich zu Bill umzusehen.

»Bei Garrie.«

»Wo können wir sie treffen?«

Bill sah auf seinen Adit, tippte etwas ein.

»Sie ist zu Hause.«

»Gut. – Nehmen wir erst den Transporter, dann die Bahn?«

»Ist mir recht, Mann.«

Lorth ging los, Bill hinterher. Sie erreichten das Terminal unbehelligt, stiegen in einen Transporter. Lorth sah hinaus in die Halle. Sie war ihm nicht groß genug. Seine Augen suchten die endlose Distanz. Bald würden sie wieder zwischen den Zylindern sein, im Gap, freie, schier endlose Sicht. Wohin gehen? Im Moment wünschte er sich auf einen Planeten mit einem offenen Himmel, mit Wind und Regen, Bäumen, die sich darin wiegten und dabei rauschten.

Ihr Transporter hob ab, schwenkte zu den Tunneln in der Decke. Ein anderer Transporter kam ihnen entgegen. Er flog einen weiten Bogen, bereit, dort anzudocken, wo sie gerade losgeflogen waren. Lorth sah in einem Fenster das Profil eines Kindes. Es saß auf dem Schoß von jemandem, dessen Gesicht hinter dem Fensterrahmen verborgen war. Der Transporter kam näher, das Gesicht wurde deutlicher. Kaum zehn Meter Distanz. Lorth starrte.

Ganni drehte den Kopf, sah zu ihm herüber, lachte, zeigte. Zwei Scheiben und der Krach der Düsen zwischen ihnen trennten Vater und Sohn, doch Lorth konnte das Wort »Nors!« hören, als Gannis Mund es formte, als er seinen stubbeligen Finger gegen die Scheibe drückte und glücklich seine Milchzähne zeigte.

Die Transporter passierten einander, das andere Fenster zog vorbei. Ganni beugte sich vor, strahlte Lorth weiterhin an, strampelte, wurde schließlich zurückgehalten, damit er nicht gegen die Scheibe fiel, und verschwand aus Lorths Blickfeld. Lorth sah noch einen Moment dem Fahrzeug hinterher, dann entkrampfte sich sein starrer Blick. Der Schmerz wich und hinterließ eine tiefe, umfassende Wärme.

»Alles für dich«, sagte Lorth leise und legte seine Handfläche zärtlich an das Fenster. Der Atem seiner Worte erzeugte eine behauchte Stelle. Der Fleck schrumpfte. Nach einigen Sekunden war er verschwunden.

TEIL ZWEI

Nach dem Kantersieg

Die Polizeistation sah jetzt anders aus.

Um die Ordnungshüter zu überwältigen, hatten die Thaumiker der Missionsgruppe eine breite Palette von Effekten eingesetzt. Jeder hatte seine persönlichen Vorlieben, wobei die Thaumik mit mechanischer Wirkung noch die ungebräuchlichste war. Üblicher im Kampf gegen Menschen waren Mittel, die auf den Geist wirkten oder die Sinne täuschten. Eine direkte Ohnmacht war bei Kontakt leicht zu verursachen. Diese Effekte hätten also nicht viel Schaden angerichtet und nur ihre Ziele handlungsunfähig gemacht. Auch die Schilde, mit denen sich die Baltaner gegen die Schüsse verteidigt hatten, hätten die Einrichtung unberührt gelassen.

Doch die Waffen der Polizisten waren nicht so sanft mit Wänden und Möbeln umgegangen.

Als Jar und Lorth das Vernehmungszimmer verließen, standen kalte Rauchschwaden in der Luft. Es roch auf seltsame Art brandig, ohne dass ein Feuer zu sehen war. Die Waffen der Raumfahrer waren rücksichtslos im Umgang nicht nur mit ihren Zielen und allem dahinter, sondern auch mit der restlichen Umwelt.

An einigen Stellen waren die Wände mit Einschusslöchern gesprenkelt, jedes fingerdick. Tische, Stühle, Papiere lagen herum, zerschlagen und verstreut. Die Glasscheibe eines Fensters, das zwischen zwei Räumen eingelassen gewesen war, lag in winzigen Scherben auf dem Boden und sah aus wie ein Haufen zerhacktes Eis, wie Jar es im Gebirge von Balta kennengelernt hatte. Bewusstlose Polizisten in Uniform lagen herum, zusammengesunken, manche gegen eine Wand gelehnt. Hier und da hockte ein Thaumiker neben ihnen, um sowohl ihre Verletzungen zu versorgen als auch einen Bann über sie zu wirken. Der Kampf war ungleich und kurz gewesen, doch niemand unterschätzte die Gefahr oder wollte riskieren, dass sich ein Gegner nur ohnmächtig stellte.

Nach einigen Schritten sah Jar sich um und bemerkte, dass Lorth stehengeblieben war und mit ruhigem Gesichtsausdruck die Szenerie aufnahm. Er rieb wieder sachte seine verletzte Hand.

Der Junge wartete ab, bis der andere ihm folgte. Dann gingen sie Bese nach, der in einem Zimmer verschwunden war, in dem ebenfalls alles durcheinander lag. Sogar ein Schrank war hier umgestürzt, mit thaumischer Gewalt von der Tür weggeschoben, vor die er gekippt worden war. In all dem Chaos saß Perrez lässig auf einem drehbaren Stuhl auf Rollen und hielt ein seltsames Brettchen, auf dem er ohne Unterlass herumtippte. Als auch Lorth eingetreten war, blickte der Senarist hoch und sah ihn an. In seinen Augen leuchtete es kurz, dann richtete er den Blick wieder zurück auf das Gerät.

»Jar, Bese, lasst uns mal allein.« Jar hatte den Eindruck, dass das Ding in seinen Händen, so intensiv Perrez es auch betrachten mochte, nur noch einen winzigen Teil seiner Aufmerksamkeit erhielt.

Die Brüder sahen sich kurz an. Bese hatte eine Schramme über dem Auge. Ein Bluttropfen war bis zur Braue herabgelaufen und so getrocknet. Es wirkte ziemlich wild, fand Jar. Plötzlich empfand er wieder den Stolz, der ihn gepackt hatte, als er in Lorths Vernehmungszimmer vorgedrungen war. Er grinste Bese an und fühlte sich, als könnte er Bäume ausreißen.

»Und – Jar?« Perrez' Stimme. »Ich sagte vor dem Angriff, dass du hinten bleiben sollst. Deine Missachtung meiner Befehle ist nicht akzeptabel.«

Der Senarist hatte nicht aufgeblickt. Und er klang neutral. Genau das behagte Jar überhaupt nicht. Mit Verärgerung konnte er umgehen, auch mit Enttäuschung. Beides kannte er von seinen Eltern, und beides war ihm noch immer zutiefst unangenehm. Doch eine so kühl vermittelte Einschätzung seines Fehlverhaltens war ihm fremd, und er hatte keine passende Reaktion darauf. Perrez wirkte nicht wie ein Mensch, den etwas verärgert hatte. Seinen Kommentar hatte er sachlich vorgetragen wie die Fehlermeldung eines Automaten.

Nach einigen Sekunden, in denen Jar nur Perrez anstarrte und stumm blieb, nahm Bese ihn an der Schulter und drehte ihn zum Ausgang. Sie gingen hinaus und schlossen die Tür hinter sich.

An einer Wand stand noch eine Reihe Stühle. Auf einem saß Lelix nach hinten gelehnt und starrte mit halbgeschlossenen Augen hohl vor sich hin: Er war als Wache in Trennung gegangen, um ankommende Gegner frühzeitig zu bemerken. Die Brüder setzten sich mit einigen Stühlen Abstand neben ihn.

Bese legte den Kopf in den Nacken und schloss die Augen. Die Arme hatte er zwischen die Oberschenkel ausgestreckt, die Hände locker gefaltet. »Ich sagte ja, er ist sauer«, meinte er leise.

Jar hätte ein richtiges Sauersein dem gerade Erlebten vorgezogen. Er beugte sich vor und ließ die Schultern hängen.

»Meinst du, er wird mich bestrafen?«

»Hat er doch schon.«

Familienbande

Die Tür schloss sich leise hinter Lorth. Der Mann vor ihm saß auf einem Drehstuhl und tippte auf einem flachen Adit herum. Anders gekleidet als die restlichen Thaumiker, sah er aus wie ein normaler Bewohner Singas. Doch er schien nicht viel Übung im Umgang mit dem Gerät zu haben. Seine Bewegungen enthielten mehr Kraft, als notwendig gewesen wäre. Das Brettchen schlug immer nach unten, wenn sein Finger darauf niederstieß. Außerdem kam er ganz offensichtlich nicht voran, versuchte immer wieder dieselben Aktionen. Schließlich gab er es mit einem Seufzen auf und warf es achtlos in eine Ecke, in der bereits andere Dinge aufgetürmt herumlagen. Er stützte eine Hand auf ein Knie und kratzte sich mit der anderen am Hinterkopf, die Stirn in Falten. Endlich sah er auf, blickte Lorth in die Augen. Ein neutraler Blick, doch seltsam. Lorth wurde das Gefühl nicht los, dass dieser Perrez sich sehr beherrschen musste, um ihn nicht anzustarren, und sich diesen Blick jetzt geradezu gönnte. Er nahm die zweite Hand jetzt zum anderen Knie und musterte Lorth noch einen Moment stumm.

»Ich bin Senar Perrez«, sagte er.

»Lorth«, antwortete Lorth.

Perrez schwieg wieder. Dann sah er in den Raum, schwenkte eine Hand, und ein umgefallener Drehstuhl stolperte wie von Geisterhand aus einem Haufen hervor, bewegte sich auf Lorth zu und kam vor ihm zum Stillstand. Sein Oberteil rotierte noch kurz.

»Bitte –«, sagte Perrez mit anbietender Geste.

»Wir sollten hier möglichst schnell verschwinden. Die Station wird Alarm geschlagen haben.«

»Ihre Kommunikationskanäle sind kurz vor unserem Eindringen ausgefallen.«

»Aber jemand kann etwas mitbekommen haben oder jemand könnte sich bei der Station melden wollen.«

»Draußen war niemand, dafür haben wir gesorgt. Und noch sorgt ein thaumischer Schutz dafür, dass niemand sich für uns hier interessiert. Wir haben etwas Zeit.«

Lorth betrachtete das animierte Möbel. Er befand sich in jedem Fall in der Hand der Thaumiker. Wenn sie in der Lage waren, so spielend eine Polizeistation zu überwältigen, dann wäre er kein Gegner für sie. Er drehte den Stuhl an der Lehne zu Perrez und setzte sich.

Perrez schaute resigniert. »Was hat dir Jar denn jetzt schon alles erzählt?«, fragte er.

»Nicht viel. Ihr seid Thaumiker und auf der Suche nach mir.«

Perrez bedachte dies kurz, nickte dann, atmete tief ein und begann, zu erzählen.

»Wir sind Thaumiker von einer Welt namens Balta. Du stammst aus der baltanischen Stadt Perrolt und bist in deiner frühen Kindheit verschleppt worden.« Er machte eine kurz Pause. »Seit damals suchen wir nach dir.«

Ein Bereich in Lorths Kopf begann sich zu drehen. Perrez sprach weiter.

»Wir bieten dir unsere Hilfe an. Du bist in deiner Heimat willkommen. Dort hast du eine Erbschaft anzutreten und kannst ein Leben als Thaumiker führen.« Die Andeutung eines Lächelns stahl sich auf sein Gesicht. »Ich will ganz ehrlich sagen, dass ich nicht so recht weiß, was ich tun soll, wenn du jetzt einfach ablehnst. Dich zu finden war fast schon eine Lebensaufgabe für mich.«

Zu seiner Herkunft hatte Lorth etwas Derartiges vermutet, nach dem, was Jar ihm über Trennungen gesagt hatte. Es jedoch ausgesprochen zu hören, war ein Schock. Er dachte nach, während er Perrez betrachtete.

Der Senarist war ein Mann in den Vierzigern. Er hatte kurzes braunes Haar, das ihm glatt in die Stirn hing und einen unregelmäßigen Pony bildete. Sein Gesicht war von einem kurzen Vollbart bedeckt. Seine Augen waren klein und wirkten, als würden sie von den hohen Wangenknochen und dünnen Brauen eingeengt. Zwischen ihnen saß eine knorrige kleine Nase. Das Gesicht vermittelte Lorth den vagen Eindruck einer verblassten Erinnerung.

»Ich werde hier gesucht«, sagte Lorth und lehnte sich an, die Hände locker zwischen den Oberschenkeln.

Perrez stutzte, drehte den Kopf mit einem kleinen Ruck ein winziges bisschen zur Seite, sagte dann todernst: »Ach?«

»Wegen Mordes.«

»Ach so ...« Er schloss die Augen, setzte sich anders hin, blickte dann wieder auf. »Wir wissen über Goodsphere Bescheid.«

Tief innen klingelte wieder die Alarmglocke in Lorth. Wie viel wussten die?

»Wie steht ihr dazu?«, fragte er gelassen.

Perrez zog die Stirn in Falten, schürzte die Lippen und sog Luft durch die Nase ein.

»Wir hatten dich dort schon fast gefunden, als du verschwunden bist. Wir trafen unmittelbar vor deiner Flucht aus dem Gefängnis auf Goodsphere ein, aber du warst weg, bevor wir dich aufspüren konnten.« Er kniff die Augen zusammen. »Dass wir jetzt nochmal acht Jahre gebraucht haben, um dich wiederzufinden, stört mich mehr als dein Beruf.«

Lorth versuchte, hinter den Sarkasmus zu schauen, entdeckte aber nichts weiter. »Tut mir leid, dass ihr damals umsonst kamt«, sagte er.

Perrez' Gesicht erstarrte einen Augenblick, dann zerfiel die Miene, er senkte den Blick und sprach neutral weiter.

»Versteh mich nicht falsch. Morde sind auch bei uns keine Kleinigkeit. Aber es kommt hin und wieder vor, dass es Leute von uns zu den Raumfahrern verschlägt, und in der Regel müssen die unerkannt bleiben, oder sie verschwinden. Ein Leben im kriminellen Umfeld ist dann normal. Aus unserer Sicht bist du ein Kämpfer – kein Verbrecher –, und Kämpfe zwischen Grias tangieren uns nicht.« Er hob die Schultern und sah zur Seite. »Was du hier getan hast, kannst du hinter dir lassen. Ich habe nur den Auftrag, dich nach Balta zu bringen, und du kannst sicher sein, dass kein Auslieferungsabkommen zwischen den Regierungen besteht.« Er sah wieder auf. »Als wir erfuhren, dass man auf Goodsphere weiß, wo du bist, haben auch wir deine Spur wieder aufgenommen. Uns war klar, dass deine Zeit der Freiheit nicht mehr lange anhalten würde. Aber du bist nicht ganz zufällig gerade jetzt geschnappt worden, wo wir in der Nähe sind.« Der Senarist beobachtete Lorth bei diesen Worten genau.

Tatsächlich lösten die Worte in Lorth Gedankengänge aus, die sich langsam und mühevoll ihren Weg bahnten. Tamms Geschichte kam ihm wieder in Erinnerung.

»Ihr habt für meine Verhaftung gesorgt?«, fragte er schließlich.

Perrez nickte. »Wir haben Köder ausgelegt.«

Etwas in ihm wehrte sich dagegen, zu akzeptieren, dass er in eine Falle getappt war. Er überwachte seine Umwelt zu gut dafür. *Nicht gut genug, um Thaumiker auszutricksen*, schalt ihn eine innere Stimme. Er hörte widerwillig zu.

Als Lorth nicht reagierte, sprach Perrez ruhig weiter: »Wir hatten geplant, hier anzukommen, dich abzuholen und noch in derselben Ringphase zu verschwinden. Zur Zeit unserer Ankunft hättest du bereits in Haft sein sollen. Erinnerst du dich an den Auftrag von der Gria in der Halle vom 351?«

»Über Aufträge von der Gria spricht man besser nicht.«

Perrez lächelte schief. »Ich hab dafür gesorgt, dass du diesen Auftrag bekommst.«

Lorth wusste nicht so recht, ob er das glauben sollte. Es schien ihm nicht unmöglich. »Erzähl mir von dem Auftrag«, sagte er.

»Ah!« Perrez versuchte, sich ein Grinsen zu verkneifen. »Also gut. Tamm hat dir den Auftrag gegeben, in einer bestimmten Halle im 351 einen Mann zu liquidieren, der in einem Geschäft eine Flasche Wein kaufen würde. Gegenüber des Weingeschäftes befindet sich ein Restaurant –«

»Wer war der Mann?«, fragte Lorth scharf.

Perrez hob die Augenbrauen. Sein Grinsen war verschwunden. »Er hieß Fergath.« Als Lorths Miene sich nicht änderte, ergänzte Perrez noch: »Ein Mann aus derselben Gria wie Tamm.«

Lorth begann zu verstehen. »Wieso musste er sterben?«

Perrez zuckte mit den Achseln. »Damit wir dich finden konnten.«

So hatte Lorth das nicht gemeint, doch er nickte schwach und fragte dann nach: »Ich meine, warum hat Tamm mir den Auftrag gegeben?«

»Ach so ... Tamm dachte, dass Fergath ein Polizeispitzel ist.«

»War Fergath tatsächlich ein Informant?«

Perrez drehte den Kopf leicht zur Seite, runzelte die Stirn. »Vermutlich nicht«, sagte er, als wäre diese Antwort selbstverständlich.

»Ihr habt Beweise gefälscht?«

Perrez rümpfte verächtlich die Nase. »Hinweise sind mehr als genug für jede Gria.«

Lorth schwieg und sah Perrez durchdringend an. »Das stimmt«, sagte er dann, starrte aber weiter, bis der Senarist schließlich durchatmete und etwas auf dem Boden betrachtete, dann erst entspannte Lorth sich wieder. Doch die bittere Erkenntnis blieb, es mit Leuten zu tun zu haben, die ohne Zögern Unbeteiligte ans Messer liefern würden, um ihre Ziele zu erreichen. Er sah sich im Raum um. »Fergath ist umsonst gestorben«, sagte er schließlich.

Perrez nickte nachdenklich. »Du unterschätzt vermutlich noch immer, wie wichtig es uns war, dich zu finden. Ich hätte auch mehr Opfer in Kauf genommen.« Er schaute Lorth mit leicht gerunzelter Stirn an. Dann klarte sein Gesicht auf. »Du hast Recht. Fergath hat uns nichts gebracht. Obwohl die Polizei informiert war. Aber sie haben wohl nur nach Energiezellen von Strahlern gescannt, und du hast ja eine Projektilwaffe benutzt. Warum eigentlich?«

Lorth zuckte vage mit den Schultern. »Gewohnheit.« Tatsächlich mochte er Strahlenwaffen nicht besonders. Wenn bei denen etwas schiefging, war es meist noch haariger als bei Kugeln.

»Wir dachten, dass du vor der Tat schon geschnappt werden würdest«, sagte Perrez und sah wieder auf. »Ich nehme an, dass du im Anschluss mit Thaumik entkommen konntest. Ströme?« Er schaute interessiert.

Lorth dachte kurz nach. »Ja, ich kann in die Ströme abtauchen.«

»Ah!«, machte Perrez und lehnte sich zurück, als er seine Vermutung bestätigt sah.

Lorth hatte in der Halle keine Polizei wahrgenommen, keinen Wachmann, keine besonders aufmerksamen Leute, sagte aber nichts dazu.

»Ihr habt Tamm benutzt«, sagte er dann.

Perrez nickte und schwieg.

»Er ist ein Freund«, sagte Lorth.

Perrez schob die Unterlippe vor, zuckte mit den Schultern. »Er liegt ohnmächtig in einem der Räume hier.«

»Der Beamte vorhin hat ihm vorgeworfen, dass er mich kennt und mir geholfen hat.«

»Und? Hat er das?«

»Ja ...« Lorth dachte nach. »Aber er wusste nicht, woher ich kam oder warum ich gesucht werde.« Er sah ausdruckslos zur Decke. »Ich vermute, dass sie ihm nicht viel tun können, wenn ich die Raumstadt verlassen habe. Der Überfall hier sieht auch nicht nach etwas aus, das die Gria durchgezogen hätte.«

Ein kurzes humorloses Lachen von Perrez ließ Lorth den Senaristen wieder ansehen.

Perrez zuckte mit den Schultern. »Er wird einfach verschwinden, wenn Leute weiter oben erfahren, dass er jemanden kennt, der durch diesen Überfall hier befreit wurde.«

Lorth zog die Brauen hoch, schwieg aber. Erst als Perrez nicht von sich aus zu erklären gedachte, sondern ihm gelassen gegenübersaß, fragte er nach: »Du klingst, als hättest du Erfahrung damit.«

Perrez schürzte die Lippen. »Ich sehe andere Sachen als du, wenn ich bei den Raumfahrern bin. Die Abneigung gegen Thaumiker sitzt tief, besonders bei der Führung.« Er nickte in Richtung Tür. »Wenn die Chance besteht, dass Tamm jemanden kennt, der Kontakt zu Thaumikern hat, dann lassen sie ihn nicht einfach gehen.«

Lorth atmete tief ein. Während die Luft langsam wieder seiner Lunge entwich, fand sein Blick den Adit, der auf dem Haufen aus kleinen Splittern aus Metall und Plastik lag, die vor Kurzem noch Tische, Stühle und Schränke gewesen sein mochten. Jetzt erkannte man fast nichts mehr davon wieder. Hier und da war noch ein Metallteil zu sehen, das wie ein Scharnier oder wie eine Rolle von einem Bürostuhl aussah. Trotz dieser Spuren brutaler Zerstörung waren an den Wänden keine Einschläge von Schrapnell zu sehen. Nur in der Tür gab es Einschusslöcher. Und darum herum.

»Können wir Tamm hier rausbringen?« Lorth betrachtete noch immer den Haufen. Bevor Perrez antworten konnte, sah Lorth ihn wieder an und sagte: »Ich will mit ihm reden. Geht das?«

Perrez überlegte nur einen Augenblick. »Ja, geht beides. Aber fass dich kurz, wir haben höchstens ein paar Stunden.« Er zog eine Grimasse und schnippte mit den Fingern. »Höchstens eine Raumstadtstunde, wollte ich sagen. Wir müssen hier bald weg.«

Er stand auf, ging an Lorth vorbei zur Tür und verließ den Raum. Lorth folgte ihm. Draußen saß der vorhin erst getadelte Jar auf einem Stuhl an der Wand auf der anderen Seite des Raumes. Er hatte die Hände unter die Oberschenkel geschoben und machte einen krummen Rücken. Neben ihm saß der etwas ältere, der ihm so ähnlich sah. Brüder? Die beiden schauten interessiert, sagten jedoch nichts. Perrez ging wortlos den Gang entlang. Etwas weiter weg saß immer noch der weggetretene Typ. Plötzlich erkannte Lorth ihn als den Künstler aus dem Club wieder. Vorhin war er ihm nur vage bekannt vorgekommen. Er war jetzt anders gekleidet und trug den gleichen Poncho wie die anderen Thaumiker.

Lorth folgte Perrez den Gang entlang und in ein Zimmer, das unversehrt wirkte. Doch was erst wie Staub ausgesehen hatte, glitzerte bei näherer Betrachtung und entpuppte sich als Glassplitter, die überall verstreut waren. Tamm lag auf dem Boden, mit dem Gesicht an die Wand gerollt, die Arme in ungesunden Winkeln nach hinten weggedreht, und rührte sich nicht. Lorth ging sofort zu ihm und rollte den schweren Mann von der Wand weg. In Tamms Gesicht steckten etliche kleine Splitter. Es war zerkratzt und blutete an mehreren Stellen.

Lorth duckte sich unter einem Arm durch, legte ihn sich auf die Schultern und hob Tamm hoch. Der wog deutlich mehr als Lorth, doch Lorth hatte Übung darin, leblose Körper zu tragen. Er schleifte den größeren Mann bis zu einem Stuhl und ließ ihn darauf nieder. Tamms Kopf hing kraftlos nach hinten über die Lehne, entblößte seinen Hals, sein Mund öffnete sich leicht und gab rasselnde Atemgeräusche von sich. Lorth blieb hinter dem Stuhl stehen und begann konzentriert, die Splitter aus dem Gesicht zu entfernen. Tamms Haut war porig und stoppelbärtig, sein Atem roch herb. So nahe waren sich Killer und Auftraggeber noch nie gewesen, und Lorth hätte auch nicht erwartet, dass es je dazu kommen würde. Wo wohl die Bodyguards waren?

»Kannst du ihn wecken?«, fragte er, ohne von seiner Arbeit aufzublicken. Nach einer Sekunde kam der Senarist zu ihm, tippte Tamm kurz an und ging zur Tür zurück. Tamm schlug einen Moment später die Augen auf, starrte wirr und kopfüber in Lorths Gesicht, das auf ihn herabblickte. Der hielt inne und wartete ab. Tamm krächzte einmal wie nach einer durchzechten Nacht.

»Halt still«, sagte Lorth, »du hast überall Glas im Gesicht.« Er zog weitere Splitter aus der Wange des Gria-Mannes, bis dieser versuchte, sich im Stuhl aufzurichten und seinen Kopf wieder anhob. Tamm sah sich um. Als er Perrez bemerkte, der gelassen an der Tür lehnte, schob er Lorth beiseite.

Er räusperte sich, wie um sich zu sammeln. »Das kann warten«, sagte er zu Lorth, den Blick auf Perrez.

Die beiden Männer sahen sich eine Weile an. Schließlich sagte Lorth zu Perrez: »Können wir einen Moment allein sein?«

Perrez sagte nichts, schmunzelte und ging hinaus.

»Was ist hier passiert?«, fragte Tamm, noch steif zur Tür blickend, als diese sich hinter Perrez geschlossen hatte. Dann stand er auf, vorsichtig wie ein alter Mann, und drehte sich zu Lorth um. Da waren noch etliche winzige Splitter in dem Gesicht. Lorth ignorierte ihr Funkeln.

»Thaumiker haben die Polizeistation überfallen, um mich rauszuhauen.«

Erst zeigte Tamm keine Reaktion. Nach einer Sekunde kniff er plötzlich die Augen zusammen, und sein Kopf ruckte ein Stück zur Seite. »Wie war das?«

Lorth sah in dem demonstrativen Unglauben kein Misstrauen ihm gegenüber. Für eine Lüge wäre die Geschichte zu absurd gewesen.

»Du hast eben Senar Perrez kennengelernt. Er meint, dass du in Gefahr bist, weil du mich kennst und die mich hier rausholen.« Lorth blieb unbewegt.

Tamm sah ihn noch einige Sekunden starr an, dann schien er sich zu entscheiden, Lorth zu glauben. »Freunde von dir?«

Lorth wog das ab. »Ich kenne sie nicht, aber sie helfen mir.«

»Thaumiker ... Ich dachte, es gibt seit Jahrhunderten keine mehr? Oder höchstens hinter der Randzone ...«

»Die sind auch nicht von hier. Hast du ihre Haut gesehen? Das ist von einer Sonne, nicht genetisch. Die kommen von einem Planeten.«

»Und dieser Perrez meint, ich habe ein Problem?«, fragte Tamm finster.

»Perrez meint, dass du vermutlich ›verschwinden‹ wirst, wenn du hier bleibst.«

Tamms Augen richteten sich wieder auf Lorth und wurden zu Schlitzen. »Was soll das heißen?«, fragte er gefährlich.

Lorth hob die Brauen und deutete ein Schulterzucken an. »Die ›Führung der Raumfahrer‹, wie Perrez sich ausdrückte, hat etwas gegen Thaumiker. Wenn sie jemanden in die Finger kriegen, der Kontakt zu Thaumikern hat, lassen sie den wohl nicht mehr gehen. Und dass wir hier so wenig über diese Thaumiker wissen, spricht für ihn.«

Tamm runzelte ärgerlich die Stirn und sah Lorth herausfordernd an. »Bist du eigentlich sicher, dass das Thaumiker sind? Hat sich einer in eine Katze verwandelt oder sowas?«

Lorth musste an Glimp denken.

»Nein.« Er schüttelte sachte den Kopf. »Aber sie haben die Polizeistation hier umgekrempelt. Du müsstest mal sehen, wie es da draußen aussieht. Ein Jugendlicher hat eine Tür mit einer Handbewegung aus etlichen Metern Entfernung zugeschlagen und dann meine Handschellen mit Pusten und Flüstern geknackt.« Er zögerte. Es fiel ihm schwer, darüber zu sprechen, doch er wollte Tamm überzeugen, und es schien nicht mehr viel auszumachen, wenn er mit den Thaumikern ging. »Ich kann selbst ein paar Sachen, die in Richtung Thaumik gehen«, sagte er und verspürte eine vage Erleichterung.

Tamms Gesicht zeigte erst weiterhin das Misstrauen, dann flackerte allmählich Verstehen auf. Er nickte so leicht, dass es unbewusst wirkte. »Was kannst du?«, fragte er schlicht.

»Warte.« Lorth ging um den Stuhl, setzte sich, lehnte sich an. »Mach nichts.«

Dann tauchte er in den Strom ab. Um ihn waren viele schlafende Geister, einige wache. Er nahm sich nicht die Zeit, die Thaumiker zu betrachten, sondern lehnte sich sofort zu Tamms Geist, der stark und selbstbewusst war, doch im Moment verunsicherter aussah als die Male zuvor, wenn Lorth ihn so betrachtet hatte.

Er langte nach ihm, stieß ihn an. Sofort zuckte der Geist, Lorth schnellte zurück in seinen Körper. Tamm keuchte mit offenem Mund, hielt sich mit einer Hand die Brust.

»Alles in Ordnung?«, fragte Lorth und stand auf, bereit, Tamm zu halten, sollte er zusammenbrechen.

Der hielt ihn mit dem anderen Arm auf Abstand, fand aber noch keine Worte. Lorth wartete, die Hände leicht erhoben. »Es sollte eigentlich nicht verletzen«, sagte er, als Tamm weiterhin um Luft rang.

»Hat es nicht«, keuchte der. »Aber das war …«

Er beließ es dabei und fixierte einen Punkt auf dem Boden neben Lorth. Nach einer Weile beruhigte sich sein Atem.

»Perrez war einverstanden, dich irgendwo abzusetzen, damit du nicht mehr in der Polizeistation bist, wenn hier alles wieder aufwacht.«

Tamm nickte und sagte nichts. Beiden war klar, dass sie nicht mehr zu ihrem alten Leben würden zurückkehren können.

* * *

»Wie sieht der Plan aus, falls ich mitkomme?«, fragte Lorth.

Tajan war abgestellt worden, Tamm zu versorgen, die Splitter aus seinem Gesicht zu entfernen und ihn zu bewachen. Lorth und Perrez waren in einen Nachbarraum gegangen, um sich weiter zu unterhalten. Lorth stand, Perrez lehnte an einem Schreibtisch, die Arme verschränkt.

Er runzelte die Stirn. »Vielleicht sag ich erst mal, was passiert, wenn du nicht mitkommen willst. Du wärst weiterhin auf Singa. Die Fahndung nach dir ist gerade erst im Anlaufen und wird hier bald so aussehen, wie sie auf Goodsphere war. Es ist nur eine Frage der Zeit, bis du gefasst wirst, und das nächste Mal sind wir nicht da, um dich rauszuholen.«

Lorth nickte nachdenklich. In Gedanken ging er die Verstecke auf Singa durch, die er kannte. Einige davon wären sicher gut genug, um einige Wochen auszuharren, doch Perrez hatte recht. Die Flucht von Goodsphere damals war eine Kombination aus Geschicklichkeit, Hast, Glück und der Tatsache, dass keine Fahndung mehr im Gang gewesen war.

Perrez sprach weiter: »Gut. Wir hatten ursprünglich vor, nur kurz auf Singa zu sein, dich abzuholen und noch während derselben Ringphase wieder von der Raumstadt zu verschwinden. Doch leider ist die vorbei, also müssen wir abwarten bis zur nächsten.«

»Wo geht es dann hin?«

»Auf irgendeinem Weg nach Balta.« Perrez schmunzelte. »Unser geplanter Rückweg ist ja leider nicht mehr zu machen, aber uns fällt schon was ein.«

Lorth atmete durch, dachte nach. Der Mangel an Alternativen war ihm nicht recht.

»Was ist das für eine Erbschaft?«, fragte er schließlich.

»Das weiß ich nicht«, sagte Perrez. »Ich soll dich nur nach Balta bringen.«

»Ich erfahre das erst dort?«

»Großthaumiker Pius verwaltet seit dem Tod deiner Eltern die Erbschaft. Er kann dir sagen, um was es sich handelt.«

»Und wenn ich das Erbe gar nicht antreten möchte? Können es Schulden sein? Oder andere Verpflichtungen?«

Perrez lächelte süffisant. »Angst vor dem Risiko?«

Lorth legte den Kopf schief und zog die Brauen hoch.

»Also gut«, sagte Perrez wieder ernst. »Es wird sich um etwas Thaumisches und Wertvolles handeln, das deine Eltern dir hinterlassen haben. Normale Erbstücke werden nicht so lange aufgehoben.«

Lorth nickte langsam. Er hatte keine brauchbaren Erinnerungen an seine leiblichen Eltern, er wusste nur noch, dass er in frühester Kindheit von ihnen getrennt worden war. So früh, dass er nicht mehr wusste – vermutlich nie gewusst hatte –, was die Ursache war. Auch seine Pflegeeltern hatten dazu nichts sagen können. Die Frage danach stand seitdem unbeantwortet im Raum, wenn sie ihn auch nicht gerade quälte. Doch jetzt hatte er den Ansatz einer Antwort und sogar noch ein paar Fäden in die Vergangenheit in Form einer Hinterlassenschaft.

»Ich komme mit«, sagte er schlicht und sah Perrez in die Augen. Sie lösten wieder das Gefühl von etwas Bekanntem in ihm aus. Vielleicht waren nicht alle Erinnerungen aus seiner Kindheit bei den Thaumikern verloren gegangen.

»Das freut mich«, sagte Perrez erleichtert und lächelte. »Ich habe noch eine Überraschung für dich.« Er ging zu der Tür zum Flur und öffnete sie.

»Bese, Jar, kommt ihr mal?«, rief er nach draußen und kam dann zurück zu dem Tisch, auf dessen Kante er sich wieder setzte.

Jar und sein vermutlicher Bruder kamen herein. Jar wirkte hellwach und eifrig, Bese interessiert.

»Darf ich euch bekannt machen: euer Cousin Lorth.«

Maskerade

»Was?«

Jar sah von Perrez zu Lorth und wieder zurück. Lorth behielt eigenartigerweise die ganze Zeit über den Senaristen im Blick. Perrez schwieg mit angedeutetem Lächeln.

»Unsere Mutter hat von einer Schwester erzählt«, sagte Bese nachdenklich.

Jar konnte sich ebenfalls noch vage daran erinnern, dass seine Mutter eine Schwester gehabt hatte, die aber schon vor seiner Geburt gestorben war. Seine Mutter hatte nie viel von ihr gesprochen, und so war sein Wissen mit dieser Tatsache auch schon erschöpft. War sie etwa Lorths Mutter gewesen?

Perrez nickte langsam. Zu Lorth gewandt sagte er dann: »Deine Eltern waren Albitha und Leko aus Perrolt. Albithas jüngere Schwester Sallutha ist die Mutter von Bese und Jar hier.«

Alle schwiegen für einen Moment.

Perrez atmete tief ein, schlug sich leicht auf die Oberschenkel. »Gut. Ihr könnt später miteinander darüber reden. Jetzt müssen wir hier weg.«

»Ich habe noch eine Bitte«, sagte Lorth.

Perrez hielt inne und sah ihn an.

»Die Polizei hat noch einen Freund von mir in Gewahrsam.«

* * *

»Wieso war Tante Albitha in Perrolt? Mamas Familie stammt doch aus Trissolt!«

Jar stellte die Frage fast schon trotzig und auf jeden Fall mit einem gewissen Maß an Ärger. Bese ging mit ihm einen kleinen Gang entlang. Lorth war mit Perrez in einen anderen Teil der Polizeistation verschwunden, um sein Tier zu holen.

»Ich weiß es nicht ...«, sagte er ruhig, ohne sich zu Jar zu wenden. Er betonte seine Erwiderung halb fragend, wie um anzudeuten, dass es keine sinnvolle Antwort gebe.

»Und wieso hat Mama nie etwas davon erzählt?«

»Ich weiß nicht ...?«

Jar grübelte, die Stirn in Falten.

Bese blieb stehen, drehte sich zu seinem jüngeren Bruder und hielt ihn an beiden Schultern fest.

»Hör mal zu.« Er sah plötzlich sehr ernst aus. »Jetzt wissen wir, warum Perrez uns mit auf die Mission genommen hat: weil wir mit Lorth verwandt sind. Wenn Frauen auf Missionen gehen könnten, wäre Mama jetzt an unserer Stelle hier. Wir sollen ein Anreiz für Lorth sein, mit nach Balta zu kommen.« Er atmete durch, sah den Gang entlang und dachte nach. Schließlich sagte er fast verträumt: »Wenn Mama uns nie etwas über Tante Albitha erzählt hat ... Vielleicht sollen wir bestimmte Dinge nicht wissen ...« Er sah wieder zu Jar, nachdenklich. Dann hob er die Augenbrauen, machte eine hilflose Miene und zuckte mit den Schultern. »Oder es hat keinen tieferen Sinn, sie wollte nur nicht darüber reden oder dachte einfach, dass es uns nicht besonders interessieren würde.«

Sie hörten Schritte hinter sich und drehten sich um.

Der Alte kam den Gang entlang, die Arme unter dem Überwurf verborgen. Er trug ihn nicht über die Schulter geworfen wie die meisten Missionsmitglieder in der Wärme der Raumstadt.

Sein Name war Ahloh, wie Jar endlich erfahren hatte – ihm war ein kleiner Stein vom Herzen gefallen, weil er nicht hatte nachfragen müssen.

Jetzt kam Ahloh mit ruhigem Schritt auf sie zu und blieb vor ihnen stehen. In seinem alten Gesicht war nicht ganz auszumachen, ob er lächelte oder nur neutral schaute.

»Ihr seid beschäftigt?«, fragte er schließlich.

»Wir sind Cousins von Lorth!«, platzte Jar heraus. »Meister Perrez hat es uns gerade gesagt, und wir überlegen, wieso wir davon nichts wussten.«

Ahlohs Gesicht war bei Jars Sätzen länger geworden und sah jetzt gelinde überrascht aus.

»Oh« – er klang, als würde er etwas sagen wollen, daher schwieg Jar gespannt, doch der Alte dachte nach. Schließlich sagte er leise: »Ich würde mich gerne mit euch beiden mal unterhalten.«

Jar sah ihn mit leicht geöffnetem Mund an. Hieß das, dass der Alte das gewusst hatte?

»Nur mit uns beiden?«, fragte Bese nach. Er sprach ebenfalls leise.

Der Alte sah ihn nachdenklich an, dann hob er die Augenbrauen und sagte: »Ja, das betrifft nur euch beide. Aber nicht hier oder jetzt. Wenn wir etwas mehr Zeit haben …« Er lächelte sein schwaches Altmännerlächeln und schloss kurz die Augen.

Bese nickte. »Gut. Wir finden sicher eine Gelegenheit.«

Ahloh nickte sie beide einzeln an, drehte sich dann um und ging den Gang wieder zurück. Als er verschwunden war, sagte Bese zu Jar: »Ich glaube, Ahloh würde nicht wollen, dass die anderen das erfahren, okay?«

* * *

Lorth kam Minuten später mit Perrez zurück. Er trug eine dicke Jacke, die Jar für die klimatischen Verhältnisse auf der Raumstadt viel zu warm erschien – er hatte sie dennoch bis kurz unter den Kragen geschlossen und die Hände in den Taschen vergraben.

»So, wir verschwinden von hier«, sagte Perrez. Er wirkte unruhig, als befürchtete er, dass die Station jeden Moment belagert werden könnte. »Tajan, du webst eine Illusion für Lorth. Lelix, du assistierst ihm. Die anderen gehen in Trennung, soweit sie können, und suchen nach Gefahren im Umfeld der Station. Und los!«

Sofort kamen Tajan und Lelix zu Lorth, während der Rest sich auf Stühle oder den Boden setzte, um in Trennung zu gehen. Jar und Bese setzten sich an eine Wand. Da Jars Versuche, in Trennung zu gehen, bisher noch erfolglos geblieben waren, beließ es auch Bese dabei, die anderen zu beobachten.

»Womit muss ich jetzt rechnen?«, fragte Lorth, die Hände noch immer in den Jackentaschen.

Der etwas größere Tajan sah zu ihm hinab. »Wenn du nicht in Trennung gehst«, sagte er, »wirst du nur unsere Bewegungen und ein paar Striche in der Luft sehen. Wir werden die Illusion so weben, dass sie nur auf andere wirkt, nicht auf uns zehn.«

»Ich habe ein Tier bei mir«, sagte Lorth.

Tajan hob die Augenbrauen. »Oh! Kann ich es sehen? Das macht es leichter.«

Lorth nahm die Hände aus den Taschen und zog den Reißverschluss seiner Jacke auf. Jar reckte den Hals, konnte aber vom Boden aus nicht viel erkennen. Er sah nur etwas gefleckte Haut, die strukturiert zu sein schien und glänzte. Tajan hob erneut die Augenbrauen, zögerte und schaute dann ratsuchend Perrez an. Perrez, der etwas abseits stand, reagierte nicht. Jar hatte das Gefühl, dass Tajan überlegte, ob er etwas dazu sagen sollte.

»Oh, na sowas!«, sagte Lelix überrascht, den Blick auf Lorths Bauch gerichtet. »Ich hab noch nie so einen kleinen …!« Dann, zu Lorth gewandt: »Kann er sprechen? Reagiert er auf Gesprochenes?«

Lorth sah Lelix genauer an. »Nein«, antwortete er.

»Na, das ist ja auch ein richtig kleiner«, meinte der blonde Mann nachdenklich. Er rieb sich das Kinn und schaute wieder auf das Tier vor Lorths Bauch. »Welchen Namen hat er?«, fragte er dann noch munter.

»Glimp«, antwortete Lorth und sah Lelix noch immer so an, als würde er das Fragespiel gerne umdrehen und wüsste nur nicht, wie man so etwas tut.

»Glimp?«, gluckste Lelix überrascht und unterdrückte ein Kichern. »Na, das passt ja!« Er grinste über das ganze Gesicht.

»Lass uns mal anfangen«, brummte Tajan, der während der Unterhaltung unruhiger geworden war. Jar hatte den Eindruck, dass weniger der Zeitdruck und mehr das Thema die Ursache war. »Der ist jetzt nicht so wichtig.«

Beide Männer machten sich daran, die Illusion zu weben. Jar hatte schon ein paar Mal gesehen, wie so etwas gemacht wurde, und konnte es selbst schon ein wenig, auch wenn er nicht genau bestimmen konnte, wie der verborgene Gegenstand anschließend aussah. Tajan murmelte einen Zeichenspruch und zog dann mit dem Finger geschwungene Linien in die Luft, die wie glitzernder Rauch dort hängen blieben. Lorth wich im ersten Moment davor zurück. Hinter ihm begann Lelix mit ähnlichen Symbolen.

Während sie den Effekt woben, malten sie komplizierte Muster rund um Lorth, elegante Bögen und Kringel, Striche und Zacken. Sie schlossen Lorth schließlich rundherum ein, eine Hülle aus blass leuchtenden Zeichen. Jar kannte die meisten der Zeichen und wusste auch bei vielen Verbindungslinien und -bögen, welchen Zweck sie erfüllten. Doch einige waren ihm unbekannt und neu, andere konnte er erst nach einer Weile Grübeln einsortieren.

Bei Symbolistik war es üblich, dass man Zeichen gezeigt bekam und dann in einem mühsamen Prozess herausfinden musste, wie sie zu variieren waren, damit sie sich optimal entfalten konnten. Bei einem Thaumiker mochte an einer bestimmten Stelle ein Bogen besonders große Wirkung haben, bei einem anderen musste dafür an derselben Stelle ein gerader Strich oder ein Kringel stehen. Die Unterschiede in der Wirkung konnten immens sein, bei Zündern vom blassen Glimmen, das in der Nacht kaum zu sehen war, bis zum Vulkanausbruch. Doch selbst mit viel Zeit fanden die meisten Thaumiker nur schwach wirksame Versionen. Um in der kurzen Lebensspanne eines Menschen voranzukommen, musste man mit Durchblick erkennen, welche Schreibungen zu wählen waren. Die Symbole, die die beiden Thaumiker in die Luft zogen, waren sich daher zwar ähnlich, aber nie genau gleich.

Nach einer Weile trat Tajan zurück und wartete ab. Lelix war etwas später fertig. Lorth war hinter dem symbolistischen Schleier nur noch als Schemen zu erkennen. Plötzlich begannen einzelne der leuchtenden Zeichen aus Rauch zu verblassen, lösten sich auf und verschwanden. Andere folgten, sobald sie ihren Platz im Gewebe gefunden hatten.

Lorth kam allmählich wieder zum Vorschein. Er hatte sich nicht verändert. Jar war verblüfft. Er tippte Bese an und runzelte die Stirn.

Bese sah ihn fragend an. »Was ist?«, murmelte er.

»Hat es nicht geklappt?«, flüsterte Jar zurück.

Bese verstand erst nicht, lächelte dann. »Die Wirkung ist eingeschränkt. Wir Missionsmitglieder sollen sie nicht sehen. Da unten« – er deutete in Lorths Richtung, meinte aber offenbar einige Zeichen gesondert – »sind die Hagos und Agitos für die Opfer ...«

Bese erklärte, wie die Einschränkung erzeugt worden war. Jar hörte aufmerksam zu und versuchte gleichzeitig, sich die Zeichen dafür einzuprägen, bevor sie verschwanden.

»Die ›Opfer‹ bei der Illusion sind die, auf die sie Wirkung hat«, sagte Bese leise. »Die Agitos ganz am Ende stehen für unsere Gruppe.«

Obwohl er dabei auf einen Bereich deutete, konnte Jar nicht ausmachen, was diesen als das Ende kennzeichnete. Er fühlte sich bei komplexer Thaumik noch immer, als würde er die Ordnung in einem Ameisenhaufen suchen, doch das Gefühl war ihm bereits vertraut, und mit den Monaten erkannte er mehr und mehr einzelne Aspekte. Etwas an den Zeichen wunderte ihn.

»Wie können die Agitos unsere Gruppe beschreiben? Wir sind doch nicht mal alle anwesend!«

Bese überlegte. Nach einer Weile meinte er: »Ah. Ja. Die Agitos verweisen auf Tajan. Er hat die genaue Gruppe wohl noch mit Ritualistik beschrieben und sie sich dafür im Geiste vorgestellt, als es wirksam wurde.« Er lächelte bewundernd. »Das ist wirklich clever!«

Jar lächelte ebenfalls. Was da vor sich ging, übertraf nicht nur seine Fähigkeiten bei Weitem, sondern auch Beses. Sein Lächeln gefror, als er sich wieder bewusst wurde, dass sie nicht wegen ihrer Qualitäten als Thaumiker bei der Mission waren, sondern nur wegen ihres Verwandtschaftsgrades zu Lorth. Er konnte Beses Faszination für die Geschicklichkeit, mit der die Illusion gewoben worden war, plötzlich nicht mehr teilen.

Alle Zeichen waren inzwischen verschwunden. Lorth sah an sich herab, hob leicht die Arme an. Dann blickte er sich um.

»Woher wissen wir, dass es wirkt?«, fragte Lorth.

Tajan runzelte die Stirn. »Es wirkt«, sagte er knapp und wandte sich ab.

»Wie sehen mich andere Leute jetzt?«, fragte Lorth ihm ungerührt hinterher, als er bereits zu Perrez ging, der die Zeit über stumm zugesehen hatte.

Tajan sprach leise mit Perrez.

»Die sehen dich wie vorher auch«, sagte Lelix von hinter ihm. »Sie können dich jetzt nur nicht mehr erkennen.«

Lorth drehte sich zu ihm. »Und Leute, die mich mit einem Bild vergleichen?«

Lelix schürzte die Lippen und schüttelte den Kopf. »Das spielt keine Rolle, denn Erkennen ist Erkennen, und das klappt jetzt bei dir nicht mehr.« Er zuckte mit den Schultern.

»Und wenn sie eine Beschreibung von mir vergleichen?«

Lelix brummte kurz, als verstünde er die Fragerei nicht so recht, und sagte dann: »Ich weiß es nicht genau. Sie können dich beschreiben, aber jeder, der dich sieht, ist dann halt nicht der Meinung, dass das auf dich passt.«

»Was ist mit Video-Überwachungen?«

»Womit?«

Lorth schwieg und schien zu überlegen.

Perrez meldete sich an Tajan vorbei zu Wort: »Die Illusion wirkt mental, egal, wie dich jemand sieht. Auch Fingerabdrücke würde die Polizei nicht mehr für deine halten.« Dann schmunzelte er. »Vertrau uns, wir wissen schon, was wir tun.« Damit wandte er sich wieder Tajan zu.

»Wie lange wird das halten?«, fragte Lorth mit stoischer Ruhe weiter.

»Bis Tajan oder ich die Illusion entfernen«, sagte Lelix schnell und sah besorgt zu Perrez, der sich von Lorths Renitenz jedoch unbeeindruckt zeigte und wieder leise mit Tajan sprach. »Oder jemand sie zerstört.«

»Das würde ewig halten?« Lorth wirkte überrascht.

Lelix atmete durch und überlegte. »Auf Balta würde ich das so vermuten. Gut, hier könnte es schon sein, dass sie sich abschwächt oder dann auch ganz zerfällt. Wie Meister Perrez uns erklärte, nimmt die Thaumik hier mit jedem Tag ein wenig ab.«

Perrez und Tajan traten auseinander. Tajan ging zu den Thaumikern in Trennung und tippte sie der Reihe nach an. Sie wachten kurz danach auf und erhoben sich.

»Hat irgendwer etwas auf dem Weg vor der Station wahrgenommen?«, fragte Perrez in die Runde.

Kopfschütteln und gemurmelte Verneinungen.

»Es ist nicht leicht, hier überhaupt in Trennung zu bleiben«, meinte Sloral leise. »Es zieht einen hier in den Körper zurück, wie bei einem Sog.«

Perrez nickte. »Ja, meistens. Manchmal zieht es einen auch weg. Das wird hier ›Ströme‹ genannt.« Sein Blick traf den von Lorth, und der Senarist nickte ihm kurz zu.

Jar entmutigte, was er hörte, und er begrub die Hoffnung, hier mit seinen Übungen zu Trennungen Erfolg zu haben.

»Gut«, sagte Perrez, »dann gehen wir jetzt los und werden ...«

Er wurde abgelenkt und hielt inne, weil sich Lorths Tier plötzlich aus der noch offenen Jacke zum Boden herabließ und mit seltsam schlaksigen Schreitbewegungen unbeirrt zwischen den verblüfften Thaumikern hindurchging. Lorth sah ihm hinterher und folgte ihm schließlich in das Zimmer, in dem er Perrez vor einigen Minuten vorgestellt worden war. Kurz darauf kam Glimp wieder aus dem Zimmer geschlenkert. Jar bemerkte, dass der seltsame Gang entstand, weil er auf Gelenken ging. Die kleinen Hände hatte er an den Bauch gedrückt und hielt etwas Kleines, Flaches in ihnen.

Glimp ging direkt auf Perrez zu. Der runzelte die Stirn und schüttelte ganz leicht den Kopf, als verstünde er nicht, was vor sich ging. Glimp hielt inne und blickte sich um. Dies konnte er erstaunlich weit, fast wie eine Eule. Als er so Lorth sah, der wieder hinter ihm her aus dem Zimmer kam, ging er auf ihn zu und kletterte geschmeidig an ihm empor. Das kleine flache Ding wechselte dabei kaum nachvollziehbar zwischen den vier Händen hin und her.

Lorth nahm es an sich und betrachtete es. Es war ein Brettchen mit einer großen Anzeige. Jar hatte schon einige davon gesehen, seit sie auf der Raumstadt angekommen waren. Als Nachkommen hielten sie sich von solchen technischen Spielereien fern, doch er hatte begriffen, dass es zum Lesen und Schreiben gemacht war.

»Was will er denn mit dem Ding?«, fragte Perrez etwas genervt.

Lorth antwortete nicht sofort, sagte dann aber: »Glimp hat ein Gespür für wichtige Dinge.« Er sah Perrez an. »Bei der Unordnung hier wird wohl niemand den Adit vermissen.«

Perrez atmete tief durch. »Nimm mit, was du willst. Also gut, können wir jetzt los?«

Berichte

Sie verließen die Polizeistation unbehelligt. Auf dem Gang davor waren einige Menschen, doch niemand kümmerte sich um die seltsam gekleidete Gruppe rund um Lorth und Perrez.

Vieles ging Lorth im Kopf herum.

Die Thaumiker kannten die Gattung von Glimp, der Name war irgendwie passend, aber normalerweise waren die Exemplare größer.

Perrez hatte mit dem Adit herumgespielt und ihn weggeworfen. Meinte Glimp nur deshalb, dass er wichtig wäre? Wenn die Thaumiker Tiere wie ihn kannten, dann waren diesen Tieren vielleicht auch Thaumikern vertraut. Könnte das diese Wirkung haben?

Was hatte Lelix noch gefragt? »Kann er sprechen?« Offensichtlich war es denkbar. Glimp hingegen hatte noch nie eine Reaktion auf Schall gezeigt. Lorth hielt ihn für taub. Und dann: »Na, das ist ja auch ein richtig kleiner«, als wäre Glimp noch ein Jungtier. Als Lorth in seiner Jugend als Page und Schiffsjunge auf einem Luxusliner gearbeitet und sich mit Diebstählen ein Zubrot verdient hatte, hatte er Glimp gefunden. In all der Zeit war Glimp nie gewachsen. Er hatte sich überhaupt nie irgendwie verändert. Lorth bezweifelte, dass es Wesen gab, die derart langsam wuchsen.

Lorth hatte Tamm mit einem Brief zu Garrie geschickt. Das Risiko, noch einmal das Restaurant aufzusuchen, wäre zu groß gewesen, und Garrie wusste, wer Tamm war. Lorth las und schrieb nicht viel – in seinem Beruf war dies selten erforderlich. Lesen musste er meist nur Namen und Adressen. Jetzt war zudem noch seine linke Hand bandagiert, und er hatte das Papier mit ihr kaum auf dem Tisch festhalten können. Zum Glück war er Rechtshänder, doch mangels Übung war ihm das einhändige Schreiben noch schwer genug gefallen.

Es hatte einiges an Überzeugung gekostet, weil Tamm Lorth tatsächlich nicht mehr erkannt hatte. Der Gria-Mann hatte sich schließlich mit einigen harten Fakten, die nur Lorth wissen konnte, überzeugen lassen. Die Illusion verhinderte zwar das selbstständige Erkennen, sie machte es jedoch nicht unmöglich, zu glauben.

Sie gingen zu einem Bahnhof und fuhren einige Stationen weit. Von dort gingen sie in ein Hotel.

»Ihr habt hier in der Nähe der Polizeistation euer Quartier?«, fragte Lorth.

Jar, der neben ihm lief, antwortete ihm: »Ja. Wieso?«

»Ich hätte gedacht, dass wir nach der Aktion vielleicht besser den Zylinder wechseln.« Er sprach leise, damit seine Worte nicht außerhalb der Gruppe gehört wurden.

Jar wirkte verunsichert. »Meinst du, die suchen in der Umgebung der Station nach uns?«

Lorth dachte nach. »Vermutlich glaubt niemand, dass das etwas bringt. Aber sie könnten trotzdem Kontrollen durchführen.«

Jar sah unschlüssig aus und schwieg. Schließlich betrachtete er seine Füße und zuckte mit den Schultern. Lorth schmunzelte innerlich und holte zu Perrez auf.

»Sollten wir nicht etwas mehr Abstand gewinnen?«

Perrez sah weiterhin geradeaus, als er antwortete. »Wir

sind als religiöse Gruppe getarnt und müssen hier noch eine Weile ausharren. Mindestens bis zum Ende der Sprungphase. In unserem Hotel sind wir schon fest eingebucht. Wenn wir jetzt vorzeitig auschecken oder einfach verschwinden, fällt das auf.«

Lorth antwortete nicht.

Perrez sah ihn von der Seite an. »Wir sind neun Leute, mit dir sogar zehn, und die meisten davon kennen sich auf Raumstädten nicht aus. Du könntest sicher untertauchen, ich vermutlich auch, doch meine Leute fallen hier überall auf.« Er sah wieder nach vorne. »Wir werden dich als Mitglied unserer Gruppe ausgeben. Tu so, als wäre dir Technik fremd und unvertraut, das sollte genügen.«

* * *

Lorth wurde bei Jar und Bese untergebracht. Ihr Quartier hatte zwei Räume, sodass Lorth den kleineren für sich alleine hatte. Es war alles sehr schlicht gehalten. Lorth empfand das als angenehm, doch er hätte jetzt ein Terminal gebrauchen können, um den Adit besser auswerten zu können. Er schaute zu Glimp, der unter der Decke am Lampenkabel hing und die aufsteigende Wärme des Leuchtmittels genoss. Er hatte keine Idee, wie sein Begleiter ahnen konnte, ob etwas wichtig war oder nicht, doch es war nicht das Äußere, das die kleine Echse ansprach.

Lorth vermutete, dass im Speicher des Adits etwas über ihn zu finden war. Es gab zwar keine Terminals in den Quartieren, doch bei Lorths Jacke hatten sie auch seinen privaten Adit gefunden. Vom ordentlich gemachten Hotelbett seiner Kammer aus rief er damit bei Garrie an.

»Ja?« Es war Garries Stimme.

»Garrie, hier ist Lorth.«

Zögern. »Ja ...?«

Lorth stutzte. Garrie benahm sich sonst anders. »Ist irgendwas passiert?«, fragte er vorsichtig nach.

»Deine Stimme klingt irgendwie anders.«

Die Illusion! Also war auch die Stimme betroffen.

»Ja, das kann sein. Check mich.«

Lorth musste einen Moment warten. Dann fragte Garrie: »Wo haben wir uns kennengelernt?«

»Auf Goodsphere.«

»Und mit wem zusammen?«

»Bill. Billerton.«

»Und wen kennen wir da noch?«

»Nicht am Adit.«

»Okay.« Garrie war überzeugt. »Wie sieht's aus – ging der Club glatt?«

Lorth ratterte einiges herunter: »Nicht so ganz. Der Personenschutz ist hochgegangen. Der Club ist jetzt verwüstet und es gab Opfer, ansonsten ging es glatt. Aber kurz danach bin ich der Polizei in die Arme gelaufen. Tamm kam in der Polizeistation vorbei und –«

»Tamm?!«

»– Ja, er sprach dort mit mir. Er meinte, das sei vermutlich eine Falle für mich gewesen. Er wurde dann festgenommen. Die wissen von der Sache auf Goodsphere, ich werde gesucht.«

»Oh, Scheiße.«

»Es gibt noch mehr.« Ja, erheblich mehr, dachte er bei sich. Vor dem nächsten Satz machte er eine kleine Pause. »Dann kamen Thaumiker und haben uns rausgehauen.«

Beide schwiegen für eine Sekunde. Dann sagte Garrie langsam: »Das ist jetzt 'n bisschen viel.« Aber sie klang nicht so, als bezweifle sie, was Lorth sagte. Eher, als müsste sie das erst noch verarbeiten.

»Meinen Adit hatte die Polizei.« Natürlich sah Garrie, wer sie da anrief, oder zumindest, dass es über Lorths Adit war. Lorth wartete einen Moment auf die Antwort.

»Keine Anzeichen für Überwachung«, sagte seine Kollegin schließlich langsam, als überflöge sie währenddessen noch ihre Anzeigen. »Warum sollten sie auch jemanden abhören, den sie schon haben. Aber wenn du jetzt wieder raus bist, kann das ja noch kommen. Du solltest eine neue ID einspielen.«

»Okay, mach ich. Ich hab Tamm zu dir geschickt. Er hat einen Brief von mir dabei.«

»Oha. Zu mir?« Sie klang alarmiert.

»Er muss untertauchen. Die Thaumiker meinen, er wäre jetzt Fischfutter, wo klar ist, dass er mit ihnen Kontakt hatte.«

Garrie sagte eine Weile nichts.

»Er war immer fair«, sagte Lorth schließlich noch.

Garrie atmete tief durch. »Na gut, ist jetzt halt so.«

»Danke. Noch mehr: Die Thaumiker sagen, ich stamme von ihrer Welt Balta. Ich sei als Kind von Unbekannten entführt worden, und jetzt wollen sie mich zurückbringen, damit ich dort ein Erbe antreten kann. Hier hält mich nicht mehr viel, wenn jetzt die Sache mit Goodsphere wieder hochkommt. Ich will mitgehen.«

Garrie antwortete nicht sofort. Dann fragte sie ruhig: »Sind deine Eltern dabei?«

»Nein, aber zwei Cousins.« Die Bestätigung vom lange schon vermuteten Tod seiner leiblichen Eltern erwähnte er nicht. Und Garrie fragte nicht weiter nach.

Die beiden schwiegen einen Moment. Garrie würde ihn nicht begleiten können und wollen.

»Wirst du zurückkommen?«

»Das weiß ich nicht.«

Wieder schwiegen sie.

Schließlich sagte Lorth: »Eine Sache noch. Glimp hat einen Adit der Polizei gefunden. Kannst du den für mich auswerten?«

»Was ist drauf?«

»Keine Ahnung.«

»Du hast nicht mal das Inhaltsverzeichnis angeschaut?« Garrie klang belustigt.

Lorth schloss kurz die Augen und atmete durch. »Wie stöpsel ich das Ding an meinen eigenen?«

Garrie erklärte es ihm und hatte kurz darauf die Rohdaten aus dem Polizeigerät.

»Ich schätze«, meinte sie dann nachdenklich, »dass ich eine Weile brauchen werde. Die Daten sind noch verschlüsselt, und es kann dauern, bis die Schlüssel veralten und über den Draht kommen.«

»Wie lange? Was schätzt du?«

Es klopfte an Lorths Zimmertür.

»Oh, das ist schwer zu sagen. Schlüssel dieser Sicherheitsstufe werden in der Regel binnen eines Tages von irgendwem geknackt, ich hab die dann ein paar Minuten später, aber –«

»Also einen Tag etwa?«

Garrie stockte, musste sich erst zu dieser unerhört groben Vereinfachung der komplizierten kryptografischen Fakten durchringen, sagte dann jedoch: »Ja.« Und dann doch noch: »Kann schneller gehen, oder auch nie kommen.«

»Na gut. Melde dich, wenn du was hast.«

»Okay.«

Lorth brach die Verbindung ab. Es klopfte wieder.

»Herein!«, rief er.

Herein kam Bese. »Kann ich kurz mit dir sprechen?« Er warf automatisch einen kurzen Blick zu der baumelnden Echse empor.

Lorth bot ihm stumm einen Stuhl an, der seinem Bett gegenüberstand. Bese schloss die Tür hinter sich und nahm Platz.

»Danke.« Er sah ernst aus. »Ahloh würde sich gerne mit dir unterhalten.«

»Wer ist Ahloh?«

»Einer von uns – von unserer Gruppe ... Er ist schon recht alt und hat weißes Haar.« Er gestikulierte um seinen Kopf herum.

Es war nur ein wirklich alter Thaumiker bei der Gruppe

gewesen. Lorth nickte. Bese schwieg jedoch und schaute weiterhin abwartend, daher sagte er noch: »Okay.«

Bese zögerte noch immer, sagte dann: »Es sollte unter uns bleiben – also unter uns vier.«

»Ach so?« Lorth hörte eine Glocke in seinem Innern läuten. Er wusste nur noch nicht, was genau sie verkündete.

»Ich glaube, er weiß etwas über deine Eltern.«

Lorth hob die Augenbrauen und dachte nach. »Und das soll nicht jeder wissen, wenn ich dich richtig verstehe.«

Bese nickte. »Ich weiß auch noch nicht mehr als du, er will uns das Wesentliche dann gemeinsam erzählen.«

Lorth nickte langsam. »Ahloh kann aber nicht auch irgendwie mit uns verwandt sein?«

Bese runzelte leicht die Stirn. »Nein. Das wäre doch bekannt.«

Lorth zuckte mit den Schultern. »Mir nicht.«

Bese lächelte sanft. »Du hast recht. Aber das würden wir zumindest wissen. Oder unsere Eltern. Wir haben keine Verwandten in Perrolt.« Seine Augen huschten kurz an Lorth vorbei, nach unten. »Zumindest jetzt nicht mehr.« Dann sah er wieder auf, zuckte die Schultern. »Man kann nicht alle Verwandte kennen, die gestorben sind, bevor man geboren worden ist. Lebende sollte man aber nicht vergessen.«

Lorth, der wenig Erfahrung darin hatte, irgendwelche Verwandten zu haben, bekam durch Beses Blick eine Vorstellung davon, was Familie bedeuten konnte. Oder Sippe. Auf Raumstädten gab es viele Kleinfamilien, doch der gesellschaftliche Zusammenhalt über Partner- und Elternschaft hinaus war gering. So gering, dass die meisten Raumstädte nicht so friedlich wie Singa, sondern in einem Zustand beständig schwelenden Bürgerkriegs verhaftet waren. Eine Mitschuld mochte die Architektur der Raumstädte haben, die zu einer hohen Fluktuation der Menschen führte. Man konnte in wenigen Minuten von einem Zylinder zum nächsten reisen, schon wurde man stetig von seiner Heimat davon getragen, war nach einigen Tagen hunderte Kilometer entfernt und erst nach Wochen wieder für kurze Zeit in der Nähe. Ausreißer hatten es nirgendwo leichter, nicht einmal in der Nähe von planetaren Raumhäfen, wo man im Notfall alle Schiffe aufhalten und durchsuchen konnte. Die Zylinder einer Raumstadt stoppte nichts und niemand.

»Alle, die ich je gekannt habe, sind gestorben«, sagte Lorth in einem sachlichen Tonfall, als würde er über das Wetter sprechen. Es schien Bese zu treffen, jedenfalls weiteten sich seine Augen und sein Atem stockte einen Moment.

»Du hast jetzt uns«, sagte er schließlich leise und mit einem Ernst, der seiner Jugend widersprach und sein Angebot unterstrich.

War es überhaupt ein Angebot? Oder war es vielmehr eine festgestellte Tatsache? Lorth fühlte sich seltsam, konnte dieses Gefühl nicht recht einsortieren. Er nickte langsam. »Ja«, sagte er.

In diesem Moment stieß ihn etwas innerlich an, und er fasste mit einem Mal ganz gegen seine Art Vertrauen zu dem fremden jungen Mann. »Kann ich mich auf euch verlassen? Wie viel zählt diese Verwandtschaft?«

Bese antwortete sofort: »Die Familie ist ein sehr starker Bund. Ihn zu brechen hat üble Folgen.«

»Meinst du thaumische?«

Bese stutzte, sagte dann langsam: »Nicht speziell – ich meine, bei uns ist alles mit Thaumik verknüpft – aber ...« Er zuckte die Schultern, suchte offenbar nach Worten, um die Bedeutung zu beschreiben.

Lorth hatte verstanden und nickte langsam. Er fühlte ebenso und hätte es auch nicht ausdrücken können.

Lorths Adit kribbelte – jemand rief an. Lorth hob das Handgelenk und sah auf die Anzeige: Garrie. Lorth nahm das Gespräch sofort an und kümmerte sich dabei nicht um Bese, der verdutzt schaute. Vermutlich kannte er keine Adits.

»Der Schlüssel ist schon vor einigen Monaten geknackt worden«, erklärte Garrie. »Es war also kein Problem. Ich schick dir die Daten.«

»Hast du sie gar nicht angesehen?«

»Nein. Das war zu viel Zeug. Schau sie selbst durch.«

Lorth tat sein Äquivalent vom ärgerlichen Verziehen des Gesichts: Er schwieg.

»Hey, ich weiß doch nicht, was Glimp für wichtig hält!«

»Okay. Ich schau es mir an. Danke.«

»Kein Problem.«

Er trennte die Verbindung. Die Daten brauchten anschließend noch ein paar Sekunden, bis sie vollständig übertragen waren.

Bese zeigte auf Lorths Handgelenk. »Damit kann man also über große Entfernungen miteinander sprechen?«

Lorth betrachtete das Gerät. »Ja. Aber so ein Adit kann noch mehr. Er ist ein Zugang zum Netz der Raumstadt und ein kleiner Computer.«

Bese runzelte die Stirn, sagte jedoch nichts.

Lorth überlegte. Da war zu viel zu erklären. »Das ist auch ein Stadtplan und ein Rechner, ich kann darin Bilder und Filme speichern und noch einiges andere.«

Bese schien eine Vorstellung zu bekommen, jedenfalls hellte sich sein grüblerisches Gesicht ein wenig auf. »Mit wem hast du gesprochen?«, fragte er dann.

»Mit Garrie, einer Freundin, die mir geholfen hat, die Daten aus dem Adit auszuwerten.«

Bese zeigte mit dem Finger auf den Adit. »Das kann der Adit also nicht?«

Lorth blinzelte einmal langsam. »Vermutlich hätte er gereicht, wenn Garrie hier wäre. Das ist ein Werkzeug. Ich kann mit anderen besser umgehen.«

Bese überlegte kurz. »Ihr seid Kollegen?«

Lorth nickte. »Wir sind ein Team, ja.«

Es klopfte an der Tür.

Lorth wartete einen Moment, doch Bese schien nichts mehr fragen zu wollen, also rief er: »Herein!«

Diesmal kam Tajan herein, der großgewachsene Thaumiker, der von Perrez beauftragt worden war, die Illusion zu erzeugen.

Lorth stand auf, Bese ebenfalls.

»Perrez sagte, ich solle mich um deine Hand kümmern.«

»Danke«, sagte Lorth, »die ist bereits versorgt worden.«

Tajan schnaufte einmal verächtlich. »Wenn du erlaubst, beseitige ich die Verletzung.« Er deutete mit einer sparsamen Geste auf Lorths dick bandagierte Hand in der Schlinge.

Lorth hob die Augenbrauen. Dann sah er zu Bese und meinte dort nur die Frage zu lesen, worauf er denn warte. »Okay, was muss ich tun?«

»Verband runter«, sagte Tajan knapp und begann, in seinem Beutel, der ihm über der Schulter hing, nach etwas zu suchen. »Ist es eine offene Wunde?«

»Nein. Der Arzt meinte, es sei ein Sehnenriss.«

Tajan sah kurz fragend auf, schien dann zu verstehen, nickte und wandte sich wieder seinem Beutel zu. Schließlich holte er einen Flakon mit Glasstöpsel hervor.

Lorth nahm seinen Arm aus der Schlinge und wickelte das Handgelenk mit Beses Hilfe frei. Die Hand tat bei jeder Bewegung weh. Auf Tajans Geheiß setzte er sich wieder auf das Bett.

Der große Mann setzte sich auf Beses Stuhl, öffnete den Flakon und tropfte vorsichtig eine winzige Menge auf Lorths geschwollenes Handgelenk. Die Substanz war milchig grau und leicht wie Luft, doch sie war angenehm kühl und verteilte sich dünn über die Haut.

Tajan wartete konzentriert. Bese schaute interessiert zu. Der ältere Thaumiker tropfte etwas mehr von dem Rauch hinzu, und der Fleck wurde größer. Schließlich verteilte er die milchige federleichte Schicht durch Blasen und Fächeln rund um das gesamte Handgelenk und schien zufrieden. Dann verstöpselte er das Fläschchen wieder und machte beim Wegstecken flüchtig eine kompliziert wirkende Handbewegung. Lorth war sich nicht sicher, ob die Beiläufigkeit echt war und von jahrelanger Übung herrührte oder ob er die Aktion überspielen wollte.

Der Armreif aus Rauch zog ein, verblasste stellenweise und wurde löchrig, wie der Mantel aus thaumischen Symbolen, mit denen die Illusion für Lorth gewoben worden war. Gleichzeitig verebbte der Schmerz und das Pochen in dem verletzten Gelenk. Nach weniger als einer Minute war der Vorgang abgeschlossen.

Obwohl sie jetzt nicht mehr weh tat, hielt Lorth seine Hand noch immer unbewegt in die Luft, den Unterarm mit der anderen Hand gestützt. Die Hand war noch immer leicht geschwollen.

»Gut, das war's«, sagte Tajan und stand auf.

Lorth hob die Augenbrauen und bewegte zaghaft die Finger der linken Hand. Sie fühlten sich etwas steif an. Er machte eine Faust und drehte dann noch die Hand im soeben geheilten Gelenk in alle Richtungen. Er sah zu Tajan auf.

»Danke.«

»Keine Ursache.« Tajan lächelte, doch es wirkte nicht besonders herzlich. Er drehte sich um, ging hinaus und ließ die Zimmertür offenstehen.

Bese schüttelte leicht den Kopf. Als die Quartiertür sich automatisch hinter Tajan geschlossen hatte, meinte er: »Mach dir nichts draus. Tajan ist unglücklich, weil die Mission schon jetzt länger dauert als vorgesehen und er deshalb dem Abschluss seines Sohnes nicht beiwohnen kann.«

Lorth nickte. »Dieser Abschluss ist eine Prüfung?«

»Ja, der Schritt ins Erwachsenenleben als vollwertiger Thaumiker.«

Lorth prüfte die Belastbarkeit seiner linken Hand, stützte sich probehalber auf sie. Mehr als eine leichte Schwellung und Steifheit war nicht mehr zu spüren. Bemerkenswert.

»Wie alt ist man bei diesem Abschluss?«

Bese stutzte. »Wie alt?« Er reagierte, als hätte Lorth nach etwas Bedeutungslosem wie der Haarfarbe gefragt.

Lorth sah von seiner Hand auf. »Ja, wie alt? Gibt es da keine Regeln?«

»Nein, das Alter spielt dabei keine Rolle.« Ganz offensichtlich kam ihm der Gedanke seltsam vor. »Nur das Können zählt.«

Lorth zögerte, fragte dann: »Haben alle Missionsmitglieder ihren Abschluss bereits gemacht?«

»Nein: Martis, Jar und ich selbst noch nicht.« Dabei sah er zur offenstehenden Tür, doch Jar war wohl nicht im anderen Zimmer.

Lorth nickte nachdenklich, fragte dann: »Ist es üblich, –«

Bese unterbrach ihn: »Wir sind nur deinetwegen dabei. Über Martis weiß ich nichts, vielleicht ist er dabei, damit mein Bruder und ich nicht so sehr auffallen.«

»Normalerweise geht man also nicht ohne Abschluss auf eine Mission.«

Bese schüttelte den Kopf. »Normalerweise auch nicht, wenn er erst kürzlich angenommen wurde. Und die meisten Missionen verlassen Balta nicht. Und wenn, dann bleiben sie auf Thaumikerwelten.«

Lorth nickte wieder leicht, legte sich dann zurück und stützte sich auf die Ellenbogen. »Wie alt seid ihr eigentlich?«

Bese schwieg kurz verlegen, sagte dann: »Ich weiß nicht genau, wir können das mal durchrechnen, falls jemand einen Kalender dabei hat.«

Lorth hob die Augenbrauen. »Ihr wisst das nicht einmal? Aber du bist sicher, dass du älter bist als dein Bruder, oder?«

Bese lachte. »Ja«, sagte er. »Ich kann mich aber nicht an seine Geburt erinnern.«

Lorth schaute Bese genauer an. Er sah einen jungen Mann, vielleicht achtzehn Jahre alt, vielleicht zwanzig. Es war schwer zu sagen, weil sein Verhalten ihn älter wirken ließ. »Ich würde dich auf neunzehn, und Jar auf fünfzehn Jahre schätzen.«

Bese hob die Augenbrauen. »Jahre ...«, sagte er nachdenklich. »Balta hat keine Jahreszeiten. Ich weiß, dass es das auf anderen Welten gibt, aber auf Balta ist es immer gleich warm, da fallen die Jahre nicht auf.« Er sah zur Decke und schien etwas im Kopf zu rechnen. »Ich glaube, unser Jahr ist so um die vierzig Monate lang – aber ich bin kein Astronom – jedenfalls müsste Jar dann so um die vier, fünf Jahre alt sein, schätze ich. Ich bin nicht ganz ein Jahr älter, glaube ich.«

»Wie lang ist euer Monat?«

»Dreißig Tage.« Bese sah wieder zu Lorth.

»Und eure Tage?«

Er überlegte. »Wie meinst du das? Ein Tag ist ein Tag ...?«

»Wie viele Stunden?« Außer auf Raumstädten hatten sich die alten irdischen Stunden auf den meisten Planeten gehalten. Lorth nahm an, dass es auf Balta ebenso war.

»Ach so. Hmm. Ich schätze so ... dreißig ...? Das ist schwer zu sagen, weil man ja irgendwann auch mal schläft.« Er schaute leicht verlegen.

Lorth hob die Brauen leicht an. »Ihr wisst das gar nicht genauer?«

»Hängt vom Tag ab, denke ich.«

Lorth schwieg. Doch, warum sollte das nicht möglich sein? Wo Thaumik im Spiel war, war sein Wissen nicht mehr viel wert. Vielleicht hatte der graue Rauch auf seinem Handgelenk nur die Zeit beschleunigt und auf diese Weise sowohl Heilung bewirkt als auch – wie er sardonisch in Gedanken hinzufügte – Alterung.

Er überschlug die Zahlen im Kopf und kam zu dem Schluss, dass seine Schätzungen nicht ganz falsch gewesen sein konnten. Sofern man bei ungleichmäßig verlaufender Zeit überhaupt von Präzision sprechen konnte.

»Ich weiß nicht, wie alt ich bin, und auf Raumstädten ist das ungewöhnlich«, sagte er dann. »Ich hatte gehofft, ihr könnt mir dazu etwas sagen.«

»Meister Perrez kann das vielleicht. Aber das Alter spielt bei uns keine große Rolle.«

Beide schwiegen für einen Moment.

»Erzähl mir von unserer Heimatwelt«, sagte Lorth leise.

Bese schien sich zu erinnern und bekam einen verträumten Gesichtsausdruck. Erst nach etlichen Sekunden begann er zu erzählen: »Balta ist lebendig. Überall Natur, überall wächst etwas. Wir haben nicht viele Städte.« Er lachte einmal nachdenklich. »Unsere Städte sind auch nicht sehr groß. Sie haben nur einige tausend Einwohner. Die größte Stadt, von der ich gehört habe, ist Wisnolt, aber das liegt nicht einmal auf demselben Kontinent wie Trissolt und Perrolt, und bis vor einem Monat war Perrolt noch die entfernteste Stadt, die ich je besucht hatte.

Unsere Häuser sind in die Landschaft eingepasst. Wir achten darauf, die Natur nicht zu stören, wir leben eigentlich immer mit ihr. Aber wie sehr wir das tun, war mir nie bewusst, bis ich Balta für diese Reise verließ und andere Welten kennenlernte. Vieles hier war für uns ein Schock. Wir schreiben nicht ganze Wände mit riesiger Schrift voll. Wir haben keine Maschinen, die Krach machen. Das lauteste, was man bei uns hören kann, sind Donner, Sturm und Thaumik, aber das natürlich selten. Normalerweise hört man das Rauschen des Windes, die Rufe der Menschen, wenn sie auf dem Feld arbeiten oder Holz spalten, und das Zwitschern der Vögel.« Bese sah auf den Boden und lächelte.

Lorth schloss die Augen. Beses Worte hatten eine bemerkenswerte Wirkung auf seinen Geist. Wie ein Film baute sich vor seinem inneren Auge eine hügelige Landschaft im Sonnenschein auf, mit Wiesen und Weiden, Flecken von Feldern, in deren Mitte ein Bauerngehöft stand. Die Felder waren unregelmäßig, oft vage in der Form von Tortenstücken. Vereinzelt lagen Baumreihen, Haine, Wälder und große Forste, die Seen umschlossen und sich über Berghänge erstreckten. Am Horizont sah er die Silhouette eines grauen Gebirgszuges, der weiße Wolken ankratzte. Und hier kam eine Stadt, wie Bese sie beschrieben hatte: nicht mehr als ein paar hundert Häuser, sämtlich aus weißen rundlichen Steinen errichtet. Auf dem Fugenmaterial der Wände wuchs Gras und fasste so jeden Stein in einen grünen Rahmen. Die Dächer lagen oft schon auf dem Erdgeschoss, schräg und mit Schilf gedeckt oder mit bunten unregelmäßigen flachen Steinplättchen, die ein wirres, schönes Mosaik bildeten.

Es kam Wind auf, Wolken zogen vor die Sonne, Bäume wiegten sich in den Böen, schienen das grobe Streicheln der Elemente zu genießen, gaben freiwillig ein paar welke Blätter ab, die emporgetragen wurden und in der Luft taumelnd kleinen Wirbeln folgten. Die ersten Regentropfen beschwerten sie, stoppten jäh ihren kecken Tanz, und sie torkelten abwärts, wurden vom Wind auf die weißen Steine der Häuser und an Baumstämme geklebt, landeten auf Wegen aus gestampfter Erde oder fielen in einen Bach, der sie ungerührt von Wind und Wetter davonspülte, einem größeren Lauf zu.

Die Wolken ließen den ersten Tropfen weitere folgen, und dann ergoss sich der Himmel in einem Gewitter, dessen Blitze die verborgene Sonne zu ersetzen suchten. Sekunden später grollte jedes Mal der Donner heran und erschreckte Lorth, doch er war in der Wärme und Trockenheit der Stube, und seine Mutter war bei ihm und tröstete ihn, wenn ein besonders lautes Krachen zu hören war.

Schließlich wurden die Blitze blasser, der Donner leiser, und der Wind legte sich. Ein sanftes Rauschen blieb zu hören, das noch ein wenig an Stärke zunahm. Der Regen fiel fast senkrecht herab, schnell und in dicken Tropfen, und nach und nach wurde es wieder heller draußen. Das vertraute sonnige Gelbgrün der Landschaft hatte einen Blaustich bekommen. Auf den Wegen waren Pfützen. Eine große bedeckte die Stelle, wo der rotbraune Hausweg auf den schwarzen Stadtweg traf. Die großen Tropfen klatschten ohne Unterlass in die sonst kaum wahrnehmbare Mulde und erzeugten ein verwirrendes Spiel, dessen Wildheit nun allmählich abnahm.

Endlich leerten sich die Wolken, nur noch vereinzelte Tropfen fielen herab, und nach und nach erkannte man in der Reflexion der Pfütze auf dem Weg den Stamm des dahinterstehenden Baumes.

Auf der Innenseite des Fensters summte eine dicke Fliege und wollte durch das Glas, seit Lorths Mutter die Lichter in der Stube gelöscht hatte, damit sie gemeinsam das Gewitter besser beobachten konnten. Jetzt, nach dem Regen, konnte das Insekt gefahrlos wieder hinaus, daher stand sie auf, ging zur Haustür und öffnete sie. Es brummte ihr dankbar hinterher und flog durch die große Öffnung in die frisch duftende Freiheit. Lorth zog es auch in den feuchten Garten. Er folgte der Fliege nach draußen und noch einige Meter in die Büsche, doch er verlor sie bald aus den Augen.

Alles war nass und roch intensiv. Ihm war, als könnte er allein mit der Nase seinen Weg durch die Pflanzen finden. Er kniff die Augen zusammen und tapste blind durch die Natur. Seine anderen Sinne verstärkten sich. Er hörte, wie seine Mutter ihm folgte, hörte, wie sie sich bückte, um nicht an die nassen Äste des Baumes zu stoßen. Er roch das Gras unter seinen Füßen, das hinter ihm plattgedrückt anders duftete als vor ihm. Er spürte die Feuchte der Büsche, ohne sie zu berühren.

»Lorth?«

Beses Stimme.

Lorth sah auf, sein Traum verpuffte. War es eine Erinnerung? Oder Fantasie? Thaumik?

»Ich habe Balta doch nicht ganz vergessen.«

Bese sah erstaunt aus. »Du sagtest doch, dass du nicht wusstest, woher du stammst?«

»Ich habe mich gerade an etwas erinnern können. Ich muss sehr klein gewesen sein. Es … fühlt sich an, wie du Balta beschreibst.« Er dachte kurz nach. »Erzähl mir mehr. Sind dort alle Menschen Thaumiker?«

Bese nickte. »Es gibt einfach Thaumik, und jeder kann sie nutzen. Es gibt aber Begabte und weniger Begabte.«

»Gibt es Menschen, die gar keine Thaumik beherrschen?«

Bese dachte nach, nickte langsam. »Ja, ich glaube schon, aber ich kenne keinen.« Dann schnalzte er leise mit der Zunge und verdrehte die Augen kurz. »Ja, doch, natürlich. Kinder wissen noch zu wenig, aber die müssen es lernen, und manche können halt nichts lernen, weil sie blöde sind. In Trissolt haben wir aber keine Blöden.«

»Also lauter Thaumiker.«

»Ich glaube«, meinte Bese nach einem Moment, »dass jeder Mensch von dort im Prinzip Thaumik nutzen kann.«

»Also auch ich?«

»Ich vermute schon, ja.«

Lorth fühlte sich einen Moment hin- und hergerissen, sagte dann: »Kannst du mir die Nutzung beibringen?«

»Oh!« Bese erschrak ein wenig, zögerte. »Ich weiß nicht, ob ich das sollte. Ich bin längst nicht erfahren genug, um zu lehren.«

Lorth nickte verständnisvoll. »Du sollst mich auch nicht unterrichten, ich will nur testen, ob ich überhaupt Thaumik ausüben kann.«

Beses Unterkiefer war leicht zur Seite verschoben, als er nachdachte. »Warte«, sagte er dann, »ich hole einen Becher Wasser«, und ging hinaus.

Wasser?, dachte Lorth, doch er sagte nichts. Bese kam einen Moment später wieder herein und hielt ein volles Glas in der Hand. Er trank es halb aus und stellte es auf den Nachttisch neben Lorths Bett. Dann machte er eine kleine Handbewegung und blies auf das Wasser. Zu Lorths Überraschung stieg der Wasserspiegel mit einem leichten Blubbern wieder, bis Bese aufhörte, zu blasen. Das Glas war wieder voll.

»Gut, probier das mal«, sagte Bese.

»Wie geht diese Handbewegung?«

Bese zeigte es ihm langsam. Es war eine harmlose kleine

Bewegung, die einem auch versehentlich hätte passieren können, aber doch etwas Übung erforderte, wenn sie bewusst ausgeführt werden sollte.

»Was kann geschehen, wenn ich es falsch mache?«

»Bei dieser Geste nichts.«

»Okay, ich trinke also das Glas halb leer, mache dann diese Handbewegung und puste auf die Wasseroberfläche. Soweit richtig?«

»Ja. Du musst nur in die Richtung des Bechers blasen, das genügt. Es ist Symbolistik: Dabei geht es darum, es symbolisch richtig zu machen.«

Lorth nickte einmal. Jar hatte den Begriff schon erwähnt. Er hob das Glas an die Lippen. Das Wasser war kalt und klar. Er trank es zur Hälfte leer und stellte es zurück auf den Nachttisch. Bese saß ihm schräg gegenüber und beobachtete aufmerksam. Lorth blickte ernst auf das Glas. Seine Innenwand war benetzt. Der Film rann hinab in den Rest des Wassers und brach auf, hinterließ nur einzelne Rinnsale an der Wandung, die ihrerseits abrissen und zu Tropfen wurden.

Lorth machte die Handbewegung, die er eben erst gelernt hatte. Sie fühlte sich inkorrekt an, nicht perfekt. Er ließ sich nicht beirren und blies auf das Glas. Die Oberfläche des Wassers wurde von der Brise seines Atems leicht gekräuselt, doch sie stieg nicht. Er hatte auch nicht damit gerechnet, denn die Bewegung hatte sich falsch angefühlt.

»Gut«, sagte Bese in einem fürsorglichen, ruhigen Ton. »Das ist normal, es klappt fast nie beim ersten Mal. Versuch, die Bewegung etwas anders zu machen, also –«

»Warte«, sagte Lorth.

Er wusste, was zu tun war. Er wiederholte die Bewegung, doch er änderte viele Kleinigkeiten: die Stellungen der Finger, die Geschwindigkeit der Drehungen. Es brauchte weniger als eine Sekunde, doch in dieser kurzen Zeit nahm sein Geist jede noch so winzige Kleinigkeit wahr. Er spürte, dass die Bewegung noch immer nicht perfekt war, doch die verbliebenen Feinheiten hätten nur noch unbedeutenden Einfluss. Er spürte am Ende der Bewegung, dass sie wirkte, oder vielmehr, dass sie wirken wollte. Er erahnte die Anwesenheit eines Geistes, doch er schien nicht wirken zu können. Lorth blies zögerlich und mit wenig Hoffnung auf das Wasser. Es kräuselte sich wieder unter dem Luftstrom. Kleine Wellen liefen von Rand zu Rand, und Lorth spürte, dass der Moment der Wirkung ungenutzt verstrich.

Nach einigen Sekunden, in denen er nur das Wasser betrachtet und nach einer Lösung für dieses Vexierspiel gesucht hatte, hörte er wie aus weiter Ferne Beses Stimme: »Versuch es noch einmal. Probier, die Hand etwas mehr nach vorne auf den Becher zu richten –«

Lorth schüttelte den Kopf, ohne aufzublicken. »Es war richtig so. Es hätte auch gewirkt, es konnte nur nicht.«

Bese blieb einen Moment stumm. »Du klingst sehr sicher«, sagte er schließlich leise.

Lorth sah auf. Das Gesicht des jungen Thaumikers zeigte eine Mischung aus Verblüffung und Respekt.

»Ja«, sagte Lorth. Er war sich sicher. Es lag nicht daran, dass er es falsch gemacht hatte, sondern etwas fehlte für die Wirkung.

Nach einer Weile meinte Bese: »Perrez erwähnte, dass die Stärke unserer Thaumik hier mit der Zeit nachlassen wird. Wenn du sicher bist, dass du es richtig gemacht hast, dann liegt es vielleicht nur daran, dass du schon lange hier bist.«

Lorth nickte und schwieg.

»Wie ... bist du sicher?«, fragte Bese wenig wortgewandt.

Lorth überlegte. »Ich weiß nicht genau. Ich kann fühlen, wie es richtig wäre. Ich habe auch gespürt, dass es eben richtig war und dass etwas da war, das nur nicht wirken konnte.«

»Du kannst Durchblick«, sagte Bese leise.

Lorth sah auf. Sein Cousin hatte die Stirn leicht gerunzelt. »Durchblick?«, fragte er.

Bese nickte und wirkte leicht besorgt. »Durchblick ist eine thaumische Fähigkeit. Sie ist normalerweise schwer oder gar nicht zu lernen, aber was du beschreibst, klingt sehr danach. Mit Durchblick kann man erkennen, wie etwas zu tun ist, damit es wirkt.«

Lorth sah seinen Cousin eine Weile schweigend an und blickte dann wieder zu dem Glas. Wie sollte er eine schwer zu erlernende thaumische Fähigkeit beherrschen? Als gäbe es nicht bereits genug offene Fragen, gesellten sich beständig neue hinzu. Vielleicht hatten seine Eltern etwas damit zu tun, vielleicht hatte er das bereits als Kind gelernt. Doch das passte nicht dazu, dass es schwer zu lernen sein sollte.

»Kannst du Durchblick?«, fragte er Bese.

Der schüttelte langsam den Kopf. »Fast gar nicht. Das ist etwas, das Meister können müssen. Es ist natürlich sehr wichtig, um zu lehren und um tiefer in die Thaumik einzusteigen. Die meisten Menschen bei uns können nur Thaumik anwenden, aber nicht neue Effekte finden.«

Lorth hob die Augenbrauen. »Das geht damit?«

»Ja. Man erkennt die Funktionsweise. Die meisten Thaumiker sehen nur die Wirkung.«

Lorth atmete tief durch. »Und ich erkenne nur die Funktionsweise, ohne eine Wirkung zu haben.«

»Ja, hier«, sagte Bese eindringlich.

»Wir sind nun mal hier«, sagte Lorth nach einer Weile. Beide schwiegen.

Glimp wechselte die Hand, mit der er sich festhielt, und brachte dadurch die Deckenlampe leicht ins Schwanken. Lorth sah hinauf zu ihm und erinnerte sich an die entschlüsselten Daten, die Garrie ihm gesandt hatte.

Lorth raffte sich auf und genoss dabei seine geheilte Hand. Er verband wieder seinen privaten Adit mit dem von der Polizei und überspielte die Daten, diesmal in die andere Richtung. Dann suchte er nach dem Namen Baldack Hartman. Er war nicht besonders überrascht, als das Gerät einige Dutzend Treffer meldete. Von Beschreibungen und Bilddateien bis hin zu Gerichtsakten war alles dabei. Die meisten davon kannte er. In seinem Täterprofil hatten Dinge über ihn gestanden, die er nicht noch einmal lesen wollte.

In einem besonderen Verzeichnis waren journalistische Quellen gelistet. Auch davon konnte er sich vage an manche erinnern. Einige jedoch waren neueren Datums. Eine Reihe von Artikeln aus dem Goodtimes-Ticker war nur wenige Wochen alt:

> NEUE SPUREN IM FALL SULDOV
>
> *Ermittlungen wieder aufgenommen*
> Aus polizeilichen Quellen war gestern zu vernehmen, dass neue Spuren im Fall des Attentats auf GRM Suldov (Paul) aufgetaucht sind und daraufhin die Ermittlungen wieder aufgenommen wurden. Der Fall war vor über vier Jahren eingestellt worden, nachdem eine jahrelange Fahndung nach dem flüchtigen Attentäter ohne Erfolg geblieben war. Die Identität des Täters war nie eindeutig geklärt worden. In den Akten wird er immer als Baldack (Hartman) geführt, ein Name, der nur auf Angaben des Täters beruht und über den keine weiteren Informationen vorliegen.
>
> Baldack hatte GRM Suldov bei der Einweihung des Sprungspulenwerkes in Zylinder 4 erschossen und war dafür zu lebenslanger Freiheitsstrafe verurteilt worden. Nur wenige Wochen nach Ende des Prozesses konnte Baldack jedoch aus der Vollzugsanstalt in Zylinder 451 entkommen. Es wird vermutet, dass er Goodsphere verlassen hat, bevor die Flucht entdeckt und die Fahndung eingeleitet werden konnte. Zu möglichen Komplizen lagen der Polizei damals offiziell keine Erkenntnisse vor. In Erklä-

rungen hieß es, dass nicht nach Helfern gesucht und von Baldack als Einzeltäter ausgegangen werde, da »sein Täterprofil Kooperation weitestgehend ausschließe«, so ein Pressesprecher der Polizei kurz nach der damaligen Flucht. Diese Auffassung wurde bereits während der Fahndung angezweifelt. Eine gut unterrichtete Quelle sagte wörtlich, es sei »unmöglich, diese Flucht ohne Hilfe zu bewerkstelligen«.

Jetzt wurden diese Zweifel noch genährt, als bei dem zum Seuchenschutzprogramm gehörenden Massen-Gentest an Schülern der Klassen 4 bis 6 des Zylinders 221, Sektor 76, eine Auffälligkeit registriert wurde: Baldack, der den nachrichtendienstlichen Ermittlungen zufolge weder familiäre noch sonstige Bindungen auf Goodsphere hatte und als geistesgestörter Krimineller der Klasse 3b (»pathologisches Emotionsdefizit mit sekundär ungehemmt triebhaftem Verhalten«, lebenslange Verwahrung) eingestuft wurde, scheint einen Verwandten ersten Grades zu haben. Aufgrund des Alters der betroffenen Person ist davon auszugehen, dass es sich um ein leibliches Kind des Attentäters handelt. Polizeipsychologe Ahmund (Miller) von der Zentralerfassung für psychisch kranke Kriminelle (ZPK) mutmaßte, dass es sich »eigentlich nur um eine Vergewaltigung handeln« könne. Diese jedoch passe »gut ins Bild«, so Ahmund wörtlich. In der Äußeren Stadt werde nur eine verschwindend geringe Zahl der erfolgten sexuellen Übergriffe aktenkundig.

Franner (Smith), mutmaßliches früheres Mitglied der Gria und heute führender Berater des Rechtskammerausschusses, bestreitet diese Darstellung jedoch. Baldack sei »kein Psychopath, sondern ein sogenannter Externer, ein professioneller Attentäter, der aufgrund seiner Persönlichkeitsstruktur typische Merkmale eines Psychopathen aufweist, ohne einer zu sein«. Es sei daher laut Franner sehr wahrscheinlich, dass Baldack im Auftrag und sogar im Team gehandelt habe. Zur Identität der Auftraggeber oder weiterer Mitglieder dieses Teams konnte Franner freilich keine Angaben machen.

Sollte Franners Darstellung zutreffen und Baldack zu sozialen Kontakten befähigt sein, dann käme neben der Vergewaltigungstheorie auch noch ein privates Familienleben als mögliche Ursache für die Zeugung des Kindes in Betracht. In diesem Falle wäre die psychologische Beurteilung in fataler Weise falsch, weil dann Mittäter und Fluchthelfer existieren könnten. Der Verzicht auf eine Fahndung nach ihnen müsste in diesem Fall als ein folgenreiches Versäumnis der Ermittlungsbehörden gewertet werden. Auf diesbezügliche Nachfrage in den letzten Tagen lehnten sowohl die ZPK als auch die Sphäralstaatsanwaltschaft jegliche Stellungnahme ab. Das Büro von Richter Xavantes (Gibber) beantwortete unsere Anfrage schriftlich und beruft sich auf die im Prozess vorgelegten Beweise und Gutachten, die von den Ermittlungsbehörden erbracht worden waren. Richter Xavantes war vor acht Jahren der vorsitzende Richter in dem Prozess gewesen, in dem Baldack verurteilt worden war.

Nach dem Kind wird derzeit noch gesucht; da die DNA-Untersuchung anonym durchgeführt worden ist, müssen nun alle in Frage kommenden Eltern ihre Kinder zu einem erneuten Test vorführen. Dazu stehen alle polizeiärztlichen Beratungsstellen und die öffentlichen Seuchenzentralen zur Verfügung, genaue Adressen sind bei den folgenden Informationsstellen zu erfragen …

Lorth war beim Lesen kalt geworden, sein Herz schlug schneller. Wie immer, wenn er einen längeren Text schnell las, drehte sich ihm der Kopf.

Lera war nicht so dumm, Ganni versehentlich einem Gentest auszusetzen. Sie wusste so gut wie Lorth, was geschähe, wenn bekannt würde, wer sein Vater war.

Doch Ganni war jetzt erst zehn. Hatte Lera ihm schon gesagt, was er nie ausplaudern durfte? Oder hatte sie ihm vielleicht eine Geschichte erzählt, damit er allem auswich, bei dem seine Identität auffliegen konnte? Lorth kamen auf einmal viele Möglichkeiten in den Sinn, wie ein zehnjähriger Junge sich einem Gentest nicht entziehen konnte.

Es stand zu hoffen, dass Lera schnell genug reagiert hatte.

Der nächste Artikel war einige Tage darauf erschienen:

Ermittlungspannen im Fall Suldov?

Spuren erhärten Verdacht auf grobe Fehleinschätzung der Profiler

Gestern hat der Pressesprecher der Sphäralstaatsanwaltschaft Codron (Collins) in einer offiziellen Stellungnahme die Existenz einer Familie von Baldack (Hartman) eingeräumt: »Nach gegenwärtigem Ermittlungsstand ist davon auszugehen, dass der als Baldack bekannte flüchtige Attentäter Suldovs mehrere Jahre in einer eheähnlichen Gemeinschaft lebte und mindestens ein leibliches Kind hat.« Codron machte aus »polizeitaktischen Gründen« keine Angaben zur Identität der Angehörigen des Flüchtigen. Es sei aber bereits seit mehreren Tagen eine Fahndung nach ihnen im Gange, bislang jedoch erfolglos.

Lorth entspannte sich etwas, als er diese Sätze las.

Bese, der bislang stumm zugesehen hatte, fragte nun: »Gute Nachrichten?«

Lorth sah vom Adit auf. »Gerade eben war eine gute dabei. Davor schlechte.«

»Oh«, sagte Bese und machte ein betroffenes Gesicht.

Lorth überflog den Rest des Artikels, doch der befasste sich nur noch mit Schuldzuweisungen für die »Panne«, dass man ihn als Psychopathen eingestuft und deshalb nicht mit Fluchthelfern gerechnet hatte.

Der nächste Artikel war bereits am folgenden Tag veröffentlicht worden und damit vor weniger als drei Wochen:

> ERMITTLUNGEN IM FALL SULDOV GERATEN ZUM DESASTER
>
> *Zeugen entkommen knapp dem Überfall von Unbekannten*
> *Quartier ausgebrannt*
> *Franner: »Riesenschweinerei auf den Amtsstuben«*
>
> Vor wenigen Stunden äußerte sich der Pressesprecher der Sphäralstaatsanwaltschaft Codron (Collins) vor Vertretern der Presse und gab folgende Erklärung ab:
>
> »Der Aufenthaltsort der ehemaligen Lebensgefährtin des untergetauchten Attentäters Baldack war den Ermittlungsbehörden seit etwas mehr als vier Tagen bekannt. Seit diesem Zeitpunkt wurde die Frau eng observiert. Die Ermittlungen sollten erst noch klären, ob sich der Verdacht der Mittäterschaft erhärten lässt, oder ob die Frau nur als Zeuge vernommen werden soll. Vor knapp einer Stunde jedoch überfielen Unbekannte das Quartier und verwüsteten es anschließend mit Brandbomben. Die observierenden Beamten versuchten, einzuschreiten, waren den Angreifern aber zahlen-

mäßig weit unterlegen. Die observierten Personen entkamen allem Anschein nach, ihr gegenwärtiger Aufenthaltsort ist nicht bekannt.

Um anderslautenden Gerüchten bereits im Vorfeld zu begegnen, können wir offiziell ausschließen, dass die Information über die Lage des Quartiers aus Polizeikreisen zu den Angreifern gelangte. Erste Ermittlungen deuten an, dass der Überfall von langer Hand geplant gewesen war und jetzt nicht wegen, sondern trotz der Observierung durchgeführt wurde.«

Aus Polizeikreisen ist zu hören, der Überfall trage die Handschrift der Gria. »Niemand sonst brennt Quartiere aus«, so ein Abschnittsleiter, der ungenannt bleiben möchte. Offizielle Stellen wollten sich zu diesen Mutmaßungen nicht äußern.

Der führende Berater des Rechtskammerausschusses Franner (Smith), dem offen Kontakte zur Gria bis hin zur ehemaligen Mitgliedschaft nachgesagt werden, sprach von einer »typischen Entwicklung« und einer (wörtlich) »Riesenschweinerei auf den Amtsstuben«. Für ihn sei es keine Frage, woher die Gria die Information erhalten habe. »Wenn es bei der Polizei mehr als zehn Leute wissen, dann weiß es auch die Gria«, so Franner. »Ihr offensichtliches Interesse an der Beseitigung der Zeugen deutet darauf hin, dass der Mord an Suldov klar eine Auftragsarbeit der Gria gewesen sei und kein psychiatrisch erklärbarer Amoklauf, wie uns jahrelang vom ZPK weißgemacht werden sollte.«

Bese saß still auf seinem Stuhl, während Lorth noch immer auf den Adit starrte, inzwischen mit leerem Blick, und über das soeben Gelesene grübelte. Er fühlte sich beobachtet, spürte, wie Bese sich bemühte, die feinen Signale wahrzunehmen. Lorth sah in sein gespanntes junges Gesicht, suchte seinerseits dort nach Stärke, wie er sie bei Garrie und Bill kannte. Doch Bese war trotz seiner Reife nicht erwachsen. Lorth wollte mit Garrie sprechen, mit einer echten Verbündeten. Doch ob er Garrie überhaupt wiedersehen würde, war unklar.

»Ich muss mit Perrez sprechen«, sagte er schließlich.

»Noch mehr schlechte Nachrichten?« Bese sah ihn besorgt an.

Er wollte Bese noch nichts über Lera und Ganni erzählen. Es war nicht Misstrauen – er traute ihm tatsächlich, auch wenn er nicht genau sagen konnte, warum. Aber auch vertrauenswürdige Mitwisser konnten sich verplappern.

Lorth nahm den Adit, klickte sich durch die Menüs und löschte alle Daten im Gerät. Sie waren zu brisant, und er hatte noch die Kopie in seinem eigenen Adit.

»Ich befürchte, ich werde nicht mit euch kommen können«, sagte er dann, zu seinem Cousin gewandt.

Bese zuckte ein wenig zusammen. »Das wird Meister Perrez nicht gefallen«, sagte er, fast schon übertrieben sachlich.

Lorth nickte. »Nein. Aber wenn alles gutgeht, muss er nicht lange auf mich verzichten. Meinst du, er wird mich gehen lassen?«

»Doch ... ich denke schon ...« Bese hatte daran wohl nie gezweifelt, doch jetzt schien er zu überlegen. »Du bist kein Gefangener, wir sind nicht hier, um dich zu etwas zu zwingen, sondern, um dich zu befreien.«

Als Lorth den Kopf ein wenig neigte, ergänzte er rasch noch: »Gut, seine Methoden, um dich zu finden, waren nicht fein, doch ich glaube nicht, dass er dich gegen deinen Willen entführen würde.«

Perrez hatte ihm Fallen gestellt, aber er hatte ihm auch gesagt, dass er nicht so recht wisse, was er tun solle, wenn Lorth ihm nicht folgen wollte. Von einer Lebensaufgabe hatte er gesprochen. Das hatte nach Ratlosigkeit geklungen, nach einer dringenden Bitte, nicht nach der verhohlenen Androhung von Gewalt. Doch wie würde er reagieren, wenn Lorth ihn jetzt wieder verlassen wollte? Der Senarist war schwer einzuschätzen.

* * *

»Natürlich kannst du gehen, du bist ein freier Mann, und wir betrachten dich nicht als unseren Gefangenen.«

Perrez sah kühl zu Lorth, der ihm gegenübersaß und die Hände in den Jackentaschen hatte.

Etwas stimmte nicht. Lorth war sicher, dass Perrez es nicht einfach dabei bewenden lassen würde. Er schwieg, doch Perrez sah ihn weiterhin nur an und schien einen Krümel zwischen den Schneidezähnen in immer kleinere Stückchen zu zerbeißen.

Neben Perrez saß der Thaumiker mit dem schimmernd-schwarzen Haar, das zu einem langen Zopf geflochten war, und betrachtete Lorth stumm. Tajan und Bese waren ebenfalls anwesend. Auch sie mischten sich nicht ein.

Schließlich fragte Lorth: »Wo ist der Haken?«

Perrez hob die Brauen, richtete den Oberkörper auf und atmete tief ein. Er sah Lorth einen Moment an, dann sagte er: »Von uns aus gibt es keinen Haken. Aber du wirst jetzt gesucht. Was immer du vorhast, es sollte in der Nähe sein, denn weit wirst du nicht kommen.«

»Ihr würdet mir die Verkleidung nehmen, wollt Ihr damit sagen.«

»Natürlich!«, sagte Perrez mit einem deutlichen Nicken im Tonfall der rechtschaffenen Empörung. »Die Illusion sollte nicht dazu dienen, deine kriminellen Aktivitäten zu erleichtern. Sie soll dich ohne Komplikationen nach Balta bringen, denn das ist mein Auftrag.«

»Was ich vorhabe, ist sehr wichtig und dringlich. So wie Ihr möchte ich zu jemandem, der mich braucht. Wenn diese Gefahr gebannt ist, komme ich gerne mit, ich wäre sogar dankbar, dann mit Eurer Unterstützung meine Heimatwelt zu besuchen. Doch ich brauche noch etwas Zeit.«

Perrez hatte den Kopf stolz und stur erhoben, drehte ihn jetzt zur Seite und hob das Kinn. Er schwieg einen Moment, dachte nach. Dann fiel die Spannung von ihm ab.

»Wir könnten dir helfen«, sagte er nachdenklich, und sein Blick wurde kurz leer. Dann straffte er sich und sagte direkt zu Lorth: »Was immer du vorhast, wir könnten alle gemeinsam die Hilfe spenden, die du für notwendig hältst.«

Lorth wusste sofort, dass er das Angebot nicht annehmen würde, doch er wusste nicht, aus welchem Grund. Er überlegte daher eine Weile, und erkannte schließlich, dass er Perrez nicht traute. Es war eine rein emotionale Reaktion, denn nichts begründete seine Skepsis wirklich. Perrez hatte getan, was er für richtig gehalten hatte, um seinen Auftrag zu erfüllen. Nichts sprach dafür, dass ihm nicht zu trauen war. Wenn ihn jetzt etwas hinderte, sich auf den Senaristen einzulassen, so konnte dies nur eine persönliche Antipathie sein.

Doch er empfand gar keine Antipathie. Er hätte sogar gesagt, dass er Perrez' sarkastische Art genoss.

Lorth war gewohnt, seinem Gefühl zu trauen, doch es schien ihm dieses Mal nur im Weg zu stehen, ihn unbegründet zu blockieren. Dennoch – er konnte sich nicht dazu durchringen, etwas über Ganni und Lera zu erzählen, und es war ihm sehr schnell klar gewesen.

»Ohne Euren Schutz werde ich hier also bald gefasst, oder ich kann die Tarnung behalten, wenn Ihr mitkommt. Ist das Euer letztes Wort?«

»Ja. Nur dich alleine gehen zu lassen – das ist für mich keine Option.« Perrez atmete einmal durch. »Wo soll es denn nun hingehen? Und wie lange wird das unsere Heimreise verzögern?«

Lorth antwortete nicht sofort. Für einige Sekunden war es im Raum still bis auf die immerwährende Belüftungsanlage, deren leises Rauschen jedoch niemand mehr bewusst wahrnahm.

»In diesem Fall muss mein Problem warten, bis ich von Balta zurückkehren kann«, sagte er schließlich.

Perrez konnte einen kurzen Anflug von Verblüffung nicht ganz verbergen, vielleicht sogar Schreck, doch es war nicht mehr als ein Aufflackern gewesen.

»Gut, dann wäre das ja jetzt geklärt«, sagte er kalt.

Glasthaumiker

Jar saß allein im Quartier auf einem Stuhl und beugte sich konzentriert über eine Apollokarte auf seinem Schoß. Sie war aus schwarzem Holz mit sehr feiner Maserung, flach und rund, mit etwa einem Fuß Durchmesser. Darauf befanden sich hunderte von Kreisen in allen möglichen Größen, die einander nie schnitten, sondern immer nur gerade berührten. Die größeren waren ihrerseits wieder unregelmäßig mit kleineren Kreisen gefüllt.

Eine Vorübung für Ritualistik bestand darin, Wege entlang der Kreisbahnen durch die Karte zu finden und dadurch den Geist geschmeidig zu machen. Natürlich war es kein Problem, irgendwelche Wege zu finden. Es galt, möglichst verschlungenen Pfaden zu folgen und den eigenen Geist dabei in der Welt der Karte wandern zu lassen.

Jar machte die Übung nun seit vielen Monaten. Am Anfang hatte er sie unverständlich und nutzlos gefunden, inzwischen genoss er es, seine Fantasie im Reich der feinen Linien spielen zu lassen, sich Städte und Straßen vorzustellen und sich selbst als Reisender durch diese zu sehen.

Die Tür des Quartiers öffnete sich, und Bese und Lorth kamen herein. Jar sah auf und erblickte einen erstaunlich aufgewühlten Bese. Lorth hätte er nicht angesehen, dass etwas Ungewöhnliches geschehen war, doch Bese strahlte Zorn aus.

»Ist etwas passiert?«, fragte Jar zur Begrüßung.

»Ach!«, sagte Bese ärgerlich und erst einmal nichts weiter. Er stand einen Moment still im Raum und krampfte die Hände in die Rückenlehne eines Stuhls, auf den er sich stützte. Dann sah er seinem Bruder ins Gesicht, doch bevor er etwas sagen konnte, ergriff Lorth das Wort:

»Ich wollte die Gruppe für eine Weile verlassen. Perrez hat das abgelehnt.«

»Lorth hat etwas Wichtiges zu erledigen«, ergänzte Bese gereizt, »doch Perrez meint, dass er ihm dann die Illusion wieder abnehmen wird – also im Endeffekt lässt er ihn nicht gehen – behandelt ihn wie einen Gefangenen!«

Jar war verblüfft. »Warum willst du uns verlassen?«, fragte er Lorth.

Lorth schwieg einen Moment. »Ich vertraue euch«, sagte er dann, »aber das kann ich euch trotzdem nicht sagen.«

Jar nickte langsam. Er spürte einen Keim Stolz in seiner Brust, weil Lorth gesagt hatte, dass er ihnen vertraute. Nun – es gab auch keinen Grund für Misstrauen.

»Aber es ist ein Problem für mich«, sagte Lorth dann noch. »Es ist sehr wichtig. Ich muss jemandem helfen. Und es ist dringend.«

Lorth stand still im Raum, die Brüder sahen ihn an.

»Wir können dir leider keine Illusion weben, die dir etwas bringen würde«, sagte Bese und beruhigte sich zusehends, »dazu reichen unsere Fähigkeiten nicht. Und es wäre auch gegen Perrez' Interessen. Er ist unser Führer und Senar der Mission. Wir können nicht einfach gegen ihn agieren. Das würden auch die anderen Missionsmitglieder nicht tun.«

Er sah Jar an.

»Perrez schlug sogar vor, Lorth zu begleiten. Aber das hat Lorth abgelehnt.« Er fixierte Lorth. »Ein großes Geheimnis, das dich da belastet.«

Lorth sah Bese nur unbewegt an.

Von der Tür her erklang dieser seltsame Gong. Bese sah schließlich von seinem schweigsamen Cousin weg und atmete einmal tief durch. Er drehte sich um, ging quer durch den Raum und ließ Ahloh ein.

»Hallo«, grüßte er den Alten. »Lorth, darf ich dir Ahloh vorstellen –«

Lorth nickte Ahloh zu. »Du wolltest dich mit uns unterhalten, hat mir Bese erzählt«, sagte er. Eine Feststellung, keine Frage.

Jar horchte auf. Um was ging es hier?

»Ja«, antwortete Ahloh. »Jar ist auch da, gut.«

Im Raum waren nur zwei Stühle. Auf dem einen saß bereits Jar, der jetzt gespannt seine Apollokarte beiseite legte, den anderen boten sie Ahloh an. Bese und Lorth setzten sich auf die beiden Betten. Lorth lehnte sich entspannt gegen die Wand, Bese saß aufrecht und widmete seine Aufmerksamkeit respektvoll dem alten Thaumiker.

»Was ich euch zu sagen habe«, begann Ahloh nach einer Pause, »muss unter uns bleiben. Vieles davon weiß Meister Perrez sicher bereits. Doch er weiß nicht, dass ich es weiß, und er sollte auch nicht erfahren, dass ihr es jetzt wisst, insbesondere du, Lorth.«

Während Ahloh sprach, schaute er mit gesenkten Lidern auf seine weichen alten Hände, die er vor sich auf dem kleinen Tisch verschränkt hatte. Jetzt erst sah er auf, blickte Lorth an.

»Ich habe deine Eltern gekannt. Wir waren nicht sehr eng befreundet, aber ich weiß einiges über sie.«

Lorth saß stumm da und hörte zu.

Ahloh senkte wieder den Blick und wirkte auf Jar, als rezitierte er ein altes mythisches Märchen, das diese Form des Vortrags verlangte.

»Deine Eltern waren Glasthaumiker.«

Bese sog geräuschvoll die Luft ein, und auch Jar erschrak.

»Es gibt sehr viel, was du erfahren solltest, und ich weiß nicht, wie ich es am günstigsten erzähle. Der Karcharismus ist eine Art Religion. Die Glasthaumiker selbst würden hier vielleicht widersprechen, doch für uns ist das erst einmal ausreichend. Ihre Überzeugungen laufen den Zielen der Bruderschaft in einigen Punkten zuwider, zumindest sieht das die Bruderschaft so. Glasthaumiker werden deshalb auf Balta als gefährlich angesehen und verfolgt.«

Bese regte sich. Ahloh unterbrach und sah auf.

»Du meinst also«, sagte Bese nachdenklich, »dass Glasthaumiker keine wirkliche Gefahr darstellen?«

Jar war auch verblüfft. Er wusste nicht viel über sie, aber sie galten generell als Bedrohung, aufrührerisch und in dramatischeren Darstellungen – wie Geschichten für Kinder – als böse. Doch er hatte noch nie gehört, dass welche auf Balta seien.

Ahloh schüttelte leicht den Kopf und sah wieder auf seine Hände. »Die Glasthaumiker, die ich kennenlernte, waren nicht gefährlich. Die Bruderschaft sucht beständig nach ihnen, sie müssen sich deshalb verbergen und können nicht offen agieren. Ihre Lehren wirkten auf mich nicht bedrohlich – arrogant vielleicht. Aber mir ist kein Fall bekannt, in denen ein Glasthaumiker Schaden verursacht oder jemandem ein Leid zugefügt hätte.« Er sah zu Lorth. »Das Karcharon ist das Werk, das ihre Lehre beschreibt. Es ist eine Kreation, die sich vor allem mit der thaumischen Methode des Durchblicks beschäftigt.«

Bese sah kurz zu Lorth, und Jar meinte, er wollte etwas sagen, doch er blieb still.

»Eine Kernaussage des Werkes ist, dass die Menschen den Thaumischen überlegen seien. Das ist das Hauptproblem an dieser Lehre.«

Jar war froh, dass Ahloh das alles für Lorth erklärte,

denn so konnte er selbst das auch erfahren, ohne nachfragen zu müssen.

»Was sind ›Thaumische‹?«, fragte Lorth.

Ahloh klopfte sich mit den Handflächen auf die Knie und hob die Augenbrauen. »Thaumische sind Kreaturen, aber weder Mensch noch Tier. Ihre Lebensessenz ist Thaumik. Es gibt sie in vielerlei Form, groß, klein, auch als Geisterwesen.«

»Aber Ahloh«, warf Bese ein, »es ist doch absurd, zu meinen, dass die Menschen gegen die Thaumischen bestehen könnten. Manna ist viel zu stark.«

Ahloh lächelte leicht und schaute zu Lorth. »Manna ist die zentrale Welt der Thaumischen«, erklärte er. »Und Bese hat recht, das habe ich damals auch gesagt, als ich die Glasthaumiker aus Perrolt kennenlernte. Aber die Überlegenheit ist nicht in dieser Weise gemeint. Es geht nicht um Macht oder die Möglichkeit, die anderen im Kampf zu besiegen. Erinnere dich: Die Glasthaumiker sehen den Durchblick als ihre höchste und ehrenvollste Kunst und Technik. Mit Durchblick allein tut man niemandem etwas.

Aber aus dieser vermeintlichen Überlegenheit resultiert für die Glasthaumiker, dass eine Kooperation mit Thaumischen nur möglich ist, wenn sie einem Zweck dient. Sie respektieren sie nicht als gleichwertige Partner. Aus der Sicht der Thaumischen ist das demütigend, und viele sehen darin eine Gefahr von den Menschen ausgehen. Die Bruderschaft hingegen möchte die Menschen den Thaumischen näherbringen. Da stören die Glasthaumiker mit ihren Ansichten.«

»Was tut die Bruderschaft mit Glasthaumikern, wenn sie welche finden?«, fragte Lorth.

Ahloh atmete tief durch. »Ich weiß es nicht genau, aber ich denke, sie lassen sie nicht einfach gewähren.«

»Ist dieser Fall bei meinen Eltern vorgekommen?«

Ahloh zögerte. »Das nehmen wir an.«

»Und meine Eltern sind tot.«

Ahloh zögerte wieder. »Ja, das stimmt.«

Lorth atmete tief durch. »Perrez hat gesagt, dass es einen Angriff gegeben habe, bei dem meine Eltern ums Leben kamen. Ich sei dabei entführt worden. Stimmt das oder hat Perrez mir Mist erzählt?«

Ahloh sah auf, vermutlich ebenso verunsichert wegen der Wortwahl wie Jar.

»Ob Meister Perrez Bescheid weiß« – er schüttelte den Kopf und schob die Unterlippe vor – »ist eigentlich nicht wichtig. Ich glaube jedenfalls, dass deine Eltern von Bruderschaftlern gefunden und angegriffen wurden, vielleicht nicht mit dem Ziel, sie umzubringen, doch sicherlich starben sie in diesem Kampf. Ich habe auch eine Vorstellung, wie es dann dazu kam, dass du verschollen bist. Aber hör weiter zu.

Einige meiner damaligen Freunde hatten Kontakt zu Glasthaumikern. Ich war einmal auf einem Treffen von ihnen, das in großer Heimlichkeit stattfinden musste. Dort traf ich deine Mutter Albitha. Sie war eine junge Frau, frisch mit deinem Vater Leko verheiratet, den ich am selben Abend kennenlernte. Wir unterhielten uns lange. Sie erzählten mir von ihren Überzeugungen. Vielleicht versuchten sie auch ein wenig, mich zu bekehren.« Ahloh lächelte versonnen, wurde aber gleich wieder ernst. »Wir trafen uns dann häufiger. Auch wenn ich mich nie als Glasthaumiker gesehen habe, mochte ich diese Treffen.

Dann bist du zur Welt gekommen. Ich habe dich mehrmals als Kind gesehen.« Er sah zu Lorth und nickte leicht, nachdenklich.

»Etwa um die Zeit, als du entwöhnt warst, zogen sich deine Eltern zurück. Ich sah sie monatelang nicht mehr. Vielleicht war das auch gut so, weil so die Bruderschaft von unserer Bekanntschaft nichts erfuhr. Aus ihrer Sicht wäre ich sicher auch ein Glasthaumiker.

Doch schließlich begegneten wir uns einmal wieder, und sie berichteten davon, dass sie bei ihren Studien eine große Entdeckung gemacht hätten. Sie waren glücklich und aufgeregt, doch sie wollten nichts weiter verraten. Als wir uns das nächste Mal sahen, nur wenige Tage später, machten sie auf mich den Eindruck, als hätten sie Sorgen. Sie erzählten mir schließlich, dass ihre Entdeckung gefährlich sei.

›Was für eine Gefahr soll das sein?‹, fragte ich sie.

Sie sahen sich an und wirkten ängstlich, doch gefasst. ›Wir können noch nicht darüber reden‹, meinten sie. ›Wir müssen erst dafür sorgen, dass die Bruderschaft nicht alles auf einen Schlag vernichten kann.‹

›Wenn es so gefährlich ist, wollt ihr nicht lieber die ganze Sache vergessen?‹, fragte ich sie, weil ich dachte, dass es das nicht wert sein könne. Doch sie waren nicht davon abzubringen. Sie meinten, ihre Entdeckung sei zu wichtig.« Ahloh atmete tief durch. »Sie setzten ihr Leben dafür aufs Spiel, aber das wusste ich damals noch nicht.«

Er blickte auf.

»Jetzt riskiere ich meins dafür. Und dabei weiß ich noch nicht einmal, um was es sich bei der Entdeckung handelt.« Er schmunzelte leicht.

»Wie ging es weiter?«, fragte Lorth.

Ahloh sah zurück auf seine Hände. »Ich sah deine Eltern nur noch selten. Sie berichteten mir, dass sie eine Kreation schaffen wollten, die ihre Entdeckung an ihren Zirkel binden sollte. Jeder aus ihrem Zirkel sollte mit Hilfe dieser Kreation in der Lage sein, die Entdeckung zu nutzen.«

»Waren sie denn Baumeister?«, fragte Jar erstaunt. Kreationen gehörten zu den schwierigsten und gefährlichsten Aspekten der Thaumik, und Baumeister, wie ihre Schöpfer genannt wurden, waren selten.

»Eigentlich nicht«, antwortete der Alte. »Sie haben nur diese eine Kreation geschaffen und dafür viele Monate gebraucht. Doch sie war wohl erfolgreich.«

»Was ist eine Kreation?«, fragte nun Lorth.

»Oh«, sagte Ahloh, »eine Kreation ist ein thaumisches Werk.«

Lorth wedelte unbestimmt mit der Hand vor sich herum. »Wie kann ich mir das vorstellen? Ist das dann ein Gegenstand? Oder ein Spruch?«

»Ja, es kann ein neu geschaffener Effekt sein.« Ahloh nickte einmal langsam, schüttelte dann den Kopf: »Ein Gegenstand eher nicht. Es ist mehr ein neues Konzept, eine Idee, die durch sich selbst aktiv sein kann. Kaum jemand kann so etwas herstellen.«

»Ist die Illusion, die Tajan und Lelix für mich gewoben haben, eine Kreation?«, fragte Lorth.

»Nein«, sagte Ahloh sofort. »Das ist nur eine Anwendung. Mit einer Kreation kann man dafür sorgen, dass ein neuer Effekt existiert. Wenn man etwas machen will, für das es noch keinen passenden Effekt gibt, dann muss man eine Kreation schaffen. Das haben deine Eltern getan. Und das macht den Bruderschaftlern jetzt auch so viele Schwierigkeiten.«

»Aber wieso?«, fragte Lorth. »Was bewirkt der Effekt denn?«

Ahloh blickte zu Boden und schüttelte den Kopf. »Das weiß ich nicht, aber es muss etwas sein, das die Bruderschaftler unbedingt verhindern wollen. Damit zu drohen, die Kreation zu nutzen, ist ein Druckmittel.«

»Was können sie denn entdeckt haben?«, fragte Bese leise.

Ahloh hob die weißen Brauen. »Das ist eine gute Frage. Ich weiß es bis heute nicht.«

»Meine Eltern wollten die Bruderschaft erpressen?«

Ahloh nickte. »Nur, um sich selbst vor Angriffen zu schützen. Die Kreation sollte jedem Mitglied ihres Zirkels zur Verfügung stehen.«

»Das klingt nicht nach einem Schutz«, meinte Lorth. »Eher nach einem guten Grund, diesen Glasthaumikerzirkel zu liquidieren.«

»In diesem Fall wäre die Kreation von sich aus aktiv geworden.«

Lorth hob die Augenbrauen. »Und hätte was getan?«

»Das wissen wir nicht. Die Kreation deiner Eltern sollte zu einem bestimmten Zeitpunkt fertiggestellt werden. Dafür mussten alle Mitglieder des Zirkels zusammenkommen, um in die Kreation eingebunden zu werden. Ich war nicht Teil des Zirkels, doch ich erfuhr von der Zusammenkunft. Es war ein großes Ereignis für uns alle, auch für mich, obwohl ich nicht daran teilnehmen sollte. Es war geplant, nach der Vollendung der Kreation der Bruderschaft gegenüberzutreten und sie damit zu konfrontieren. Wir dachten, dass die Senaristen den Zirkel dann nicht antasten könnten.

Doch es kam anders. Ich erfuhr am nächsten Morgen, dass die Bruderschaft verlauten ließ, dass es einen Angriff gegeben habe. Unbekannte hätten das Haus deiner Eltern, wo das Treffen stattgefunden hatte, überfallen und alle Anwesenden getötet. Du seist vermisst.

Ich hatte einige Freunde, die in der gleichen Lage waren wie ich: Sie wussten Bescheid über die Glasthaumiker, ohne selbst welche zu sein. Wir trafen uns heimlich und berieten uns. Niemand glaubte an die Version der Bruderschaft. Wir kamen schnell zu dem Schluss, dass die Senaristen von der Zusammenkunft erfahren und sie genutzt hatten, um den gesamten Zirkel auf einen Schlag zu vernichten. Wir waren alle schockiert von der Härte des Schlages. Ich bin bis heute der Überzeugung, dass die Bruderschaft Glasthaumiker normalerweise nicht mit solcher Brutalität verfolgt, sondern dass die Entdeckung, die Leko und Albitha gemacht hatten, der Grund war.

Nach dem Tod deiner Eltern gab es nicht viel, das wir hätten tun können. Wir überlebende Freunde des Zirkels tauschten in heimlichen Treffen aus, was wir erfahren hatten, aber wir fürchteten natürlich ebenfalls einen Schlag der Bruderschaft und unternahmen deshalb zunächst nichts.«

Keiner der drei Cousins sagte etwas, doch Ahloh schien in Gedanken versunken und schwieg eine Weile. Jar wurde bereits unruhig, wollte aber nicht, dass es jemand bemerkte. Endlich sprach Ahloh weiter:

»Mir erschien Albitha im Schlaf. Seltsam blass und steif und gar nicht wie eine echte Frau. Das erste Mal ignorierte ich sie, weil ich sie nur für eine Traumgestalt hielt, wenn auch eine beunruhigende. Doch sie erschien mir wieder und wieder und wurde mit jedem Mal drängender, bis ich mich schließlich durchrang und in der Ruine des Hauses deiner Eltern an einer Stelle grub, die sie mir gezeigt hatte. Ich fand ein Artefakt in Form einer schwarzen steinernen Kugel. Sie war etwa faustgroß und mit Unmengen feinster Symbole bedeckt. Sie waren so klein, dass man sie mit bloßem Auge nicht mehr lesen konnte.«

»Ein Quellstein?«, fragte Bese leise.

Ahloh nickte. »Du kennst dich gut aus, Bese. Ja, es war der Quellstein der Kreation von Lorths Eltern.«

»Was ist ein Quellstein?«, fragte Lorth.

Bese antwortete: »Eine Kreation wird erst entworfen, dann ausformuliert und schlussendlich aufgeschrieben. Doch das geschieht alles in Trennung, in der Welt der Geister. Erst wenn man damit fertig und die Kreation vollendet ist, entsteht der Quellstein in dieser Welt als Artefakt.«

»Wofür ist er gut?«

Bese schüttelte leicht den Kopf. »Er hat keine Funktion, er entsteht nur noch im Nachhinein. Aber verstehst du nicht? Er bedeutet, dass die Kreation abgeschlossen worden ist und wirksam war.«

Lorth nickte. »Der Zirkel meiner Eltern ist aber doch ausgelöscht. Wenn sie es noch vor ihrem Tod schafften, die Kreation zu vollenden, dann müsste sie doch aktiv geworden sein. Oder nicht?«

Ahloh legte den Kopf schief. »Der Zirkel deiner Eltern ist nicht ausgelöscht, Lorth. Ein Mitglied hat überlebt.«

Lorth wartete, doch Ahloh sagte nichts mehr. »Ich«, sagte Lorth schließlich. »Ich bin Teil des Zirkels.«

Ahloh nickte stumm.

Lorth hob die Augenbrauen leicht. »Aber ich bin kein Thaumiker.«

Ahloh schüttelte leicht den Kopf. »Das ist nicht wichtig. Die Kreation sieht dich als Teil des Zirkels. Ich glaube, es war nicht die Absicht deiner Eltern, dich einzubeziehen. Du warst einfach nur anwesend.«

»Der Bruderschaft ist jetzt also daran gelegen, dass ich nicht sterbe.«

Ahloh setzte sich etwas aufrechter hin. »Meister Perrez hat den Auftrag, dich nach Balta zu bringen. Es ist gut möglich, dass er nicht weiß, um was es geht. Wir denken aber, dass das letzte Zirkelmitglied die Kreation deaktivieren kann. Vermutlich legt die Bruderschaft es darauf an, im Anschluss das Zirkelmitglied zu eliminieren.«

»Warum haben sie das nicht damals schon gemacht?«, fragte Lorth.

»Du warst ein Kind, Lorth. Du hättest in dem Zustand die notwendige Ritualistik niemals ausführen können. Sie mussten dich erst erwachsen werden lassen, damit du die Fähigkeiten dazu erlangen konntest. Wir vermuteten damals, dass die Bruderschaft dich versteckt hielt, bis du für die Aufgabe reif wärst. Dann kam die Zeit, wo wir uns ausrechneten, dass du erwachsen sein müsstest. Doch die Bruderschaft unternahm anscheinend nichts. Wir fragten uns seit damals, warum. Als diese Mission hier ausgerufen wurde, erfuhren wir, dass sie mit der alten Sache in Perrolt zu tun hatte.«

Lorth runzelte leicht die Stirn: »Dann wollen sie mich benutzen ... Als Schlüssel gewissermaßen ...« Er sah nachdenklich aus. »Ich scheine ihnen irgendwann abhandengekommen zu sein. Vielleicht ist das auch besser so. Ich habe das Gefühl, dass sie mich anschließend auch nicht gehen lassen würden, habe ich recht?«

Ahloh nickte ernst. »Wenn es stimmt, könntest du jederzeit auf die Kreation zugreifen.«

»Was die Bruderschaft natürlich verhindern wollen würde.«

»Und sicher sind sie davor nur –«

»Wenn sie mich töten, sobald ich die Kreation deaktiviert habe.«

Jar zog die Brauen erschöpft in die Höhe und blies mit dicken Backen. Bese schaute besorgt zu Lorth. Für eine Weile sagte niemand etwas.

»Ich denke noch mehr als vorhin, dass ich euch wieder verlassen sollte«, sagte Lorth schließlich.

»Ja.« Der alte Thaumiker nickte wieder. »Du solltest zumindest von Perrez weg. Ich möchte dir dabei helfen.« Er lächelte leicht.

Lorth nickte und sah Ahloh intensiv an. »Ist es ein Zufall, dass ausgerechnet du als Finder des Quellsteins mit auf diese Mission gekommen bist?«

Ahloh sah Lorth einen Moment still aus alten Augen heraus an. »Ich bin eigentlich nur deshalb mitgekommen, um dir an dieser Stelle zur Flucht zu verhelfen. Es standen noch andere Freunde deiner Eltern bereit, wenn ich den Ruf nicht erhalten hätte.«

»Warst du auch bei den anderen Missionen dabei? Oder Freunde von dir?«

Ahloh runzelte die Stirn. »Andere Missionen? Um dich zu finden? Ich weiß nur von dieser.«

Lorth schaute ihn fest an. »Perrez erzählte mir, dass er mich schon einmal fast gefunden hatte. Vor etwa zehn Jahren.«

Ahloh überlegte. »Nein … Damals war es vermutlich keine Mission – jedenfalls keine von Balta aus. Ich schätze, Meister Perrez wird sich nur mit Bruderschaftlern auf den Weg gemacht haben.«

»Und das ist dann keine Mission?«, fragte Lorth.

Ahloh schüttelte den Kopf. »Nein. Bei einer Mission führt ein hoher Bruderschaftler eine Gruppe Thaumiker, um unter diesen neue Mitglieder für die Bruderschaft zu finden.«

Lorth nickte langsam. »Also Thaumiker, die noch nicht in der Bruderschaft sind.«

»Genau. Vermutlich hat er jetzt deine Cousins hier« – er nickte kurz Jar und Bese zu – »mitgebracht, um den Istalog deiner Eltern zu überwinden.«

Lorth sah ihn nur an, doch Ahloh musste sich denken können, dass Lorth das Wort nicht kannte und sprach weiter: »Im Augenblick des Todes kann ein Thaumiker etwas erzeugen, das seinen letzten Willen trägt. Deine Eltern könnten so einen Istalog zu deinem Schutz hinterlassen haben. Das würde erklären, warum Perrez so große Schwierigkeiten hatte, dich zu finden.«

Jar sah zu Bese, der sich regte. »Aber Ahloh«, sagte sein älterer Bruder vorsichtig, »Istaloge gelten doch als nicht besonders mächtig, oder? Ich meine, ihnen fehlen doch Träger und Priamo.«

Ahloh sah ihn eine Weile an, die Hände auf den Knien. Er schien nachzudenken. Schließlich sagte er sachte: »Ja, das ist gemeinhin richtig.« Nach einer Pause: »Aber sie können lange bestehen.« Ahloh drehte sich etwas mehr zu Bese. »Istaloge können sehr subtil wirken, so subtil, dass man ihre Wirkung am einzelnen Fall gar nicht bemerkt. Nur wenn man über viele Monate hinweg beobachtet, wird manchmal klar, dass hier Thaumik wirkt.« Er setzte sich auf und zog die Augenbrauen in die Höhe. »Ein Istalog lässt nichts krachen.« Er warf die Hände mit einer steifen Geste kurz in die Luft und brachte Jar damit zum Grinsen. »Aber er sorgt dafür, dass etwas lange Zeit übersehen wird oder jemand mehr Glück hat als üblich. Um einen Istalog zu umgehen, kann manchmal ein Trick helfen, manchmal ist eine Kleinigkeit unerlässlich, manchmal braucht man etwas ganz Bestimmtes.«

Bese schaute forschend. »Verwandte?«

»Ja«, sagte Ahloh. »Vielleicht seid ihr nur deshalb hier.« Er machte eine Pause, atmete dann tief durch und sagte: »Die Frage ist jetzt, zu was ihr euch entscheiden wollt. Ich bin hier, um Lorth zu helfen. Ihr seid hier, weil ihr Perrez' Ruf zur Mission gefolgt seid. Ich brauche Hilfe, aber ich kann auch verstehen, wenn ihr nicht gegen Perrez agieren wollt. Schließlich hieße das, euer bisheriges Leben aufzugeben.«

Jar erschrak. Daran hatte er noch nicht gedacht. Die Brüder sahen sich an. Bese schaute ernst. An seiner Schläfe arbeitete ein Muskel. Die Spur geronnenen Blutes auf Beses Stirn war schon lange abgewaschen, doch der Ausdruck von Wildheit, den sie bewirkt hatte, schlich sich in Jars Denken zurück. Er empfand wieder Stolz, doch dieses Mal nicht im Gewand eines aufgeregten Grinsens, sondern eine eher sorgenvolle Variante.

»Was wird uns erwarten?«, fragte er, den Blick noch immer fest auf Bese gerichtet.

Dennoch antwortete Ahloh: »Wenn ihr Perrez weiter folgt und ich nichts unternehmen kann, dann werden wir vermutlich in einigen Wochen alle auf Balta sein. Wenn ihr mir helft, Lorth wegzubringen, wird Perrez uns jagen. Erwischt er uns, wird es zum Kampf kommen. Entkommen wir ihm, weiß ich nicht, ob auch nur einer von uns je wieder nach Balta zurückkehren kann.«

»Du willst viel für mich opfern«, sagte Lorth.

»Es geht um dein Leben«, sagte Ahloh. »Und ich bin alt.«

Jar hingegen war nicht alt. Er hatte nie eine andere Perspektive gekannt, als auf Balta als Thaumiker aufzuwachsen. Die Mission war bis vor wenigen Minuten in seiner Lebensplanung nicht mehr als eine Anekdote gewesen, eine erfreuliche, aufregende, gefährliche und vielleicht auch eine lehrreiche. Doch wie es aussah, konnte – sollte? – sie jetzt zu einem Wendepunkt werden.

Balta nie mehr wiedersehen? Alle Menschen, die er kannte, lebten auf Balta, seine Eltern, Nachbarn, Freunde ... Er dachte an seine Mutter.

»Wäre es nicht möglich, Lorth erst zu helfen«, fragte er leise, »und dann zu Perrez zurückzugehen – sich der Bruderschaft zu stellen?«

Ahloh nickte, als hätte er an diese Möglichkeit bereits gedacht. »Ihr seid jung, besonders du, Jar. Aber diese Sache ist keine Kleinigkeit. Ihr handelt damit wissentlich und offen gegen die Bruderschaft. Ich weiß nicht, was dabei herauskommen wird. Bese, ich fürchte mindestens, dass dein Abschluss dann lange nicht angenommen wird, wenn du überhaupt je wieder frei sein wirst.«

Bese runzelte gestresst die Stirn und schüttelte leicht den Kopf. »Wenn Lorths Leben in Gefahr ist, kann ich nicht wählen. Die Bruderschaft hat kein Recht, ihn hinzurichten, weil seine Eltern etwas getan haben, egal was es war.« Die Falten auf seiner Stirn verschwanden, er machte ein hilfloses Gesicht. »Aber bisher haben wir nur dein Wort, dass es so ist. Und immerhin sagst du, dass die Bruderschaft Lorth töten will. Kannst du das denn irgendwie beweisen?«

Jar sah erschrocken zu Ahloh in Erwartung einer wütenden Reaktion.

»Es passt«, sagte jedoch Lorth unerwartet. Er hatte den Blick zum Boden gesenkt und die Arme so verschränkt, dass seine Hände die Ellenbogen umklammerten.

»›Es passt‹?«, fragte Bese nach ein paar Sekunden.

Lorth sah auf. »Ich glaube Ahloh.«

Bese wirkte etwas ratlos. »Ja, aber – warum?«, fragte er verwirrt.

Lorth atmete tief ein und langsam wieder aus. »Ich weiß nicht«, sagte er dann. »Ein Gefühl.«

Bese hob die Brauen resigniert. »Das ist ein bisschen wenig.« Doch er klang irgendwie gegen seinen Willen überzeugt.

»Ihr müsst mir nicht helfen«, sagt Lorth. »Es ist ziemlich viel verlangt, bei diesen Konsequenzen für euch.«

Jar stutzte kurz und versuchte, aus Lorths sachlichem Tonfall herauszuhören, ob diese Bemerkung sarkastisch gemeint war. Er blieb unschlüssig.

»Wenn du überzeugt bist, wird mir das genügen müssen«, sagte Bese mit bewusst fester Stimme. »Ich kann keinen Verwandten im Stich lassen, wenn er um sein Leben fürchtet.« Er wandte sich Jar zu und beugte sich vor. »Jar, ich kann das nicht für dich entscheiden, aber wenn du lieber bei Perrez bleiben willst, kann ich das verstehen.«

Jar schnaubte empört. »Das bestimmt nicht!«

Nein, ohne Bese bei Perrez bleiben, der vorhatte, Lorth zur Schlachtbank zu führen, wenn er ihn erwischen sollte, das kam für Jar nicht in Frage. Doch wie sein Bruder zweifelte er noch an Ahlohs Geschichte. Ihm gefiel der Gedanke nicht, dass ihr Führer sie verraten haben sollte. »Könnte es nicht sein«, fragte er zögerlich, »dass Meister Perrez ihn einfach nur nach Balta bringen will? Ganz so, wie er sagt?«

»Ja, das ist sogar wahrscheinlich«, meinte Bese. »Aber dann würde die Bruderschaft die Kreation deaktivieren wollen und dafür Lorth opfern.«

»Vielleicht wäre es ja gut, wenn sie die Kreation deaktivieren!«, rief Jar aufgeregt. »Ich meine, die Bruderschaft weiß doch, was richtig ist!« Jar sah unsicher zu Lorth. Er hatte einfach laut gesagt, was ihm durch den Kopf gegangen war. Jetzt fiel ihm auf, wie es auf Lorth wirken musste, und er ergänzte rasch: »Ich meine nicht, dass du ... also, dass du geopfert werden sollst – wirklich nicht! –, aber vielleicht ist das ja auch gar nicht notwendig, und wenn diese Kreation so gefährlich ist, sollte sie halt vernichtet werden –«

»Danke«, sagte Lorth trocken. »Ich möchte es nicht auf einen Versuch ankommen lassen.«

Jar wurde rot.

»Lorths Eltern starben für diese Kreation«, sagte Ahloh leise. »Lorth blieb nur am Leben, weil die Bruderschaftler erkannten, dass sie ihn noch brauchen würden.« Er schüttelte den Kopf. »Was auch immer ihn in Perrolt erwartet, ich habe nicht viel Hoffnung, dass er es überleben kann.«

Alle schwiegen wieder einen Moment.

»Ich brauche die Illusion«, sagte Lorth schließlich. »Ohne sie komme ich nirgendwo hin. Kann Perrez sie mir nehmen, wenn ich weg bin?«

Ahloh überlegte, sagte dann: »Vermutlich nicht. So konkrete Thaumik wie das Auflösen einer Illusion zu wirken, ist normalerweise nicht möglich, wenn man nicht mindestens Sichtkontakt hat. Überhaupt ist räumliche Distanz meistens ein guter Schutz. Aber Perrez ist Senarist. Er könnte alles Mögliche können – wir würden das nicht wissen.«

»Ihr wisst also auch nicht genau, was Perrez kann.«

Ahloh lachte humorlos. »Nein. Nicht einmal der kleine Thaumiker sagt offen, was er kann. Der große schon gar nicht. Wir können eigentlich nur davon ausgehen, dass er die Dinge nicht kann, die er bisher nicht eingesetzt hat, obwohl er sie gut hätte gebrauchen können. Er wird die Kreation deiner Eltern nicht einfach so aus der Welt schaffen können, und er scheint auch nicht Gedanken lesen zu können.«

»Sehr beruhigend«, sagte Lorth so neutral und sachlich, dass Jar fast lachen musste.

»Es wird keine Gelegenheit geben, wo du dich unbemerkt davonschleichen kannst«, meinte Bese. »Jetzt, wo du Perrez gefragt hast, ob du gehen darfst, wird er ein Auge auf dich haben.«

»Ja.« Ahloh nickte. »Ich fürchte, wir werden es auf einen Kampf ankommen lassen müssen, wenn die Gelegenheit gerade günstig ist.«

»Ein Kampf?«, fragte Jar schockiert. »Wir sollen gegen Meister Perrez kämpfen?«

Ahloh schüttelte den Kopf. »Nein, da verlieren wir. Wir müssen auf eine Gelegenheit warten, wo Perrez nicht da ist und nur wenige seiner Leute zur Bewachung übrig bleiben.«

Lorth runzelte leicht die Stirn. »Wir sind vier gegen sechs, und ich kann keine Thaumik nutzen. Hat das Aussicht auf Erfolg?«

Ahloh nickte nachdenklich, sagte aber: »Sloral ist einer von meinen Freunden, ihn musst du noch zu uns zählen. Perrez' Weigerung, dich gehen zu lassen, könnte noch mehr Leute auf deine Seite gestellt haben.«

Jar horchte überrascht auf. Er hatte nie bemerkt, dass Sloral und Ahloh sich als Freunde betrachtet hatten. Vermutlich hatten sie das absichtlich verborgen.

»Könnte«, sagte Lorth. »Wir werden einen günstigen Zeitpunkt abwarten müssen.«

»Das auf jeden Fall«, meinte Bese.

Jars bestehende Unruhe war nicht gewichen. »Wie stellt ihr euch das vor? Selbst wenn Perrez nicht da ist, sollen wir gegen die anderen kämpfen? Das ist doch gefährlich!«

Ahloh sah Jar fest an. »Ja«, sagte er dann nur.

Bruch

Lorth war im Großen und Ganzen nicht überrascht. Er sah sein instinktives Misstrauen Perrez gegenüber bestätigt, selbst wenn dieser über die Ziele der Bruderschaft tatsächlich nicht im Bilde sein sollte, was Lorth sich allerdings nicht vorstellen konnte. Perrez machte nicht den Eindruck eines schlecht informierten Handlangers – überhaupt nicht den eines Handlangers. Er zog sich gerne darauf zurück, doch es wirkte nicht überzeugend. Er machte mehr den Eindruck eines Drahtziehers. Ein beunruhigender Gedanke.

Ahloh regte sich. Als Lorth ihn ansah, sagte er: »Wir haben noch Freunde hier auf Singa. Sie sind uns gefolgt.«

»Freunde?«, fragte der junge Jar verblüfft, »was für Freunde?«

Der alte Thaumiker lehnte sich zurück. »Einen habt ihr auf Harim schon gesehen.«

Lorth kannte den Namen Harim: ein Randzonenplanet. Jar sah auf diesen Hinweis hin verdutzt aus und senkte den Blick ein wenig, sofort versunken im Versuch der Erinnerung. Bese runzelte grüblerisch die Stirn.

Ahloh schmunzelte ob des kleinen Rätsels. »Ich wollte ihnen Lorth nach unserer Trennung von Perrez vorstellen.«

Lorth horchte auf. Was für Freunde mochten das sein? »Können sie uns helfen?«, fragte er.

»Sie werden uns beraten können«, meinte Ahloh nachdenklich.

»Bei unserer Flucht sind wir aber auf uns allein gestellt.«

»Ja ...« Ahloh zögerte. »Das ist nicht ihre Stärke.«

Lorth dachte nach. »Wenn wir Perrez entkommen sind, müssen wir hier verschwinden.« Er sah Bese an. »Wir brauchen Garrie.«

»Wer ist Garrie?«, fragte Jar.

»Eine Freundin von Lorth«, antwortete Bese für Lorth. »Wie sagtest du?« Er sah zurück zu seinem älteren Cousin und kniff die Augen leicht zusammen. »Ihr seid ein Team, nicht wahr?«

Lorth nickte. »Garrie macht die Planungen für unsere größeren Aufträge.«

Bese kniff die Augen weiterhin zusammen, aber weder boshaft noch misstrauisch, sondern eher, als würde er gerade die Zusammenhänge erkennen.

»Sie macht die Planungen für die Aufträge, und du führst sie aus?«

Lorth dachte kurz nach. Bese schien das relevant zu finden. »Bei größeren Sachen sind noch mehr Leute dabei.«

»Aber Garrie selbst nicht«, sagte Bese bestimmt.

Lorth stutzte innerlich. »Nein, Garrie bleibt im Hintergrund. Man braucht auch so jemanden.«

Bese nickte auf eine seltsame Art. »Wer trägt bei euch die größeren Risiken?«, fragte er mit leicht gerunzelter Stirn.

Lorth erkannte endlich, worum es ging. »Sie ist eine gute Freundin und hat mir schon mehrmals das Leben gerettet. Ich bringe sie nur in Gefahr, wenn ich muss.«

Beses Augen gingen wieder weiter auf. Er schwieg.

»Aber sie kann auch kämpfen«, sagte Lorth dann noch. »Nur brauchen wir jetzt eher ihre anderen Fähigkeiten.«

Bese nickte stumm.

»Wo finden wir diese Garrie?«, fragte Ahloh.

»Ich werde sie einfach anrufen«, meinte Lorth und tippte an seinem Adit herum.

»Anrufen?«, fragte Jar.

Bese erklärte es ihm, während Lorth ins Nebenzimmer ging, um sich dem Gespräch zuzuwenden.

»Hat deine Stimme sich schon wieder verändert?«, fragte Garrie nach, als Lorth sich meldete.

Einige Nachteile brachte diese Illusion mit sich, fand Lorth allmählich. »Das ist ein thaumischer Effekt. Das wird immer wieder passieren, wir sollten ein Codewort vereinbaren.«

Sie einigten sich auf »Bill auf Goodsphere« mit der Antwort »im Zylinder 282«, wo sie sich seinerzeit kennengelernt hatten.

»Hier brennt die Luft. Es sieht so aus, als wären die Thaumiker doch nicht alle meine Freunde. Einige wollen mir helfen, den anderen zu entkommen.«

»Oha«, sagte Garrie leise.

»Mehr noch. Die Daten aus dem Adit der Polizei waren Berichte von Goodsphere. Lera und Ganni sind aufgeflogen, wurden von den Cops beschattet und von der Gria attackiert. Sie konnten entkommen, aber ich hab keine Ahnung, wo sie jetzt sind. Ich muss hin, um ihnen zu helfen.«

»Dann wirst du sofort geschnappt«, sagte Garrie mit plötzlicher Härte in der Stimme, die sie immer bekam, wenn man gegen ihre Planung agieren wollte.

»Die Thaumiker haben mir eine Illusion verpasst. Niemand außer ihnen kann mich jetzt noch erkennen.«

Lorth erklärte die Situation. Garrie war nicht davon zu überzeugen, dass diese unberechenbare Thaumik ausreichen würde, um auch biometrische Kontrollen zu überlisten, die für Reisende zwischen Raumstädten vorgeschrieben waren und zumindest auf Singa auch umgesetzt wurden.

»Was können diese Thaumiker?«, fragte sie schließlich, auf der Suche nach Alternativen zur offiziellen Überfahrt.

Lorth dachte kurz nach. »Es hat gereicht, um eine gesamte Polizeistation plattzumachen. Ich hatte nicht den Eindruck, als wäre das ein Problem für sie gewesen. Sie haben eine Art Panzer, Kugeln können ihnen jedenfalls nichts anhaben. Und sie können Gegner auf einige Distanz einfach ausknocken. Türen kriegen sie auf, Handschellen – egal ob verschlossen oder nicht – und Stühle oder Schränke können sie auch durch die Gegend befördern. Ich werde versuchen, noch mehr rauszukriegen.«

Garrie schwieg eine Weile. »Einen Moment«, sagte sie schließlich, und Lorth hörte sie etwas tippen. »Ja«, sagte sie dann. »Also zeitlich würde es hinkommen. Es ist nur fraglich, ob deine Freunde das schaffen.«

»Was ist zu tun?« Lorth war wieder in gewohnten Bahnen: Garrie plante, er führte aus.

»Wir könnten uns in der nächsten Bojenpause von Singa nach Goodsphere schmuggeln.«

»Wir uns?«

»Ja. Ich komme mit.«

Lorth war einen Augenblick sprachlos.

»Was soll ich auf Singa«, fragte Garrie schließlich, »wenn ich hier alleine bin?«

»Das freut mich«, sagte Lorth schlicht. »Was ist eine Bojenpause?«

»Später. Ich versuche erst mal rauszukriegen, wie die Sicherheit rund um einen Bojenhangar aussieht. Am besten, ihr kommt anschließend her und wir planen alles Weitere von hier aus.«

* * *

»Wir müssen auf jeden Fall warten, bis Perrez unterwegs ist«, sagte Ahloh. »Und sein Freund Grillo macht mir auch Sorgen. Es wäre besser, wenn er auch nicht da ist.«

»Wir sollten versuchen, leise zu verschwinden«, meinte Lorth.

»Keine Frage.« Bese nickte. »Aber auch dafür müssen wir einen guten Moment wählen.«

»Vielleicht, wenn die anderen zum Essen gehen?«, fragte Jar und schaute aufmerksam von einem zum nächsten.

»Es wird immer kritisch sein«, meinte Sloral, der inzwischen zu ihnen gestoßen war. Er sprach in leisem, eindringlichem Ton. »Auch Tajan wird ein schwerer Gegner sein. Und Lelix, so lustig er auch immer wirkt, kennt Bereiche der Thaumik, von denen ich nichts weiß. Unser größter Feind ist die Selbstüberschätzung.«

»Wie weit würdet ihr im Kampf gehen?«, fragte Lorth.

Zuerst antwortete niemand, alle schwiegen, ob überrascht oder betreten, war nicht ganz klar. Schließlich sagte Ahloh: »So weit wie sie.«

Lorth sah Ahloh genau an. Er spürte Zurückhaltung und Vorsicht. Hemmungen.

Er schüttelte den Kopf. »Könnt ihr denn erkennen, wie weit sie gehen werden?«

»Nein«, sagte Sloral. »Wenn wir es erkennen, ist es zu spät zum Reagieren.« Er sah Ahloh an, der seinen Blick aus alten Augen erwiderte. »Wir müssen uns gleich auf das Äußerste gefasst machen. Anders kann man nicht kämpfen.«

Lorth sagte dazu nichts und hoffte einfach, dass diese Erkenntnis rechtzeitig in die Köpfe dringen würde. »Wie viel Kampferfahrung habt ihr?«, fragte er und ließ seinen Blick von einem Thaumiker zum nächsten wandern.

Die beiden Brüder sahen sich an. Jar saß auf einem Bett, den Rücken an der Wand und die Beine lang ausgestreckt und kaute auf der Unterlippe.

»Die Polizeistation natürlich«, sagte Bese mit einer

Spur von Unsicherheit und drehte sich wieder zu Lorth. »Sonst nur Trainingskämpfe zu Hause.«

»Es ist lange her«, sagte Ahloh, »doch ich habe einige Kämpfe hinter mir.«

»Ich kämpfe, wenn es sein muss«, sagte Sloral. »Bisher musste es nicht oft sein, doch ich habe jedes Mal überlebt.«

»Gut. Und was könnt ihr?«, fragte Lorth.

Die Thaumiker sahen sich unschlüssig an. Lorth dachte zuerst, dass sie nicht wussten, wer zuerst sprechen sollte, doch dann sagte Sloral in seiner leisen Stimme: »Es ist unter Thaumikern nicht üblich, preiszugeben, zu was man befähigt ist.«

Lorth sah Sloral ein paar Sekunden lang an, stand dann auf und ging quer durch den Raum. Er kam bei einer Kommode an und stützte sich kurz darauf, den Blick zur Wand. Er war etwas genervt. Dann drehte er sich wieder um. »Ich gehe in keinen Kampf, wenn ich nicht weiß, was meine Partner können.«

Wieder zögerten die Männer, dann sagte Jar unvermittelt: »Ich kann mir einen Schild weben.« Er dachte kurz nach, zuckte dann mit den Schultern.

»Und du kannst Türen und Schlösser knacken«, ergänzte Lorth.

Jar blickte hektisch zwischen den anderen Thaumikern hin und her. »Ja ... aber das ist ja für einen Kampf nicht brauchbar.«

»Ich spreche nicht nur vom Kampf. Ich weiß nicht genau, was Garrie plant.«

»Oh!«, sagte Ahloh und zog die Augenbrauen gelassen in die Höhe. »Wenn es so ist, wird die Liste lang.« Er sah auf. »Vielleicht sollten wir uns von deiner Freundin erklären lassen, was sie vorhat, dann können wir überlegen, was wir dafür beisteuern können.«

Lorth dachte nach. »Okay, dann bleiben wir vorerst beim Kampf. Was könnt ihr da?«

Wieder schwiegen alle. Lorth wurde ungeduldig.

»Wirrbänne«, sagte Bese unvermittelt in die Stille hinein. »Damit verwirrt man Gegner auf einige Distanz, vielleicht bis zu dreißig Schritte. Und Somnen. Damit betäubt man, am besten aber mit Berührung. Und leichte Greifer. Ich kann damit Gegenstände bewegen. Aber nur kleine, leichte Sachen.« Er schwieg, überlegte aber offenbar weiter.

»Ich kann inkarnieren«, sagte Sloral. Lorth bemerkte, wie Bese die Augenbrauen überrascht hob. Sloral sprach weiter: »Zumindest so weit, dass ich damit die meisten Gegner auf große Distanz einschläfern kann, wenn sie mich nicht im Geisterkampf besiegen können. Hier ist das aber sehr schwer, weil man nur schlecht in Trennung gehen kann. Vermutlich bräuchte ich dafür dann Ruhe. Sonst kann ich noch Phoben, mit denen man Gegner in Panik versetzt, und Blender – die rauben ihnen die Sinne.«

Sloral schwieg, doch er sah Lorth fest an, sodass dieser glaubte, dass er sich nur entschieden hatte, nicht mehr zu sagen.

»Ich bin Langritualist«, meinte schließlich Ahloh. »Mir liegen Rituale, die viel Zeit in Anspruch nehmen.« Er hob und senkte einmal betont die Schultern. »Leider sind nur wenige davon für den Kampf geeignet. Aber ich kann auch Blender, Phoben und Greifer und noch ein paar, die bei Kämpfen wie dem in der Polizeistation hilfreich sind. Und ich habe einige Geisterkämpfe hinter mir.«

Lorth wog das Gehörte ab. Die Polizeistation war ein zu schwacher Gegner gewesen, um das dortige Gemetzel als echten Test gelten lassen zu können. In solchen Auseinandersetzungen konnten sich auch Schwächen zeigen, doch wahrer Kampfgeist war nur in unterlegenen Situationen zu erkennen. Er meinte, so etwas in Jars freudig erregtem Gesicht gesehen zu haben, als dieser in das Vernehmungszimmer gestürzt war. Doch Jar war ohne Zweifel nicht sehr erfahren. Bese erschien ihm zu beherrscht für einen Kampf. Ahloh zu alt. Er mochte in seiner Jugend alles Mögliche unternommen haben, doch das war schon zu lange her. Sloral war klein und schmächtig, doch das sagte bei einem Thaumiker ähnlich wenig aus wie bei einem Schützen. Er wirkte schneidend, immerhin. In einem Kampf auf Leben und Tod wäre er Lorths bevorzugter Partner gewesen.

»Hat einer von euch schon getötet?«, fragte er.

Nach einigem Zögern nickte Sloral einmal. Kurz darauf senkte Ahloh den Blick und nickte ebenfalls. Jar schaute mit großen Augen zu den Älteren. Bese saß sehr aufrecht da und hatte den Blick gesenkt. Das Knie, das er über das andere geschlagen hatte, hielt er mit ausgestreckten Armen beidhändig fest.

»Ich frage mich«, sagte Lorth schließlich, »ob ihr eure Kameraden töten könnt, wenn es darauf ankommt.«

Es kam keine Antwort.

Es gab keine Antwort.

* * *

In den nächsten Tagen erlebte Lorth die langweilige Routine der Thaumiker auf Singa: Er pendelte gemeinsam mit ihnen zwischen den Quartieren und der nächsten Kantine hin und her. Mit Garrie sprach er in dieser Zeit nicht mehr.

Perrez schien alles organisiert zu haben, was er organisieren musste – jedenfalls blieb er ständig bei der Gruppe. Lorth begann bereits zu überlegen, was er tun könnte, wenn sich keine Gelegenheit zur Flucht ergäbe, bis die Sprungphase endete. Wenn seine Freunde recht hatten, dann war Perrez ein unüberwindbarer Gegner. Eine Flucht bei seiner Anwesenheit wäre dann erfolglos und würde damit enden, dass Lorth bewusstlos auf ein Raumschiff gebracht würde oder gleich bis ganz nach Balta.

Doch nach drei langen Tagen, in denen Lorth immer wieder an Ganni und Lera dachte, kam Ahloh zu den Cousins und berichtete, dass Perrez mit Grillo weggegangen sei und angekündigt habe, dass er erst am nächsten Tag wiederkäme.

Der richtige Augenblick schien gekommen.

Lorth hatte seine wichtigsten Sachen in einen kleinen Rucksack gesteckt und schaute jetzt ins Zimmer der Brüder. »Sagt Sloral Bescheid, und dann packt zusammen«, meinte er leise.

»Jar?« Bese sah seinen Bruder an. »Gehst du?«

Jar nickte und machte sich auf.

Einige Minuten später kam er mit Sloral zurück. Die Thaumiker woben sich ihren Schild. Lorth musste ohne diesen auskommen, da er von einem selbst gewoben werden musste.

»Wie gehen wir jetzt also vor?«, fragte Lorth anschließend. »Gehen wir einfach als Gruppe aus dem Hotel? Oder wollen wir einzeln gehen?«

»Lelix sitzt in der Lobby«, sagte Sloral. »Als Gruppe haben wir eher die Möglichkeit, ihn zu überwältigen. Wir werden nicht darum herum kommen. Spätestens wenn Lorth gehen will, wird er Alarm schlagen.«

Einen Moment lang schwiegen alle.

»Okay. Ich hole Glimp.«

* * *

Die Gruppe verließ das Quartier und ging den schwach beleuchteten Quartiergang des Hotels entlang. Zu beiden Seiten waren Türen. Waren ihre Anzeigen gelb, war das Quartier unbenutzt, die belegten leuchteten blass rot. Der Gang führte in einen großen Raum, in dem Pflanzen unter starken Lampen standen. In einer Insel zwischen den Pflanzen war eine Sitzgruppe aus schweren alten Sesseln eingerichtet. Dort saßen Lelix und Martis über ein Brettspiel gebeugt. Als sich die Gruppe näherte, sahen sie erst auf, dann erhoben sie sich.

Lelix drehte sich zur Gruppe. »Hey, was habt ihr vor?«, fragte er beschwingt und lächelte. Lorth nahm einen ganz leisen nervösen Unterton wahr.

Martis stand stumm hinter dem flachen Tischchen, auf dem das Brett stand.

»Wir werden gehen«, sagte Sloral kalt. »Versucht nicht, uns aufzuhalten.«

»Wohin wollt ihr denn?«, fragte Lelix und lächelte zunehmend dünner. »Ihr könnt doch nicht so einfach gehen, ohne das mit Meister Perrez zu besprechen.« Seine Finger tippten unruhig auf die Naht seiner hellen Hosen.

»Lorth hat sich entschieden, uns zu verlassen«, sagte nun Ahloh mit fester Stimme, »und Meister Perrez hat kein Recht, ihn davon abzuhalten.«

»Leute, kommt, ihr wisst doch, was er dazu meinte: Lorth kann jederzeit, wohin er will, er –«

»Er darf nur nicht die Illusion behalten, die für ihn hier lebenswichtig ist!«, unterbrach ihn Bese.

»Wie dem auch sei«, sagte Sloral nun leise. »Stell dich uns nicht in den Weg.« Er hob eine Hand und zeigte auf Lelix.

»Lelix, lass sie gehen«, sagte Martis leise. »Es sind doch zu viele für uns.« Er sah besorgt aus.

Kaum war der Satz beendet, stieß Lelix, noch immer lächelnd, schnell und laut einige seltsame Silben aus: »Prat! Sik! Fot! Tap! Nong! ...«

Ein dumpfer Druck prallte wuchtig auf Lorths Brust. Er wurde nach hinten gegen Bese und Jar geschleudert und riss sie mit um. Im letzten Moment sah er noch einen blendenden Strahl von Slorals Finger in Lelix' Brust schießen. Lelix wurde herumgerissen und krachte gegen den Tisch mit dem Brettspiel.

»Hört auf! Das ist Verrat!«, rief Tajan von weit hinter ihnen, irgendwo aus dem Quartiergang.

Lorth rollte behände zur Seite hinter eine Reihe der großen Pflanzenkübel.

Tajan kam herbeigerannt. Lorth warf ihm eine Handvoll brauner Tonkiesel aus einem der hydroponischen Kübel entgegen, woraufhin der Thaumiker erschrocken die Hände vors Gesicht warf und seinen Schritt verlangsamte. Dann brach er unvermittelt zusammen.

Sofort sackte Ahloh ebenfalls zu Boden und schlug mit dem Kopf hart auf den Teppich.

Lorth starrte hin und her und suchte nach dem Grund für die plötzlichen Ohnmachtsattacken, da riss ihn plötzlich etwas aus seinem Körper, und er spürte den Strudel des Stroms. Dicht bei ihm waren Geister in heller Aufregung, wie Lorth es vorher noch nie gesehen hatte. Einer zog an ihm, zog ihn fort von seinem Körper, seinem Heimathafen, seinem Haus. Etwas machte ihm dabei Mühe. Lorth hätte nicht sagen können, woran er das erkannte. Es war ein ähnliches Gefühl wie bei dem Versuch, Thaumik zu nutzen. Er sah einen Moment sprachlos zu und nahm diese neue Erfahrung auf, mehr verblüfft als ängstlich. Er konzentrierte sich auf den aggressiven Geist und erkannte sofort Tajans Züge an ihm. Mit einem Mal überwand Tajan das Hemmnis und bohrte sich tief in Lorth, verursachte ungekannte Schmerzen, es fühlte sich an, als würde er innerlich zerrissen.

Ein anderer Geist prallte gegen Tajan und griff ihn an. Tajan ließ von Lorth ab, der sich schmerzerfüllt zusammenzog und kraftlos zurück zu seinem Körper driftete.

Wut flammte plötzlich in ihm auf. Er wollte nicht einfach nur ein Spielball sein. Er hielt sich im Strom, sah dem Geisterkampf zu, der kaum zu verfolgen war. Er erkannte nicht einmal die Grenzen zwischen den Geistern.

Ein neuer Geist stieß hinzu, prallte in das Gewirr, wurde abgewehrt und taumelte davon. Das Knäuel löste sich, Tajan verzog sich. Lorth kehrte in seinen Körper zurück. Er schlug die Augen auf und sah zur Decke. Er war zwischen die Pflanzenkübel gefallen. Er rollte sich herum und orientierte sich.

Sloral kauerte am Boden, den Zeigefinger noch immer auf Lelix gerichtet, der seinerseits die Hände erhoben hatte und mit flammenden Augen in einer Lorth unbekannten Sprache laut vor sich hin rezitierte. Ein schimmerndes Leuchten umfing ihn und wurde stärker. Es erinnerte Lorth sofort an seine erste Begegnung mit Lelix, als dieser als Künstler in dem Club aufgetreten war.

Bese sprang hinter Sloral, legte eine Hand auf seine Schulter und zeigte ebenfalls mit der anderen auf Lelix. Ein dumpfes Wummern ertönte, und Lelix' Augen traten wie in Panik aus seinem Kopf und vertrieben endlich das fixe Grinsen aus seinem Gesicht. Dann sank er in sich zusammen und blieb reglos liegen.

Ein weiteres Wummern ertönte, und mit einem Mal brach die Hölle los. Der Boden und die Wände taten sich auf, grässliche Kreaturen ungeahnter Hässlichkeit sprangen hervor, alle mit riesigen Mäulern und nadelscharfen Zähnen, die ihre wendigen widerlichen Körper in gewaltigen Sätzen auf Lorth warfen. Er schrie und schlug die Arme über den Kopf. Dann wurde es dunkel.

Zum Kern

Der Kampf überforderte Jar. Gegen die Polizisten der Raumfahrer zu kämpfen, war eine Sache gewesen. Gegen andere Thaumiker anzutreten war damit nicht vergleichbar. Dieses Mal war der Ausgang unklar, Kälte kroch Jar in die Knochen, ließ seine Hände beben. Hinzu kam noch, dass er kein Mittel wusste, um sich effektiv zu schützen. Bisher schien er jedoch niemandem als Ziel zu dienen.

Tajan lag noch immer am Boden, wo er zusammengebrochen war, einige Schritte entfernt, und öffnete jetzt plötzlich die Augen. Er sah Jar direkt an, der sich wie das Kaninchen vor der Schlange fühlte. Doch Tajan rollte sich flink herum und richtete sich halb auf. Er zeigte an Jar vorbei und verengte kurz die Augen. Ein dumpfes Wummern ertönte, zog in der Richtung des ausgestreckten Arms, zu Lorth, der bei den Pflanzen kniete und zwischen ihnen hindurch zu Lelix sah. Die Phobe traf ihn in den Rücken. Er schrie grell auf und warf die Arme schützend über den Kopf, dann sank er in sich zusammen und schlug im Fallen mit dem Kopf hart auf einen der großen Töpfe, in denen die Pflanzen leben mussten. Jar konnte Blut sehen.

Ein Pfeifen aus Martis' Richtung kreischte durch die Lobby, an Jar vorbei und traf Tajan. Tajan wurde von einem irren Wirbel auf die Beine gehoben und prallte mehrmals gegen die Wände, bis er schließlich zu Boden fiel und reglos liegenblieb.

Jar sah hektisch hin und her. Die Echos verklangen, es wurde ruhig. Sloral richtete sich wieder auf, Bese nahm die unterstützende Hand von seiner Schulter. Beide beobachteten Martis, der sich neben Lelix auf ein Knie niederließ und ihn untersuchte. Ahloh lag noch am Boden, richtete sich jetzt jedoch auf und ging zu Lorth.

»Jar, komm her. Hilf mir«, sagte er in einem absurd ruhigen Tonfall.

Jar wollte zu ihm gehen, musste aber erst seine Beine wieder unter Kontrolle bekommen. Sie waren steif und verkrampft. Er stakste zu dem Alten und kniete neben ihm nieder. Lorths Kopf lag in einer Blutlache.

»Versorg seine Wunde. Kannst du das?«, fragte Ahloh.

Jar nickte. Er hatte schon öfters Platzwunden gesehen und behandelt. Das Blut schreckte ihn nicht.

Ahloh gab ihm einen ermutigenden Klaps auf die Schulter, stand auf und ging zum ohnmächtigen Tajan.

Jar hob Lorths Kopf aus der Pfütze. Eine Seite war völlig blutverschmiert. Er lehnte Lorth gegen einen Pflanzentopf und suchte die Wunde. Sie lag im Haar, Blut sickerte aus ihr. Jar hielt das klebrige dicke schwarze Haar mit einer Hand beiseite, so gut er konnte, und führte mit der anderen den Schließer aus. Er konnte zwar nichts Genaues sehen, doch er war sicher, dass die Wunde jetzt verschlossen war. Er wischte grob mit einem Finger Lorths Gesicht sauber. Hin und wieder murmelte er automatisch ein paar Silben, die seine Hand säuberten.

Bese kam zu ihm. »Wie geht es ihm?«

Jar zuckte mit den Schultern. »Die Platzwunde hab ich geschlossen. Wecken kann ich ihn aber nicht.«

Bese beugte sich hinunter und inspizierte Lorths Haarschopf. Schließlich klopfte er Jar anerkennend auf die

Schulter. »Gut gemacht«, sagte er und ging zu Ahloh, der bei Tajan saß.

Jar stand auf. Durch die Pflanzen hindurch sah er Sloral, der mit Martis neben Lelix kniete. Jar ging zu ihnen, als sie sich gerade aufrichteten.

»Du hast uns geholfen, oder?«, fragte Jar mit Blick auf Martis.

Der blieb reserviert. »Hätte ich das nicht tun sollen?«, fragte er mit einem leicht zynischen schiefen Lächeln, das aber nicht humorlos wirkte.

Sloral streckte die Hand aus und legte sie Martis auf die Schulter.

»Entschuldige«, sagte er, und es klang gar nicht nach ihm, sondern viel wärmer, sogar mit einer Spur Bedauern.

Martis sackte in sich zusammen. Sloral fing ihn auf und legte ihn sanft neben Lelix.

Jar erschrak. »Was machst du denn …?«

»Wir können ihn nicht mitnehmen«, sagte Sloral wieder mit seiner gewohnten leisen Stimme. »Ich weiß nicht, warum er uns geholfen hat, aber wir können uns nicht auf ihn verlassen.«

Jar war schockiert. Das war seltsam. Weswegen hatte Martis ihnen geholfen? War der Grund Perrez' Weigerung, Lorth ziehen zu lassen? Aber was auch immer Martis bewogen haben mochte, ihnen zu helfen – Jar musste zugeben, dass es besser war, ihn hierzulassen.

Nachdem die geschlagenen Thaumiker in aller Eile notdürftig versorgt waren, packten sie Lorth und hasteten aus der Herberge. Niemand hielt sie auf, die meisten Dinge der Einrichtung waren automatisiert. Personal kam nur hin und wieder, um etwas zu reparieren. Sie schleppten Lorth zu einem Aufzug in der Nähe.

»Halt seinen Kopf hoch!«

Jar griff in Lorths dunkles Haar und stützte den Kopf, erleichterte ihm das Atmen. Die kurzen Haare lagen noch immer blutverklebt und schwer zwischen seinen Fingern.

Sloral drängte sich zuletzt in die enge Kabine, sah aufmerksam zurück, mit verkniffenen Augen und zusammengepressten Lippen, dann schlossen sich die Türen. Es ruckte, der Lift sackte ab.

Nach einigen Sekunden war die Fahrt beendet, die Türen öffneten sich. Sie schleppten Lorth weiter, über eine große freie Fläche zu einem Terminal. Viele Menschen schauten interessiert zu, wie die seltsam gekleideten drei Männer und der Junge den Bewusstlosen in offensichtlicher Eile quer über den Platz trugen.

Nachdem ihr Transporter die Lücke zwischen den Zylindern überwunden hatte, bestiegen sie einen Zug. Nach einigen Stationen verließen sie ihn wieder und suchten sich eine Ecke, in der sie ungestört waren. Sie fanden die Sackgasse eines Ganges, der in einer kleinen Tür endete, die allem Anschein nach schon lange Zeit nicht mehr benutzt worden war. Dort legten sie Lorth vorsichtig ab. Seinen Kopf betteten sie auf einen zusammengefalteten Poncho. Er atmete ruhig und stetig.

»Wir müssen ihn als Erstes wieder wach bekommen«, sagte Bese. »Er muss uns führen. Wir kennen uns hier doch überhaupt nicht aus!« Mit Zweifel im Blick sah er den Gang hinunter in die Richtung, aus der sie gekommen waren.

Jar öffnete die dicke Jacke, in der Lorth noch immer steckte. Träge blinzelte Glimp ihn an, erst mit dem einen, dann mit dem anderen Auge, und zog sich tiefer zurück. Jar setzte sich erschöpft auf den Boden.

Bese lehnte sich gegen die Wand und rutschte an ihr abwärts, bis er neben seinem Bruder hockte. Ahloh kniete an Lorths Kopf und legte ihm die Hände seitlich ans Gesicht. Er schloss die Augen und konzentrierte sich.

Der Boden bestand hier aus Metallgittern mit rauer Oberfläche. Darauf zu sitzen war auf die Dauer unangenehm. Jar war daher froh, als Ahloh die Hände wieder von Lorths Kopf nahm. Lorth schlug die Augen auf und stieß ein kurzes »Ah!« aus, wie ein Nachhall des Schreis, mit dem sein Geist sich in die Ohnmacht geflüchtet hatte. Dann sah er sich um. Er richtete sich auf und befühlte seinen Kopf.

»Wir haben es also geschafft«, sagte er mit rauer Stimme, die Hand noch im verkrusteten Haar und vorsichtig tastend, auf der Suche nach einer Wunde.

Jar grinste, Bese lächelte und Ahloh nickte.

Lorth sah sich um, fühlte schließlich nach Glimp und zog dann den Reißverschluss der Jacke wieder hoch. Er stand wackelig auf, doch schien sich schnell wieder zu sammeln.

»Wo sind wir?«, fragte er.

»Das wissen wir nicht genau«, sagte Bese. »Wir wollten erst einmal weg. Wir sind einen Zylinder tiefer geflogen und dann mit einem Zug fünf Stationen weit gefahren. Aber wir wollten auch keinen Polizisten begegnen.«

Lorth sah ihn kurz an, nickte dann. »Wir sollten zu Garrie gehen. Wir müssen einige Zylinder nach oben.«

Wie günstig, dachte Jar sofort, *dass wir nach unten geflohen sind.* Doch dann fiel ihm ein, dass so ihre Fährte erst einmal in die falsche Richtung führte. Das war den Umweg allemal wert.

»Okay, folgt mir«, sagte Lorth, ging vor ihnen her aus der Sackgasse heraus und sah sich um. Er führte sie schließlich zu einem Terminal, und sie flogen wieder einen Zylinder nach oben. In diesem fuhren sie mit Rolltreppen und Aufzügen weiter hinauf und bestiegen in seinem Aufdeck den nächsten Transporter. So überwanden sie noch einige Zylinder.

»Ja, wir hätten auch ein Shuttle mieten können und damit mehrere Zylinder auf einmal durchfliegen können«, sagte Lorth. Jar hatte ihn nach fast einer Stunde gefragt, ob es nicht auch schneller hätte gehen können. »Doch damit hätten wir eine dickere Spur gelegt.«

Nein, das wollten sie wirklich nicht. Schon gar nicht nach dem Kampf in der Herberge. Perrez sollten sie besser nie wieder über den Weg laufen, und er würde gewiss nach ihnen suchen.

Jar war unwohl bei dem Gedanken, dem Senaristen noch einmal zu begegnen. Nach dem, was Ahloh erzählt hatte, war ihm alles zuzutrauen. Es war ein äußerst unwillkommener Gedanke, ihm prinzipiell nicht entkommen zu können, weil er sie womöglich auf thaumische Weise finden konnte.

»Das ist die große Frage«, sagte Sloral ihm dazu, kniff die Augen zusammen und nickte leicht. »Aber die Chancen stehen gut für uns. Er konnte Lorth ein halbes Leben lang nicht finden. Wir können nur hoffen, dass er bei uns nicht mehr Glück hat.«

Sie erreichten schließlich den Zylinder 350 und stiegen in eine Bahn. Sie mussten noch etwa eine Stunde fahren, und mit jeder Minute ebbte Jars Angst ab, von Perrez wiedergefunden zu werden, doch sie verschwand nie ganz. Jar war schon zu alt, um zu glauben, dass Distanz alleine einen Senaristen abschütteln könnte. Diese Garrie würde sich etwas Besseres einfallen lassen müssen. Hoffentlich war ihr Plan gut.

* * *

Die Tür mit der Aufschrift *Garringer* öffnete sich.

»Ich bin's, Lorth.«

Die Frau in der Tür hatte ein schmales Gesicht und unfrisierte helle Haare, die Teile davon verdeckten. Sie trug ein lockeres Oberteil, das Jar am ehesten noch als Robe bezeichnet hätte, und darunter eine militärisch wirkende Hose mit Taschen an den Oberschenkeln. Ihre Miene war entspannt und neutral.

»Bill auf Goodsphere?«, fragte sie ruhig.

»Im Zylinder 282«, antwortete Lorth.

Sie deutete ein Lächeln an. »Wow. Du siehst wirklich anders aus.«

»Ach ja?«

Sie blickte an Lorth vorbei. »Du hast ... deine Freunde mitgebracht?« Bedächtig, sachlich interessiert.

»Ja, Freunde.«

Sie nickte, dann drehte sie sich um und ging mit lässigem Gang und schlenkerndem Arm zurück in das Quartier. Lorth trat ein, gefolgt von Ahloh, Sloral, Jar und Bese. Jar fühlte sich ein wenig wie im Kabinett von Meister Erissa in Trissolt, in dem sie in Ritualistik unterrichtet wurden. Auch dort war das Licht oft farbig und gedämpft, doch es standen weniger Möbel herum und die Decke war höher.

In dem Zimmer roch es nach verbrennendem öligem Holz. Zwischen den verschiedenen bequem aussehenden Sofas und Sesseln stand ein niedriger Tisch, darauf einige Kerzen, die ruhig vor sich hin brannten. Auf einem Gestell über einer davon stand eine bauchige Kanne, daneben noch zwei Untertassen. Eine der dazugehörigen Tassen stand auf ihrer Untertasse, die andere hielt der grobschlächtige ältere Kerl in der Hand, der auch in der Polizeistation gewesen war, als sie sie eingenommen hatten. Lorth hatte ihnen inzwischen erzählt, dass er Tamm hieß. Jetzt musterte Tamm sie mit seinen kleinen Augen und undeutbarer Miene aus einem breiten Sessel.

Die Quartierbesitzerin mit dem Struwwelkopf ließ sich auf einem Diwan in einem Haufen Kissen nieder. »Setzt euch«, sagte sie leise, aber so, dass man ihre Stimme gut hören konnte. Die Atmosphäre war schummrig und gedämpft, daher bemühte sich auch Jar, möglichst wenig Geräusche zu machen. Ihm fiel auf, dass in Garries Quartier das überall übliche Rauschen der Belüftung nicht vorhanden war: Als sich die Quartiertür hinter ihnen schloss, wurde es still. Richtig still. Man konnte sogar das Rascheln ihrer Kleidung hören.

Lorth setzte sich in einen Sessel Garrie gegenüber und stützte seinen Ellenbogen auf die Armlehne. Bese stellte sich dahinter und legte eine Hand auf die Lehne, als bereitete er sich vor, Beistand zu leisten, wie Sloral im

Kampf vorhin. Sloral und Ahloh nahmen sich einen anderen Diwan, der seitlich stand und somit Tamm gegenüber. Jar selbst rückte sich einen würfelförmigen Polsterhocker zurecht, nahm darauf Platz, stemmte beide Fäuste zwischen den Beinen auf die Sitzfläche und schwankte mit hochgedrückten Schultern leicht vor und zurück.

Lorth stellte alle einander mit Namen vor. Er erwähnte auch, dass Bese und Jar seine Cousins waren, was Jar mit einer Prise Stolz erfüllte, weil es ihn zu etwas Besonderem machte.

Tamm beugte sich misstrauisch vor. »Pionier?«, fragte er und sah Lorth forschend ins Gesicht.

Der nickte nur einmal stumm.

Tamm ließ den Atem laut zischend durch die Zähne entweichen, schüttelte den Kopf und lehnte sich wieder zurück.

»Ich habe mich von Senar Perrez getrennt«, erklärte Lorth. »Wir haben einen günstigen Moment abgewartet und sind gegangen, als er nicht da war. Es hat dennoch einen Kampf gegeben. Laut Ahloh« – er sah weiter nur Garrie an, als wäre der Erwähnte gar nicht anwesend – »hat Perrez nichts Gutes mit mir vor. Er, Sloral und meine Cousins haben sich entschlossen, mir zu helfen.«

Garrie nippte an ihrer Tasse und schaute über den Rand hinweg zu dem Alten.

Für eine Weile langweilte sich Jar, als Ahloh für Tamm und Garrie noch einmal kurz seinen eigenen und Lorths Hintergrund zusammenfasste. Seine Aufmerksamkeit driftete, er drehte den Kopf und sah sich in dem Quartier um. Die Wände waren in warmen Rot- und Brauntönen gehalten und zudem noch mit Bildern und Tüchern behängt. Sie zeigten stark verschnörkelte Schrift, die Jar nicht lesen konnte. Er runzelte die Stirn und fragte sich, was ihre Wirkung sein mochte.

Er drehte den Kopf zurück und bemerkte, dass Garrie ihn ansah. Die Andeutung eines Lächelns umspielte den Mund der Frau. Als Jar sie bemerkte, sah Garrie zu ihrer

Tasse, griff elegant danach und führte sie zum Mund. Als sie trank, sah sie wieder kurz über den Rand zu Jar, der schnell zu Ahloh sah. Die Ungewissheit, ob er beobachtet wurde, machte Jar so unruhig, dass er nicht wirklich zuhörte. Doch wann immer er einen weiteren flüchtigen Blick zu Garrie wagte, sah diese gerade nicht zu ihm. Als Ahloh endete, ergriff sie das Wort.

»Wir müssen möglichst schnell Singa verlassen. Normalerweise würden wir warten müssen, bis die Sprungphase beendet ist, doch ich habe eine Idee, wie wir mit Hilfe eurer Fähigkeiten schon vorher verschwinden können.«

Tamm beugte sich vor. »Wie soll das gehen? Nichts kann eine Raumstadt in der Sprungphase verlassen, ohne von Sprungfehlern zerrissen zu werden!« Er hatte die Stirn gerunzelt und unterstrich damit den aggressiven Eindruck, den Jar von ihm gewonnen hatte.

»Nur in Bojenpausen«, sagte Garrie schlicht. Sie nahm die Kanne von ihrem Gestell und goss etwas klare gelbe Flüssigkeit in ihre Tasse. Tamm schwieg und schaute beiseite. Niemand sagte etwas. Garrie stellte die Kanne wieder auf ihr Gestell, nahm die Tasse und lehnte sich zurück.

»Was sind Bojenpausen?«, fragte Sloral schließlich mit seiner leisen Stimme.

Garrie rührte sachte ihr Getränk um. »Bojenpausen sind die Phasen, in denen Bojen abgesetzt werden. Bojen sind Nachrichtenträger. Raumstädte tauschen Informationen mit ihrer Hilfe aus.«

»Ich dachte, dafür gibt es die Botenschiffe«, sagte Lorth.

Garrie nickte. »Ja, aber Botenschiffe sind groß. Sie werden nur während der Ringphasen abgesetzt. Hin und wieder kommunizieren Raumstädte aber auch während der Sprungphasen. Dafür werden dann kleine Bojen abgesetzt.«

»Warum werden die nicht von den Sprüngen der Raumstadt zerrissen?«

»Die Raumstädte stoppen für eine Weile, wenn sie Bojen absetzen. Eben das sind die Bojenpausen. Bojen haben eigene Sprungspulen, und weil sie so klein sind, können sie die recht bald nach ihrem Start einsetzen. Erst wenn alle Bojen die Sprungsphäre der Stadt verlassen haben, springt sie weiter.«

Lorth schwieg einen Moment und schien nachzudenken. Dann sagte er: »Wie lang ist so eine Bojenpause?«

Garrie zuckte mit den Schultern. »Das hängt von den Bojen ab, wie schnell die sind. Aber sicher weniger als eine Stunde.«

Lorth hob die Augenbrauen. »Wie sollen wir in so kurzer Zeit Singa verlassen?«

Garrie stellte ihre Tasse wieder ab. »Na, an Bord einer Boje natürlich.«

Lorth stutzte. »Du weißt, wo die sind?«

»Die Adressen der Bojenhangars sind nicht geheim, aber diese Einrichtungen sind recht gut geschützt, schon wegen der Sprungspulen in den Bojen. Gegen normale Angreifer zumindest.« Garrie lächelte süffisant. »Irgendwie glaube ich, dass wir da dennoch leicht reinkommen werden.« Sie schaute sich im Kreis der Thaumiker um. Ihr Schmunzeln wurde zu einem Grinsen.

Ahloh nickte nachdenklich. »Wann willst du denn los?«, fragte er dann.

»Die nächste angesetzte Bojenpause ist in fünf Stunden, also noch genug Zeit. Zu früh würde ich nicht eindringen wollen, sonst ist die Gefahr zu groß, noch vor dem Abflug entdeckt zu werden. Kurz vor der Bojenpause wäre am besten.«

»Das ist gut«, sagte Ahloh, »denn ich würde Lorth gerne vorher noch zu einem Ausflug überreden.«

* * *

Einige Stunden später führte Garrie die Brüder und Sloral zu einem Shuttleverleih im Aufdeck des Zylinders

350, wo sie einen kleinen Transporter mieteten. Sie bestiegen das Fahrzeug durch eine Schiebetür in der Seite. Es bot Platz für etwa elf Personen in drei Sitzreihen und zwei Pilotenplätzen. Garrie nahm in einem davon Platz.

»Will einer von euch neben mir sitzen?«, fragte Garrie, während sie am Dach des Gefährtes an Dutzenden von Knöpfen, Schaltern und Rädchen hantierte.

»Wir Nachkommen lehnen Technik ab«, sagte Sloral und setzte sich nach hinten.

Garrie hielt einen Moment inne, dachte kurz nach und setzte dann ihre Arbeit kommentarlos fort.

Ihre Tarnung als Nachkommen war sicher nicht der wirkliche Grund für Slorals Haltung, denn diese konnte jetzt auch in einen Nachteil umschlagen. Eine andere Fassade würde Perrez die Verfolgung weniger erleichtern. Jar vermutete eine tatsächliche Abneigung des Thaumikers gegenüber Maschinen, doch er sagte nichts.

Die Brüder setzten sich hinter Sloral.

»Was sind das wohl für Freunde, die Ahloh hier auf der Raumstadt hat?«, fragte Jar seinen Bruder.

Bese hob Schultern, Brauen und Unterlippe. »Glasthaumiker, vermute ich. Vielleicht leben einige fest auf Raumstädten und halten untereinander Kontakt.« Er lächelte. »Du kannst ja Lorth fragen, wenn wir ihn am Bojenhangar wiedersehen. Sie sind ja schon eine Weile weg, vielleicht sind sie sogar vor uns dort.«

»Ich finde immer noch, wir hätten uns nicht trennen sollen«, meinte Jar verstimmt. »Ich hätte die auch gerne kennengelernt.«

Bese zuckte die Schultern. »Ahlohs Freunde werden hier sicher unerkannt leben. Da kann ich mir schon vorstellen, dass sie möglichst wenig Besuch bekommen wollen. Außerdem meinte Ahloh, dass es deutlich weiter innen sei, wo sie hin müssten. Dann ist das also schon auf dem Weg zum Kern, wohin wir jetzt auch gehen.« Er machte eine vage Geste. »Irgendwo müssen wir uns ja wieder treffen, und getrennt zu gehen hat auch seine

Vorteile. Perrez wird Lorth in Begleitung von vier Thaumikern suchen.«

Jar überlegte. Das Konzept von Agenten und Geheimdiensten war auf Balta nicht gänzlich unbekannt, doch wurde eigentlich nie jemand irgendwo eingeschleust, da die Gemeinschaften zu klein waren, um darin unterzutauchen. Spione waren normalerweise Verräter ihres eigenen Dorfes, ihrer eigenen Stadt oder ihres eigenen Fürsten. Jar wusste daher nicht so recht, wie er solche Glasthaumiker, die unerkannt unter Raumfahrern lebten, einschätzen sollte. Ihm kam nicht in den Sinn, dass er selbst im Moment eine durchaus vergleichbare Position bekleidete.

»Okay, los geht's!«, sagte Garrie, die alle Rädchen, Knöpfe und Schalter über ihrem Kopf nach ihren Vorstellungen verstellt hatte und sich jetzt ihren Pendants vor ihr widmete.

Das Gestänge bewegte sich, zog die Tür vor die Einstiegsluke und dann nach innen. Die langen Echos der Shuttlehalle verstummten, kurz darauf auch das leise Summen der Motoren der Tür, die erst bei geschlossener Tür hörbar geworden waren.

Die folgende Stille währte nicht lange. Garrie zündete die Düsen des Shuttles, und es erhob sich bald darauf mit einem leichten Rütteln und Schwanken in die Luft des Terminals.

Jar sah durch die großen Fenster hinaus. Das Shuttle kippte sanft nach hinten, steuerte auf ein gewaltiges Tor in der Decke zu, das offenstand und den Weg in eine Schleuse freigab. Sie passierten das Tor, verlangsamten und hielten Position. Von ihrem Shuttle abgesehen war die Schleuse leer. Zum Heck hinaus sah Jar, dass das Tor sich unter ihnen langsam schloss. Als es mit einem dumpfen Rumpeln stoppte, begann das Shuttle deutlich zu schwanken. Auch der Ton der Düsen änderte sich kontinuierlich.

»Alles in Ordnung, Garrie?«, sagte Bese laut nach vorne.

»Ja. Die Schleuse saugt jetzt die Luft ab. Ich muss das Shuttle auf Position halten, bis die Turbulenzen aufhören.«

Kurze Zeit später öffnete sich das Tor vor ihnen und gab die Sicht auf den Gap frei.

Die Sicht aus dem Shuttle war ähnlich wie aus den Transportern, doch sie beeindruckte Jar immer wieder. In den Gängen und Straßen der Raumstadt erkannte man ihren Aufbau nicht wirklich. Man sah die Krümmung nur, wenn man ein Korso entlang schaute, das als endlose Ringstraße um den gesamten Zylinder führte, und dann hatte man eher den Eindruck, in einer flachen Talsohle zu stehen, zwischen zwei sehr flachen Erhebungen in beiden Richtungen.

Doch im Gap, wie die Raumstadtmenschen die Lücke zwischen den Zylindern nannten, war die Rundung sehr viel deutlicher, sehr viel präsenter. Auch die Beleuchtung der Zylinder trug zu dem Effekt bei. Alle paar Dutzend Schritte brannten Lichter rund um die gewaltigen Luken und Tunnel für die Shuttles und Transporter und hellten die schummrige Atmosphäre mit ihrem heimeligen Schein über endlose Distanzen hinweg auf.

Ihr Shuttle hob sich aus der Schleuse und strebte in einem weiten Bogen, der immer mehr nach oben führte, auf einen Tunneleingang zu, der von einem Kranz aus hellen Scheinwerfern beleuchtet war. Als sie in ihn eindrangen, huschte kurz eine Wand aus Licht durch die gesamte Länge des Shuttles, dann zogen die Lampen der Tunnelwand an ihnen vorbei, immer länger, bis sie schließlich diesen Zylinder durchquert hatten und in den nächsten Gap eindrangen.

Ihr Flug dauerte etwa zwei Stunden. Sie stiegen in dieser Zeit durch fast dreihundert Zylinder auf und näherten sich immer mehr der Achse der Raumstadt. Mit abnehmender Entfernung von diesem innersten Zylinder wurde die Krümmung immer deutlicher, der Verkehr immer dichter, und ab einem bestimmten Punkt durfte der

Shuttlepilot nur noch die nächsten Ziele an ein Computerleitsystem übermitteln. Das Shuttle flog wie auf Schienen in langen Reihen schnell dahinfliegender Gefährte und kam so in Windeseile von einem Gap zum nächsten. Jar dachte zurück an die erste Eisenbahnfahrt seines Lebens, auf Harim, an den überraschenden Tunnel und die nächtlich daliegende wunderschön beleuchtete Stadt Tor.

Garrie drehte sich nach hinten um und sah an ihrer Kopfstütze vorbei. »Wir kommen jetzt bald an«, sagte sie. »Wenn wir aussteigen, benehmt euch unauffällig. Wir haben noch einen Weg vor uns. Macht euch bereit, Sicherheitskräfte möglichst schnell auszuschalten, wenn wir kontrolliert werden sollten.«

Bese nickte neben Jar, der daraufhin ebenfalls nickte, auch wenn er nicht so recht wusste, wie er sich darauf vorbereiten sollte.

Schließlich flogen sie im letzten Gap waagerecht durch einen Tunnel in eine Transporterhalle. An ihrer Decke hingen mehrere der großen Schiffe, von denen man nur die Düsen sehen konnte. Sie waren allesamt deutlich übersichtlicher und symmetrischer als die gewaltige Antriebsphalanx der Piatrusti.

Transporterhallen waren wie große Kästen an die Außenseiten – also die Unterseiten – der Zylinder angebracht. Transporter kamen und gingen durch waagerechte Tunnel, die gleichzeitig Schleusen waren. In der Zeit, die ein Fahrzeug zum Durchfliegen benötigte, wurde die Luft abgesaugt oder eingeblasen, sodass keine Verzögerung entstand.

Jar konnte nicht ausmachen, ob Garrie die Kontrolle über das Shuttle überhaupt je zurückbekam oder ob der Computer es bis zum Schluss steuerte, doch irgendwann landeten sie sicher auf einer Plattform, weitab von den großen Transportern. Die seitliche Tür des Shuttles öffnete sich mit einem kurzen, lauten Zischen, und Jar bekam einen Druck auf den Ohren wie manchmal beim Aufziehen eines besonders heftigen Gewitters.

Jar vermisste Wetter. Er hätte auch liebend gern Regen in Kauf genommen, wenn er nur etwas frischen Wind und Sonnenschein hätte bekommen können. Er fragte sich nicht zum letzten Mal, wie Menschen ihr ganzes Leben fernab von Planeten verbringen konnten.

»Okay, hört zu«, sagte Garrie. »Wir sind jetzt im Zylinder 80. Unter uns liegt der letzte Gap. Ab hier liegen die Zylinder direkt aufeinander. Wir müssen noch zehn Zylinder höher. Wir werden viel mit Aufzügen fahren.«

Sie verließen das Shuttle. Garrie ging zu einem Computer in der Wand, der ein wenig Ähnlichkeit mit den Essensausgaben der Piatrusti hatte, und beantwortete ihm einige Fragen, die Jar nicht hören konnte. Sie kam zurück und führte die drei Thaumiker durch einen breiten und belebten Gang zu einer gut gefüllten Wartehalle mit einer hohen Decke, an der kümmerlich wirkende Lampen angebracht waren. An der gegenüberliegenden Wand war eine Reihe von geschlossenen großen Toren, die in schwarz-gelb gestreifte Rahmen eingefasst waren. Alle paar Sekunden hob sich mit lautem Tuten eins dieser Tore, und Menschenmassen schoben sich in den Lift dahinter.

»Die meisten Aufzüge fahren direkt vom Abdeck zum Aufdeck«, erklärte Garrie leise, als sie sich etwas abseits der Menge zusammenstellten. »Es gibt aber auch welche, mit denen man in den Zylinder selbst fahren kann. Wir müssen aufpassen, dass wir keinen davon erwischen, das würde uns Zeit kosten, und wir haben noch einen Weg vor uns.«

Es war kein Problem, die Aufzüge zu unterscheiden. Und wie Garrie gesagt hatte, waren die meisten für den Durchgangsverkehr bestimmt. Es ging auch recht schnell voran. Sie blieben nie lange stehen, sondern schoben sich anfangs im Trippeltempo voran, später dann in Schüben. Hinter ihnen kamen weitere Leute. Jar konnte sich nicht erinnern, je in einer so gewaltigen Menschenmenge gewesen zu sein.

Etwa zehn Schritte vor den Toren begannen Geländer, die mitten in die Halle ragten und die Menschen auf ein Tor festlegten. Die Thaumiker mussten zusehen, alle auf einer Seite zu bleiben, um nicht auf verschiedene Aufzüge verteilt zu werden. Jar betrachtete die Barrieren missmutig. Was sollten die Schikanen? Nach vorne verdichteten sie sich sogar noch und wurden höher, sodass ein Hindurchklettern nicht mehr möglich war.

Vor ihnen begann schließlich ein lautes Signal, und mit Zischen und blinkenden Lampen hob sich ihr Tor. Menschen strömten hinein, immer mehr, bis schließlich die Thaumiker kurz davor standen, doch der Aufzug war voll, das Tor schloss sich wieder. Das Tor rechts neben ihnen begann fast gleichzeitig, sich zu heben, und Jar sah durch die hier sehr dichte Absperrung, dass die Rückwand des Aufzugs ebenfalls ein Tor war, das sich gerade wieder schloss.

Bese zuckte mit den Schultern und machte ein unschlüssiges Gesicht, als Jar ihn fragte, wofür die Barrieren zwischen den Toren waren.

»Das verhindert, dass die Leute hin und her drängeln, wenn einer der Aufzüge ankommt und sein Tor aufmacht«, erklärte Garrie, die die Frage mitbekommen hatte.

Jar konnte der Erklärung nicht so recht glauben, sagte aber nichts.

Nach einigen Minuten öffnete sich ihr Tor erneut und ließ sie ein. Auch hier schloss sich gerade das Tor auf der anderen Seite des Aufzuges. Offenbar war das hintere Tor der Ausgang und das vordere der Eingang.

Sie betraten den großen quaderförmigen Raum und gingen bis zur gegenüberliegenden Wand. Der Lift füllte sich schnell und dicht. Jar sah das Tor nicht mehr, als es sich senkte – zu viele Rücken versperrten ihm die Sicht. Er hörte nur noch die Hupsignale.

Die Fahrt dauerte einige Minuten und war anstrengend. Wieder spürte Jar einen leichten Druck auf den Ohren. Einige der Fahrgäste um die Thaumiker herum entlasteten ihre Beine mit Stehhilfen, kleinen runden Polstern, aus denen auf Befehl ein langer Stab wuchs, der bis zum Boden reichte.

Im Aufdeck öffnete sich zuerst das Tor, durch das sie den Aufzug betreten hatten. Sie traten als Letzte hinaus in die große Halle, in der die Leute diesmal nicht warten mussten, sondern sich sofort auf eine Reihe breiter Rolltreppen verteilten, die abwechselnd auf- und abwärts fuhren.

»Kommt!«, sagte Garrie und schritt forsch voran, wo Jar lieber noch hätte gucken wollen. Er sah sich um und entdeckte hinter und über sich ein Geländer aus Glas auf dem Dach des Aufzugblocks. Daran lehnten einige Leute und schauten lässig auf das Gewimmel herab.

Jar fühlte sich beobachtet und hastete hinter Bese her.

Sie fuhren auf einer langen Rolltreppe nach oben, wo diese nicht – wie üblich – einfach endete und im Boden verschwand. Diese blieb am oberen Ende als flaches Laufband für ein kurzes Stück in der Waagerechten und sank dann als fallende Rolltreppe wieder ab. Damit nicht genug, fuhr sie zwar oben normal weiter, doch ihr linkes Geländer endete, und neben diesem Laufband war fester Boden, der jedoch noch schneller als das Laufband nach vorne zog, sodass auf einmal der Eindruck entstand, die Treppe laufe rückwärts.

Jar war verwirrt, doch er meisterte seine Sache gut und schritt beherzt von der Rolltreppe nach links auf den noch schnelleren Boden des nächsten Zylinders.

Die verschiedenen Rotationsgeschwindigkeiten der Zylinder irritierten Jar noch immer.

Als er nach vorne schaute, traute er seinen Augen nicht.

»Bese! Schau!«

Bese hielt inne und blickte erst Jar fragend an, dann sah auch er den Korso entlang.

Wo der flache Teil der Rolltreppe endete und sie wieder zum unteren, äußeren Zylinder führte, begann ein Geländer, um den entstehenden Abgrund abzusichern. Jenseits davon bog sich die Straße nach oben, und in jeweils einigen Dutzend Schritten Abstand sahen sie eine endlose Kette weiterer Rolltreppen, die sich gemächlich auf sie zu schoben. Die Krümmung des Zylinders war hier bereits so stark, dass deutlich wurde, dass die Fliehkraft etwas war, das nicht nach unten wirkte, sondern nach außen. Nicht Schwerkraft war hier am Werke, sondern die Kraft der Rotation. Fahrzeuge und Personen in großer Entfernung fuhren und gingen eindeutig die Wände hoch. In vielleicht zwei, drei Kilometern Entfernung war der Boden von der tiefhängenden nach oben gewölbten Decke verdeckt. Jar bückte sich testweise und konnte so tatsächlich noch etwas weiter sehen als vorher.

»Das ist verrückt«, meinte Jar, den Kopf in Bodennähe.

Bese nickte. »Ja.«

»Kommt ihr?«, rief Garrie, die das Ganze offenbar weitaus weniger verrückt fand als die Brüder.

Sie folgten ihr in den nächsten Warteraum, fuhren ein weiteres Mal mit einem großen Lift durch die gesamte Dicke des Zylinders. Wieder folgte eine dieser seltsamen Rolltreppen.

Nach weiteren acht Aufzügen und Rolltreppen erreichten sie bei stetig abnehmendem Verkehr schließlich Zylinder 70.

* * *

Garrie hatte keine Schwierigkeiten, den Bojenhangar zu finden. Sie schien genau zu wissen, wohin sie gehen musste. Sie durchquerten mit angenehm normalen Rolltreppen einige Decks, mussten unterwegs eine Luftschleuse passieren und fuhren dann ein Stück mit einer Bahn, die luxuriös eingerichtet war.

Die letzte Strecke gingen sie zu Fuß. Wie ein Déjà-vu kam Jar die Vorbereitung auf die Erstürmung der Polizeistation in den Sinn, und er wob sich vorsichtshalber einen Schild.

Sie erreichten den breiten Eingang des Bojenhangars. Er bestand aus einem hohen Tor in der Seitenwand der Straße. Das Tor war so hoch wie das gesamte Deck und versperrte einen Abzweig der Straße. Die üblichen Balkons zu höher gelegenen Etagen des Decks gab es hier nicht. Neben dem Tor war eine Doppeltür aus Glas, durch die sie jetzt gingen, als hätten sie dort etwas zu suchen.

Die Tür führte in einen kahlen Gang, in dem es ruhig wurde, als die Tür sich hinter ihnen wieder schloss. Der Gang endete nach zehn Schritten vor einem Schalter mit einer großen Glasscheibe. Der Stuhl dahinter war leer. Niemand drückte auf den Klingelknopf an der Wand über dem *Bitte klingeln!* stand.

Seitlich war eine schwere Stahltür, die weder Schloss noch Klinke aufwies, sondern nur einen Knauf. Auch die anderen Thaumiker woben sich jetzt Schilde.

»Die Tür auf«, sagte Garrie knapp und wies darauf. Sie hielt sich im Hintergrund.

Sloral öffnete sie mit einer kurzen Handbewegung. Sie öffnete sich still in den Gang, wollte aber von einer Feder gezogen wieder zufallen. Sie lauschten. Sloral hielt die Tür offen, nichts war durch sie zu hören. Im Raum dahinter standen Reihen hoher Stahlschränke, ansonsten schien er verlassen. Die Thaumiker und ihre Führerin gingen hinein und ließen die Stahltür leise hinter sich zuklappen. Innen war eine Klinke. Neben den Schränken gab es hier noch große Geräte, deren Sinn Jar verborgen blieb. Doch da Garrie nicht beunruhigt wirkte, ignorierte er die Gebilde aus Stahl, Lämpchen und Kabeln.

»Da hinten!«, sagte Garrie leise und wies auf eine Tür in der Ecke hinten links. Auf dem Weg dorthin fuhr sie sich mehrmals mit der Hand durch die Haare, die daraufhin nass aussahen und ihr jetzt nicht mehr vors Gesicht fielen.

Auch diese Tür war verschlossen und ließ sich ebenso einfach öffnen wie die schwere Stahltür am Eingang.

Hohles leises Rauschen von der Belüftung der Halle dahinter war zu hören, als sie vorsichtig durch einen schmalen Spalt spähten. Nach rechts begrenzte eine Wand die Halle. In der Wand war ein kreisförmiges Loch, hinter dem eine tiefe, große Kammer war. Die Kammer war so rund wie das Loch und so groß, dass mehrere kleine Häuser hineingepasst hätten. Kein Licht erhellte sie. Nach links konnten sie nicht sehen, ohne die Tür weiter zu öffnen.

»Das ist der Hangar mit der Schleuse für die Bojen«, sagte Garrie leise. »Macht die Tür wieder zu. Wir müssen erst den Kontrollraum finden.«

Sloral verschloss die Tür wieder, und sie wandten sich der dritten Tür des Raumes zu, die, von der Eingangstür aus gesehen, hinten rechts in der Ecke war.

Diese Tür war weniger stabil und hatte auch kein Schloss. In ihrer oberen Hälfte war ein milchiges Fenster eingelassen.

»Okay«, sagte Garrie leise. »Wenn ihr dahinter Leute seht, schaltet sie aus. Alle. Schnell. Die Operators dürfen keine Gelegenheit bekommen, sich auszuloggen. Es darf keiner aus dem Raum rennen.«

»Wie schnell geht so ein Ausloggen?«, fragte Bese.

Garrie verzog den Mund kurz zu einem humorlosen Grinsen, als sie das abschätzte. »Schnell. Nicht mehr als ein paar Sekunden.« Das Grinsen verschwand. »Aber es genügt, wenn es nicht alle schaffen. Und es ist nicht damit zu rechnen, dass die Leute so schnell reagieren.«

Bese nickte und konzentrierte sich auf die Tür vor ihnen. Einen Moment herrschte Stille.

»Und los«, sagte Garrie unpassend ruhig.

Sloral murmelte ein paar Silben und öffnete die Tür.

Jar konnte zwischen den anderen hindurch nur eine Reihe Terminals an der Wand entlang sehen, dann pfiff schon der erste Blender durch den Raum, und weitere hinterher. Schreie gellten auf, etwas polterte. Die Thaumiker liefen rasch durch die Tür, Garrie blieb zurück.

Jar sah in der Ecke links einen Mann im grauen Overall zu einer offenstehenden Tür zum Hangar rennen. Reflexartig streckte er die Hand aus, sprach den Schließer und schloss die Tür mit einem lauten Knall. Der Mann lief mit voller Wucht dagegen und prallte so heftig ab, dass er nach hinten umfiel.

Schüsse fielen, Kugeln pfiffen um Jars Kopf. Er blickte sich um und sah erst jetzt, dass im hinteren Teil des Raumes ein umgestürzter Tisch lag. Dahinter waren zwei Leute mit Pistolen in Deckung gegangen. Jar sah vage eine Salve Kugeln auf sich zu fliegen und vom Schild abgelenkt an sich vorbeiflitzen. Er erschrak und duckte sich, doch zu diesem Zeitpunkt waren die Projektile schon längst in der Wand hinter ihm eingeschlagen.

Dumpfes Wummern brandete durch den Raum. Einer der Männer hinter dem Tisch schrie kurz auf, fiel nach hinten um und wimmerte dann nur noch.

Zu Jars linker Seite rappelte sich der Mann wieder auf, der von der Tür abgeprallt war. Jar sprintete zu ihm und sprang ihn an. Er prallte gegen ihn und warf ihn wieder um, diesmal zur Seite auf einen Abfalleimer, der neben der Tür stand.

»Jar! Beiseite!«

Jar hörte Beses Stimme, doch der Mann hielt ihn am Kragen. Er war bärtig, beleibt und eher klein, doch muskulös. Jetzt holte er aus und schlug in Richtung von Jars Kopf. Der Schild lenkte den Schlag nach oben ab, ins Leere. Verblüffung zeigte sich im Gesicht des Mannes. Jar schlug seinerseits zu, ohne viel Kraft, doch mit Enthusiasmus. Seine Schläge trafen Gesicht und Brust seines Gegners. Der Mann stieß Jar von sich. Der flog ein Stück und landete unsanft auf der Seite. Hierbei schützte ihn sein Schild nicht. Ein Wummern brandete über ihn hinweg und traf den Mann. Der keuchte, rotierte kurz um die eigene Achse und fiel ein drittes Mal um. Dann kauerte er sich seitlich liegend zusammen und gab leise hohe Laute von sich.

Bese kam zu Jar gerannt. »Jar! Alles in Ordnung mit dir?«

Jar rappelte sich auf. Seine Hand und seine Schulter taten weh. »Ja, kein Problem.« Er grinste seinen Bruder an und verbarg seine Schmerzen.

Bese entspannte sich. Er lächelte sogar ein wenig. Dann ging er zu dem Mann und hielt ihm kurz die Hand an die Schläfe. Der schlief auf der Stelle ein und ließ die Hände auf den Boden sinken. Er war der letzte Kontrahent gewesen.

Ein Blick zurück

Ahloh brachte Lorth in den Zylinder 203. In dieser großen Nähe zum Kern war die Sprungfehlerrate bereits unterhalb aller Messgrenzen, und doch waren die Unbequemlichkeiten, die sich bei einer geringen Distanz zum Kern ergaben, noch nicht deutlich. Daher gehörte dieser Bereich jeder Raumstadt zu den begehrtesten, nobelsten und folglich auch teuersten. Lorth war hier noch nie zuvor gewesen.

Doch das war nichts Überraschendes. Singa bot auf allen seinen Zylindern mehr Fläche als ein durchschnittlicher Planet. Alle Teile der Raumstadt zu besuchen, hätte eine Lebensaufgabe dargestellt. Ein Großteil dieser Fläche wurde jedoch von verschiedenen Industrien genutzt, die ihre Erzeugnisse in Form von Lebensmitteln und anderem der Bevölkerung der Raumstadt verkauften, oder in den Ringphasen zu exportieren versuchten. Einige Zylinder waren ganz oder teilweise als aquatische Lebensräume ausgelegt und Dutzende Meter tief mit Wasser geflutet. Wieder andere waren Pilzfarmen und sonstige Biotope. Nur ein kleiner Teil war als Wohnraum in Nutzung.

»Sind deine Freunde Glasthaumiker?«, fragte Lorth den Alten, als sie einander in einem Zug gegenübersaßen.

»Nein. Aber sie betrachten Glasthaumiker als verwandte Geister.« Er schmunzelte auf eine Art, die Lorth ein wenig misstrauisch machte. »Du wirst sehen«, sagte er noch und schloss einmal kurz die Augen in seinem faltigen Gesicht.

Lorth mochte keine Überraschungen, doch jemanden zu überreden lag ihm noch weniger, also ließ er Ahloh sein kleines Geheimnis.

Sie erreichten schließlich ihr Ziel. Die Decks des 203 waren nicht nur zehn Meter hoch, wie in den äußeren Zylindern üblich, sondern fast hundert. Die Straßen waren wie Schluchten angelegt und von unzähligen Brücken in immenser Höhe überspannt. Einige davon waren breit und stellten erhabene Plätze dar, an deren Geländern Leute standen und herabschauten.

Aus der tiefen Schlucht, in der sie gefahren waren, rollten sie gemächlich in einen Tunnel, der nach einem kurzen Stück endete und abrupt einige hundert Meter Sicht in jede Richtung freigab, unterbrochen nur durch vereinzelte zart wirkende Säulen, die vom Boden bis zur Decke reichten. Die Wände dieses Areals waren terrassenförmig gestaffelte Balkons.

Die Kleidung war hier farbenfroher und exaltierter, als Lorth das gewohnt war. In den Gegenden, die er kannte, entsprachen Overalls der üblichen Mode oder schlichte Kombinationen aus Oberteilen und Hosen. Hier sah man auch Leute in langen Kleidern oder luftigen Umhängen. Sogar Badekleidung trugen einige wenige.

Lorth schaute gebannt hinaus. Er hatte nicht gewusst, dass auf Singa solche Anlagen existierten.

Ihr Zug fuhr als Hochbahn etwa zehn Meter über den Grünflächen in die Mitte des Geländes und hielt dort in einer Station, die auf einem Hügel lag und ohne Dach auskam. Sie stiegen aus und betraten den Park. Lorth musste im ersten Moment einen Anflug von Agoraphobie überwinden, nachdem er jahrelang maximal Hallen von der Größe eines Fußballfeldes gesehen hatte.

Große Springbrunnen mit steinernen Figuren waren auf dem Rasen installiert. Mit Kies bestreute Wege führten dazwischen hindurch und über kleine hölzerne Brücken. Darunter flossen leicht gewundene Bäche zwischen Büschen und vereinzelten Bäumen hindurch. Jeder Schritt knirschte ungewohnt unter seinen Schuhen mit den weichen Sohlen.

Lorth schaute sich aufmerksam um. Die Quartiere hier mussten ein Vermögen kosten.

Beim Betreten des Zylinders waren sie an einer Kontrolle nach ihrem Ziel gefragt worden, und Ahloh hatte seinen Kontakt genannt. Nach einer Rückfrage hatten sie vom Checkpoint einen Adit bekommen, der sie nun lotste. Lorth vermutete, dass sie ohne das Okay ihres Gastgebers gar keine Zugangsberechtigung bekommen hätten.

Ahloh ging leicht gebeugt neben Lorth. Auf dem Rasen saßen und lagen Leute, vereinzelt oder in kleinen Gruppen. Natürlich sonnte sich niemand – es gab keine Sonne – doch die Leute verhielten sich ähnlich entspannt wie Besucher eines Parks auf einem Planeten. Lorth hatte so etwas seit – nun, seit seiner Kindheit nicht mehr gesehen. Die Absurdität seiner Jacke wurde ihm in dieser Umgebung unangenehm deutlich.

Sie folgten dem Kiesweg in geschwungenen Bahnen zum unteren Ende einer Kaskade von Rolltreppen, die sich die Terrassen hinaufschlängelten. Mit ihnen fuhren sie bei beständig grandioser werdender Aussicht bis fast unter das Dach des Parks, das aus kreuzweise verstrebten Stahlträgern bestand. An diesen Trägern hing eine Unzahl von Lampen an verschieden langen Kabeln. Das unregelmäßige Muster, das die leuchtenden in diesem kopfüber hängenden dürren Wald erzeugten, ließ den aufmerksamen Betrachter ahnen, dass sie nicht besonders häufig gewartet wurden. Ihre schlechte Erreichbarkeit und ihre schiere Anzahl erklärten diesen Umstand.

Ahloh stand einen Moment unschlüssig da und sah sich um. Schließlich warf Lorth einen Blick auf den Adit, der sie lotste, und fand schnell den richtigen Weg dorthin. Sie gingen auf einem der Balkons noch ein Stück entlang und bogen dann in einen Quartiergang ab. Dieser war ungewöhnlich breit und hoch und wirkte dadurch sehr viel luftiger als die Lorth vertrauten Gänge der äußeren Zylinder. Auch der Boden des Ganges war nicht aus Stahlrosten, sondern bestand aus gepresstem Schotter. Einzelne Steinchen waren lose, wurden von allem, was hier ging, unablässig hin und her geschoben und sammelten sich in den Kanten zu den Wänden. Alle paar Dutzend Meter standen große Kübel mit üppigen Pflanzen darin und besonders hellen Lampen darüber.

Sie gingen jedoch nur einige Meter tief in den Gang. Zu ihrer Linken war das Quartier, zu dem sie wollten. Ahloh drückte den Knopf an der Tür. Nach einem Moment öffnete diese sich. Drinnen stand ein junger Mann, in etwas gehüllt, das Lorth als ein schlichtes schwarzes Kleid bezeichnet hätte. Das Kleidungsstück war hochgeschlossen und hing unterhalb der Ärmel glatt hinab bis zum Boden, wo es auch die Füße verdeckte. Der Stoff wirkte seidig glatt und glänzte ein wenig. Diese Kleidung war eindeutig nicht üblich für Singa. Lorth hätte gedacht, dass sich eingeschleuste Thaumiker besser zu tarnen verstünden.

»Ja?«, fragte der Mann mit einer heiseren Stimme und schaute sie verwundert an.

»Ich bin Ahloh aus Perrolt auf Balta. Mein Begleiter ist Lorth aus Perrolt auf Balta.« Ahloh sprach leise, doch sehr deutlich, als befürchtete er, sonst etwas wiederholen zu müssen.

Der Mann schaute weiterhin verwundert, doch er trat von der Tür zurück, öffnete sie weiter und gestikulierte ihnen, sie mögen eintreten. Seine Kleidung schwang ganz langsam hinter ihm her, als wäre sie leicht wie Luft, dabei raschelte sie seltsam hell.

Ahloh und Lorth gingen durch einen kurzen Gang in ein geräumiges Zimmer. Selbst die Gria-Leute, die Lorth kannte, wohnten nicht so komfortabel. Es gab kaum Möbel, dafür viel freie Fläche und eine sehr hohe Decke. Große Fenster, von denen aus man das freie Areal überblicken konnte, schlossen den Raum an einer Seite ab.

In einem seltsamen Gebilde, das wie eine große, flache Sitzschale aus Rattan aussah und mit Polstern, Kissen und Decken gefüllt war, saß ein junger Mann im Schneidersitz, der dem anderen zum Verwechseln ähnlich sah. Er trug einen Kaftan aus demselben Stoff, doch seiner war weiß.

Der erste junge Mann betrat nun hinter ihnen den Raum und ging mit schnellen kleinen Schritten um sie herum, stellte sich hinter seinen augenscheinlichen Zwilling und krallte beide Hände fest in den Rand des Lagers.

Ahloh blieb in einigen Metern Abstand stehen und verbeugte sich leicht. Nach einem Moment des Zögerns tat Lorth es ihm gleich, behielt die beiden dabei aber im Blick.

Der Mann in Schwarz beugte sich leicht vor und flüsterte dem anderen einige Laute zu. Sie klangen seltsam heiser, und Lorth verstand nichts von dem Gesagten.

»Ich stelle Euch Lorth aus Perrolt auf Balta vor«, sagte nun Ahloh mit fester Stimme.

Der Sitzende drehte den Kopf nach hinten, ohne die Schultern dabei zu bewegen, und sah zu dem anderen hinauf. Es sah aus, als müsste er sich bei der Bewegung eigentlich das Genick brechen. Der Stehende neigte den Kopf ruckartig nach schräg vorn und dann kurz hoch. Der auf dem Lager drehte seinen Kopf wieder nach vorne zu Lorth und Ahloh.

Die beiden Gastgeber schimmerten für einen Moment, verschwammen ganz, verwischten dann und bekamen schließlich eine neue Form. Lorths Mund öffnete sich unwillkürlich einen Spalt breit.

Vor ihm saßen nun zwei gewaltige schwarz-weiß gefiederte Vögel, der eine in dem Nest aus Kissen, der andere auf dessen hinterem Rand, in den er sich mit seinen vielfingrigen Klauen krallte.

Beide waren von Körperbau, Gefieder und Zeichnung Elstern ähnlich, mitsamt den langen Schwanzfedern und den weißen Streifen an den Seiten. Ihre Köpfe jedoch waren weniger stromlinienförmig, sondern nach einem kurzen Knick im deutlich längeren Hals etwas höhergesetzt. Die Augen waren tiefschwarze kleine Knöpfe, rund und seitlich am Kopf. Die Schnäbel waren dunkelgrau und spitz. Das Exemplar im Nest war – mit Schwanzfedern – etwa zwei Meter lang, das darüber hockende um einiges kleiner.

Lorth wartete fieberhaft auf Ahlohs Reaktion.

»Lorth«, sagte Ahloh ruhig, ohne sich zu ihm umzuwenden, »ich darf dir Meister Crishra vorstellen – einen großen Meister der Usnen.«

Lorth zögerte einen Augenblick. Er hatte keine Ahnung, wie die gängigen Höflichkeitsfloskeln im Umgang mit thaumischem Federvieh waren. Schließlich entschloss er sich, die Vögel wie Menschen zu behandeln, was schwerfiel, da sie keine Mimik zu haben schienen. Er nickte daher einmal langsam und stumm.

Ahloh wandte sich zu ihm um. »Meister Crishras Assistent und ich werden dolmetschen, damit ihr euch unterhalten könnt. Ich verstehe die Usnen, sein Assistent versteht die Menschen. Die jeweils andere Sprache zu sprechen, übersteigt unsere Möglichkeiten.«

»Worüber sollen wir uns unterhalten?«, fragte Lorth.

»Die Usnen sind Freunde. Meister Crishra kann uns vielleicht Informationen geben, die uns helfen können.«

»Die Vögel sind Usnen?«, fragte Lorth.

»Sie sind keine Vögel«, sagte Ahloh ruhig. »Usnen sind Thaumische.«

Lorth sah sich die Usnen an. Sie sahen aus wie Vögel – kein wesentlicher Unterschied zu erkennen, doch so mancher Schein konnte trügen.

Ahloh wandte sich wieder den Usnen zu und sagte: »Lorth hat sich von Perrez getrennt. Es hat einen Kampf gegeben.«

Der Assistent schnatterte und krächzte leise. Jetzt wirkten diese Geräusche sehr viel passender als bei seiner vorigen Erscheinungsform.

Crishra neigte den Kopf kurz zur Seite und hob ihn dann schnappend.

»Er weiß davon«, sagte Ahloh. »Usnen können viel aus der direkten Ansicht erkennen«, erklärte er, »deshalb habe ich dich hergebracht.«

Crishra krächzte etwas, das zwar völlig unverständlich war, aber dennoch artikuliert klang, und bewegte dabei seinen Kopf in die verschiedensten Richtungen, als wären diese Gesten Teil der Sprache.

Ahloh sah die Usne einen Moment stumm an, seine Stirn kräuselte sich leicht. Dann wandte er sich zu Lorth und übersetzte: »Du bist nicht der einzige Spross Lekos.«

Lorth hob die Augenbrauen und sah von Ahloh zu Crishra, in dessen Gesicht er jedoch nichts deuten konnte. Er hätte ihn gern im Strom betrachtet.

»Spross?«, fragte er das ungewohnte Wort nach.

»Ich verstehe es auch nicht«, sagte Ahloh, aber er meinte wohl eher den Fakt als das Wort.

»Habe ich Geschwister?« Lorth fragte direkt die Usne.

»Nein. Davon wüsste ich«, sagte Ahloh sofort. Die Usnen schauten schweigend zu, wie die Menschen diskutierten.

»Vielleicht Halbgeschwister? Mein Vater könnte welche gezeugt haben, ohne dass es bekannt ist.«

Ahlohs Stirn runzelte sich. »Nein. Das ist nicht möglich. Deine Eltern waren verheiratet.«

Lorth betrachtete Ahloh. »Sowas soll ja vorkommen«, sagte er kalt.

Ahloh schüttelte den Kopf mit Bestimmtheit. »Nicht auf Balta.«

Lorth beobachtete Ahlohs Gesicht. Der alte Thaumiker

wirkte so überzeugt, als hätte Lorth in Frage gestellt, dass Wasser nass war. »Es gibt auf Balta keinen Ehebruch?«

»Nein.«

Lorth hob die Augenbrauen. Nach einem Moment sagte er: »Könnte er vor der Ehe ein weiteres Kind gezeugt haben?«

Ahloh runzelte die Stirn. »Also bevor ich ihn kennenlernte«, sagte er zögerlich, als wäre ihm der Gedanke zuwider, »das ist nicht auszuschließen, aber ich finde es schwer vorstellbar. Ich kannte Leko ein wenig.«

Als die Menschen nichts mehr sagten, begann der Assistent zu übersetzen, doch Crishra sagte seinerseits etwas, woraufhin Ahloh sofort wieder hinsah.

»›Blut vom Blut Lekos‹«, übersetzte er.

Lorth brauchte einen Moment, um zu verstehen, dass dies die Erklärung für Spross war.

Crishra sagte noch mehr, und Ahloh übersetzte konzentriert in kurzen abgehackten Sätzen: »Du bist Teil des Zirkels. – Jeder Spross Lekos ist Teil des Zirkels. – Ein Teil weist auf das andere. – Deswegen lebt der Zirkel und verbirgt die Kreation.«

Lorth wollte etwas fragen, doch Crishra sprach weiter in seinem gestenreichen krächzenden Geschnatter, das Lorth ein wenig an einen Wellensittich mit sehr tiefer Stimme erinnerte.

»Der Zirkel stirbt, wenn nichts mehr auf ein anderes weisen kann«, übersetzte Ahloh. »Stirbt ein Spross Lekos, stirbt der Zirkel. – Ist der Zirkel tot, kann Perrez die Kreation … ›verzehren‹.«

Lorth verstand nicht alles, hoffte aber, dass sein Begleiter begriff, was die Usne meinte. Er würde später nachfragen. »Ich weiß Eure Hinweise zu schätzen«, sagte er und der Assistent übersetzte. »Auf welcher Seite stehen die Usnen in diesem Konflikt?«

Ahloh schaffte es nicht, einen kurzen Seitenblick zu Lorth zu vermeiden. Dann übersetzte er die Antwort:

»Du bist ein Glasthaumiker. – Die Usnen sind Glasthaumiker.«

* * *

»Wieso hat er die Usnen als Glasthaumiker bezeichnet? Ich dachte, nur Menschen können Glasthaumiker sein.«

»Ja«, sagte Ahloh, »Meister Crishra versuchte damit wohl zu sagen, dass er Sympathien hegt. Die Usnen sind von ihrer Natur aus begierig darauf, Dinge zu verstehen, und nutzen den Durchblick ganz instinktiv. Das ist etwas, das die Glasthaumiker ebenfalls anstreben.«

Lorth zögerte. »Aber eine wesentliche Ansicht der Glasthaumiker ist doch, dass die Menschen den Thaumischen überlegen sind – wie können die Usnen dann die Glasthaumiker als Freunde sehen?«

Ahloh zeigte wieder sein leichtes Schmunzeln. »Usnen interessieren sich nicht dafür, wer wem überlegen ist. Diese Ansichten stören sie nicht.« Er hob kurz die Schultern. »Mit Thaumischen ist es oft seltsam. Sie haben nicht immer einen Selbsterhaltungstrieb wie die biologischen Wesen – Tiere oder Menschen. Manna insgesamt schon, aber die einzelnen Arten oder Individuen nicht unbedingt. Ihre Prioritäten können jedenfalls woanders liegen. Hier sehen sie vermutlich nur den verwandten Geist der Glasthaumiker und suchen die Kooperation.«

Lorth versuchte, das zu verstehen. Es fiel ihm schwer, eine derartige Gleichgültigkeit gegenüber einer behaupteten Vormachtstellung nachzuvollziehen.

»Er meinte, ich sei ein Glasthaumiker«, sagte er schließlich. »Ich bin nicht einmal Thaumiker.«

»Er kennt deine Herkunft. Und du bist Mitglied eines Glasthaumikerzirkels. Für Meister Crishra ist das genug, um dich als Thaumiker zu sehen.«

Lorth sah zum Fenster hinaus und beobachtete die vorbeiziehende Parklandschaft des 203. »Es wäre schön, wenn ich dann auch Thaumik nutzen könnte«, sagte er.

Ahloh nickte sanft.

Sie erreichten das Ende des Areals und tauchten kurz in einen Tunnel ein. Als sie ihn verließen, fuhr die Bahn wieder durch die tiefe Schlucht mit ihrem weitmaschigen Gewirr aus Brücken in allen Höhen quer über den doppelten Schienenstrang.

»Ich bin nicht sicher, ob ich alles verstanden habe«, sagte Lorth schließlich. »Ich bin also nicht der letzte, denn ein weiterer Spross meines Vaters ist ebenfalls Mitglied des Zirkels.«

Ahloh nickte bedächtig. »Es ist immer schwer, Usnen zu verstehen – ihr Weltbild unterscheidet sich sehr von unserem –, aber so habe ich ihn verstanden. Du hast einen Verwandten, vielleicht wirklich ein weiteres Kind deines Vaters irgendwo auf Balta, so unerwartet das auch für mich ist. Sicher nicht in Perrolt. Und er oder sie ist ebenfalls Mitglied des Zirkels deiner Eltern und vermutlich auch in Thaumik ausgebildet.«

»Meister Crishra meinte, der Zirkel sei nicht tot, weil ich und der andere am Leben seien. Dennoch würde der Zirkel mit mir schon sterben.«

Ahloh nickte. »Ein Zirkel ist die Verbindung der Mitglieder. Einer alleine ist kein Zirkel. Und so, wie ich Meister Crishra verstanden habe, verhindert nur der Zirkel den Zugriff auf die Kreation. Tötet man also alle bis auf ein letztes Mitglied, ist der Zirkel nicht mehr wirksam – und dieses letzte Mitglied kann auf die Kreation zugreifen.«

Lorth runzelte leicht die Stirn. »Warum haben sie das so gemacht? Als Druckmittel taugt es so doch nicht.«

Der Alte hob die Schultern. »Das werden wir wohl nie erfahren. Die Baumeister der Kreation sind tot.«

Lorth sah ihn noch ein paar Sekunden schweigend an. »So eine Kreation ist schwer herzustellen?«, fragte er dann.

Ahloh hob die Brauen. »Oh, ja. Ich hätte nie gedacht, dass Leko so etwas zustande bringen könnte.«

»Oder meine Mutter«, ergänzte Lorth mit festem Blick.

Der alte Baltaner zuckte unwillkürlich mit den Schultern und machte eine vage Handbewegung. »Nun ja ... ja. Oder Albitha.« Ihm schien der Gedanke, wenn schon nicht unangenehm, so doch unwillkommen und unvertraut. »Frauen wird auf Balta keine tiefere thaumische Ausbildung zuteil. Bei ihr wäre es also noch überraschender. Allerdings sehen die Glasthaumiker auch das anders, das stimmt.« Er nickte nachdenklich.

Lorth lehnte sich zurück und dachte nach. Er hatte ganz schwach wieder diesen Eindruck, den er bei dem Wasserglas verspürt hatte, als würde er intuitiv verstehen. Je länger er sich damit befasste, desto klarer wurde der Eindruck. »Sie haben das so nicht gewollt«, sagte er schließlich abwesend.

Ahloh schaute ihn fragend an.

»Es war keine Absicht. Sie haben es nur nicht besser hinbekommen.«

Der Alte schaute jetzt verblüfft. Sein Blick wanderte nachdenklich von Lorth weg, er nickte. »Das ist gut möglich. Vielleicht sind sie nicht fertig geworden.«

»Nein«, sagte Lorth sofort, zögerte dann aber. Nach einigen Sekunden fügte er hinzu: »Sie haben den Mechanismus nicht verstanden, denke ich.«

Ahloh hörte zu und nickte schließlich. »Wir haben es auch nur von den Usnen erfahren. Aus dem Quellstein konnten wir das nicht erkennen.«

»Wenn Perrez nur einen Überlebenden braucht, wieso hat er mich dann nicht schon erledigt? Gelegenheit hatte er doch dazu.«

Ahloh schaute kurz zu Boden, dann wieder in Lorths Augen. »Weiß er denn, wo das letzte Mitglied des Zirkels ist?« Der Alte hatte einen gewitzten, leicht amüsierten Gesichtsausdruck aufgelegt.

»Er sucht ihn wohl noch«, meinte Lorth.

Ahloh nickte. »›Ein Teil weist auf das andere.‹ Er hofft, ihn mit dir zu finden.«

»Ihn oder sie.« Lorth dachte nach. »Und wenn er den anderen auch tötet?«, fragte Lorth, in dem eine üble Ahnung aufstieg, wer mit *Blut vom Blut Lekos* noch gemeint sein konnte.

»Dann wird die Kreation deiner Eltern aktiv. Das ist genau das, was die Bruderschaft nicht will.«

Lorth schwieg einen Moment. »Perrez kann auch den anderen zuerst töten, wenn er ihn findet«, sagte er dann halb fragend.

»Das wäre unklug«, sagte Ahloh sofort, »weil das letzte Zirkelmitglied auf die Kreation zugreifen muss, und dafür muss dieser Letzte Thaumik nutzen können. Dein Bruder oder deine Schwester lebt vermutlich auf Balta und wird bereit sein, der Bruderschaft zu helfen. Perrez muss ihn oder sie nur finden.«

»Immerhin ist er oder sie ein Mitglied eines Zirkels der Glasthaumiker. Kooperation würde ich da nicht erwarten.«

Ahloh presste die Lippen aufeinander. »Lekos anderes Kind ist vielleicht gar nicht im Sinne der Glasthaumiker erzogen worden. Und selbst wenn –« Er hob kurz die Schultern. »Es wäre dumm, da nicht zu kooperieren. Die Bruderschaft kann das bestimmt auch erzwingen.«

»Aber die Bruderschaft wird den Letzten doch anschließend töten, um so die Kreation zu vernichten.«

Ahloh nickte langsam. »Das vermute ich zumindest. Aber das ist nicht offensichtlich.« Er hob leicht die Schultern.

In Lorths Kopf rotierte es. Er war sich inzwischen sicher, dass Ganni der gesuchte weitere Spross war und nicht ein ominöser unbekannter Halbbruder. Doch weder Lorth noch Ganni waren Thaumiker. Ganni war zudem erst elf Jahre alt. Er fragte sich, ob Perrez mit einem von ihnen etwas anfangen konnte.

»Ich würde ihm auch nicht helfen wollen«, sagte er deshalb, darauf bedacht, nichts von seinen Gedanken zu offenbaren.

Ahloh sah ihn ernst an. »Die Bruderschaft könnte dich sicher dazu bringen, zu helfen, wenn es notwendig wäre. Dass du nicht thaumisch ausgebildet bist, erschwert es nur, macht es aber nicht unmöglich. Als Erwachsener hast du zumindest prinzipiell die Möglichkeiten, thaumisch zu wirken. Wenn du der Letzte des Zirkels wärst, würde die Bruderschaft es schaffen.«

Lorth schwieg und schaute durch die Fenster nach draußen in die vorbeiziehenden Häuserschluchten.

Er wollte weder der Letzte noch der Vorletzte sein, der den Zirkel verließ. Jedenfalls nicht bald. Sollte die Kreation doch aktiv werden, wenn er und Ganni an Altersschwäche starben!

Bojen

»Okay ...«, sagte Garrie langsam und versunken und starrte auf das Display.

Die Thaumiker standen um sie herum und sahen untätig zu.

Die Operators und die Sicherheitskräfte aus der Leitstelle lagen jetzt alle in einer Ecke des Raumes. Sie waren betäubt und würden erst in einigen Stunden langsam wieder zu sich kommen. Dann würden Garrie, Lorth, Tamm und die Thaumiker schon in der Boje sitzen und uneinholbar auf dem Weg nach Goodsphere sein. Schneller als eine Boje war nichts, schon gar nicht Funkübertragungen.

Garrie tippte wieder etwas in rasender Geschwindigkeit. Jar bemerkte erstaunt, dass sie dabei nicht einmal auf die Tasten sah.

»Okay, Tamm ... Deine Nachricht hab ich jetzt gefunden.«

Garrie sprach per Adit mit dem Gria-Mann, der eine Nachricht für die andere Raumstadt ins Netz eingespeist hatte. Garrie hatte den Weg dieser Nachricht nachvollzogen.

»Jetzt muss ich noch herausfinden, welcher Boje die Nachricht zugewiesen wird, dann wissen wir auch, welche wir kapern müssen. Wir haben nicht mehr viel Zeit. Tamm, mach dich auf den Weg. Die Bojenpause ist schon in weniger als einer Stunde.« Sie kappte die Verbindung.

»Sollten wir die anderen herholen, oder findet Lorth uns?«, fragte Bese.

Garrie dachte kurz nach. »Abholen ist besser. Lorth kommt sonst nicht in die Kernstadt. Er kennt sich hier auch nicht so gut aus.« Sie rief Lorth an.

»Wie sieht's aus?«, quäkte Lorths Stimme aus Garries laut gestelltem Adit. Statt wieder das Passwort auszutauschen, sah Garrie nur die Thaumiker kurz fragend an, und Bese bestätigte mit einem Nicken.

»Hier ist alles klar. In knapp einer Stunde geht es los. Schafft ihr das?«

Nach einem Moment der Stille: »Ja.«

»Wir holen euch am Aufzug vom Zylinder sieben-null ab, Sektor zwölf, Ebene fünfundachtzig.«

»Gut, das finden wir.«

Garrie trennte die Verbindung. Sie tippte noch einen Moment an dem Terminal herum, dann drehte sie sich plötzlich auf dem Stuhl davon weg.

»Okay. Wir müssen noch die Boje kapern. Bojen sind nicht sehr geräumig und zum größten Teil mit Datenspeichern gefüllt, können aber auch ein paar Mann Besatzung aufnehmen. Für uns ... sieben wird es recht eng sein.« Sie sah zu der Tür, die Jar so effektiv als Hindernis eingesetzt hatte. »Dahinter liegt der Hangar. Die Überwachungskameras haben dort niemanden gezeigt, aber kontrolliert das lieber noch einmal. Wir müssen die Boje nehmen, die an Position vier-zwei liegt, das ist in der oberen Reihe die vierte von links. Klar?«

Bese nickte.

»Ich werde die Boje von hier aus öffnen, wenn ihr davor seid, dann könnt ihr da rein.«

Sie erforschten den Hangar und fanden niemanden.

Die Bojen waren große runde Gebilde von etwa sechs bis sieben Schritten Durchmesser und vielleicht zehn Schritten Länge. Davon lagen zwei Schichten an dem Ende des Hangars, das der Schleuse gegenüberlag. Ein unheimlicher Kran kauerte reglos an der Decke und beunruhigte Jar. Laut Garrie diente er zum Hieven der Bojen zur Schleuse. Von dort konnten sie direkt durch einen Abschusstunnel, der durch den gesamten Zylinder reichte, ins All geschossen werden. So erlangten sie schnell genug die notwendige Distanz zur Raumstadt, um ihre eigenen Sprungspulen gefahrlos in Betrieb zu nehmen.

Über Leitern erklommen die Thaumiker das überdimensionale Regal, in dem die Bojen wie Flaschen in einem Weinkeller lagerten, und stellten sich vor der Luke ihrer Boje auf. Garrie öffnete sie vom Kontrollraum aus. Mit einem Surren und Zischen schob sich das Schott beiseite und gab den Blick ins Innere frei.

Sloral und Bese stiegen vorsichtig in das seltsame Fahrzeug. Rechts und links vom engen Hauptgang waren einige sehr schmale kurze Seitengänge, in die sich ein normal gebauter Mensch gerade so hineinzwängen konnte. Die Wände dieser Seitengänge wiesen in regelmäßigen Mustern Bedienfelder auf und waren mit bunten Lämpchen übersät, die für ein unheimliches Licht im Innern der Boje sorgten, bis eine größere Beleuchtung aufflackerte und die Stimmung vertrieb. Exakt in der Mitte der Boje teilte sich der Gang und führte um eine mattglänzende schwarze Kugel, die auf Augenhöhe auf einem senkrechten Rohr steckte und etwa einen Schritt Durchmesser hatte.

»Das ist die Sprungspule«, erklärte ihnen Garrie, die nachgekommen war, als sie die Boje für sauber befunden hatten.

»Die was?«, fragte Jar.

»Die Sprungspule. Sie sorgt dafür, dass alles in einem bestimmten Radius einen Raumsprung vollführt.«

»Wie eine Spule sieht sie ja nicht gerade aus.«

Garrie deutete ein Lächeln an.

»Und damit springen wir also zu unserem Ziel?«, fragte Jar weiter.

»Wir springen mehr als einmal«, sagte Garrie wieder nüchterner. »Tatsächlich sehr oft: mehrmals pro Sekunde, und das ein paar Stunden oder Tage lang.«

»Tagelang?«, fragte Jar erschrocken. Er wollte nicht gern für Tage in der engen Boje eingesperrt sein. »Und warum springt man so oft statt nur einmal?«

»Die Sprünge sind nicht sehr weit. Um weit zu kommen, muss man oft springen. Um schnell voranzukommen, muss man in kurzen Abständen springen.«

»Und wozu gibt es den Abschusstunnel hinter der Schleuse?«, wunderte sich Jar. »Wir könnten doch gleich aus der Raumstadt hinausspringen.«

»So einfach ist das nicht. Die Spule bewegt nicht nur die Boje, sondern alles in einem bestimmten Radius. Der Effekt der Sprungspule nimmt mit der Entfernung ab. Materie weiter weg wird mit einer geringeren Wahrscheinlichkeit erfasst.«

»Ach so«, meinte Jar. »Dann würde also vielleicht die Nachbarboje auch noch mitgenommen werden, die dahinter dann aber nicht mehr?«

Garrie stopfte bereits etwas von ihrem Gepäck in einen Spalt links des Hauptganges, um es dort für den Flug zu verstauen. Es schien sie nicht zu stören, dass sie damit die vielen Lämpchen verdeckte.

Als sie damit fertig war, richtete sie sich wieder auf und sagte: »So clever ist die Spule nicht. Sie erfasst nicht Gegenstände als Ganzes. Mit der Entfernung entgehen ihr mehr und mehr einzelne Teilchen der Materie. Dinge werden mikroskopisch fein perforiert. In noch größerer Distanz nimmt sie dann nur noch einzelne Teilchen mit, statt einzelne zurückzulassen.« Sie lächelte süffisant. »Du kannst dir vielleicht vorstellen, dass es nicht sehr gesund ist, wenn einem plötzlich einzelne Teilchen fehlen. Sicher vor diesen Sprungfehlern ist man nur, wenn man entweder dicht an der Spule ist oder weit weg. Oder natürlich«, ergänzte sie noch mit einem breiten Grinsen, »wenn die Spule aus ist.«

Jar fühlte sich tatsächlich nicht mehr so recht wohl in der Nähe der mattschwarzen großen Kugel.

»Und wie macht sie das?«, fragte Bese, der die Unterhaltung mitangehört hatte.

»Gute Frage«, sagte Garrie und stopfte weitere Gepäckstücke in den nächsten Spalt. »Betriebsgeheimnis von Marata-Boshman. Das sichert ihre Vormachtstellung.«

»Wer ist das?«, fragte Jar. Er wollte den Namen lieber nicht selbst wiederholen, aus Angst, ihn falsch auszusprechen.

»Eine Gruppe Wissenschaftler. Ein Konzern. Irgendwas in der Richtung. Sie haben überall ihre Finger mit im Spiel. Überall weit oben jedenfalls. Denn auf ihren Sprungspulen basiert die Raumfahrt. Ohne sie bräuchte man Jahrtausende, um von Stern zu Stern zu gelangen. – So!« Garrie hatte alles verstaut und sah sich jetzt in der Boje um. »Okay. Jar, Bese, ihr kommt mit mir, wir holen Lorth und Ahloh ab. Sloral, halt einfach nur die Stellung, bis wir wieder da sind. Ich wüsste nicht, warum jemand hier vorbeischauen sollte, aber wenn doch – schalte ihn aus und leg ihn zu den anderen.«

Sloral nickte einmal kurz. Er verschwand im Unterdeck der Boje, wo die paar Besatzungskojen waren und die Thaumiker ihr Lager eingerichtet hatten. Im Oberdeck waren so viele technische Gerätschaften, dass nur ein Kriechgang vorhanden war, der ausschließlich Wartungszwecken dienen konnte.

Die Brüder und Garrie verließen den Bojenhangar auf demselben Weg, auf dem sie gekommen waren, und traten schließlich durch die Glastür auf die Straße. Sofort umfing sie wieder der übliche Lärm von Fahrzeugen.

Sie fuhren mit Rolltreppen einige Decks tiefer und kamen bei der Druckgrenze an, wo sie die Luftschleuse passieren mussten. Als sie sie betraten – ein großer langer Raum mit Schiebetüren an beiden Enden –, stiegen viele andere Menschen mit ihnen ein. Nach wenigen Sekunden, in denen sich wieder kurz ein Druck auf Jars Ohren einstellte, öffnete sich die gegenüberliegende Schiebetür, und Garrie und die Thaumiker stiegen mit den anderen Menschen aus.

Bese fasste plötzlich Jar an der Schulter und schob ihn durch die Menge nach rechts.

»Was –?«, machte Jar.

»Schsch!«, zischte Bese und drängte seinen Bruder an die Seite. Er duckte sich, als wollte er nicht gesehen werden. Garrie kam ihnen nach. Ihr Gesicht war ruhig.

Etwas weiter befand sich der Eingang zu einem Restaurant. Bese schob Jar grob hinein, und Garrie folgte ihnen. Drinnen angekommen, sah Bese sich um und spähte vorsichtig durch die Tür nach draußen.

»Was ist los?«, fragte Jar leise.

»Perrez!«, flüsterte Bese.

»Perrez? Hier?«, hauchte Jar entsetzt. Seine Hände krampften sich in die Nähte seiner Hose.

»Ich habe ihn an der Schleuse stehen sehen, mit Grillo«, sagte Bese und sah weiterhin nach draußen. »Ja! Er steht noch immer dort.«

»Was macht denn Perrez hier?«, jammerte Jar.

»Ich weiß nicht. Mir gefällt das nicht.«

»Zeig ihn mir«, sagte Garrie ruhig.

»Einen Tisch für drei?«, fragte ein Ober höflich, der von hinten an sie herangetreten war.

Garrie drehte sich zu ihm um, zögerte. »Ja, bitte«, sagte sie dann. Sie war die Ruhe selbst.

Die Brüder schauten sich unsicher um, folgten dann jedoch zu einem kleinen Tisch mit weißem Tischtuch und vier Gedecken. Der Ober entfernte eines davon, noch bevor sie sich setzten, und verschwand gleich wieder.

»Wir sollten nicht auffallen«, sagte Garrie sehr leise und ruhig. »Beschreibt mir diesen Perrez.«

»Warte«, sagte Bese. Er konzentrierte sich mit geschlossenen Augen und murmelte ein paar Silben. Nebelschwaden entstanden vor ihm, verdichteten sich schnell und bildeten einen durchschimmernden Miniaturkopf: ein Abbild Perrez'. Es war nicht sehr stabil und fest, doch es genügte.

»Das ist praktisch«, meinte Garrie. »Okay, ich schau ihn mir mal aus der Nähe an.«

»Bist du verrückt?«, zischte Jar panisch.

Bese starrte sie ebenfalls an. Das Nebelbild verschwand.

»Er kennt mich nicht – hat mich nie gesehen«, sagte Garrie trocken.

Das stimmte, doch Jar und Bese schauten beide nicht sehr überzeugt.

»Bestellt euch was zu essen, ich hole euch nachher wieder ab.«

Garrie stand auf und ging lässigen Schrittes zur Tür hinaus. Die Brüder sahen ihr nach.

Die Bestellung fiel ihnen schwer, zum einen, weil sie mit der Karte nicht viel anfangen konnten – die Schrift war ihnen einfach zu ungewohnt –, zum anderen, weil ihre Gedanken nicht bei der Sache waren. Doch es gelang ihnen irgendwie, und sie erhielten kurz darauf Speise und Trank. Ohne besonderen Appetit aßen sie und warteten auf Garrie.

Die Zeit verstrich. Langsam wurden sie unruhig. Wie lang war die Zeit bis zum Abflug der Boje?

* * *

Schließlich waren sie fertig mit dem Essen, und der Ober räumte ihre Teller weg. Noch immer keine Spur von Lorths Kollegin.

»Vielleicht ist was passiert?«, flüsterte Jar.

»Möglich, aber was sollen wir machen?«

Jar schaute verlegen drein. »Wir könnten zur Boje zurück.«

Bese dachte kurz nach. »Was sollen wir da ohne Lorth und Garrie?«

Jar schwieg und zuckte mit den Schultern.

Kurz darauf kam Garrie endlich zurück. Sie war rot im Gesicht und außer Atem.

»Los kommt!«, sagte sie. »Wir sind spät dran!«

»Wir müssen noch bezahlen –«, sagte Jar.

Garrie klatschte einen Plastikchip auf den Tisch. »Erledigt! Los jetzt!«

Sie verließen das Restaurant. Vor der Tür trafen sie auf Lorth und Ahloh, die Garrie bereits abgeholt hatte.

»Es war nicht schwer, Perrez und diesen Grillo zu belauschen«, berichtete Garrie, als sie zurück zum Bojenhangar hasteten. »Sie schienen recht sorglos. Aber sie liefen in die Richtung, in der es zum Treffpunkt ging. Ich machte mir Sorgen, dass sie auf Lorth und Ahloh treffen könnten, also überholte ich sie und konnte nicht alles hören.«

»Was hast du denn hören können?«, fragte Bese, der hinter Garrie herlief.

»Er scheint noch nichts von Lorths Flucht zu wissen, aber irgendwie mit einer zu rechnen. Ich wurde nicht ganz schlau daraus. Und er hat Bojen erwähnt. Das hat mich beunruhigt, aber ich weiß nicht, in welchem Zusammenhang er damit zu tun hatte.«

»Er hat Bojen erwähnt?«, fragte Jar entsetzt.

Sie hatten gerade die letzte Rolltreppe hinter sich gelassen und eilten nun die Straße zum großen Tor des Bojenhangars entlang.

»Ja«, sagte Garrie. »Aber da er noch nicht einmal von dem Kampf in eurem Hotel weiß, glaube ich, dass es ein Zufall ist.«

Sie stürmten durch die Glastür, den Gang entlang zur Stahltür. Jar öffnete sie schon aus einigen Schritten Entfernung. Sie durchquerten den Versorgungsraum und nutzten die Tür links, die sie vorhin nur einen Spalt breit geöffnet hatten. Ihre Schritte hallten unheimlich, als sie durch den Hangar rannten. Sie kletterten die Leiter hinauf, hasteten zur Boje und stiegen ein.

Im Unterdeck saß Sloral in einer der Kojen. Er kehrte gerade aus der Trennung zurück, in der er geblieben war, um Wache zu halten.

»Ein Mann steht im Gang vor der Stahltür. Er will rein«, sagte er angespannt.

Alle erstarrten einen Moment.

»Tamm!«, rief Garrie und schlug sich mit der flachen Hand auf die Stirn. »Kriegt ihr die Tür von hier aus auf?«, fragte sie die Thaumiker hektisch.

»Nicht auf die Distanz«, sagte Ahloh.

Garrie stürmte wieder die Leiter hoch ins Mitteldeck der Boje und zur Luke hinaus. Sie hörten ihre Schritte verhallen. Lorth sah ihr mit unbewegter Miene hinterher. Schließlich folgte er ihr.

Draußen begann ein Hupsignal zu tönen und etwas flackerte. Jar konnte vom Inneren der Boje aus nicht mehr erkennen.

Plötzlich ruckelte die Boje einmal. Dann stand sie wieder still. Kurz darauf wurde sie emporgehoben und schwankte. Die Luke stand noch offen. Jar kletterte die Leiter hinauf und sah durch die Öffnung nach draußen. Lorth war nicht zu sehen. Die Boje wurde vom Kran gerade hinabgelassen und längs durch den Hangar gehievt. Lorth, Garrie und Tamm kamen ins Blickfeld hinter die Boje gerannt. Jar warf sich auf den Boden und streckte seinen Arm hinab.

»Nimm meine Hand!«, rief er Lorth zu. Der sprang und griff fest zu. Jar stöhnte unter der Last, doch Lorth zog sich in Windeseile hoch und in die Boje. Die Luke begann, sich zu schließen. Sofort nahm Lorth Jars Platz ein. Gemeinsam mit Garrie brachte er Tamm durch die Luke, die inzwischen halb von ihrem Schott verdeckt war, das sich von oben herabschob.

»Los, komm!«, rief Lorth durch die Luke hinaus. Garrie sprang und erreichte Lorths Hand. Lorth zog sie grob durch die Luke, die sich Sekunden darauf gänzlich schloss und die Hupsignale und anderen Geräusche aussperrte.

Sie lagen alle im engen Gang durcheinander.

Lorth sah Jar an. »Danke«, sagte er und nickte ihm zu.

Intermezzo

BRAND

»Lorth?«

Der Ruf hallte unbeantwortet durch die Wohnräume.

»Lorth!« Diesmal langgezogen und fordernd.

»Ja, was ist?«, rief er gelangweilt zurück.

»Komm in die Küche, ich hab was für dich.«

Lorth kannte diesen Trick bereits und fiel nicht darauf herein. »Was ist es?«

»Komm her und schau es dir an!«

Ein Teil von ihm wusste ganz genau, dass seine Mutter ihn nur locken wollte, um ihm eine Aufgabe zu verpassen. Doch die Neugierde siegte schließlich. Er legte sein Buch weg und ging in die Küche.

»Da auf dem Tisch.«

Er sah einen Korb mit roten, festen Früchten. »Die Alnavis?«

»Putz sie für mich, ja? Jede zehnte darfst du essen.«

Jede zehnte – das war besser als nichts.

»Du musst beide Enden abschneiden, die schmecken nicht.«

»Ich weiß das schon«, meinte Lorth sachlich.

Er setzte sich an den Tisch, nahm das kurze Messer und begann, die Alnavis beidseitig zu köpfen. Jede zehnte, vielleicht auch mal eine neunte, aß er. Sie waren süß und sauer. Die restlichen warf er in den nebenstehenden Topf, in dem sie mit Zucker gekocht werden sollten, um ein Mus zu ergeben. Er bereitete also gerade den Nachtisch zu. Stolz holte er sich die nächste Handvoll Früchte aus dem Korb.

Es klingelte an der Tür.

»Ich gehe!«, rief Lorth sofort, sprang auf und ging zum Eingang.

»Hallo Papa.« Er sprach in einem ruhigen und festen und ganz und gar unkindlichen Tonfall, den Türknauf noch in der Hand.

Sein Vater lachte ihn an, beugte sich hinab und hob Lorth hoch.

»Hallo Großer! Ah, du bist zu schwer dafür!« Er stöhnte theatralisch.

Lorths Gefühl des Stolzes vermehrte sich noch. »Mama macht Essen. Ich mache gerade den Nachtisch.«

»Na, dann will ich dich mal nicht aufhalten!«

Er setzte Lorth ab und hängte seine regennasse Kleidung auf.

»Was gibt's zu Essen?«, rief Lorths Vater durch die Wohnung.

»Komm und schau selbst!«, rief seine Mutter zurück.

Lorth folgte seinem Vater in die Küche und beobachtete schweigend, wie seine Pflegeeltern sich zur Begrüßung umarmten und küssten. Er widmete sich wieder den Alnavis und schnitt weiter ihre Enden ab. Er aß keine mehr davon. Der Nachtisch war jetzt wichtiger.

Während sie am Esstisch saßen, stand der Topf mit Lorths Werk auf dem Herd und kochte langsam ein. Sein Vater erzählte von seinem Tag. Lorth lauschte. Seine Mutter schmunzelte bisweilen und neckte ihren Mann mit Fragen, die ihn aus dem Konzept bringen sollten.

»Wir werden also den Plan nochmal ändern müssen«,

sagte sein Vater gerade. »Schließlich ist es nicht unsere Schuld, wenn der ewige Regen die Landschaften ständig verändert.«

»Müsst ihr solche Faktoren nicht mit einplanen?«, fragte sie.

»Na ja – die Modelle dafür sind zum größten Teil chaotisch und in der Praxis nicht viel wert. Am Ende hat der Vogel von der Projektplanung das auch eingesehen – aber erst mal musste er natürlich auf den Putz hauen und uns als unqualifiziert abkanzeln.«

»Was ist ›abkanzeln‹?«, fragte Lorth.

»Runtermachen«, sagte sein Vater.

»Abwerten«, sagte seine Mutter.

Lorth sah hin und her. »Wo ist der Unterschied?«

Seine Eltern schauten sich an und stutzten einen Moment.

»Eigentlich keiner«, meinte sein Vater und grinste.

»›Runtermachen‹ ist ein Wort, das Papa benutzt«, sagte seine Mutter sachlich, griff sich einen leeren Topf und stand auf, um ihn abzuräumen.

Ein Knall fuhr durch das Haus. Alle schraken zusammen. Das Geschirr in den Schränken klirrte leicht nach.

»Was war das?«, fragte Lorths Mutter. Sie hielt inne, den Topf in der Hand und den Blick auf das Fenster gerichtet.

Sein Vater runzelte die Stirn. »Das wird wieder so ein Flieger sein.«

»Nein, die klingen anders. Heller und nicht so laut.«

»Das kommt doch auf die Entfernung –«

Es krachte erneut, diesmal lauter. Und noch einmal. Die vor dem Essen beiseitegestellte Vase fiel auf einem Schränkchen um. Niemand beachtete sie.

Seine Mutter stand auf, ging zum Herd und schaute durch das Fenster nach draußen. Regen prasselte gedämpft auf das Doppelglas und verschlierte die Sicht. Den Topf in ihrer Hand hatte sie vergessen.

»Was ist das?«, fragte sie.

»Vielleicht sollten wir mal in der Station anrufen?«, meinte sein Vater.

Ein kurzes Pfeifen, dann bebte das ganze Haus, die Scheiben barsten. Glassplitter, Regen, Erde und Äste flogen durch das Loch, schlugen die Ziervorhänge nach innen und schleuderten Lorths Mutter gegen die Küchenschränke. Der Topf prallte neben ihr an die Wand, und beide fielen zu Boden. Das Licht war bei dem Einschlag sofort verloschen, nur eine blasse Notbeleuchtung zeigte, wie die Ausläufer der Druckwelle den Regen in die Küche peitschten.

»Enna!«, schrie sein Vater. Er sprang auf und stürzte zu seiner Frau.

Lorth rutschte vom Stuhl und kauerte sich unter den Esstisch.

»Enna!« Lorths Vater hielt seine Frau im Arm, die Frau, die Lorth wie eine Mutter liebte.

Der Junge beobachtete zwischen den Tisch- und Stuhlbeinen hindurch. Er zitterte und zuckte am ganzen Körper. Mehrmals verzog sich sein Gesicht panisch, und jedes Mal fand dann dort ein kurzer Kampf statt, in dessen Verlauf sich die Falten glätteten, bis er wieder unnatürlich emotionslos schaute.

Das Rauschen des Regens drang durch das Loch, wo vor Sekunden noch das Fenster gewesen war.

»Enna! – Enna!«, rief sein Vater. Er hob ihren Oberkörper an, schüttelte sie. Schließlich ließ er sie sinken und beugte sich tief über ihr Gesicht. Mit hastigen Bewegungen wischte er ihr Haar aus der Stirn, betrachtete seine Hand. Sie war blutverschmiert.

Er wich zurück, stieß gegen den Herd, starrte sie an. Dann sah er zum Tisch, entdeckte Lorth darunter. Auf allen Vieren hastete er zu ihm und zog ihn heraus.

»Wir müssen hier weg!«, presste er hervor. Er schaute seinem unpassend ruhigen Pflegesohn fest ins Gesicht und hielt ihn an beiden Schultern. »Weißt du noch, was ich dir gesagt habe? Dass so etwas passieren kann?«

Lorth starrte seinen Vater an. Er erinnerte sich daran. Sie hatten wieder und wieder besprochen, was bei einem Überfall zu tun sei, aber er war so durcheinander, dass ihm dazu im Augenblick nichts mehr einfiel. Trotzdem nickte er.

»Gut!«, sagte sein Vater. Er schaute sich hektisch in der schummrigen, verwüsteten Küche um, in die jetzt der Regen wehte. »Alles wird gut, wir werden weggebracht. Und bis dahin –«

Noch eine Explosion ließ das Haus erzittern. Im Flur fiel etwas zu Boden und schepperte. Das laute, doch sanfte Rauschen zwischen den Einschlägen wirkte irgendwie nicht richtig.

Sein Vater zog ihn aus dem Raum und zur Fluchttür. Er stieß sie auf, ihr Alarm erklang mit einem schönen Gongton. Jetzt hätte er auch schrill klingen dürfen, aber er war nun einmal für zivile Zwecke konzipiert. Lorth konnte ohnehin nur daran denken, dass ihn gleich das nächste Krachen übertönen würde.

Sie hasteten in die Garage. Der Junge zog mühsam die schwere Autotür auf und kletterte auf den Beifahrersitz. Sein Vater rannte zur Fahrerseite, stieg ein, ließ den Wagen an. Der Motor heulte auf.

Es krachte wieder, eine Explosion im Haus warf Stücke aus der Wand gegen das Auto und zerschmetterte die Scheiben neben Lorths Vater. Der schrie auf, gab Gas und brach durch das Garagentor. Sie schlingerten die Auffahrt entlang, das Falttor noch auf dem Wildfänger vor dem Kühler. Der Fahrtwind wehte das Tor zur Seite, wo es jemanden traf, der geduckt zwischen den Büschen stand. Lorth sah kurz sein vage bekanntes, rundes, regennasses Gesicht mit hohen Wangenknochen und kleinen Augen. Der Mann zeigte gerade auf ihn, als er umgerissen wurde. Sie schleuderten an ihm vorbei, doch Lorth fühlte, dass sich etwas verändert hatte. Plötzlich wirkte alles gedämpfter, als wäre er in Watte gepackt. Es war nichts Akustisches, doch er fühlte sich mit einem Mal geborgen und behütet.

Die Zufahrt ging direkt in die Straße über, die nur zu ihrem Haus führte und hier endete.

»Wir schaffen das!«, sagte sein Vater. Er starrte weit nach vorne zum Lenkrad gebeugt in die Dunkelheit. Zu sehen war da nichts – das Fahrzeug hielt selbstständig die Spur auf der Straße.

Lorth sah ihn im schaukelnden Wagen von der Seite an, stumm und äußerlich gefasst wie immer. Die schwache Beleuchtung im Auto stammte ausschließlich von den Anzeigen.

»Wir müssen nur –« Sein Vater stockte, rang mit sich. »Sie suchen dich!«, platze er dann hervor. »Wenn irgendwas passiert, versteck dich!« Er warf seinem Pflegesohn einen hastigen Blick zu.

Nach einigen hundert Metern blinder Fahrt mit wild hin und her zuckenden Scheibenwischern schaltete sein Vater das Licht ein. Und dann gleich wieder aus, als er einen Skimmer über der Straße schweben sah.

Etwas krachte dicht hinter ihnen in die Fahrbahn, schleuderte ihr Heck empor. Das Auto überschlug sich und stürzte die Böschung hinab. Lorth wurde im Innern des Fahrzeugs umhergeworfen, prallte gegen Decke, Fenster und seinen Vater, doch nichts davon bereitete ihm Schmerzen. Schließlich lag der Wagen still. Der Regen prasselte auf die Karosserie und erzeugte im Wrack einen eigenen Klang. Einige Sekunden verstrichen.

»Pa?«, fragte der Junge. Er bekam keine Antwort.

Er rappelte sich auf und griff nach seinem Vater, schüttelte ihn. »Pa!«

Er berührte im Dunkeln das Gesicht seines Vaters, ertastete offenstehende Augen. Er befühlte den Mund, die Nase. Er hielt den Atem an. Kein Lüftchen regte sich dort.

Verzweiflung durchflutete ihn. Er sah sich um. Es war stockfinster.

Ein Blitz durchzuckte den Himmel. Lorth zählte automatisch, wie er es immer tat, wenn es blitzte. Einen Moment später rumste es. Mehrere Sekunden, also weit genug weg.

Er stieß mit den Füßen gegen die Beifahrertür, stieß noch einmal. Aufgelöst suchte er in der Schwärze nach dem Türgriff, fand ihn, zog daran. Die Tür ruckte, das Rauschen wurde lauter. Er trat erneut dagegen, und sie öffnete sich laut quietschend ein Stück. Er rutschte durch den Spalt aus dem Wagen in ein Feld mit hüfthohen nassen Ähren. Ihm reichten sie bis zur Brust. Noch ein Krachen, diesmal näher. Der Boden bebte. Lorths Beine glitten auf dem matschigen Untergrund zur Seite, er stürzte, landete mit dem Gesicht im Dreck. Und auch diesmal tat ihm nichts weh. Aber er schmeckte Erde zwischen den Zähnen. Der Regen prasselte auf seinen Rücken.

Er rappelte sich auf, stolperte ein paar Schritte weiter, dann verfingen sich seine Füße in zähen Getreidehalmen. Wieder fiel er hin. Sein T-Shirt klebte ihm bereits nass an den Armen.

Hinter ihm flammte ein grelles Licht auf. Es schien in der Luft zu hängen, vermutlich am Skimmer. Ein verwaschener Lichtkegel beleuchtete den havarierten Geländewagen.

Das Licht verlosch, es wurde pechschwarz. Lorth blieb still in Deckung. Der Regen durchnässte ihn und fiel um ihn herum auf die schon seit Stunden getränkte Erde. Er lag vielleicht zehn Meter vom Auto entfernt, doch sein Gefühl der Geborgenheit blieb.

Ein dumpfes Vibrieren wurde lauter, als das Fluggerät sich auf der Straße ganz in der Nähe niederließ, und verstummte. Es klapperte, schepperte leicht, dann hörte er Stiefel, die auf den Beton der Fahrbahn trafen, Getrappel, Rutschgeräusche, mehrere Leute kamen die Böschung herab und drangen zu dem Geländewagen vor.

»Wagen gesichert!«, sagte eine Stimme. »Eine Person tot im Fahrzeug. Der Pflegevater. Keine Spuren von der Zielperson. Schwere Schäden. Unwahrscheinlich, dass er da drin war. Das hätte er nicht überlebt.«

Lorth lag so flach wie möglich auf dem Boden und fühlte sich völlig unverletzt. Weniger als fünf Meter von ihm entfernt stand der Kämpfer und wartete auf Anweisungen. Für einen Moment war nur das Rauschen des Regens zu hören.

»Ja, Sir!«, blaffte der Mann dann plötzlich.

Der Junge lag still zwischen den Ähren. Kurz darauf kam jemand die Böschung herab.

»Sir!«, grüßte der Soldat zackig. »Wir haben keine Spuren von ihm finden können. Vielleicht ist er im Haus geblieben.«

»Der Vater versucht, sich selbst zu retten und lässt seinen Sohn zurück?« Der Sprecher klang sarkastisch.

»Sir, die Scanner spielen schon den ganzen Abend verrückt. Es wäre möglich, dass wieder eine Fehlfunktion vorliegt.«

Der andere Mann grunzte unwirsch und stapfte dann umher. »Na großartig! Das liebe ich so an diesen Aufträgen! Wenn die den Bengel in ihren Fingern hatten, kriegen wir den garantiert nicht mehr zu Gesicht! Verdammter Mist! Los, packen Sie Ihre Leute zusammen, Sergeant, wir rücken ab!« Er wandte sich ab und ging mit matschenden Schritten in Richtung Böschung.

»Keine Sicherung des Terrains, Sir?«

Der Befehlshaber drehte sich um und rief durch den Regen: »Vergessen Sie Ihre Regeln, Mann! Wir sind zu spät gekommen, finden wir uns damit ab! Vermutlich ist der Junge schon im Orbit oder noch weiter weg!«

»Sir, meinen Sie, die Zielperson war gar nicht am Einsatzort?«

Der andere kam ein paar Schritte zurück. »Das weiß ich nicht, Sergeant!«, sagte er so bissig, dass es hasserfüllt klang. »Ich weiß nur, dass wir bei Einsätzen, die so verlaufen wie dieser, nie jemanden finden!« Er wandte sich wieder ab und stapfte zum Skimmer hoch.

»Sir?«

Doch sein Vorgesetzter reagierte nicht mehr.

Der Sergeant rief seine Leute zusammen, und sie kletterten zurück die Böschung hinauf. Einen Moment später hob das Fluggerät mit seinem dumpfen Vibrieren ab und hinterließ nur das seltsam falsche Rauschen des Regens.

Es war so falsch, weil es sich so friedlich anhörte.

Lorth blieb noch einige Minuten liegen. Er war inzwischen nass bis auf die Haut. Ihm wurde kälter. Schließlich stand er auf, doch sehen konnte er nichts – es war stockdunkel. Die Männer mussten Nachtsichtgeräte benutzt haben. Er tapste vorsichtig durch die Ähren zur Böschung der Straße, um sich an ihr zu orientieren. Dann stolperte er an der Schräge entlang. Er wagte nicht, ganz auf die Fahrbahn zu klettern, falls doch noch Leute nach ihm suchen sollten.

Mit dem Beginn der Dämmerung wurde der Regen schwächer, und Lorth konnte allmählich etwas sehen. Er kam an den ersten Gebäuden der Stadt vorbei – einzelne leuchtende Fixpunkte in der Dunkelheit. Gegen Mittag fielen die letzten Tropfen. Am Abend erreichte er den Raumhafen und ging mit inzwischen wieder trockener Kleidung in eine Kantine.

Ihm kam nicht in den Sinn, dass er hier an seinen biometrischen Merkmalen identifiziert werden könnte. Er war zu müde, um noch klare Gedanken zu fassen. Eine Suppe, die er aus einem Automaten gezogen hatte, trank er aus, ohne den Löffel auch nur zu beachten, legte dann den Kopf neben die leere Schüssel auf den Plastiktisch und schlief ein.

Teil Drei

Goodsphere

Ein kleiner Punkt flog entlang einer unsichtbaren Route auf seinem Weg von einem gewaltigen Ball zum anderen. Seine Bewegung war wie ein stroboskopisches Aufblitzen, das mit gigantischer Geschwindigkeit durchs All raste. Passierte er einen Beobachter, so hatte dieser ab dem Zeitpunkt des Passierens den Eindruck, der Punkt blinke in beiden Richtungen davon. Rückwärts, weil das bisschen Licht, das er in den Sekundenbruchteilen der Ruhe zwischen den Sprüngen aussandte, von den früheren, entfernteren Orten erst später beim Beobachter eintraf als der Punkt selbst, ihm nacheilend. Vorwärts schien der Punkt fortzublitzen, weil der Beobachter am Wegesrand dort dem davonhuschenden Punkt tatsächlich hinterhersah.

Doch nur theoretisch. Dieser Punkt war viel zu klein, um nach einem seiner Sprünge noch gesehen zu werden. Und ein Beobachter tat gut daran, sich nicht in seine Bahn zu stellen, wollte er nicht beiläufig auf subatomarer Ebene zerlegt werden.

Nach nur einigen Stunden des kontinuierlichen Vorwärtshastens sprang er mit einem letzten Satz in die

Nähe seines Ziels und hielt inne. Nein – er hielt nicht wirklich inne. Er raste weiterhin durchs All, doch war seine jetzt erkennbare, gewöhnliche einsteinsche Geschwindigkeit nicht mit der zu vergleichen, die er Sekunden zuvor noch demonstriert hatte. Mit nur mehr einigen Kilometern pro Sekunde schoss er nur unwesentlich schneller als eine Gewehrkugel auf den grauen Ball zu, der mit hunderten konzentrischer Kreise gemustert war.

Der Punkt blieb im Vergleich stets nur ein Punkt und bremste mit einem weißen Schimmer, der zum Ball gerichtet war und dessen Fanal die Größe seiner Quelle bei Weitem überstieg. Kurz bevor er durch eins der zahllosen Mäuler des Balls in dessen Eingeweiden verschwand, verlosch das helle Leuchten.

Jetzt hätte der Ball in einem Augenblick verschwinden können, doch er hielt noch inne.

Er schien auf etwas zu warten.

* * *

»Okay, wir haben angedockt«, sagte Garrie. Ihr Blick war noch immer starr auf die Anzeigen des Terminals gerichtet. Sekunden später schaute sie sich um, beobachtete die Thaumiker, Tamm und seinen Freund Lorth. »Macht euch bereit. Die Leute hier im Bojenhangar rechnen vermutlich mit Besatzung, weil sie das Gewicht der Boje beim Abbremsen bestimmt haben – aber sicher nicht mit uns.«

Lorth sah aus dem Augenwinkel, dass sein jüngerer Cousin grinste.

Die Thaumiker machten die üblichen Gesten, um sich ihren Schild zu erzeugen. Doch Bese stutzte, wiederholte die Geste und blieb dann nachdenklich.

»Bese, was ist?«, fragte Lorth, der für Unklarheiten in ihrer Lage nichts übrig hatte.

»Ich weiß nicht. Es hat nicht gleich geklappt.«

»Nicht gleich?« Lorth erinnerte sich an ein Wasserglas.

»Na ja, ich hab es dann nochmal probiert ...« Der junge Mann wirkte angespannt.

Sloral runzelte die Stirn. Ahloh ging zu Bese und schlug nach seinem Kopf. Die Hand wurde abgelenkt und verfehlte Bese, der dennoch unwillkürlich zusammenzuckte.

»Jetzt hat es geklappt«, sagte der Alte trocken. Ob er auch innerlich beruhigt war, war schwer zu sagen. Lorth jedenfalls blieb alarmiert.

»Okay, rauf«, sagte Garrie.

Sie kletterten die Leiter hinauf, Sloral voran, Bese hinterher. Tamm beobachtete die Thaumiker und blickte von einem zum anderen. Es machte ihm offensichtlich zu schaffen, nur noch Ballast zu sein. »Wartet – lasst mich vorgehen!«, sagte er plötzlich. Er drängelte sich zwischen die Thaumiker und die Leiter hinauf, vor die Luke.

»Was hast du vor?«, fragte Garrie, den Blick emporgerichtet.

»Ich bringe uns in den Kontrollraum«, sagte er im knappen Ton eines Mannes, der nicht gewohnt ist, seine Aktionen zu rechtfertigen.

Die Boje schwankte und rumpelte, dann lag sie still. Es zischte, als sich die Luke öffnete.

»Na? Jemand an Bord?«, ertönte ein jovialer Ruf von draußen.

»Ja, verdammt!«, ereiferte sich Tamm sofort und tauchte unter dem Lukenschott durch, bevor es ganz nach oben gefahren war. »Wir müssen unbedingt sofort eine Verbindung mit Admiral Clarton bekommen! Wir sind extra mit einer Boje gekommen, was meinen Sie, wie unbequem sowas ist!«

»Sie sind keine autorisierte Bojencrew«, stellte die Stimme verwirrt fest. »Wer sind Sie denn?«

»MBS«, antwortete Tamm. Er stieg bereits klappernd eine Treppe hinab, als Lorth ihn noch sagen hörte: »Autorisierung liegt den Bojendaten bei, aber jetzt schnell, Mann!«

Bese wollte folgen, doch Ahloh hielt ihn zurück, flüsterte ihm etwas zu und schob sich an ihm vorbei nach draußen.

Lorth kletterte sofort die Leiter hinauf. »Was hat er gesagt?«, zischte er.

»Zu jung«, antwortete Bese leise.

Lorth nickte kurz. »Für Geheimdienst ja. Bleib hier.« Er zog den Reißverschluss seiner Jacke auf, nahm Glimp heraus und drückte ihn Bese wortlos in die Hand. Die kleine Echse blinzelte träge. Dann wandte er sich um und duckte sich durch die Luke. Sloral folgte ihm dichtauf. Eine kurze blecherne Gangway, nicht mehr als eine stabile Leiter, führte auf den Boden des Hangars.

Tamm war schon auf halbem Weg quer durch die Halle zum Kontrollraum. Neben ihm ging ein schmächtiger Mann, der in einen verwaschenen schwarzen Overall gesteckt war, auf dessen Rücken das verschlungene farbige GS-Symbol der Raumstadt prangte. Es weckte alte Erinnerungen. Lorths Zeit auf Goodsphere kehrte in Gefühlen zu ihm zurück.

Der Hangararbeiter trippelte aufgeregt neben dem weit ausschreitenden Gria-Mann her und wirkte überfordert. Er konnte nur mit Bojenpersonal gerechnet haben, mit Kollegen, vielleicht Bekannten oder sogar Freunden. Stattdessen waren Unbekannte gekommen. Lorth und Sloral holten zu Ahloh auf.

»Bleibt dicht bei Tamm!«, flüsterte Lorth den Thaumikern zu.

Die drei gingen etwas schneller, bis sie zu dem führenden Paar aufgeholt hatten. Tamm ging vor dem Mann her durch eine Tür in der Hangarwand.

»Halt! Was soll das hier?«, tönte eine Stimme aus dem Kontrollraum.

»Die sind vom MBS und müssen ein dringendes Gespräch führen«, sagte der Mann. Er wirkte weder besonders überzeugend noch selbst ganz überzeugt.

»Admiral Clarton muss Informationen erhalten, die wir

nur persönlich übermitteln dürfen!«, sagte Tamm. Er sprach sehr schnell.

»Ich kenne keinen Admiral Clarton. Sie waren in der Boje? Weisen Sie sich aus!«

»Die Autorisierung ist in den Bojendaten!«, sagte Tamm genervt. »Es ist äußerst dringend!«

»Chett, ruf mal Verstärkung! Das sind mir zu viele. Sie! Stellen Sie sich da drüben auf!«

»Lassen Sie das! Wenn Sie Verstärkung anfordern, fällt das auf!«

»Das ist mir doch egal!«

»So können Sie nicht mit unserer Tarnung umgehen! Durchsuchen Sie uns, und dann checken Sie die Bojendaten!«

Sloral, Ahloh und Lorth traten jetzt auch in den Kontrollraum und konnten die Streitenden sehen. Die Bodengitter hatten einen rostigen Schimmer, und einige der Tische waren schief. Von den knapp zwanzig Lampen in der Decke brannten nur drei. Ihr Muster ließ darauf schließen, dass die restlichen nicht absichtlich dunkel waren. Neben einigen Terminals, an denen verunsichert zuschauende Operators kauerten, brannten kleine Schreibtischlampen.

Vor ihnen stand ein Sicherheitsmann mit Schutzweste und hielt ein Sturmgewehr im Anschlag, den Lauf auf den Boden vor ihren Füßen gerichtet. Hinter ihm stand ein zweiter, der nervös wirkte, und offensichtlich die Leute vom Geheimdienst nicht aufhalten wollte. Ein dritter wollte gerade durch eine andere Tür hinausgehen.

Im hinteren Teil des Raumes fiel etwas um und polterte über den Boden. Beide Wachleute sahen sich um. Lorth machte einen großen Schritt auf den Wortführer zu, hielt den Lauf seiner Waffe beiseite und zog ein Knie zwischen die Beine des Mannes. Mit mörderischem Krach feuerte das Gewehr los und jagte Kugeln in die Bodenroste. Querschläger schlugen wilde Funken.

Lorth hörte ein dumpfes Geräusch, doch schwach. Es war nicht richtig.

Der zweite Wachmann war beim Rattern des Gewehrs des ersten zusammengezuckt und hatte vor Schreck die Hände vom Abzug seines eigenen genommen. Doch jetzt fingerte er daran herum und würde nur noch Sekunden brauchen, um schussbereit zu sein. Und etwas stimmte mit den Phoben der Thaumiker nicht.

Sein Kontrahent sackte langsam vor Lorth zusammen. Er schlug ihm mit der Faust frontal auf den Hals. Der Mann ließ sein Gewehr los. Lorth drehte es herum und schoss dem zweiten Mann eine Salve in die Brust, wo sie von der Weste abgefangen wurde. Beide Wachen fielen um.

Der dritte kam laut rufend aus dem Nebenzimmer zurückgerannt, in das er kaum getreten war. Lorth schoss zwei Kugeln in schneller Folge dicht vor den untätigen Thaumikern vorbei in sein Gesicht. Sein Kopf schlug nach hinten, Blut spritzte, und er fiel aus dem Lauf auf einen Operator im Drehstuhl, der daraufhin aufschrie und sich panisch von der Leiche zu befreien versuchte. Für Lorths Geschmack kam dabei das Gewehr des Wachmannes zu nah an die Hände des Operators, und Lorth erschoss auch diesen mit einem Schuss in den Kopf. Blut klatschte auf einen Bildschirm, der zudem von der durchschlagenden Kugel getroffen wurde. Das Geschrei endete schlagartig, doch jetzt flohen die restlichen Operators in den hinteren Teil des Raumes, der jedoch auch keine Deckung bot.

Der Wachmann, dessen Weste die Salve abgefangen hatte, bewegte sich. Lorth zielte demonstrativ auf ihn. Als der Mann nach seiner Waffe griff, schoss er. Drei Kugeln trafen seinen Kopf. Er schlug zurück auf den Rücken und blieb reglos liegen.

»Himmel!«, hauchte Ahloh, starr dastehend.

»An die Wand da«, sagte Lorth bestimmt und gestikulierte die noch lebenden Operators mit dem Gewehr an die Wand zum Hangar. Die meisten von ihnen waren zu Boden gerutscht und mussten sich jetzt erst aufrappeln.

Einige versuchten, ihre Hände hochzuhalten. Keiner von ihnen sagte etwas.

»Was war los?«, fragte Lorth leise die Thaumiker, ohne die Operators aus den Augen zu lassen.

Sloral schaute verkniffen. »Ich weiß es nicht«, presste er hervor.

»Keine Thaumik?«, flüsterte Lorth.

Die beiden Thaumiker sahen sich an.

»Es ist seltsam«, sagte Sloral schließlich, aber nicht mehr.

* * *

»Kein Alarm, soweit ich das feststellen kann ...« Garrie huschte durch die verschiedenen Anzeigen und überflog sie nur grob.

Lorth blickte unverwandt auf die an der Wand aufgereihten Angestellten, das Sturmgewehr auf den Boden gerichtet.

Bese hatte bei den ersten Schüssen entschieden, dass ihre Ad-hoc-Tarnung als Agenten geplatzt war, und war nachgekommen, hatte seinen Bruder allerdings noch in der Boje zurückgelassen. »Wir könnten versuchen, sie einzuschläfern«, schlug er Lorth nun im Flüsterton vor. »Die Kontakteffekte sind ähnlich einfach wie ein Schild.«

Lorth überlegte. Er war nicht gewohnt, als Leiter einer Gruppe zu agieren, doch Bese sah in ihm offensichtlich einen Führer. Es war nicht richtig. Garrie sollte die Entscheidungen treffen. Doch Garrie war beschäftigt.

»Tut das«, sagte er.

Bese, Sloral und Ahloh gingen zu den Männern an der Wand.

»Ihr bleibt am Leben«, sagte Lorth laut. »Wir betäuben euch jetzt. Ich erschieße jeden, der sich wehrt.«

Einige der Operators jammerten, doch Sekunden später lagen alle ohnmächtig auf dem Boden.

»Okay. Garrie, wie lange noch?«, fragte Lorth und schob sich das Gewehr auf den Rücken.

»Hier ist was komisch ... Momentchen noch«, murmelte Garrie abgelenkt.

Lorth atmete tief durch. Er wandte sich zu Bese. »Kommt Jar damit klar?«, fragte er leise und deutete auf die vier Leichen.

Bese sah bemüht aus. »Der Tod gehört zum Leben.« Er schien mehr sich selbst überzeugen zu wollen.

»So einer nicht unbedingt«, meinte Lorth.

Bese dachte noch einen Moment nach. »Ich hole ihn«, sagte er dann und presste die Lippen zusammen. Er ging zurück in den Hangar, um seinen Bruder aus der Boje zu holen, wo er als Letzter geblieben war.

»Wir sollten hier weg«, meinte jetzt Tamm, weniger um die Ruhe für Garrie besorgt. Trotz seiner Größe und Masse wirkte er nervös.

»Gleich ...«, murmelte Garrie und schaltete einige Anzeigen durch. Eine erregte offenbar etwas mehr Interesse, doch auch diese betrachtete sie nur wenige Sekunden, dann wandte sie sich zur Gruppe.

»Die Bojenpause ist noch nicht beendet. Goodsphere erwartet eine weitere Boje. Sie wird in etwa zwanzig Minuten hier ankommen.«

»Wir sollten die zweite Boje abwarten«, sagte Sloral sofort. »Wenn sie auch Leute enthält, verspielen wir unseren Vorsprung, sobald die das Massaker hier entdecken und Alarm schlagen.«

»Nein, ich denke nicht, dass wir warten sollten«, sagte Garrie. Sie drehte sich zu dem Monitor um und schaltete ihn ab. »Etwas sagt mir, dass die Leute in der Boje nicht Alarm auslösen werden.« Sie stand auf und blickte Lorth an. »Die zweite Boje kommt auch von Singa.«

Aus der Richtung des Hangars ertönte ein unartikuliertes Geräusch. Bese und Jar standen in der Tür. Jar starrte auf die blutgetränkten Roste, sein Bruder auf Garrie.

* * *

»Perrez?«, fragte Sloral.

»Mit Sicherheit«, sagte Garrie und nickte.

»Kann es nicht einfach so eine zweite Boje geben?«, fragte Jar.

»Raumstädte schicken nie mehr als eine. Außerdem war keine geplant, als wir abflogen.«

»Wir sollten hier weg«, meinte Tamm erneut.

»Ein wahres Wort«, sagte Garrie, kniete sich neben den toten Wachmann, der bei dem unglücklichen Operator lag, und nahm ihm die Pistole aus dem Plastikholster. »Will noch einer die dritte mitnehmen?« Sie deutete auf den rücklings daliegenden Toten mit der demolierten Schutzweste und den drei Kopfschüssen.

Jar folgte dem Fingerzeig mit dem Blick und sah dann unverwandt, fast verträumt, auf die Leiche.

Tamm schnaufte abschätzig, ging hin und nahm das Gewehr aus dem schlaffen Griff des Toten. »Nicht mal entsichert!«, brummte er, als er es sich umhängte.

»Das ist zu auffällig«, sagte Lorth sachlich zu dem großen Gria-Mann. Er selbst hatte sich bereits die Pistole des ersten Wachmanns genommen. »Nimm seine Pistole, das muss reichen.«

Tamm schaute missmutig und wirkte einen Moment, als wollte er aufbrausen und sich den Befehlston verbitten. Doch dann schien er es sich anders zu überlegen. Er blieb still, legte das unhandliche Sturmgewehr wieder ab und fummelte die Pistole des Toten hervor.

Sie verließen die Anlage rund um den Bojenhangar. Wie auf Singa waren auch hier diese Einrichtungen in der Nähe des Kerns der Raumstadt untergebracht. Sie begegneten niemandem auf dem Weg nach draußen. Auf der Straße war spärlicher Verkehr.

»Sollten wir mit Problemen rechnen, der Polizei zu entkommen?«, fragte Bese auf dem Weg zu einer Rolltreppe.

War die grundlegende Architektur Goodspheres auch dieselbe wie die Singas, so waren doch schon hier deutliche Unterschiede zu erkennen. Vor allem lag alles in einem Dämmerlicht, weil die meisten Lampen defekt waren. Stellenweise funktionierte gar keine, sodass einige Abschnitte in tiefen Schatten lagen. Die meisten Fahrzeuge hatten Frontscheinwerfer eingeschaltet.

»Wir müssen eigentlich nur in die Äußere Stadt kommen«, antwortete Garrie.

»Da ist weniger Polizei, oder wie?«, fragte Bese nach.

Lorth und Garrie tauschten einen Blick aus. Garrie schmunzelte. »Na ja, nicht so direkt. Goodsphere ist anders als Singa strukturiert. Hier gibt es viele verschiedene Regionen, die lokal verwaltet sind.«

»Das ist ja eine nette Art, das auszudrücken«, warf Lorth ein, den Blick weiterhin geradeaus.

Garrie fuhr fort: »Lokale Gruppen haben dort das Sagen, die Gria oder andere Machthaber. Es gibt eine offizielle Führung der Raumstadt, die Sphäralregierung, – irgendwer muss schließlich die Stadt nach außen vertreten – aber innenpolitisch ist sie ein Papiertiger. Ihr Einfluss umfasst eigentlich nur den Kern und ein paar innere Zylinder.«

»Ich verstehe«, sagte Bese langsam. »Die Polizei von hier kann uns also nicht folgen?«

Garrie atmete tief durch, fuhr sich mit den Fingern die Stirn hinauf und durch das Haar. »Sie kann schon«, sagte sie dann, »aber es ist ziemlich gefährlich für sie. Und erreichen wird sie nicht viel.«

Bese nickte.

Vielleicht verstand er wirklich, doch Lorth hatte Zweifel. Die Verhältnisse auf Goodsphere verstand man vermutlich erst, wenn man eine Weile hier gelebt hatte. Armut und Kriminalität waren die vorherrschenden Triebfedern, die nicht viel Platz für brave Bürger ließen. Wenn die Thaumik ihrer Freunde weiter verblassen sollte, dann würden sie sich besser bewaffnen müssen.

Der Flug in der engen Boje hatte mehrere Tage gedauert. Lorth hatte knapp über fünfunddreißig Stunden gezählt – Raumstadtstunden wohlgemerkt, also drei Tage und fünf Stunden oder dreitausendfünfhundert Minuten à hundert Sekunden. Es war viel Zeit gewesen, und Lorth hatte keinen Grund mehr gesehen, seine Geheimnisse weiterhin vor seinen Freunden zu bewahren.

Die Nachricht von der Existenz seines Sohns hatte bemerkenswerte Mienen auf die Gesichter seiner Zuhörer gezaubert. Ahloh hatte einen wahren Regenbogen aus Überraschung, Unverständnis, wankendem Unglauben und schließlich Erkennen gezeigt, als er Meister Crishras Sätze in diesem Licht neu gedeutet hatte.

»Ach ja«, hatte der Alte etwas verbittert konstatiert. »Ihr Raumfahrer trennt euch ja manchmal von euren Familien.« Mit leichtem Kopfschütteln hatte er dann noch gemeint: »Perrez muss dann also auch Ganni finden.«

»Er kann von Ganni nichts wissen, und das muss auch so bleiben«, hatte Lorth erwidert.

Ahlohs Gesicht war daraufhin weich geworden, als suchte er nach den richtigen Worten, etwas zu sagen, doch er hatte nicht weggeblickt, sondern Lorth beständig in die Augen geschaut.

In der Boje herrschte ein konstantes sanftes Summen von Unmengen von Aggregaten und nicht zuletzt der Sprungspule. Dennoch konnte man Sloral gut verstehen, als er gewohnt leise sagte: »Perrez weiß vermutlich schon längst, dass du Vater bist.«

Lorths sah den zierlichen Thaumiker perplex und momentan sprachlos an. Er fragte nicht, woher der Senarist das wissen können sollte – jetzt, wo es ausgesprochen war, lag es auf der Hand.

Lorth kam sich dumm vor. Familienstrukturen spielten in der Thaumikerwelt eine große Rolle. Bese hatte ihn schon darauf hingewiesen, und auch Ahlohs strikte, beinahe tabuisierende Haltung zur Unmöglichkeit eines Ehebruchs waren deutliche Zeichen für diesen Umstand. Änderungen in diesen Strukturen blieben nicht ohne erkennbare Folgen. Erkennbar zumindest für einige Thaumiker.

Lorth setzte sich auf eine der Kojen, die sie reihum nutzten, weil nicht genügend für alle da waren, und senkte den Kopf. Er war blind davon ausgegangen, dass Geheimhaltung ein ausreichender Schutz für seine Familie wäre. Er sah wieder auf. »Wie wahrscheinlich ist es, dass er das weiß?«

»Er wird mindestens wissen, was die Usnen wissen«, sagte Ahloh. »Usnen sind mit ihrem Wissen freigiebig. Sie nutzen es in der Tat nur zur Mehrung und Weitergabe. Andere Ziele verfolgen sie nicht. Perrez wird also wissen, dass es einen weiteren Nachkommen Lekos gibt.« Der Alte zögerte, sagte dann: »Vermutlich hat er das Leben deines Vaters schon genauer untersucht und kann daher ausschließen, dass du noch Geschwister hast. Dann bleibt nicht mehr viel.« Er hob leicht die Schultern.

Sloral schaltete sich ein: »Vermutlich war der Bruderschaft auch bekannt, dass Leko mit nur einem Erben gestorben ist. Jeder neu hinzu gekommene muss also von dir abstammen.«

Lorth nickte langsam. Er war so blind gewesen.

Inzwischen war zwar Licht auf einige Bereiche seiner Vergangenheit gefallen, die für ihn bisher immer im Dunkeln gelegen hatten, doch so vieles seiner Zukunft war völlig unklar. Würde er Ganni und Lera finden können? Hatte die Polizei sie geschnappt? Waren sie überhaupt noch am Leben? Der Gedanke versetzte ihm einen Stich einer Qualität, die er nie, niemals wieder spüren wollte. Es war geradezu unerträglich. Doch der Bericht war Wochen alt. In dieser Zeit konnten sie ebenso gut Goodsphere bereits verlassen haben.

»Mein Plan besteht erst einmal darin, meine Familie zu finden und ihr zu helfen, von Goodsphere runterzukommen. Aber kann ich Perrez überhaupt je loswerden?«

»Aktiviere die Kreation«, sagte Sloral. »Wenn sie getan hat, was sie tun soll, seid ihr beide, du und Ganni, nicht mehr wichtig. Auch euer Tod würde dann niemandem mehr nützen.«

»So einfach ist das?«, sagte Lorth sachlich. Er fragte sich weder zum ersten noch zum letzten Mal, was seine Eltern da hinterlassen hatten. Laut fragte er: »Wo ist diese Kreation jetzt?«

Ahloh schüttelte ganz leicht den Kopf. »Eine Kreation hat keinen Ort. Sie ist wie ein Wort, wie eine Geschichte, eine Idee oder Bauanleitung. Du kannst sie überall nutzen.«

»Warum machen wir das dann nicht hier und jetzt?« Lorth glaubte nicht wirklich, dass es so einfach würde sein können.

»Weil du keine Thaumik nutzen kannst«, sagte Bese leise und sah gedankenverloren zwischen den älteren hindurch.

»Wir haben den Quellstein untersucht«, sagte Sloral. »Um auf die Kreation zuzugreifen, ist ein Mitglied des Zirkels notwendig. Das geht mit ritualistischer Thaumik, die meist als Schlüssel eingesetzt wird. Die müsstest du lernen. Das ist nicht schwer. Jeder Baltaner kann das.«

»Ich kann nicht mal die einfachste Thaumik«, meinte Lorth, »nicht mal die, die schon Kinder können.«

»Komm nach Balta«, sagte Sloral.

Ahloh nickte leicht. »Oder auf eine andere Thaumikerwelt«, sagte er dann vage.

Lorth sah ihn forschend an, doch Ahloh sagte nichts weiter.

Die beiden hatten möglicherweise recht. Vielleicht würde seine Fähigkeit, Thaumik zu nutzen, auf einer Thaumikerwelt aufblühen. Das Gefühl, als er auf das Glas Wasser geblasen hatte, war intensiv gewesen, es hatte Bereiche seines Selbst berührt, die er noch nicht kannte. Es hätte ihn nicht überrascht, wenn tatsächlich nur der Ort der Grund für das Scheitern gewesen wäre.

* * *

Sie kamen unbehelligt zu den Rolltreppen und gelangten so einige Decks tiefer, wobei sie mehrere defekte hinabsteigen mussten. In einer klaffte sogar ein übel aussehendes Loch, das von einer Explosion gekommen sein mochte und sie gänzlich unpassierbar machte. Die Nachbartreppe für die Gegenrichtung stand jedoch auch still, sodass sie diese stattdessen benutzen konnten. Aufwärts hätte das viele Treppensteigen für Ahloh ein Problem werden können, doch abwärts hatte er keine größeren Schwierigkeiten, obwohl sie sich bemühten, möglichst schnell voranzukommen. Niemand wusste, ob Perrez wie ein Spürhund hinter ihnen hergerannt kommen würde.

»Sobald die Gaps anfangen, sollten wir ein Shuttle nehmen«, meinte Lorth zu Garrie, als sie in einem Fahrstuhl standen, um einen gesamten Zylinder zu überbrücken.

»Klar«, sagte die nur in einem Ton leichten Unverständnisses, als sei das offensichtlich, als habe sie schon lange diese Erkenntnis gewonnen und es nur nicht für notwendig erachtet, dies jemandem mitzuteilen.

»Wohin geht es dann?«, fragte Lorth und passte sich wieder in seine Rolle ein.

»Ich dachte erst mal hundert Zylinder tiefer, nach Merooland oder Firging. Wir wollen ja nach ... 270 oder so?« Garrie sah ihren Freund fragend von der Seite an.

Lorth bestätigte mit einem knappen Nicken. Lera durfte nur nicht umgezogen sein, sonst hätten sie schon ein Problem, auch nur das ausgebrannte Quartier zu finden. Aber man zog selten weit weg. Auf Goodsphere beruhte die persönliche Sicherheit – und insbesondere die von Familien – darauf, dass man sich mit den örtlichen Machthabern arrangierte. Solch einen Kontrakt brach man nicht freiwillig, denn andernorts hätte man Schwierigkeiten gehabt, einen vergleichbaren neuen zu schließen.

Garrie fuhr fort: »Um über den Big Gap zu kommen, sollten wir uns ein Panzershuttle besorgen, aber das ist hier oben nicht so leicht zu bekommen.«

»Was ist der Big Gap?«, fragte Bese, der direkt hinter den beiden ging.

»Oh, das ist ein Bereich, wo einige Zylinder fehlen«, sagte Garrie. »Na ja, nicht richtig fehlen ...« Sie runzelte leicht die Stirn und presste die Lippen aufeinander. »Irgendwann mal hat es Beschädigungen an einem Zylinder gegeben, die so stark waren, dass seine Unwucht zu groß wurde und der Gap nicht mehr ausreichte, um eine Kollision zu verhindern.«

»Seine Unwucht?«, fragte Bese verständnislos nach.

»Die Zylinder rotieren, okay?« Garrie schaute Bese an, der kurz nickte. »Die rotieren alle unterschiedlich schnell – die inneren schneller, die äußeren langsamer – und taumeln und schwingen alle ein bisschen dabei.« Bese schaute überrascht, doch Garrie sprach weiter: »Damit diese Bewegungen nicht zu Kollisionen führen, gibt es die Gaps.« Sie hob die Augenbrauen in leichter Resignation. »Nachdem irgendwer einen halben Zylinder in die Luft gejagt hatte, wobbelte der weit außerhalb der Spezifikation und krachte gegen seinen Nachbarzylinder, also den eins weiter außen oder innen. Der taumelte daraufhin auch etwas mehr und krachte auf den nächsten. Im Endergebnis gibt es jetzt in Goodsphere einen Bereich, in dem ein gutes Dutzend Zylinder völlig im Arsch sind. Alle Welt montiert sich schon seit Jahren Teile von denen ab, daher sind die auch schon ziemlich durchlöchert. Der Bereich wird Big Gap genannt, weil man eigentlich immer vom 144 direkt bis zum 163 durchfliegt und unterwegs nur den alten Zylindern ausweicht. Einige Leute bauen sich zwar immer mal wieder einen Unterschlupf in den Ruinen und pumpen den dann voll Luft. Aber meist dauert es nicht lange und jemand klaut denen eine Wand oder lässt die Luft ab oder so.«

Lorth lauschte den Erklärungen nur mit einem halben Ohr. Sie erinnerten ihn an die Zwiespältigkeit seines Abschieds von der Raumstadt. Er hatte Goodsphere nie gemocht, das war der einzige Trost damals gewesen. Doch es hatte hier viel Arbeit für ihn gegeben, viele Auftraggeber, viel Geld und wenig Probleme bei der Durchführung. Und schließlich lebte seine Familie hier. Lera war hier geboren und betrachtete Goodsphere als ihre Heimat.

* * *

»Was machen wir mit unseren restlichen Shingles?«, fragte Lorth.

»Die vernichten wir wohl besser«, meinte Garrie. »Damit wäre sonst unsere Spur zu leicht zu finden, fürchte ich.«

»He, Moment mal! Wie sollen wir denn dann zahlen?«, fragte Tamm aufgebracht, der zugehört hatte und sein Geld in Singa-Währung offensichtlich nicht einfach aufgeben wollte.

»Ja«, sagte Garrie stoisch und gespielt nachdenklich, »wir werden uns wohl ein paar Picos besorgen müssen.« Sie sah zu Tamm hinauf wie eine Mutter zu ihrem Kind hinab.

Tamm runzelte die Stirn, verkniff sich jedoch jeglichen Kommentar.

Lorth war sicher, dass der Gria-Mann sein Geld behalten würde. Es stand nur zu hoffen, dass sie nicht mehr gemeinsam unterwegs sein würden, wenn er Perrez auf sich zog. Sie sollten sich ohnehin möglichst bald trennen – zum einen, um die Spur zu verwischen, zum anderen, weil Tamm Lorths Ziele nicht teilte. Schließlich hatten sie nur beruflich miteinander zu tun gehabt. Selbst wenn sich über diesen Pfad ein Gefühl von Vertrauen aufgebaut hatte, bestand keine Freundschaft zwischen Killer und Auftraggeber, keine wirkliche Verbindlichkeit über das Geschäftliche hinaus. Lorth hatte Tamm aus der Polizeistation befreien lassen und ihm geholfen, von Singa zu fliehen, weil Tamms Schwierigkeiten daher rührten, dass er seinerseits Lorth hatte helfen wollen. Eine längerfristige engere Kooperation kam für Lorth nicht in Frage.

»Wo holen wir uns die?«, fragte Lorth.

Garrie schob nachdenklich die Unterlippe hoch. »Was haben wir bei uns? Drei Pistolen ... Damit werden wir in der Kernstadt nicht so viel anfangen können. Wenn wir irgendwas überfallen, ist das eine dickere Spur, als wenn wir die Shingles direkt in Picos umtauschen. Aber ich hab damals ein paar Depots in der Eile nicht auflösen können. Wir können ja mal schauen, was noch davon da ist.« Sie sah Lorth mit der Andeutung eines Lächelns an.

Sie suchten sich ein Terminal, das auch als Geldautomat fungierte und die leichten Plastikchips ausspucken konnte, die auf Raumstädten Bargeld darstellten. Garrie benötigte nicht mehr als die richtigen Zugangscodes, um an genügend Bargeld zu gelangen. Mindestens einige ihrer alten Konten waren offensichtlich noch nicht annulliert worden.

Sie charterten am ersten Gap einen Minitransporter, mit dem sie einige Dutzend Zylinder tiefer flogen und schließlich im 138 andockten.

* * *

»Wo wollt ihr hin?«, fragte die Frau hinter dem schmuddeligen brusthohen Tresen. Düsteres Make-up verschleierte wenig effektiv ihr Alter.

Garrie hatte einen Ellenbogen auf das blassgelbe Plastikmöbel gelegt und sagte in einem Tonfall, der an Langeweile grenzte: »Na, über'n Gap.«

»Dafür braucht ihr ein Shuttle«, sagte die Frau, als gäbe sie eine wertvolle Information preis.

»Eins mit Panzerung«, ergänzte Garrie und betonte das letzte Wort milde geheimnisvoll.

Die Frau schaute Garrie abschätzig an. Sie war Mitte fünfzig, ganz in schwarzes Leder gekleidet und an mehreren sichtbaren Körperstellen mit Piercings verziert. Lorth vermutete, dass sich unter ihrer Kleidung noch weitere verbargen.

»Das kann aber ganz schön was kosten, Süße«, sagte sie und lehnte sich über den Tresen, wobei sie sich zu Garrie hinunterbeugte und so die zwei Stufen ausglich, die sie höher stand als ihre Kundin.

Garrie stellte mit einer Hand einen Stapel Picos vor ihre Nase.

Die Frau sah missbilligend auf das Geld und verzog das Gesicht. Sie schüttelte langsam den Kopf.

Garrie lächelte, sah der Frau in die Augen, hob die Brauen und nickte nur.

Der Ärger im Gesicht der Frau vertiefte sich, bis er aufgesetzt aussah. Sie sog Luft durch die Nase ein und richtete sich etwas auf. Prüfend sah sie auf den Stapel. »Wie viel ist das genau?«, fragte sie.

»Genug«, sagte Garrie ruhig, noch immer leicht lächelnd.

Die Frau schnaubte unwirsch. »Was glaubst du, wer du bist?! – Kommst hier rein, willst eins meiner Panzershuttles und legst den Preis selber fest!« Sie wedelte mit den Händen in der Luft herum. Einige Ohrringe klirrten von der plötzlichen Bewegung aufgeschreckt leise aneinander. »Ich bin auf Großmäuler wie dich nicht angewiesen, hörst du?«

»Reg dich nicht auf, Schätzchen.« Garrie hob die Hände vom Tresen und gestikulierte beschwichtigend. »Ich kenne die Preise, und ich lass mich nicht übers Ohr hauen. Aber wenn du willst, gehen wir halt zu einem anderen Verleih.«

Damit nahm sie den Stapel Chips wieder vom Tresen und wollte ihn sich einstecken.

»Langsam, Lady«, sagte daraufhin die Frau und legte ihre Hand auf Garries Oberarm. »Versteh doch, es geht nicht, dass du einfach den Preis festlegst, so kann ich hier keine Geschäfte machen –«

»Okay, sag mir, was es kosten soll.«
Sie überlegte kurz. »Wie viele seid ihr?«
»Sieben.«
»Da reicht ja noch ein Elfer Caddy …« Sie dachte nach, einen Finger vor dem Mund, der geschürzt in Falten versank. Sie zögerte. »Dreihundert«, sagte sie schließlich mit fester Stimme. Ihr Blick hingegen blieb unstet, als sie Garrie wieder ansah.
Die lächelte und stellte das Türmchen aus Plastikchips wieder auf den Tresen.
Die Frau fegte es mit einer resignierten Geste in eine Schublade dahinter und wies dann nach draußen.
»Dock drei. Ihr habt die Kontrolle für vier Stunden. Abgabe im Aufdeck des 163, Sektor 83 bei Shaller & Gamble. Viel Glück.«

* * *

Das Panzershuttle hatte acht Sitze: zwei Pilotensitze und dahinter zwei Dreierreihen Passagiersessel. Garrie und Lorth saßen vorne, Jar und Bese mit Ahloh hinten. Sloral und Tamm stiegen als letzte ein und nahmen sich die Fensterplätze der Mittelreihe. Die Tür schloss sich zischend. Lorth vermisste die Hupsignale, die auf Singa diese potentiell gefährlicheren Momente des Verkehrs stets begleiteten.
Die Luft in der Schleuse wurde abgesaugt – ein Vorgang, der im Innern des Fahrzeugs nur auf den Anzeigen wahrzunehmen war. Dann öffneten sich die äußeren Schotts. Garrie fuhr die Triebwerke hoch und steuerte das Shuttle routiniert aus dem Dock.
Unter ihnen zeigte sich die dunkle metallische Masse des alten 145, der den 144, in dem sie sich noch befanden, umschloss. Normalerweise waren alle Zylinder stets beleuchtet, sodass die Zwischenwelten in einem Dämmerlicht lagen, in dem man andere Fahrzeuge und sonstige Hindernisse auch mit bloßem Auge halbwegs sehen

konnte. Die Zylinderruinen im Big Gap waren jedoch tot und dunkel.

Lorth machte sich wenig Sorgen. Es lag durchaus im Bereich des Möglichen, dass sie beschossen wurden, doch Garrie war eine geübte Pilotin und das Shuttle gepanzert. Zudem hatten sie offensichtlich keine Fracht an Bord, die zu erbeuten sich lohnen würde – dafür war das Shuttle zu klein. Sie hätten schon Edelsteine oder dergleichen schmuggeln müssen, und solch tatsächlich wertvolle Güter wurden auf Goodsphere eher nicht in billigen Mietshuttles transportiert.

Sie tauchten in einem sanften Bogen hinab zu der düsteren Ruine.

Vor zehn Jahren hatten seine Aufträge Lorth oft durch diesen Bereich der Raumstadt geführt. Das Material der unbrauchbaren Zylinder wurde von beiden Seiten allmählich abgetragen, sodass der oberste, dem sie sich jetzt näherten, und der unterste große Löcher aufwiesen. Zur Mitte des Big Gap hin würde der Flug schwieriger werden, sie würden möglicherweise sogar eine Weile nach einer Durchfahrt suchen müssen, weil die Zylinder dort noch vollständiger waren. Vorhersagen ließ sich das nur schwer, weil die Ruinen zwar unbewohnt und tot waren, aber noch immer rotierten und komplizierte Taumelbewegungen ausführten, die hin und wieder sogar zu weiteren Kollisionen der Überreste führten, die ihre Geometrie bisweilen drastisch veränderten. Daher war das gesamte Gebilde zu chaotisch für langfristige Prognosen. Es gab Gapper im Big Gap, Piloten, die nur hier umherflogen und Transporte von Fracht und Personen übernahmen. Niemand wusste besser über die aktuellen Routen Bescheid als sie. Wenn sie Glück hätten, würde Garrie einen finden und ihm folgen können.

Vorerst jedoch flogen sie abwärts in Richtung Dunkelheit, fort von der beleuchteten Außenfläche des 144, die als Decke bereits weit über ihnen hing.

Sie erreichten die gewaltige zerklüftete Landschaft aus

Stahl und Technik nach kurzer Zeit. Unter dem Shuttle breitete sich ein weitgehend zerstörtes Aufdeck aus. Überall war die Oberfläche perforiert, abgetragen oder weggesprengt worden, sodass man in die tieferen Schichten blicken konnte. Lorth kannte den Anblick noch, und in der Zeit seiner Abwesenheit hatte er sich auch nicht wesentlich verändert.

An einer Stelle, wo die Schäden wie bei einem gewaltigen Tagebau viele Decks tief reichten, hatte sich in der Mitte ein Durchgang durch die Ruine gebildet und war dann offensichtlich mit Sprengungen vergrößert worden. Die Ränder des Dutzende Meter großen Lochs waren wild verbogen und zerfetzt. Darauf hielt Garrie nun zu und tauchte immer tiefer in den Krater.

In die Decks hätte man durch die aufgerissenen Wände, Decken und Böden weit hineinsehen können, wenn nicht alles viel zu dunkel dafür gewesen wäre. Von solchen Stellen aus wurden gerne Raketen auf Shuttles abgefeuert, und dann wollte man genügend Zeit für Reaktionen haben. Daher hielt Garrie einen respektvollen Abstand zum Zylinder.

Doch sie erreichten unbehelligt ihr Ziel, tauchten in den nächsten Gap ein, und der letzte Schimmer des 144 über ihnen verschwand.

Die beiden Brüder im hinteren Teil des Shuttles unterhielten sich leise: »Kannst du noch etwas sehen?«, fragte Jar.

»Nein. Das ist stockfinster«, sagte Bese.

»Wie können die dann noch was sehen – also – fliegen?«

Pause.

Lorth drehte sich nach hinten, doch er sah fast nichts in der Dunkelheit, die nur vom leichten Schein der Anzeigen geschmälert wurde. »Wir fliegen nach Instrumenten. Licht ist hier nicht ratsam, das sieht man zu weit.«

Er meinte vage, Bese nicken zu sehen, und drehte sich wieder nach vorne.

Sie kamen gut voran. Hin und wieder berieten sich Garrie und Lorth darüber, in welcher Richtung sie ein passendes Loch im nächsten Zylinder vermuteten. Die Sensoren konnten wirre Bilder der Ruinen anzeigen, die nur ein geübtes Auge schnell deuten konnte, und hin und wieder andere Fahrzeuge ausmachen, die ebenfalls ihren Weg durch das Labyrinth suchten, doch sie reichten nie sehr weit und ließen viel Platz für Spekulationen. Nachdem sie unerwartet lange nach einer Durchflugmöglichkeit im 150 hatten suchen müssen, schob sich auf der Hauptanzeige eine Warnmeldung ins Bild.

»Ah, hmm«, machte Garrie.

Lorth las die Meldung: Eine Düse hinten rechts drohte zu überhitzen. Es schien nicht sehr dringlich, doch sie hatten erst knapp die Hälfte ihres Weges zurückgelegt.

»Wir sollten eine Pause machen«, meinte Garrie.

Lorth sah stumm in das schemenhafte Gesicht seiner Kollegin, die die Geste bemerkte und richtig deutete.

»Ich will nur kein Risiko eingehen.«

»Was für einen Schrott hat die Lady uns da angedreht?«, brummte Tamm.

»Wo willst du hier eine Pause machen?«, fragte Lorth.

»Ich werd einfach da unten landen.«

Garrie lenkte das Shuttle abwärts. In den Anzeigen sah Lorth den Boden in Gestalt des 151 näherkommen, bis sie wenige Meter über einer waagerechten Fläche für kurze Zeit Landescheinwerfer einschalteten. Das Licht der Lampen erhellte nicht mehr als ein paar Dutzend Meter um sie herum, doch es genügte, um einen sicheren Platz für die Landung zu finden. Garrie setzte die Maschine sanft zwischen der gewaltigen Öffnung eines alten Versorgungsschachtes und der großen Parabolantenne eines Kommunikationsturmes auf und schaltete die Triebwerke ab. Das leise Rauschen und Summen verebbte schließlich gänzlich.

»Wie lange willst du warten?«, fragte Lorth nach einem Moment der völligen Stille.

Garrie ging einige Anzeigen durch. »In zwanzig Minuten sollte die Düse wieder auf normal sein. Dann müssten wir nochmal genauso weit kommen.«

»Willst du dann noch eine Pause einlegen?«, fragte Lorth.

»Was ist mit Perrez?«, fragte Jar von hinten.

»Wenn der uns sogar hier findet, können wir ihm überhaupt nicht entkommen«, meinte Garrie. »Abgelegener geht's kaum. Und nein, ich will dann eigentlich durchfliegen.«

Lorth nickte.

* * *

Sie schienen in einem sehr abgeschiedenen Teil des Big Gap gelandet zu sein. Ihre Instrumente zeigten keinerlei Verkehr. Einmal sahen sie in weiter Ferne ein Licht aufblitzen. Garrie schätzte die Entfernung auf etwa zwanzig Kilometer. »Vermutlich ein Explosivgeschoss«, meinte sie.

Etwas später flog ein einzelnes Fahrzeug über sie hinweg. Sie hörten nichts und sahen nur den vagen Schimmer der Düsen, doch die Sensorendaten deuteten auf einen Transporter hin, der nur unwesentlich größer als ihr Panzershuttle war.

Im schwachen Dämmerlicht der Kabine unterhielten sich die Brüder im Flüsterton, als wollten sie die Stille des toten Zylinders unter ihnen nicht stören. Lorth achtete nicht auf sie, sondern behielt die Anzeigen im Auge.

Ein weiteres Fahrzeug kreuzte gerade über ihnen, als schließlich die Zeit um war.

»Die lassen wir lieber noch verschwinden«, meinte Garrie und betrachtete konzentriert die Displays. »Aber dann können wir weiter.«

Das Fahrzeug über ihnen war vielleicht vier- bis sechsmal so groß wie ihr Panzershuttle. Es flog ungewöhnlich langsam dahin und reduzierte sogar noch seine Geschwindigkeit. Schließlich blieb es im leeren Raum über ihnen stehen. Lorth und Garrie beobachteten angespannt die Anzeigen. Der Transporter stieg an die Decke und verschmolz mit den dortigen Strukturen. Seine Düsen erloschen und kühlten gemächlich ab. Vermutlich hatte er sich verankert.

Garrie fluchte leise.

»Was ist los?«, fragte Sloral von hinten.

»Wir können noch nicht los. Gerade hat sich hier jemand häuslich niedergelassen.«

Tamm reckte den Hals, um von seinem Platz aus die Anzeigen sehen zu können. »Wo?«, fragte er.

Garrie deutete auf einen Bildschirm, der eine ungefähre Schemazeichnung der Decke darstellte und damit ein eher wildes Gewirr aus Strichen zeigte. »Genau da«, sagte sie.

Die Sensoren des Shuttles waren noch in der Lage, die Resthitze der inzwischen abgeschalteten Düsen wahrzunehmen und zeigten diese als helle Punkte mit einem Fahrzeug-Icon daneben an.

»Haben die uns gesehen?«, fragte Tamm.

»Glaube ich kaum«, meinte Garrie nachdenklich.

»Okay, wann fliegen wir dann weiter?«

Garrie atmete durch und nickte in Richtung des anderen Raumschiffs. »Ich hoffe mal, dass die bald abhauen. Wenn nicht, können wir noch« – sie warf einen kurzen Blick auf eine kleine Uhr – »knapp eine Stunde warten. Aber dann müssen wir los, wenn wir noch irgendwo ankommen wollen, bevor die Automatik uns die Kontrolle entzieht und das Shuttle automatisch nach Hause fliegt.«

Tamm grunzte unwirsch.

»Da!«, sagte Lorth und deutete auf die Anzeige, wo gerade ein weiteres Fahrzeug aufgetaucht war. Es war schon recht nahe. Die Sensoren befanden es für sehr klein – kleiner als ihr Shuttle. Platz für höchstens zwei Personen.

Der Neuankömmling flog mit hoher Geschwindigkeit und bremste bereits stark. Er hielt offensichtlich auf das andere Fahrzeug zu, näherte sich der Decke und verschwand.

»Das gefällt mir nicht«, sagte Lorth.

Garrie neben ihm nickte im schwachen Schein der Instrumente. »Wir spielen hier unbeabsichtigt Mäuschen.«

»Was meint ihr?«, fragte Ahloh von ganz hinten.

»Wenn die sich an einem Ort wie dem hier treffen, wollen sie unbeobachtet bleiben, würde ich meinen«, erklärte Garrie.

Eine gespannte Stille kehrte ein. Nach einigen Minuten, in denen niemand etwas gesagt hatte, entdeckten die Sensoren wieder das zuletzt angekommene Fahrzeug. Es löste sich von dem Versteck an der Decke und sackte schnell ab.

»Das kommt uns ziemlich nahe«, sagte Garrie.

»Zu nahe«, sagte Lorth. »Flieg los.«

»Noch nicht ... Ich glaube nicht, dass sie uns bemerkt haben. Sie müssten schon einen –« Garrie brach mitten im Satz ab. Das Fahrzeug stoppte genau über ihnen und sackte schnell ab. Es war inzwischen weniger als fünfzig Meter entfernt. Garries Hand schnellte zu einem Schalter an der Deckenkonsole. Als das Fahrzeug weiterhin näherkam, flippte sie den Schalter um. Sofort wurden die Scheiben schwarz und die Instrumente, auf die sie mit Lorth starrte, deutlich dunkler. Danach legte Garrie die Hand vorsorglich auf den Starter.

»Bist du sicher, dass die uns nicht bemerkt haben?«, fragte Lorth leise.

»Mit jeder Sekunde weniger«, sagte Garrie.

Die Sensoren schätzten die Entfernung jetzt auf unter zwanzig Meter. Das Fahrzeug sank rapide auf sie zu. Nach den Anzeigen würde es direkt neben ihnen in den Versorgungsschacht tauchen. Die verdunkelten Scheiben nahmen ihnen die Sicht auf die Triebwerkstrahlen, die sonst deutlich zu sehen gewesen wären, daher verließen sie sich vollständig auf die Sensorendaten, laut denen das kleine Shuttle in dieser Sekunde an ihnen vorbei in den Schacht sank.

»Sie haben die Düsen wieder hochgefahren!«, rief Garrie und startete gleichzeitig ihr Shuttle. Binnen Sekunden hob es sich vom 151 und flog los. Garrie hatte vollen Schub eingestellt und beschleunigte entlang der Krümmung des Zylinders.

»Schnallt euch an!«, rief sie nach hinten. »Ich werde gegen die Rotation fliegen, um besser manövrieren zu können. Dabei verlieren wir Gewicht.«

»Wir verlieren Gewicht?«, fragte Jar von hinten verwirrt, schnallte sich aber mit der Hilfe seines Bruders an.

Weder Lorth noch Garrie hatten Lust, dem jungen Thaumiker das Prinzip der Rotationsschwerkraft in den Raumstädten erneut zu erläutern, und auch die anderen Mitfahrer waren damit beschäftigt, sich auf gewagte Flugmanöver vorzubereiten, so blieb die Frage unbeantwortet.

Tamm keuchte hinter ihnen. »Wie stark beschleunigen wir denn?«, fragte er gepresst.

Das kleine Shuttle flog unter vollem Schub.

»Gute zwei g«, sagte Lorth.

Der Andruck, der sie in ihre Sitze presste, war jedoch noch gut zu ertragen. Lorth wäre es lieber gewesen, mit mehr Ungemach der Bedrohung schneller zu entfliehen.

»Eigentlich bremsen wir«, sagte Garrie. »Wir sind mit dem Zylinder rotiert, und jetzt lösen wir uns von ihm und kommen dem Stillstand näher.«

»Willst du bis zur Schwerelosigkeit –?«, begann Lorth.

»Nein«, unterbrach ihn seine Freundin, »dann würden die Zylinder hier mit mehr als dreifacher Schallgeschwindigkeit an uns vorbeirauschen. Ich fürchte, dass die Sensoren und Düsen dieses Shuttles nicht ausreichen, dann eine Kollision zu vermeiden.«

»Oha«, machte Tamm, noch immer leicht gequält.

»Ich will nur möglichst schnell von dem da weg«, fuhr Garrie fort und tippte mit dem Finger auf die Anzeige. Ein weißer Punkt symbolisierte ihre Verfolger einige hundert Meter hinter ihnen.

»Sie holen auf«, stellte Lorth fest.

»Es wird ein Hasenfußrennen, fürchte ich.«

»Können wir kämpfen?«, fragte Sloral.

»Keine Bewaffnung«, sagte Lorth.

»Ich meinte thaumisch«, sagte Sloral.

Lorth sah sich mühsam um. Es war anstrengend, gegen die Beschleunigung anzukommen, aber Lorth war leicht und drahtig. Der schmächtige Thaumiker saß in seinen eigenen Sitz gepresst da und kniff die Augen leicht zusammen.

»Wenn die bewaffnet sind, sollten wir nicht näher als ein paar hundert Meter an sie herankommen«, sagte Lorth. »Könnt ihr auf so große Distanz etwas bewirken?«

»Folgen sie genau unserem Kurs? Dann könnten wir eine Falle legen.«

»Eine Kirras?«, fragte Ahloh gepresst von hinten. »Die ist symbolistisch, das wäre gut. Bisher funktionierte die Symbolistik noch immer.«

»Daran dachte ich«, bestätigte Sloral.

»Sie holen nicht weiter auf«, sagte Garrie plötzlich und reduzierte sofort den Schub. »Offensichtlich sind ihre Sensoren nicht besser als unsere, und auch sie fürchten Kollisionen. Sie wollen uns nur nicht aus den Augen verlieren. Ich werd mehr axial fliegen, sonst kommen wir bald wieder bei unserer Startposition vorbei und fliegen dem größeren Transporter direkt in die Arme.«

Weniger als sechs Raumstadtminuten Umlaufzeit hatten die Zylinder in diesem Bereich. Sie hatten zwar nur wenige Sekunden den Maximalschub eingesetzt und damit noch einiges an Rotation behalten, doch deuteten die Anzeigen nahezu Schallgeschwindigkeit der Zylinderoberflächen an. Nach zwanzig Minuten würden sie so wieder an ihrem Start ankommen. Zudem konnte niemand sagen, ob die Bewegungen der Ruinen den Gap zwischen dem 150 und dem 151 überall genügend groß für ihr Shuttle ließ. Sie mussten jederzeit damit rechnen, dass sich Decke und Boden gefährlich nahekamen, auch wenn das bisher nicht der Fall war und weiterhin einige hundert Meter Platz blieben.

Garrie drehte das Shuttle und flog in einem weiten Bogen auf einen Kurs, der paralleler zur Achse der Stadt war. Ihr Verfolger hielt eine Distanz von etwas über zwei Kilometern konstant.

»Probiert das mit der Falle«, sagte Lorth, als die Beschleunigung schließlich nachließ und Garrie sich mehr aufs Ausweichen konzentrierte. »Ich weiß nicht, wie wir den sonst loswerden sollen.«

»Wie funktioniert diese Falle?«, fragte Garrie, den Blick konzentriert auf die Anzeigen gerichtet.

»Man hinterlässt etwas auf seinem Weg«, erklärte Sloral. »Kommt ein Verfolger vorbei, wird es aktiv.«

»Ihr könnt aber nichts aus dem Shuttle werfen, wir haben hier keine Schleuse oder sowas«, gab Garrie zu bedenken.

»Das wird nicht nötig sein«, sagte der Thaumiker. Lorth meinte, einen Anflug von Pikiertheit in seiner Stimme zu hören.

Nach einigen Sekunden schnaufte er verärgert. Dann fragte er gepresst: »Habt ihr etwas zum Schreiben hier? Das Sigalion klappt nicht mehr.«

»Das was?«, fragte Garrie.

Lorth öffnete eine Klappe vor sich und zog einen flachen Adit hervor. Er reichte ihn Sloral, der ihn wortlos nahm, dann aber nachfragte: »Wie benutzt man das?«

Tamm, der neben ihm saß, erklärte ihm knapp die Tasten und die Benutzung des Stiftes.

»Und das könnt ihr für eure Thaumik benutzen?«, brummte er schließlich, als Sloral begann, das Gerät zu bekritzeln.

»Nur die Symbole sind relevant ...«, murmelte Sloral abgelenkt, »... nicht das Medium ...«

»Beeilt euch, wir nähern uns der Oberfläche«, sagte Garrie. »Wir haben nur noch ein paar Minuten.«

Die Oberfläche, die sie meinte, war die der gesamten

Raumstadt: das Ende der Zylinder. Danach würde das Shuttle aus dem Gap in den freien Weltraum hinausfliegen. Die Grenze, ab wo die Sprungfehler gefährlich wurden, war fließend, doch galt schon ein längerer Aufenthalt in den äußeren Schalen als ungesund. Sich während der Sprungphase weit von der Raumstadt zu entfernen, war daher nicht ratsam.

»Was hast du vor?«, fragte Lorth.

»An der Oberfläche will ich mit einem halben Looping einige Zylinder überspringen und gleich wieder in einen Gap eintauchen, idealerweise in den letzten vom Big Gap. Aber dafür müssen wir die Geschwindigkeit reduzieren, sonst fliegen wir ein paar Dutzend Zylinder zu weit wieder in die Stadt.«

»Ich bin fertig«, sagte Sloral und senkte den Adit.

Nach einigen Sekunden, in denen niemand etwas sagte, fragte Tamm: »Und jetzt?«

»Ich habe die Kirras platziert«, sagte Sloral leise. »Wenn unser Verfolger sie passiert, müsste er von ihr … beeinflusst werden.«

»›Beeinflusst‹?«, fragte Garrie und sah für einen Moment starr ins Leere dicht über der Anzeige, während sie auf die Antwort wartete.

»Vermutlich wird etwas an seinem Fahrzeug beschädigt«, sagte Sloral. »Eine Kirras behindert auf ihre Weise einen Verfolger. Wie sie wirkt, hängt von der Fortbewegungsart ab.«

Garrie hob die Augenbrauen, dann sah sie wieder auf den Schirm. »Er müsste sie doch schon passiert haben. Wir sind nur Sekunden auseinander. Er fliegt aber noch immer hinter uns her.«

Sloral sagte nichts.

»Seine Signatur wird stärker«, sagte Garrie plötzlich. »Er scheint die Düsen hochgefahren zu haben und holt auf.« Sie flippte auf einem anderen Schirm einige Anzeigen durch. »Aber er hält den Kurs nicht mehr auf uns zu. Er wird an uns vorbeifliegen, wenn er so weitermacht.«

Sie grübelte kurz, sagte dann: »Okay, festhalten, wir bremsen ab.« Sie hantierte an den Kontrollen, dann rotierte das Panzershuttle zügig um hundertachtzig Grad, und sie wurden wieder in die Sitze gepresst.

Draußen herrschte noch immer fast völlige Finsternis, der Eindruck war deshalb kaum von dem der Beschleunigung vorher zu unterscheiden. Gespannt beobachteten Lorth und Garrie den Punkt, der sich ihnen nun mit steigender Geschwindigkeit näherte. Er sauste schließlich in einigen hundert Metern Abstand an ihnen vorbei und machte keine Anstalten, auf sie zuzuhalten oder auch nur abzubremsen. Sie konnten kurz seine Düsen als blasses Leuchten durch die Fenster erkennen.

»Deine Falle scheint gewirkt zu haben«, sagte Garrie vorsichtig. »Sieht so aus, als hätte er die Kontrolle verloren.«

Sie bremsten weiterhin ab und verloren ihren Verfolger, der sie überholt hatte, aus den Augen.

Als sie am Ende des Gaps ankamen und sich das offene All vor ihnen auftat, sahen sie in weiter Ferne eine kleine Explosion, die wohl das Ende des unkontrolliert beschleunigenden Verfolgerschiffchens bedeutete. Nichts anderes war zu erwarten, wenn sich ein Shuttle so weit von seiner Raumstadt entfernte, dass seine lebenswichtigen Strukturen durch die Häufung der Sprungfehler zersetzt wurden. Lorth überlegte, was in dem Piloten vorgegangen sein mochte, den unabwendbaren Tod aufgrund einer rätselhaften Fehlfunktion seines Shuttles vor Augen. Hatte er Auswirkungen der Sprungfehler am eigenen Leib wahrgenommen, bevor es sein Fahrzeug zerriss?

* * *

Garrie steuerte das Panzershuttle wie geplant in den letzten Gap des Big Gap zwischen dem 162 und dem 163. Beim Wiedereintritt in die Raumstadt erstrahlte unter ihnen der erste bewohnte Zylinder der Äußeren Stadt. In

Wirklichkeit war er nicht besser beleuchtet als alle anderen Zylinder auf Goodsphere – also mit deutlich weniger Lampen bestückt als der durchschnittliche Singa-Zylinder –, doch erschien nach der bangen Zeit in der tiefen Dunkelheit des Big Gap auch diese lückenhafte Befunzelung wie ein höchst willkommenes Lichtermeer.

Sie passten ihre Geschwindigkeit beim Flug in Richtung Äquator wieder an die Rotation der Zylinder an und dockten schließlich ohne weitere Vorkommnisse im Sektor 83 an.

»Ich werde die Abgabe melden«, meinte Garrie und deutete vage auf die andere Straßenseite, wo sich Büroladen an Büroladen drängte. Über einem stand *Shaller & Gamble*. Seine Front war kaum drei Meter breit. Mehr als einen Tresen und ein Terminal brauchten die Verleiher auch nicht. Hinter ihnen befand sich die große Öffnung des Shuttledocks, in dem ihr Panzershuttle stand. Die hintere rechte Düse hatte sich bei ihrer Flucht wieder überhitzt, doch von außen war kein Schaden zu erkennen, und weder Lorth noch Garrie hatten vor, das Vorkommnis auch nur zu erwähnen. Ihrer Erfahrung nach würde der Verleiher nur versuchen, dem letzten Kunden die Kosten für eine Reparatur abzuknöpfen. Wäre der Kunde dumm oder eingeschüchtert genug, zu bezahlen, würde aber höchstwahrscheinlich dennoch keine Reparatur erfolgen. Der Defekt drohte nicht zum Verlust des Shuttles zu führen, dafür war er zu gering. Der Verleiher würde den potenziell einträglichen Zustand daher unverändert belassen und hoffen, auch die nächsten Kunden schröpfen zu können.

Auf der Straße war nicht viel Verkehr. Vereinzelt fuhren Wagen vorbei. Garrie machte sich auf, die Straße zu überqueren.

»Ich geh mit«, sagte Jar unvermittelt, der nach dem Flug etwas zappelig wirkte, und folgte Garrie. Ahloh und Bese tauschten einen kurzen Blick, dann machte sich auch der Alte auf den Weg über die Straße. Die anderen beobachteten sie vom Platz vor dem Tor des Shuttledocks aus und warteten.

»Willst du direkt zu Leras altem Quartier gehen?«, fragte Bese und sah Lorth an.

Lorth dachte nach. Bisher war nicht viel Zeit gewesen, Pläne zu schmieden. »Ja«, sagte er dann, »will ich.« Vielleicht, um Spuren zu suchen, überlegte er für sich. Lera dort anzutreffen war extrem unwahrscheinlich. Sie konnte eigentlich nicht mehr in ihrem Quartier wohnen, wenn es ausgebrannt und sie auf der Flucht war. Doch er schob den Gedanken beiseite. »Aber Garrie plant besser als ich«, fügte er noch hinzu.

Bese machte ein schnaufendes Geräusch und schaute leicht verärgert drein, aber er sagte nichts mehr. Lorth hatte den Eindruck, dass Bese ihrer Arbeitsteilung nicht viel abgewinnen konnte. Er zuckte innerlich mit den Schultern. Bisher waren er und Garrie mit dieser Strategie immer gut gefahren. Nun ja, fast immer. Lorths Festnahme vor zehn Jahren auf Goodsphere war eine der seltenen Ausnahmen gewesen. Aber im Anschluss hatte Garrie wiederum seine Flucht organisiert.

»Es ist unklug, die Fähigkeiten seiner Verbündeten nicht zu nutzen«, meinte Sloral. »Auch und besonders, wenn es um Führung geht.«

Bese schaute leicht genervt. »Sicher«, sagte er.

Auf Lorth wirkte er nicht überzeugt.

Ein großer Wagen kam die Straße entlang und verlangsamte. Es war ein umgebauter Lastwagen, der seitliche große Schiebetüren hatte. Lorth fielen auf Anhieb nur unangenehme mögliche Erklärungen für diesen Umbau ein.

»Zurück in das Dock, schnell!«, sagte er.

Sloral und Bese sahen ihn an. Bese verwirrt, Sloral alarmiert. Tamm drehte sich gerade zu Lorth um, als dieser die Pistole der Wache aus dem Bojenhangar zog und rückwärts in das Shuttledock zurückwich.

»Schnell!«, sagte er noch einmal und legte bereits mit gestreckten Armen auf den sich nähernden Wagen an.

Sloral und Bese folgten ihm in das Dock, doch Tamm stand noch immer draußen und suchte nach dem Grund für Lorths Verhalten.

»Schließt das Tor!«, befahl Lorth den Thaumikern, ohne den Blick von dem sich nähernden Fahrzeug zu wenden.

»Tamm ist noch draußen«, protestierte Bese, während Sloral bereits die Kontrollen betätigte. Das schwere Schott fuhr langsam rumpelnd von oben und unten in den Durchgang.

»Tamm!«, rief Bese hilflos nach draußen.

Lorth zielte quer über die Straße und drückte ab. Es knallte in dem kleinen Dock, gegenüber barst die Frontscheibe von Shaller & Gamble und wurde milchig von Myriaden kleiner Sprünge.

Bese zuckte zusammen. »Was –?«, begann er.

»Geht in Deckung!«, rief Lorth jetzt und kauerte sich selbst hinter das langsam hochfahrende Docktor.

Die Seitentür des Wagens schob sich auf und offenbarte den Blick auf eine Gruppe gepanzerter und bewaffneter Männer und ein festinstalliertes Geschütz. Lorth schoss dem Schützen dahinter gezielt ins Gesicht. Der fiel nach hinten um. Lorth schoss weitere Einzelschüsse auf die Männer in unmittelbarer Nähe des Geschützes. Einige fielen um, andere hatte er nicht sauber genug getroffen.

Die restlichen Männer erwiderten jetzt das Feuer mit Salven aus ihren Sturmgewehren und sprangen aus dem Wagen, als dieser hielt. Kugeln umschwirrten Lorth und schlugen hinter ihm im Panzershuttle ein. Ein Querschläger streifte Lorth am linken Arm und zerfetzte seine Jacke. Ein brennender Schmerz schoss ihm durch Schulter, Brust und Hals.

Lorth sah zu Tamm, der gerade von mehreren Kugeln getroffen glatt nach hinten umfiel und mit dem Kopf ungebremst auf die Roste schlug. Lorth feuerte noch je eine Kugel auf zwei der Angreifer.

»Ins Shuttle!«, schrie er, um gegen den Krach der Automatikwaffen anzukommen.

Ein Krachen und Blitzen erfüllte plötzlich seine Wahrnehmung. Er wusste sofort, dass sich schließlich doch noch jemand an das Geschütz gesetzt hatte. Zum Glück war der erste Schuss auf der Außenseite des Tors eingeschlagen. Dem Geräusch nach tippte Lorth auf Explosivmunition größeren Kalibers, doch nicht groß genug, um das Tor, das sich weiterhin unbeirrt schloss, effektiv zu beschädigen. Es war nur noch ein schmaler Streifen von etwa dreißig Zentimetern Höhe frei, doch durch diesen flog jetzt mit einem weiteren Krachen ein Geschoss, verfehlte das Panzershuttle und prallte an das gegenüberliegende Tor, das sich zum Gap hin öffnen würde. In schneller Folge krachte es jetzt wieder und wieder, doch alle Geschosse prallten außen gegen das Tor und veranstalteten dort ein mörderisches Feuerwerk.

Lorth rannte geduckt zum rechten Rand des breiten Tores und spähte vorsichtig durch den schmaler werdenden Schlitz. Zwei Männer rannten gerade auf der gegenüberliegenden Seite zu den Außenkontrollen des Docks, um das Tor wieder zu öffnen. Lorth schoss sein Magazin auf sie leer, und beide fielen im Laufen um. Reflexartig steckte er die Waffe unter die linke Achsel, was Feuerstöße des Schmerzes durch seinen lädierten Arm schickte und ihm kurz schwarze Punkte vor den Augen bescherte. Die leere Pistole entglitt ihm und fiel zu Boden. Lorth ignorierte sie.

Das Tor schloss sich endlich ganz. Sie hätten nur Sekunden, bis die Angreifer erneut – und diesmal ungehindert – die Kontrollen des Docks erreichten. Lorth rannte in blinder Hast zu ihren Pendants im Dock und schlug auf den Knopf zum Absaugen der Luft. Solange das Dock leergepumpt wurde, würden sich die Tore nicht öffnen lassen. Neben dem hohen Sirren in seinen Ohren hörte er vage das Rauschen der Pumpen. Er musste sich beeilen. Mit hastigen Sprüngen rannte er um das Shuttle und kletterte in den Pilotensitz. Die angespannten Blicke von Sloral und Bese, die bereits wieder hinten im Shuttle saßen und sich an den Lehnen der Sitze vor ihnen festhielten, bemerkte er kaum. Die Türen des Shuttles schlossen sich bereits, weil eine Automatik den Druckabfall bemerkt hatte. Lorth spürte einen Druck in den Ohren stärker werden. Als endlich die Shuttletür ganz geschlossen war, zog er an dem Notfallgriff, der einen Druckabfall in der Kabine ausgleichen sollte. Das Shuttle ließ zischend mitgeführte Druckluft in die Kabine einströmen, bis Normaldruck wiederhergestellt war.

Lorth klinkte das Shuttle in die Dockkontrollen. Er war sich nicht sicher, wer in dieser Lage die Priorität haben würde, das Shuttle oder die Bediener im Zylinder. Er machte sich darauf gefasst, dass seine Anweisung, das Tor zum Gap zu öffnen, ignoriert werden und seine Anzeigen einen Druckanstieg im Dock signalisieren würden. Doch zu seiner Erleichterung öffnete sich das Außentor ohne Probleme.

Lorth zündete die Triebwerke des Shuttles. Erneut erschien die Warnmeldung, dass eines davon überhitzt sei. Im Moment hatte er andere Sorgen. Das Dock führte in einen schmalen Kanal in der Oberseite des Aufdecks, von dem aus ein startendes Shuttle gefahrlos in den Verkehr im Gap eintreten konnte. Als Lorth das Shuttle in den Kanal gesteuert hatte, sah er dicht darüber einen schwer gepanzerten Transporter schweben, der zu groß gewesen wäre, um in den Kanal zu passen.

»Festhalten!«, rief Lorth nach hinten, wo sich Bese und Sloral gerade an die Sitze schnallten.

Leitstelle

Eine Kugel zerschmetterte das Glas des engen Büroladens. Jar schrie vor Schreck kurz auf und zuckte zur Seite. Dann wob er sich reflexartig einen Schild.

Garrie duckte sich und sah zu der perforierten Scheibe. Sie holte behutsam die Pistole aus ihrer Jacke hervor.

»Was soll das denn?«, rief der Mann hinter dem Tresen empört. Er klang, als rechnete er eher mit Vandalismus als mit einem Kampf. Garrie signalisierte Jar und Ahloh aber, sich zu ducken. Als kurz darauf ein Wagen auf der Straße draußen hielt und die Schüsse eines Gefechts vernehmbar wurden, beobachtete sie das Geschehen aufmerksam durch die geborstene Scheibe.

»Gibt es hier einen Hinterausgang?«, rief sie über den Tresen. Doch der Mann dahinter war nicht mehr zu sehen. Behände sprang Garrie über die Barriere, die Kunde und Vermieter trennen sollte, und verschwand aus Jars Sichtfeld.

Draußen knallte es jetzt wild aus automatischen Waffen und etwas Größerem, das Jar nicht zuordnen konnte.

»Kommt!«, rief Garrie von hinter dem Tresen.

Jar sah besorgt zu Ahloh, der ebenfalls kauerte und

jetzt aus müden Augen den Tresen hinaufblickte. Doch mit der Hilfe seiner Begleiter überwand der Alte das Hindernis in wenigen Sekunden, wenn auch nicht sehr elegant, und Jar kletterte hinterher.

»Was passiert da draußen?«, fragte Jar.

»Die Verfolger von vorhin haben vermutlich unsere Kennung erkannt und durchgegeben«, meinte Garrie. »Mit der Information ist es eine Kleinigkeit, herauszufinden, wo das Shuttle abgegeben wird.« Sie deutete auf eine Tür im hinteren Bereich des Ladens. »Los!«

Sie rannten geduckt zu der Tür und hinaus in den Quergang dahinter. Nach links und rechts führte der Gang jeweils einige Dutzend Schritte, bevor er durch eine weitere Tür begrenzt wurde. Auf beiden Seiten gingen in regelmäßigen Abständen weitere Türen ab. Etliche davon standen jetzt offen, und Menschen rannten aufgeregt hin und her. Einige hielten Pistolen oder Strahler in den Händen. Die Geräusche der Schießerei auf der Straße wetteiferten mit dem Geschrei der Leute.

»Wo führt das hin?«, fragte Jar. Er hatte Toilettenpiktogramme auf zwei Türen der gegenüberliegenden Seite erkannt, doch seine Frage bezog sich auf den Gang selbst.

Garrie antwortete nicht und rannte einfach nach rechts hinunter, die Pistole noch immer in der Hand. Ein großer Mann mit poriger Nase und Vollbart hielt die schwere Stahltür am Ende offen und winkte ihnen, sich zu beeilen.

»Los, macht schnell, Leute!«, sagte er mit einer vom Alkohol angerauten Stimme, als Garrie, Ahloh und Jar an ihm vorbeikamen.

Sie rannten auf eine dunkle Straße. Garrie wollte gleich weiter, und zwar fort von dem Kampf, den sie noch immer hören konnten, doch Jar hielt sie am Ärmel fest.

»Was ist mit Bese? Lorth? Sloral?«, fragte er aufgebracht. Um sie strömten beständig Leute aus der Ladenzeile. Sie liefen alle von der Hauptstraße weg und sahen sich immer wieder ängstlich um.

Garrie sah über die Schulter, blieb stehen und drehte sich dann zu Jar. Sie schaute ihn mit glasklaren Augen an. »Hörst du das?« Sie deutete die Straße entlang zur Hauptstraße. »Glaubst du, wir können da helfen? Ich hab nur eine kleine Pistole und ihr beiden gar nichts!«

»Was soll das heißen?«, fragte Jar aufgebracht. Er packte Garries Ärmel und riss daran. »Wir können doch nicht einfach weglaufen!«

Die drahtige Frau wand sich mit einer knappen Geste aus Jars jugendlichem Griff und packte ihrerseits zu. »Sie können das überleben, aber wir können ihnen nicht dabei helfen. Der erste Schuss war eine Warnung von Lorth. Danach hatten sie noch genug Zeit, wieder ins Shuttle zu flüchten und damit zu verschwinden. Ob sie das geschafft haben, weiß ich nicht, aber wir müssen jetzt auch verschwinden, sonst finden die uns hier.«

Jar war vor Aufregung den Tränen nahe. Er blickte fassungslos zur Hauptstraße und kaute auf der Unterlippe. Was würde Bese jetzt tun? Bese würde ihn zu retten versuchen. Ein Gedanke schoss ihm durch den Kopf: Wie würde er, Jar, sich fühlen, wenn Bese zu seiner Rettung kommen und dabei selbst sinnlos umkommen würde? Eine Hand legte sich auf seine Schulter. Er sah über sie hinweg in das faltige Gesicht des Alten.

»Sie hat recht«, sagte der. »Wir können ihnen ohne Thaumik nicht helfen. Wir müssen hoffen, dass sie entkommen können, und selbst versuchen, am Leben zu bleiben.«

Jar sah ihn noch einen Moment an, dann die Bodenroste zu seinen Füßen, dann liefen sie zu dritt fort, fort vom Kampf, fort von Bese und Lorth.

* * *

»Wir müssen sie wiederfinden.«

»Ja, das müssen wir.«

»Wie stellen wir das an?«

Garrie sah den quengelnden jungen Thaumiker abschätzig an, während sie nebeneinander her gingen. »Was würdest du vorschlagen?«

Jar sah nach vorne und überlegte. »Wir könnten dahin zurück, wo wir uns verloren haben. Mein Vater sagt immer, dass man das tun soll, wenn man sich aus den Augen verloren hat.«

»Dann laufen wir denen in die Arme, die uns da gefunden haben.«

Jar sah wieder zu Garrie, die ihn ihrerseits musterte. Jar fühlte sich wie bei Meister Erissa im Kabinett. Er runzelte die Stirn. »Du hast schon einen Plan und willst mich nur auf die Probe stellen, oder?«

Garrie deutete ein Lächeln an, sah wieder nach vorne und blieb stumm.

»Also gut«, sagte Jar und atmete tief durch. »Wenn wir nicht zu dem Verleiher zurück können, müssen wir einen anderen Ort finden.«

»Welche Orte kennen wir hier?«, fragte Garrie.

»Den Bojenhangar, den Verleih vor dem Flug und den hier.«

Garrie wirkte nicht zufrieden. »Das sind alles Orte, die wir lieber nicht wieder aufsuchen sollten.«

Nach ein paar Schritten fiel Jar noch etwas ein: »Lorth hat doch vor, hier Lera zu finden und wollte als Erstes zu ihrem Quartier!«

Garrie grinste ihn beglückwünschend an. »Wir müssen also herausfinden, wo Leras Quartier ist.«

Jar stockte. »Weißt du das denn nicht?«

Garrie schüttelte den Kopf. »Ich habe sie nie kennengelernt. Lorth ist immer nur alleine zu ihr gegangen. Wo sie wohnte, hat er nie jemandem gesagt.«

»Warum das denn?«, fragte Jar verwirrt.

Garrie hob die Schultern. »Er wollte sie immer aus seinem Leben mit uns heraushalten und hat das auch weitgehend geschafft. Wir haben zwar gewusst, dass es sie gibt, aber weder ihren Namen gekannt noch geahnt, dass

Lorth ein Kind hat.« Sie grinste Jar kurz an. »Ich hätte mir das nie träumen lassen, um ehrlich zu sein. Wir nahmen halt an, dass er was mit ihr hat, sonst nichts. Erst als er im Bau war, erfuhren wir mehr über sie.«

Jar schaute nachdenklich nach vorne. »Was ist damals eigentlich passiert?«, fragte er dann.

Garrie sah ihn kurz von der Seite an. »Lorth hat den Auftrag erhalten, einen Politiker zu liquidieren. Das ist hier nichts Ungewöhnliches. Die verschiedenen Gruppen auf Goodsphere führen einen ständigen schwelenden Krieg gegeneinander, und immer wieder kommt jemand von der Sphäralregierung dabei unter die Räder. Vielleicht hat er sich für eine falsche Seite starkgemacht oder so.«

Jar nickte wieder.

»Lorth führte den Auftrag aus, wurde dann aber geschnappt, als er verschwinden wollte.« Garrie zuckte mit den Schultern. »Da war damals verdammt viel Pech dabei. Seine Waffe hatte eine Fehlfunktion und verletzte ihn bei dem Attentat. Danach führte ein Computerausfall zu einem Transporterunfall und hat ihm die Fluchtwege abgeschnitten.« Sie lachte einmal bitter. »Es wirkte fast so, als sollte es schiefgehen. Und zu guter Letzt stellte sich noch heraus, dass er den falschen Mann liquidiert hatte: den Chef vom Chef seines eigentlichen Ziels.«

Ahloh sah flüchtig zu Garrie. Jar beobachtete den Alten daraufhin einen Moment, doch der sagte nichts. »Wie ging es weiter?«, fragte er dann, wieder zu Garrie gewandt.

»Lorth wurde inhaftiert. Wir erfuhren wenig, das meiste aus den allgemeinen Tickern, die über den Anschlag berichteten. Lorth wurde als Einzeltäter betrachtet, der ohne Auftrag gehandelt hatte. Nach ein paar Wochen meldete sich Lera schließlich bei uns.«

»Sie wusste von euch?«, Jar war überrascht.

Garrie nickte. »Lorth hatte ihr viel mehr von uns erzählt als umgekehrt. Sie sollte sich bei uns melden, wenn ihm etwas zugestoßen wäre.«

»Wozu?«

Garrie sah verblüfft zu dem Alten, der die unerwartete Frage gestellt hatte, ohne zu ihr zu blicken. »Wozu? Ich nehme an, damit wir ihr helfen können, wenn sie in Schwierigkeiten steckt.«

»Brauchte sie denn Hilfe?«, fragte der Alte weiter, den Blick noch immer starr geradeaus gerichtet.

Garrie zögerte. »Sie hatte genug Geld, wenn du das meinst.« Als Ahloh dazu nichts sagte, ergänzte sie: »Sie wollte einfach wissen, ob wir Lorth nicht irgendwie helfen können.« Garrie schien unsicher. Eine Emotion, die Jar an ihr noch nicht wahrgenommen hatte.

»Ihr habt ihm ja dann auch helfen können«, sagte Jar. »Ihr habt ihn befreit.«

»Oh, das war später. Lorth saß monatelang im Gefängnis, ohne dass wir wussten, wo. Dann kam es zur Verhandlung, die auch Monate dauerte. Erst als das Urteil gefällt war, bekamen wir heraus, wo er untergebracht wurde. Es half sehr, dass er als ... so eine Art Amokläufer betrachtet wurde, sonst hätten sie ihn hinter dickere Mauern gesteckt.«

»Aber in der ganzen Zeit habt ihr Leras Quartier nicht kennengelernt?«, fragte jetzt Ahloh wieder, diesmal den Blick zu Garrie gewandt.

»Nein«, sagte die. »Wir hatten nur Kontakt, wenn sie sich meldete. Als wir Lorth schließlich befreiten, traf ich mich mit ihm zum Abflug, ohne Lera je gesehen zu haben. Er ließ sie hier zurück, um sie zu schützen. Außer uns wusste niemand, dass sie existierte.«

»Mit ›uns‹ meinst du nur dich und Bill?«, fragte Jar, der sich an Erzählungen in der Boje auf dem Flug hierher erinnerte.

Garrie nickte. »Außer uns beiden wusste bis vor Kurzem niemand von Lera.«

Jar nickte langsam und schwieg einen Moment. Dann erinnerte er sich an ihr gegenwärtiges Problem und sagte: »Gut, wie wollen wir dann Leras Quartier finden?«

Garrie entspannte sich sichtlich, jetzt, da die Unterhaltung wieder auf Planung gerichtet war. »Lorth hatte doch diese Berichte von Goodsphere«, sagte sie.

Auch das hatte Lorth in der Boje erzählt. Jar nickte.

Garrie fuhr fort: »Er hat zwar nur die Tickermeldungen gelesen, aber ich wette, dass in den Polizeiberichten dazu auch die Adresse des ausgebrannten Quartiers drinsteht.«

Jar ging ein Licht auf. Doch sofort verfinsterte sich seine Miene wieder. »Aber wie willst du an die Polizeiberichte rankommen? Hast du sie von Singa mitgebracht?«

»Nein, die kompletten Berichte waren vermutlich auch nie auf Singa.« Garrie schüttelte leicht den Kopf. »Aber die werden ja schließlich hier noch irgendwo zu finden sein.«

»Na ja, im Polizeicomputer vielleicht, aber doch sicher nicht einfach so.« Jar hatte in der kurzen Zeit, die er bei den Raumfahrern verbracht hatte, bereits einiges gelernt, das seiner Rolle als Nachkomme gar nicht entsprochen hätte. Aber diese Tarnung gaben sie jetzt ohnehin auf.

»Völlig richtig«, stimmte Garrie zu und schlussfolgerte: »Wir müssen also an den Polizeicomputer rankommen.«

* * *

Es war wirklich erstaunlich, wie einfach man die Nichtthaumiker in der Welt der Raumfahrer austricksen konnte. Aus Sicht von Jar verließen sich die Menschen hier viel zu sehr darauf, dass niemand eine Tür würde öffnen können, wenn diese verschlossen worden war.

»Gut für uns«, war alles, was Garrie dazu sagte, als Jar ihr seine Überlegungen darlegte.

Ein Großteil der Ritualistik der Thaumiker funktionierte nicht mehr, doch behinderte dies Jar nicht, da er damit ohnehin noch nicht gut umgehen konnte und deshalb hauptsächlich symbolistische Thaumik einsetzte, zu der auch das Öffnen und Schließen von Türen gehörte. Mit Hilfe dieser unscheinbaren Effekte, die in der Welt der Thaumiker niemanden beeindrucken konnten, verschafften sich die drei unter Garries Anleitung Passierkarten, Waffen und andere Kleidung, die sie wie Raumfahrer aussehen ließ – genau genommen sogar wie administratives Personal der Raumstadt Goodsphere. Mit anderen Worten: Sie stiegen binnen Minuten von Touristen zu Wartungstechnikern auf. Nur Jar konnte aufgrund seiner Jugend nicht in diese Rolle schlüpfen. Doch auch er wurde neutral eingekleidet und ging fortan als Raumfahrer durch.

»Garrie, auf ein Wort ...«, sagte Ahloh, als sie die dunklen Overalls mit dem GS-Logo auf dem Rücken angezogen hatten.

Garrie sah ihn fragend an.

»Du möchtest an einen Polizeicomputer heran, richtig?«

»Richtig«, sagte Garrie. »Wieso?«

Ahloh schwieg zwei Sekunden und sagte dann: »Nun ja, ich habe überlegt, wie wir das machen sollen. Wir hatten auf Singa keine Probleme, eine Polizeistation zu übernehmen, aber da waren wir viel mehr Leute und unsere Thaumik war noch stark.«

»Ah«, machte Garrie und nickte. »Ja – nein –« Sie schmunzelte kurz über das nachvollziehbare Missverständnis und auf der Suche nach Worten, es auszuräumen. »Also wir werden nicht zu dritt ohne Thaumik eine Polizeistation überfallen, das hatte ich nicht vor. Wir können uns einschleichen. Die Polizei hat nicht nur richtige Stationen, sondern auch so etwas wie kleine Computerzentren, ›Leitstellen‹ genannt. Das sind unbemannte Kabuffe, in denen höchstens mal ein oder zwei Techniker am Schrauben sind.«

Ahloh runzelte die Stirn. »Ich hätte erwartet, dass auf Goodsphere so etwas nicht lange überlebt, wenn es nicht bewacht wird.«

Garrie atmete tief durch. »Ja, das ist schon richtig, aber die darin verbaute Technik ist nichts besonders Wertvolles. Und sobald man etwas aufbricht, stellen die Rechner den Dienst ein, löschen ihre Speicher und kappen die Verbindungen. Man hat also nicht viel davon, wenn man nicht ohne Gewalt eindringen kann.« Sie schmunzelte. »Aber es stimmt schon, die Stationen werden immer mal wieder für die Hardware geplündert.«

»Da werden wir also gar nicht kämpfen müssen?«, fragte Jar dazwischen. Seine Einstellung dazu war tatsächlich neutral – ob Kampf oder nicht, es war ihm einerlei. Für ihn hatte im Moment Priorität, Bese wiederzufinden. Der Weg, der dafür der günstigste wäre, war ihm im Moment der liebste.

»Ich denke nicht«, sagte Garrie. »Wir werden Türen öffnen müssen, die normalerweise nicht leicht zu öffnen wären.« Dabei grinste sie breit.

Jar nickte.

* * *

Garrie studierte ihren Adit, während sie eine quietschende Rolltreppe hinabfuhren.

»Okay«, sagte sie. »Auf der Straße unten weiter geradeaus, noch etwa zweihundert Meter, dann in eine Seitenstraße. Wenn wir Glück haben, ist niemand da, der uns zusieht. Wenn da jemand ist, den ich nicht als Zeugen haben will, gehe ich einfach dran vorbei, und ihr folgt mir. Schaut euch nicht besonders um. Vergesst, dass wir da etwas vorhaben, lasst es euch nicht anmerken. Wenn wir in der Leitstelle jemanden antreffen, kümmere ich mich um ihn. Aber das wäre großes Pech. In jedem Fall kann ein thaumischer Schild nicht schaden, also bereitet euch vor.«

Ahloh und Jar nickten und woben sich erneut den Schild, der sich seit der Trennung vom Rest der Gruppe wieder aufgelöst hatte.

Sie gingen dicht hinter Garrie an der Straße entlang. Einige Leute begegneten ihnen. Als sie eine Stelle passierten, an der ein weiter Bereich in Dunkelheit lag, weil alle Lampen ausgefallen waren, kamen sie an einer Gruppe

Menschen vorbei, die alle seltsam geformte Mützen oder Helme auf dem Kopf trugen. Jar konnte nicht mehr als vage Silhouetten erkennen.

»Uh, Eulen«, flüsterte Garrie und bedeutete ihren Begleitern mit einer knappen Handbewegung, passiv zu bleiben.

Jar fragte sich mehrere Dinge auf einmal: Was waren Eulen? Er kannte Eulen. Auch wenn es auf Balta nicht viele gab, wusste er doch, dass sie nächtliche Raubvögel waren. Doch was waren menschliche Eulen? Und was trugen die Eulen auf dem Kopf? Als mehrere der Eulen die Kopfbedeckung vor das Gesicht zogen, wo sie ihnen vor den Augen saß und die Sicht in der Dunkelheit noch mehr erschweren musste, verwarf er seine bisherigen Überlegungen und ersetzte sie durch heillose Verwirrung. War es eine Maske, um nicht erkannt zu werden? Doch dafür war es hier ohnehin zu dunkel.

»Na hey, was kommt denn da?«, fragte jetzt eine der Eulen in einem schleimigen Tonfall, der alles andere als freundlich klang.

Jar konnte in der Dunkelheit nicht viel erkennen, doch war er sicher, dass der Wortführer die Augen nicht verdeckt hatte.

»Hey, Leute«, begann Garrie jovial, »wir müssen hier nur durch, um zu der Leitstelle da hinten zu kommen. Unser Chef hat uns hergeschickt, um 'ne Fehlfunktion aufzunehmen.«

Jar fiel auf, dass sich Garries Haltung verändert hatte. Auf Jar hatte sie immer einen lockeren Eindruck gemacht, jetzt jedoch wirkte sie geradezu schluderig. Sie stand völlig ohne Körperspannung da. Mit gekrümmtem Rücken und gesenktem Kopf sah sie in die Gruppe und wies beim Sprechen fahrig mit einem Arm in die Richtung, in die sie gerade gingen.

»Technikerin bei der Arbeit, Jungs ...«, erwiderte der Sprecher. »Und ein Küken habt ihr auch dabei. Das 'n Lehrling oder sowas?«

Garrie lachte kurz albern und gar nicht ihrer sonstigen Art entsprechend. »Nee, Phel hier ist der Sohn meiner Schwester. Ich hab ihm versprochen, dass ich ihn mal mitnehme, wenn wir 'ne längere Tour machen.« Sie grinste die Eulen betont defensiv an.

Der Wortführer überlegte kurz, dann sah Jar sein helles Grinsen in der Dunkelheit funkeln.

Ein anderer aus der Gruppe ergriff das Wort: »Okay, Leute, dann dreht mal eure Taschen um!«

Das Gebiss verschwand wieder hinter Lippen. »Habt ihr überhaupt irgendwas Brauchbares bei euch?«

Jar durchzuckte es eiskalt. Er hatte in seinem Beutel die wenigen Habseligkeiten, die er von Balta mitgebracht hatte. Nichts davon wollte er an Straßenräuber verlieren. Nicht kampflos jedenfalls.

»Na ja, nicht viel –«, begann Garrie und klang unglücklich. »Nur das Zeug von unserem Chef halt, mit dem wir die Aufnahme machen sollen.«

»Bargeld vielleicht irgendwas?«, fragte die Eule weiter.

»Ach Leute!«, quengelte Garrie jetzt schwach, »muss das sein? So dick haben wir's nun auch wieder nicht!«

»Doch, ich schätze, das muss sein«, meinte der Wortführer in einem Tonfall, in dem man normalerweise einem enttäuschten Kind erklärt, dass Menschen nun einmal nicht fliegen können, auch dieses Kind nicht. Jar hatte allerdings ein anderes Bild im Kopf, da das mit dem Fliegen in seinem Kulturkreis weniger ausgeschlossen war.

Garrie starrte ihn noch eine Sekunde frustriert an, dann wandte sie sich ihren Begleitern zu. »Okay, dann müssen wir wohl ...«

Sie pulte mühsam eine Handvoll Chips aus einer Tasche ihres Overalls, Jar und Ahloh suchten ebenfalls die paar Chips zusammen, die sie von Garrie erhalten hatten, um nicht wegen Geldmangels aufzufallen. Garrie musste deutlich mehr Geld bei sich haben, doch offenbar war sie nicht gewillt, es so einfach herzugeben. »Davon wollte ich heute noch Essen kaufen«, maulte sie, aber sie gab es der Eule.

Der Mann im Dunkeln sah sich seine Beute kurz an, sagte: »Hey –«, und gab Garrie ein paar Plastikmünzen zurück. Dann wandte er sich von den dreien ab.

Garrie starrte ihm überrascht – ob echt oder gespielt, konnte Jar nicht sagen – hinterher und sagte nach ein paar Sekunden: »Danke …«

»Ich finde, wir sollten die durchsuchen«, meinte plötzlich die andere Eule, die zuvor schon gesprochen hatte. Zu Jar gewandt sagte er lauter: »Du! Zeig mal deinen Beutel her!«

Jar bekam eine Gänsehaut. Wut stieg in ihm auf.

»Lass sie gehen, Feedle«, meinte der Anführer gelassen.

»Ich will seinen Rucksack sehen!«, beharrte Feedle. »Da ist doch was drin!« Er machte ein paar Schritte auf Jar zu.

Jar sprang zurück, in Kampfposition und schrie: »In meinen Rucksack schaut keiner von euch Mistkerlen!« Er versuchte, im Dunkeln etwas auszumachen, doch mehr als Schemen waren nicht zu erkennen.

»Phel!«, rief Garrie. »Lass den Unsinn!«

Jar schätzte seine Chancen nicht schlecht ein. Es war so dunkel, dass er sich sogar vorstellen konnte, den Eulen durch Weglaufen zu entkommen, um sich anschließend einfach zu verstecken, indem er sich flach auf den Boden legte oder sich in einen Türrahmen presste. Ein Kampf wäre ihm aber lieber gewesen.

Ein Schuss knallte durch die Dunkelheit, ein kurzes Aufblitzen, und etwas sauste neben ihm in die Metallroste und schlug dort Funken.

»Hey!«, schrie jetzt Garrie aufgebracht und hilflos. »Der ist zwölf! Zwölf!«

Ich bin doch nur einer, überlegte Jar verwirrt, und ein Teil seines Geistes begann zu überlegen, was Garrie wohl meinte, doch der größere Teil bemühte sich, in der Dunkelheit etwas erkennen zu können.

»Ein richtiger kleiner Löwe, euer Phel, was?«, meinte der Anführer der Eulen und klang dabei, als würde er grinsen. »Schau dir das an: Der will lieber mit uns kämpfen, als sich von seinen Sachen zu trennen! Du hast ihn nicht erwischt, Feedle. Komm, lassen wir's dabei. Was zu holen ist da sowieso nicht, und mir gefällt der Kleine.«

Jar hörte ungläubig zu und stand noch immer in Kampfposition, bereit, in eine Richtung zu springen, die ihm spontan sicherer erschien.

Doch Feedle gehorchte einfach. Er steckte gut hörbar seine Waffe in ein Holster. Die gesamte Gruppe zog sich in die Schatten zurück, und kurz darauf waren sie alleine.

»Kommt weiter!«, sagte Garrie leise.

Sie gingen schweigend weiter die Straße entlang und bogen schließlich in die Seitenstraße zu der Leitstelle ab.

»Du hast Mut«, sagte Garrie schließlich und sah Jar ernst an. »Aber das war auch dumm. Du hattest großes Glück, dass der Anführer der Eulen so reagiert hat.«

»Glück gehört zum Handwerk«, sagte Ahloh und schmunzelte. »Ein Sprichwort«, ergänzte er dann noch.

»Es war so dunkel …«, meinte Jar etwas verlegen.

»Nur für uns!«, sagte Garrie und schüttelte den Kopf leicht fassungslos. »Die Eulen hatten Nachtsichtgeräte! Eulen arbeiten immer im Dunkeln. Sie verhindern in ihren Revieren auch, dass kaputte Lampen ersetzt werden.«

»Was sind Nachtsichtgeräte?«, fragte Jar.

»Dicke Brillen, mit denen man im Dunkeln sehen kann.«

»Ach, das waren diese Dinger auf ihren Köpfen?« Jar begriff endlich.

Garrie nickte. »Ja. Und dieser Feedle hätte dich angeschossen, wenn du nicht deinen Schild gehabt hättest. Die Dunkelheit hat nur ihm genutzt, nicht dir.«

Jar sah seinen vermeintlich guten Plan, sich in einem Winkel zu verstecken, verpuffen.

* * *

Sie erreichten die Polizeileitstelle, und niemand war in Sichtweite. Jar öffnete die schwere Stahltür wie gewohnt im Handumdrehen. Er hatte bisher noch keinerlei Einbußen seiner Thaumik wahrgenommen.

In der Leitstelle war es eng. Der einzelne kleine Raum hinter der Tür war mit großen, warmen Schränken vollgestellt, die mit Lämpchen gespickt waren und unaufhörlich blinkten. Einige brannten auch konstant und manche waren ganz aus. Doch kam es mehrmals vor, dass Jar seine Einschätzung bezüglich einer einzelnen korrigieren musste, weil sie nach Minuten des Leuchtens doch für den Bruchteil einer Sekunde verlosch. Mit anderen Worten: Jar langweilte sich.

Garrie saß zusammengekauert vor der kleinen Konsole und starrte darauf. Anfangs wirkte sie wie immer, wenn sie dieser Tätigkeit nachging: Sie war völlig weggetreten und sprach, wenn überhaupt, dann nur in Satzfragmenten mit ihrer Umwelt. Doch als Jar langsam steigenden Harndrang verspürte, wuchs auch in Garrie eine offensichtliche Unruhe. Schließlich lehnte sie sich zurück und fixierte gut eine Minute stumm die Anzeigen.

»Du hast Schwierigkeiten, an die Informationen zu kommen, nicht wahr?«, konstatierte Ahloh mitfühlend.

Garrie starrte noch eine Weile weiter und nickte schließlich. »Also eigentlich trifft es das nicht. Mir stehen alle Informationen zur Verfügung. Von innen ist es nicht schwer, die Daten zu dechiffrieren, und ich habe jetzt alles mehrmals durchgesehen.«

»Aber?«, fragte Jar.

»Ich kann nichts von Lorths Geschichte finden.« Sie sah verwirrt zu den beiden Thaumikern. »Gar nichts.«

»Wie – was meinst du mit ›Lorths Geschichte‹?«, fragte Jar weiter.

Garrie blinzelte mehrmals nachdenklich, dann sagte sie: »Die Geschichte mit Goodsphere, also – Moment.« Sie atmete tief durch und sammelte sich. Dann fasste sie zusammen: »Ich finde weder Zeitungsberichte über Baldack oder seine Familie noch irgendwelche Berichte über einen Gentest an Schulkindern. Der Fall Suldov liegt hier seit Jahren bei den Akten. Den zu finden, war sogar kompliziert, da musste ich ein Archiv anzapfen. Die polizeibekannten Brandanschläge auf Quartiere in letzter Zeit passen alle nicht auf das, was Lorth erzählt hat. Es ist, als hätte Lorth sich das alles nur ausgedacht!«

Eine Weile herrschte bedrücktes Schweigen.

»Bist du sicher, dass die Informationen, die wir brauchen, hier nicht zu finden sind?«, fragte Ahloh.

»Ich finde alles, was ich will«, sagte Garrie aufgebracht, »aber es gibt einfach nichts zu Lorths Geschichte!«

Ahloh nickte langsam. »Kann jemand die Dokumente vernichtet haben? Wäre es möglich, dass alle Spuren verwischt worden sind?«

Garrie runzelte die Stirn. »Nicht, wenn stimmt, was Lorth erzählt hat. So etwas Großes wie ein Massengentest an Schulkindern lässt sich nicht spurlos ausradieren. Außerdem – wozu?«

Ahloh schwieg einen Moment. »Dann hat Lorth also nicht die Wahrheit erzählt.«

Jar runzelte die Stirn. »Er hat uns bestimmt nicht belogen. Warum sollte er das tun?«

Ahloh und Garrie sahen sich einen Moment stumm an. Jar fühlte sich irgendwie ausgeschlossen.

»Ein schmaler Grat trennt Unwahrheit und Lüge«, meinte Garrie nachdenklich.

KEINE SPUR

Lorth fuhr die Triebwerke des Panzershuttles hoch und kippte es nach vorne, um den Schub der nach unten gerichteten Hauptdüsen besser ausnutzen zu können. Sie beschleunigten entlang des Kanals. Lorth war sicher, dass der darüber lauernde Transporter ihnen den Fluchtweg abschneiden sollte. Rechts und links zogen immer wieder Gruppen von Toren vorbei, aus denen jederzeit ein Shuttle sein Dock hätte verlassen können. Normalerweise wurden alle Shuttles so schnell wie möglich aus Startkanälen wie diesem gehoben. Auf Goodsphere tat man jedoch gut daran, sich nicht darauf zu verlassen, dass dies immer geschah, daher waren die meisten Piloten vorsichtig und rechneten mit Querverkehr beim Verlassen eines Docks. Auf diese Vorsicht verließ Lorth sich jetzt, als er blindlings beschleunigte.

Der Kanal war etwa zehn Meter breit und fast genauso tief. Der Transporter darüber war mehr als doppelt so breit und viermal so lang. Er schwenkte trotz seiner offensichtlich hohen Masse unerwartet schnell herum, auf Verfolgungskurs. Seine Bewegung wirkte auf Lorth nach den vielen Jahren auf Singa mit den dort üblichen zivilisierten und vorsichtigen Bewegungen aller Raumfahrzeuge falsch. Transporter hatten immer waagerecht zu bleiben und sich vorsichtig und langsam zu bewegen. Dieser hier benahm sich jedoch wie ein Kran mit der kraftvollen Eleganz eines Schwergewichtboxers.

Der unheimliche Verfolger blieb hinter ihnen zurück, als sie mit rasch zunehmender Geschwindigkeit durch den Kanal sausten. Lorth wurde es mit den vereinzelten Docks zu beiden Seiten zu riskant, und er zog das Shuttle etwas höher, aber noch nicht ganz aus dem Kanal.

Ein Warnsignal ertönte, dann gleich noch eins, mit höherem Ton. Beide waren unterbrochen – das erste ein zur Vorsicht mahnender Summer, das zweite ein dringliches Piepsen, das schneller alternierte. Lorth erkannte beide Signale. Voraus war ein Hindernis, und die Sensoren des Panzershuttles hatten es bemerkt. Der Summer forderte einen Ausweichkurs. Das hohe trillernde Piepsen bedeutete, dass sie beschossen wurden. Lorth kippte den Schubhebel ganz nach vorne.

Die Wände rasten an ihm vorbei. Das Hindernis voraus war nur noch Sekunden entfernt, doch mit den Augen konnte Lorth es noch immer nicht ausmachen, und auf die rudimentäre Anzeige wollte er sich nicht verlassen. Er starrte in die Düsternis. Endlich sah er etwas. Es schwebte im Kanal, vermutlich ein Shuttle. Er steuerte wieder tiefer, um darunter hindurchzufliegen. Der Summer verstummte nicht, doch Lorth hoffte, dass der Platz ausreichen würde, auch wenn die Automatik nur bei größerer Vorsicht schweigen würde.

Als sie darunter hindurchhuschten, erhellten die Bodendüsen des anderen Fahrzeugs für einen Augenblick seine Hände am Steuerhebel, dann wurde es wieder dunkel, und sogar das warnende Summen verstummte endlich. Ein plötzliches helles Aufleuchten von hinten schlug kurz seinen Schein durch das Shuttle und malte mit erschreckend hellem Licht Lorths Schatten für einen Moment auf die Armaturen. Das Licht währte vielleicht eine

Sekunde und verlosch dann. Sie rasten noch immer durch den Kanal.

»Was war das?«, fragte Bese schockiert. Trotz der hohen Geschwindigkeit gegenüber dem Zylinder war im Innern des Shuttles nur ein leises Brummen von den Düsen wahrzunehmen. Ihr rasender Flug führte durch die Leere des Gaps, nicht durch eine Atmosphäre, die mit ihrer Aerodynamik für Rauschen hätte sorgen können. Das schrille Warnsignal war ebenfalls verstummt, wie Lorth jetzt bemerkte.

»Ich vermute, eine Rakete hat das Shuttle getroffen, unter dem wir gerade durchgeflogen sind«, sagte er. »Eine Explosion hinter uns – und unser Incoming-Signal ist weg.« Lorth riskierte einen Blick auf die Anzeigen.

Rein ballistische Projektile waren bei großen Distanzen selten wirkungsvoll, wenn die beschossenen Ziele reibungslos beschleunigen konnten. Sie konnten den Geschossen ausweichen oder ihnen sogar davonfliegen. Bei mehreren g brauchte ein Shuttle nur wenige Sekunden, um schneller als die meisten Geschosse zu werden. Daher waren in Gaps Raketen mit Treibsätzen und Zielerfassungen die Regel. Beschleunigten diese über eine große Distanz und trafen dann versehentlich die Oberflächen der angrenzenden Zylinder, verursachten sie neben ihrer Sprengwirkung auch aufgrund ihrer kinetischen Energie immensen Schaden, besonders wenn sie schon von einem Fahrzeug abgeschossen wurden, dessen Differenzgeschwindigkeit zu den Zylindern hoch war.

Lorth sah auf den Anzeigen, dass die Strukturerkennung noch keine Probleme hatte, Hindernisse rechtzeitig vorauszusehen. Er reduzierte seine Geschwindigkeit dennoch, um nach einem Landeplatz Ausschau zu halten.

»Wir haben ein Problem«, sagte Lorth leise. »Ich weiß nicht, wohin wir fliegen sollen. In ein paar Minuten wird die Automatik sich einschalten und mir die Kontrolle über das Shuttle wegnehmen.«

»Lande doch einfach in einem anderen Dock«, schlug Bese vor.

»Das geht nicht. Wir können hier nirgendwo landen, da wird sich das Shuttle weigern.«

»Es wird sich weigern?«, fragte Bese verwirrt.

»Es wird keine Docks dazu auffordern, die Tore zu öffnen.«

»Aha?« Bese klang weiterhin irritiert.

Sloral schaltete sich ein: »Sonst wäre es wohl zu einfach, das Shuttle zu stehlen.«

Lorth nickte einmal. »Genau. Es weigert sich, irgendwohin zu fliegen, wo man es manipulieren könnte.«

»Und jetzt wissen wir nicht, wohin wir sollen.«

Bevor Lorth darauf antworten konnte, ertönte erneut das schrillende Signal von vorher: Eine weitere Rakete hatte auf sie aufgeschaltet, und diesmal war kein Hindernis günstig in ihrem Weg, um den unliebsamen Verfolger abzuschütteln.

Lorth ruckte mit einem extremen Manöver um hundertachtzig Grad und gab vollen Schub, um das Panzershuttle abzubremsen. Gleichzeitig ließ er es sinken. Unter seiner Nase rauschte die ungleichmäßige Oberfläche des Zylinders vorbei und wurde langsamer. Schließlich rammte ihr Shuttle einen Aufbau des Kanalbodens und hob ruckartig seinen Bug. Lorth schaltete sofort den Schub ab, und sie prallten unsanft mit dem Heck auf. Die drei Passagiere wurden gewaltig durchgeschüttelt, Lorth schlug mit dem Kopf auf die Anzeigen des Cockpits. Sein angeschossener Arm spie Feuer durch seine Nervenbahnen. Blut quoll aus einer Platzwunde an der Stirn und benebelte fast sofort seine Sicht.

Das Alarmsignal hatte nicht gestoppt, doch Lorth hoffte, dass die Rakete nur mobile Ziele anvisieren würde. Er betrachtete die Entfernungsanzeige und wischte sich hastig Blut aus den Brauen. Sie war nur noch Sekunden entfernt und zeigte keinerlei Zeichen von Blindheit ob ihrer Position.

»Könnt ihr etwas gegen die Rakete tun?«, fragte er angespannt.

»Was ist eine Rakete?«, fragte Bese zurück.

»Das Ding, das uns da gleich treffen wird!«, sagte Lorth schnell. Es war nur noch Augenblicke entfernt.

»Wie viel Zeit haben wir –«

Ein gewaltiger Schlag schnitt dem jungen Thaumiker das Wort ab und schleuderte ihr Shuttle durch den Kanal. Es überschlug sich und krachte auf sein Dach. Lorth purzelte durch den Innenraum – er hatte sich nicht angeschnallt. Durch seine rechte Schulter schoss ein Schmerz wie Feuer. Ein absurder Gedanke zuckte ihm durch den Kopf: *Kein Problem, ich bin ja mit Thaumikern unterwegs.* Dann verlor er das Bewusstsein.

Er erwachte nur – wie er meinte – Sekunden später, als Bese ihn schüttelte und aufgebracht auf ihn einredete. Er hatte Schwierigkeiten, sich zu orientieren. Um ihn herum war alles dunkel. Der Boden, auf dem er lag, war hart – blankes Metall, der Kälte nach zu urteilen.

»Lorth!«, rief Bese. »Wach auf!«

»Ja ... ja, ich bin wach ...« Er war sich nicht sicher, ob er recht hatte.

»Was sollen wir tun? Der Druck sinkt, das Shuttle verliert Luft!«

Milde alarmiert – er hatte den Gedanken, er müsste eigentlich stärker empfinden – stützte sich Lorth auf einen Arm und sah sich um. In seiner Schulter schlug dabei ein bösartiger Morgenstern um sich.

»Druckausgleich ... Der Notfallgriff –« Er sah sich suchend um. So auf dem Kopf liegend war das kleine Shuttle verwirrend und unübersichtlich. Schließlich sah er den schwarzgelben Griff zwischen den beiden Pilotensesseln von der Decke baumeln und deutete darauf.

Bese zog daran, und sofort gesellte sich zu den verschiedenen Warntönen, die unbeachtet vor sich hinsummten, -piepten und -schrillten, noch das Zischen einströmender Druckluft. Lorth nahm nur ganz vage wahr, dass er Kopfschmerzen hatte, die jetzt schlimmer wurden.

»Abdichten ...« Er überlegte wie durch Watte, was genau er sagen musste, doch ihm fielen kaum Worte ein. »Luft«, sagte er dann noch und sah sich ziellos um. Beses Gesicht zeigte Bestürzung, Slorals Anspannung. Beide wurden unschärfer und verschwanden schließlich ganz.

* * *

»Lorth?« Beses Stimme.

Lorths Kopf pulsierte. Außer Bese hörte er nicht viel. Belüftungsrauschen und weit entfernt Straßenlärm. Er öffnete vorsichtig die Augen. Alles war unscharf. Nach mehrmaligem Blinzeln erkannte er Beses Lockenkopf, der auf ihn herabblickte und das Licht einer einzelnen Lampe abschirmte. Für Gesichtszüge reichte es noch nicht. Er schloss die Augen wieder. »Ja«, sagte er. Und dann noch: »Ich habe eine Gehirnerschütterung. Sag ... mir kurz, was passiert ist. Ich ...«

Er genoss die folgende Stille, die sein unvollendeter Satz ihm beschert hatte, und beließ es dabei.

Nach einigen Sekunden sagte Bese: »Ruh dich aus. Wir sind im Zylinder 163, in einem ... Gang –« Bese stockte kurz, als ihm kein besseres Wort einfiel. »Wir sind hier erst mal sicher, denken wir.«

Lorth ließ die Information sacken. Die sanften Geräusche in weiter Ferne klangen fast wie eine Melodie. Nach einigen Sekunden sagte Bese noch einmal: »Ruh dich aus.« Lorth hörte am Kleiderrascheln, dass sein Cousin sich erhob und davonging. Die einzelne Lampe in der Decke schien wieder in Lorths Gesicht.

* * *

»Wir müssen weiter.« Leise Stimmen am Rande der Wahrnehmung.

»Das wird schwierig mit Lorth.«

»Wir sind hier nicht sicher.«

Pause.

Lorth öffnete die Augen. Über ihm brannte noch immer die einzelne Lampe in der Decke, noch immer unscharf. Er hob die Hand des gesunden Arms zum Gesicht, um sich die Augen zu reiben, dabei fuhren migräneartige Wellen durch seinen Kopf. Seine Augen tränten. Er rieb sie sich.

Die Lampe wurde klar. Die Decke war recht niedrig, niedriger als bei einem Quartiergang, kaum zwei Meter über dem Boden. Der Boden bestand nicht aus den üblichen Rosten, sondern aus massiven, glatten Metallplatten.

Lorth richtete sich auf, was weitere üble Wellen durch seinen Kopf sandte und seine Augen wieder tränen ließ.

»Das sieht nach einem alten Frischluftkanal aus«, sagte er im Sitzen.

Bese und Sloral, die auf dem Boden saßen und sich gegen die abgerundeten Wände lehnten, wandten sich um. Bese stand auf und kam zu ihm.

»Wie geht es dir?«, fragte er.

Lorth dachte nach. Sein Gleichgewicht würde gestört sein, und das Tränen der Augen würde ihn behindern.

»Wir sollten Kämpfe vermeiden«, sagte er dann. »Aber ich kann gehen.«

Bese sah ihn milde fasziniert an.

Lorth stutzte. Seine Jacke war wie eine Decke locker über ihn gelegt, Glimp war nicht zu sehen.

Sich umsehend fragte er: »Wo ist Glimp?«

Beses Gesicht verfinsterte sich. »Wir wissen es nicht.« Er sah kurz zu Sloral, der an die Wand gelehnt dasaß und zu ihnen schaute. »Wir konnten das Leck im Shuttle nicht beheben und haben immer mehr Luft verloren. Schließlich entschieden wir, dass wir das Shuttle verlassen mussten. Unser Schild hat uns vor dem Ersticken bewahrt, aber du warst ohnmächtig. Ich habe mich dicht an dich gedrückt, damit mein Schild dich miteinschließt, aber es war sehr anstrengend, dich so zu tragen.«

»Wie ... wie seid ihr vom Shuttle in den Zylinder gekommen?«, fragte Lorth.

»Das war nicht weiter schwierig«, antwortete Bese. »Wir öffneten das Shuttle und gingen hinaus in den Gap. Dann suchten wir einen Eingang zum Aufdeck. Dort gingen wir hinein und schlossen die Tür wieder hinter uns.«

Lorth verzog keine Miene. Natürlich. Nicht weiter schwierig. Wieso hatte er eigentlich gefragt?

»Schwer war nur, dich zu transportieren«, fuhr Bese fort. »Sloral hat mir geholfen, indem er einen Schweber auf dich gesprochen hat, sonst hätte ich es nicht geschafft, dich so eng an mich gedrückt zu tragen.«

»Das Vakuum ist nicht gesund für Menschen«, meinte Sloral von seinem Platz aus.

»Wo ist Glimp?«, fragte Lorth erneut.

Bese senkte den Blick zur Seite. »Ich weiß es nicht. Erst nach deiner Rettung bemerkten wir, dass deine Jacke offen und er fort war. Vielleicht ist er im Shuttle geblieben, vielleicht war es ihm zu eng, als ich dich trug, und er hat meinen Schild im Gap verlassen –«

Lorth sah zu Sloral, dann wieder zu Bese, dann zu Boden.

Das Vakuum war für Glimp vermutlich ebenso tödlich wie für Menschen. Sollten sie nach ihm suchen? Bestand da eine Hoffnung?

»Wie sah dieser Eingang aus?« Wenn sie ein schlichtes Andockschott geöffnet hätten, dann hätte ihnen ein so gewaltiger Luftstrom entgegenblasen müssen, dass sie es nie hätten schaffen können, gegen ihn in den Zylinder zu gelangen.

»Eine kleine Schleuse«, sagte Sloral. Er hockte mit angezogenen Beinen und darum geschlungenen Armen in dem alten Frischluftkanal. »Wir öffneten die äußere Tür, betraten die Schleuse, schlossen sie und öffneten dann die innere Tür.«

Lorth fragte nicht erst nach, wie die Thaumiker die schweren Stahlschotts der Schleusen auf- und zubekommen konnten.

»Euer Eingreifen wird ein paar Warnsignale ausgelöst haben, und in den Auf- und Abdecks sind die Wartungstechniker auch auf Goodsphere ziemlich aufmerksam.«

»Das dachten wir uns auch«, sagte Sloral. »Wir sind ein paar Kilometer weit weg von der Schleuse.« Er schaute Lorth abwartend an.

Lorth nickte. Das sollte genügen, wenn sie keine weiteren Spuren hinterlassen hatten. Sein Kopf pulsierte unangenehm. Jeder Herzschlag pumpte schmerzhaft neues Blut in sein lädiertes Hirn.

War Glimp tot? Er musste sich wohl damit abfinden. Wenn die kleine Echse nicht eine unerwartete Resistenz gegen den unwirtlichsten aller Lebensräume aufwies, musste sie inzwischen gestorben sein. Doch Lelix hatte Tiere dieser Art gekannt, und Tajan auch, da war Lorth sicher. Das und die Tatsache, dass Glimp seine eigene Fähigkeit, in die Ströme abzutauchen, verstärkte, ließ die Vermutung zu, dass Glimp selbst thaumischen Ursprungs war.

»Könnt ihr mir etwas über Glimp erzählen?«, fragte er.

»Was sollten wir erzählen können?« Bese schaute unsicher zu Sloral, der nachdenklich tief durchatmete.

»Ich bin ziemlich sicher, dass Glimp ein Thaumischer war«, sagte der zierliche Thaumiker, »aber ich kenne die Art nicht.« Er drehte den Kopf und sah zu Lorth. Seine Gesicht zeigte Anspannung und eine leichte Verbissenheit, als wäre ihm der genannte Umstand zuwider.

»Was macht thaumische Wesen aus?«, fragte Lorth.

»Ihre Lebensenergie ist Thaumik«, sagte Sloral.

»Ihre ›Lebensenergie‹?«, fragte Lorth nach.

Sloral runzelte die Stirn, als verstünde er die Frage nicht so ganz, und Lorth ließ das Thema fallen.

»Was können thaumische Wesen denn so typischerweise?«, fragte er stattdessen. »Nutzen sie Thaumik?«

»Ja. Ständig«, sagte Sloral. »Schon ihr Leben ist das Nutzen von Thaumik.«

»Und können sie – ich weiß nicht – fliegen? Oder sich einen Schild machen?«

Sloral schaute Lorth einige Sekunden stumm an und sagte dann: »Wo wir herkommen, kann jeder Thaumik nutzen. Er muss nur Verstand genug dafür besitzen und geübt sein.«

Ja. Auch Bese hatte ihm das so berichtet.

»Hat Glimp denn je Thaumik genutzt?«, fragte Sloral seinerseits nach.

Lorth überlegte nur kurz. »Nein«, sagte er dann und sah wieder zu Boden. Es sprach nicht viel dafür, dass Glimp sich selbst gerettet hatte. Das Gefühl des Verlusts wurde schwerer und schwerer. Lorth begann, die Raumstadt zu hassen. Als wäre es nicht genug, dass seine Familie durch sie in Gefahr gekommen war – jetzt hatte sie ihm auch noch seinen langjährigen Begleiter und Gefährten genommen. Ein Kloß in seinem Hals erschwerte ihm das Sprechen.

* * *

Seine Begleiter hatten Lorths Platzwunde und die Streifschusswunde am Arm notdürftig verarztet. Beide waren nicht schlimm. An der Schulter des anderen Armes hatte er eine schwere Prellung, die in einigen Tagen verschiedene Farben durchlaufen würde. Lorth hatte berufsbedingt einige Erfahrung mit derlei Verletzungen und sah darin kein Problem. Seine Gehirnerschütterung würde ihn mehr behindern.

Die drei Schicksalsgenossen verließen den stillgelegten Kanal durch einige schwer gesicherte und für sie leicht zu öffnende Türen.

»Wir müssen in den Zylinder 270«, sagte Lorth, »wir haben also noch ein gutes Stück Weg vor uns.«

»Unsere Verfolger halten uns sicherlich für tot …?«, fragte Bese.

Lorth dachte kurz nach. Zu einem Viertel hatten sie damit vermutlich auch recht. »Ja. So was überlebt man normalerweise nicht.«

Bese schien damit zufrieden zu sein. Etwas später sagte er: »Du möchtest also zuerst Lera finden?«

Lorth runzelte ansatzweise die Stirn. Dann verstand er Beses Frage. »Ich habe keine Idee, wie wir Jar und die anderen wiederfinden können.«

»Also verfolgst du ein erreichbares Ziel«, sagte Sloral gewohnt leise.

Lorth drehte kurz den Kopf zu ihm und nickte stumm. Er hatte die Jacke vorsichtig wieder angezogen. Die aufgerissene Stelle am linken Arm fiel kaum auf.

Bese blieb angespannt. »Was wird mit Jar und den anderen passiert sein?«

Lorth merkte ihm die Unruhe an. Es war nur verständlich, wenn er sich Sorgen um seinen Bruder machte. »Garrie ist fit. Und sie kennt sich auf Goodsphere besser aus als ich. Bei ihr ist Jar in guten Händen.« Lorth war sich nicht sicher, ob er damit recht hatte. Je handfester die Konflikte wurden, desto weniger waren Garries Talente brauchbar, doch er wollte seinen Cousin nicht unnötig beunruhigen.

Bese schwieg.

* * *

Sie durchquerten den 163 unbehelligt, wenn auch nicht so komfortabel wie die Zylinder auf Singa. Hier funktionierten die Aufzüge nur sporadisch, sodass sie einige Wege zu Fuß und eine längere Strecke mit einem Taxi zurücklegen mussten. Im Abdeck fanden sie einen kleinen

Transporter, der für wenig Geld gleich mehrere Zylinder weiter flog und im Zylinder 202 wieder andockte.

»Wir sollten noch ein Shuttle mieten«, meinte Lorth. »Hier kosten die nicht mehr so viel, und es ist sicherer, als die ganze Strecke zu Fuß zu machen.«

»Bisher kamen mir die Shuttleflüge hier weniger sicher vor«, sagte Bese.

Lorth dachte kurz nach, zuckte dann mit den Achseln. »Das war ungewöhnlich. Längere Fußmärsche sind hier eigentlich eher nicht zu empfehlen.«

Sie fanden noch im Aufdeck des 202 einen Shuttleverleih. Sie flogen los, durchquerten den 202 und die folgenden Zylinder und machten schließlich im 260 halt. Dieser Flug verlief ereignislos.

»Wir wechseln nochmal das Shuttle, um Verfolger abzuschütteln«, erklärte Lorth sein frühes Andocken. Es war bei ihm schon zur festen Angewohnheit geworden, Sicherheitsmaßnahmen dieser Art durchzuführen. Er machte sich keine Gedanken darum, ob sein Verhalten an Paranoia grenzte. Für ihn war es Teil seines Lebens geworden.

Ein weiteres Shuttle brachte sie in den Zylinder 270, wo sie einen Korsobus bestiegen und noch einmal eine Weile damit zubrachten, in dem langsam dahinschaukelnden Fahrzeug einige Sektoren weiterzufahren. Schließlich stiegen sie aus und machten sich zu Fuß auf den letzten Teil des Wegs.

»Gehen wir einfach zu dem ausgebrannten Quartier?«, fragte Bese.

Lorth überlegte. So hatte er sich das gedacht, ja. Doch auf Beses Nachfrage hin erschien es ihm nicht mehr so sinnvoll. Er sah seinen Cousin an. »Hast du einen Vorschlag?«

Bese stutzte. »Kann man sich vielleicht erst mal umhören?«, fragte er dann. »In dem Quartier selbst wird Lera ja ohnehin nicht mehr wohnen, schätze ich.«

Lorth musste zugeben, dass der junge Thaumiker damit wohl recht haben dürfte. »Fragen wir doch mal in einem Café nach, ob was bekannt ist«, schlug er vor.

»Ein Café ist eine Art Schenke, nehme ich an?«, fragte Sloral nach.

Lorth nickte. »Das trifft es wohl.«

Lorth erkannte zu seiner Überraschung einiges wieder, das sich in den letzten zehn Jahren nicht verändert hatte. Ein Geschäft für Hardware war noch immer an der Ecke zweier kleiner Straßen, unweit von Leras altem Quartier. Gegenüber befand sich ein Stehimbiss, der Lorth neu war oder an den er sich nicht erinnern konnte. Es war nicht viel los, und sie hatten schon seit einiger Zeit nichts mehr gegessen, daher stellten sie sich an, und Lorth bestellte für alle drei.

»In der Gegend soll neulich ein Quartier ausgebrannt sein, habe ich gehört«, sagte er, als er die dritte Portion – seine eigene – in Empfang nahm.

»So?«, brummte der Koch, »wo denn?« Aber er klang desinteressiert.

»Nichts davon gehört?«, fragte Lorth nach.

Der Mann schob die Unterlippe vor und schüttelte ahnungslos den Kopf, während er sich gedankenverloren die fettigen Finger an einem irgendwann einmal weiß gewesenen Handtuch abwischte.

Lorth war nicht sonderlich begabt darin, Leute auszuhorchen, daher beließ er es dabei. Er hatte auch den Eindruck, dass der Mann hinter dem Tresen nichts wusste.

Nach der Mahlzeit verließen sie den Imbiss und gingen, ihren Plan weiter verfolgend, in das Geschäft gegenüber. Lorth kaufte sich einen neuen Adit, da er nicht wusste, ob sein von Singa stammender hier verfolgbare Spuren hinterlassen würde, wenn er ihn einschaltete. Garrie hätte ihm das sagen können, doch Garrie war nicht hier.

Er fragte beim Bezahlen wieder gestelzt unauffällig nach dem ausgebrannten Quartier, doch auch dieser Verkäufer konnte ihm nicht weiterhelfen. Lorth wurde unruhig. Warum war das niemandem bekannt?

»Wir gehen zum Quartier«, entschied er, nachdem sie den Laden wieder verlassen hatten. Seine Begleiter akzeptierten die Entscheidung wortlos.

Lorth ging voran, zwei Straßen weiter. Dort stieg er eine Treppe hinauf und bog in den Quartiergang ab. Von den neueren Graffiti und einer anderen Beleuchtungskonstellation abgesehen – es waren jetzt andere Lampen kaputt – sah alles wie damals aus. Die beiden Thaumiker folgten ihm mit einigen Metern Abstand. Je näher sie ihrem Ziel kamen, desto angespannter und vorsichtiger wurde jeder von ihnen.

Lorth bog ein weiteres Mal ab und ging jetzt den Gang entlang, an dem Leras altes Quartier war. Er konnte keine Spur eines Brandes ausmachen, aber ihr Quartier war auch noch ein paar Dutzend Meter weit weg. Wenige Augenblicke später stand er jedoch vor der verschlossenen Quartiertür, die zwar nicht makellos rein, aber doch eindeutig nicht verbrannt war. An dem Klingelschild neben der Tür stand ein Name: Basslov.

Lorth starrte auf die Tür. Wenn es hier wirklich gebrannt hatte, hatte man alles gründlichst renoviert – und dann auf alt und verschmutzt getrimmt. Er blinzelte ein paarmal und drückte auf den Klingelknopf. Schwach war ein blecherner Gong durch die Tür zu hören. Sekunden später öffnete sich die Tür. Ein großer Mann mit kurzem schwarzem Kraushaar stand in der Tür und hielt sie offen.

»Ja?«, fragte er.

Lorth sah ihn unverwandt an. »Basslov?«, fragte er dann.

»Ja. Wer bist du?«, fragte Basslov, eine Hand noch immer an der Tür, als wollte diese von alleine wieder zufallen. Oder als wollte er verhindern, dass, wer immer da geläutet hatte, zwischen ihm und der Tür hindurch in das Quartier stürmte.

»Ich suche Lera«, sagte Lorth. »Wohnt sie hier nicht mehr?«

Basslov blieb für einen Moment stumm. »Lera? – Kenn ich nicht«, sagte er dann.

Lorth überlegte kurz. »Seit wann wohnst du in diesem Quartier?«

Basslov richtete sich etwas auf und nahm die Hand von der Tür. Diese blieb wider Erwarten von alleine offen. »Seit etwas über sechs Jahren schon. Du musst dich wohl in der Adresse irren, Freund.«

Ich bin nicht dein Freund, dachte Lorth. »Ja, das muss ich wohl. Ich habe gehört, dieses Quartier sei kürzlich ausgebrannt. War das hier in der Nähe irgendwo?«

»Ich hab nichts davon gehört. So wirklich in der Nähe kann das wohl nicht gewesen sein.«

Lorth verarbeitete das. »Danke«, sagte er dann und wandte sich zum Gehen.

»Muss ich damit rechnen, dass noch mehr Leute hier nach dieser Lera suchen?«, fragte Basslov hinter ihm her.

Lorth drehte sich zurück und sah ihn an. Er zögerte.

Basslov verzog das Gesicht. »Scheiße. Okay, ich hab verstanden.« Er schloss die Quartiertür.

Lorth, Bese und Sloral gingen auf den Balkon über der Straße zurück. Lorth lehnte sich an die Brüstung und sah über sie hinweg auf die Straße hinab. Sein Kopf wummerte, und ihm war leicht schwindelig.

»Hast du dich vielleicht wirklich in der Adresse geirrt?«, fragte Bese.

»Nein«, sagte Lorth ohne Zögern. Er sah die Straße entlang. Einige Leute gingen auf den leicht erhöhten Fußwegen am Rand. Fahrzeugverkehr war kaum vorhanden.

»Sie muss umgezogen sein«, sagte er gedankenverloren. »Und ich weiß nicht, wohin. Der Bericht des Goodtimes-Tickers hat keine Adresse erwähnt, ich hab gedacht, sie war die ganze Zeit hier.«

»Vielleicht hat sie dir eine Nachricht hinterlassen?«, fragte Sloral. »Damit du sie finden kannst?«

Lorth bemerkte am Rande, dass es selbst diesem scharf denkenden Baltaner wohl ausgeschlossen schien, dass

Lera gar nicht gefunden werden wollte. Wenigstens ihrem Mann musste sie doch eine Nachricht hinterlassen haben! Aber Sloral hatte vermutlich recht. Es gab tatsächlich keinen Grund, warum Lera sich vor Lorth verbergen sollte. Sie hatte ihm immer vertraut und auch nie einen Grund gehabt, das nicht zu tun. Ihr Verhältnis war nicht immer das einfachste gewesen, doch ein Mangel an Vertrauen gehörte nicht zu ihren gemeinsamen Problemen.

»Bill«, sagte er. »Sie wird Bill Bescheid gesagt haben.« Er drehte sich über die schmerzende Schulter zu seinem Cousin um.

»Wie finden wir den?«, fragte Bese.

»Wenn der nicht auch umgezogen ist, über seine Adresse.«

Ein alter Freund

»Wer ist dieser Bill eigentlich?«, fragte Jar.

Sie befanden sich in einem Transporter und saßen nebeneinander auf einer Bank, die mit Lederimitat bezogen war.

»Bill ist ein alter Freund, mit dem wir damals viel zusammengearbeitet haben, Lorth und ich«, sagte Garrie leise. Sie beugte sich leicht zur Seite und damit zu Jar, während sie sprach. »Ich hoffe, dass Lera noch immer Kontakt zu ihm hat. Und wenn das stimmt, kann er uns vielleicht helfen, sie zu finden.«

Jar nickte. Nach ein paar Sekunden sagte er: »Und was ist er ... also, was ist er für ein ... Mensch? Ich meine, wie ist Bill so?«

Garrie schmunzelte. »Er ist noch mehr fürs Grobe als Lorth. Aber er ist ein netter Kerl.«

Jar war nicht sicher, was er mit der Antwort anfangen sollte und stellte sich einen Bären von Mann vor.

Nach dem Transporterflug folgte eine kurze Fahrt in einem Fahrzeug, das Garrie Bus nannte. Auf Singa waren sie nur mit den dort gut funktionierenden Zügen gefahren, doch auf Goodsphere, so erklärte Garrie, gab es so viele organisatorische Probleme, dass es selten dazu kam, dass jemand ein Schienennetz betrieb, daher waren die flexibleren Fahrzeuge weiter verbreitet.

Nach der Busfahrt gingen Jar, Ahloh und Garrie in eine Schenke, wo Garrie mit ihrem Armband versuchte, Bill anzurufen. Sie bekam keine Verbindung. »Aber ich weiß jetzt, dass er noch hier ist«, sagte sie zufrieden. »Ich werde versuchen, ihn über andere alte Freunde zu finden. Essen wir erst mal was.«

Sie aßen. Jar machte sich Sorgen um Bese und Lorth. Und um Sloral. Und darum, dass Perrez ihnen auf den Fersen war.

Nach der Mahlzeit steuerte Garrie ein öffentliches Terminal an und versenkte sich ein weiteres Mal in die Tiefen des Computernetzes. Nur kurze Zeit darauf wies sie ihnen den Weg.

»Ich habe jemanden gefunden«, erzählte sie. Jar fragte sich, wie man in dieser Maschine jemanden finden konnte. »Sie wusste, wo Bill gerade steckt«, fuhr Garrie fort. »Es ist nicht weit.«

Sie brauchten nur ein paar Minuten zu gehen. Die Schenke war von außen kaum als solche zu erkennen, denn sie hatte weder die übliche riesige Beschriftung über dem Eingang noch ein Fenster in der Vorderfront. Stattdessen betraten sie das Geschäft durch die Tür und sahen erst, als sie durch einen Vorhang aus Plastikstreifen gingen, dass darin Stühle und Tische aufgestellt waren. Es war eine Menge süßlichen Rauches in dem Raum und einiges Gedränge. Dumpfe seltsame Musik spielte aus verborgenen Lautsprechern.

Garrie ging voran und bahnte sich einen Weg durch die Leute. Die meisten standen nur herum, unterhielten sich und hatten Gläser in den Händen. Obwohl Jar bemüht war, den Blick auf Garries Rücken gerichtet zu halten, bekam er den Eindruck, neugierige Blicke auf sich zu ziehen. Er schrieb dies seinem Alter zu, denn außer ihm war kein Jugendlicher anwesend. Garrie blieb schließlich an einem Tisch stehen, der voll besetzt war. Das Gespräch dort erstarb. Die vier Männer an dem kleinen Tischchen blickten der Reihe nach auf. Jar lugte unauffällig um Garrie herum, um zu erkennen, welcher Bill sein mochte, doch keiner hatte eine Figur, die auch nur entfernt bärenhaft geraten war.

»Hallo, Bill«, sagte Garrie dennoch, und jetzt stand einer langsam auf, die Augen starr auf Garrie gerichtet.

»Oh, Scheiße«, sagte er. Er trug einen schwarzen Overall, hatte kurze blonde Haare, und als er stand, sah man ihm doch an, dass er groß war. Nicht übermäßig breit, aber immerhin etwa so groß wie Tajan, der wohl das größte Mitglied der Mission gewesen war. Zwischen den vielen Menschen in der Spelunke wirkte er jetzt etwas eingeengt. Sein Gesichtsausdruck verriet bisher nur kontrollierten Schreck – keine Wiedersehensfreude. Jar kamen Zweifel, ob sie von Bill Hilfe würden erwarten können.

»Garringer«, sagte Bill schließlich. »Was machst du denn hier …« Die Frage verlor sich in einem Tonfall der Resignation.

»Ich suche jemanden«, erwiderte Garrie. »Hast du kurz Zeit?«

»Klar. Lass uns – lass uns nach hinten gehen.« Bill schob sich zwischen den Männern am Tisch durch und ging voran weiter nach hinten in dem Etablissement.

»Alles okay, Bill?«, fragte einer der Männer am Tisch. Bill antwortete ihm nicht, beachtete ihn nicht einmal, sehr zur Beunruhigung Jars.

* * *

»Also was treibt dich auf die gute alte Goodsphere?«, fragte Bill. »Ich dachte damals, dass wir uns nicht mehr wiedersehen würden, als ihr abgedüst seid.«

Sie befanden sich in einem Hinterzimmer, das ähnlich schummerig wie der Kneipenraum, aber deutlich gepflegter war. Bill hatte in einem Drehstuhl hinter einem ausladenden Schreibtisch aus Metall Platz genommen. Dicht darüber hing eine funzelige Lampe an einem dürren Kabel von der Decke und beleuchtete die leere Plastikschreibfläche. Garrie saß auf einem schlichten Stuhl, Jar und der Alte saßen etwas weiter hinten an einem kleinen Tischchen, über dem eine ähnliche Lampe hing und einen kleinen Lichtkreis auf die Mitte der schwarzen Tischoberfläche malte.

»Lorth ist hier«, sagte Garrie. »Er sucht Lera.«

Bill dachte einen Moment nach. »Lera ist nicht mehr hier«, sagte er dann. »Die ist vor fast fünf Jahren nach Krussalat. Hatte wohl genug von der Guten Kugel hier.« Er schmunzelte und sah einen Augenblick lang viel freundlicher aus. Jar war von dem Eindruck so abgelenkt, dass er die Bedeutung des Gesagten nicht erfasste.

»Fünf Jahre?«, fragte Garrie scharf.

Bill nickte.

Jetzt begann auch Jar darüber nachzudenken. Er hatte keine Beziehung zum Begriff Jahre. Aber Krussalat war der Planet gewesen, zu dem sie mit der Piatrusti geflogen waren, um dort auf Singa umzusteigen. Wie hieß der Dicke noch einmal, der dorthin abgestellt worden war? Was würde überhaupt aus den Missionsmitgliedern werden, die als Wachen auf dem Herweg warteten?

»Lorth und wir wurden getrennt«, erklärte Garrie schnell, als wollte sie die notwendigen Fakten in möglichst kurzer Zeit loswerden. »Wenn Lorth zu Leras altem Quartier geht – was wird er dort finden?«

Bill beugte sich vor. »Woher soll ich das wissen?«

»Ein Quartier? Mit neuem Mieter?«, fragte Garrie ungerührt nach.

»Oder es wird leerstehen. Beides möglich, bei der Lage.«

»Findet er dort Hinweise darauf, wo sie jetzt wohnt?«

»Nein. Sie hat es nur mir gesagt. Falls Lorth sie sucht.«

Garrie dachte einen Moment nach. »Kann er denn dich finden?«

Bill hob die Augenbrauen. »Du hast es ja auch geschafft. Wirklich verstecken tu ich mich hier nicht. Aber sag mal, ist Lorth verrückt geworden? Wenn der hier auftaucht, wird er doch sofort geschnappt. Die Sache von damals ist hier noch nicht vergessen.«

Nach einigem Zögern sagte Garrie: »Er hatte gehört, dass Lera hier in Schwierigkeiten sei. Sonst wäre er wohl nie wieder hergekommen.«

Bill schaute einen Moment mit unbewegtem Gesicht über den Schreibtisch hinweg. »Sie ist seit Jahren nicht mehr hier, sagte ich doch.«

»Tja«, sagte Garrie, »dann war die Information wohl falsch, hmm?«

Bill nickte langsam. Nach einigen Sekunden sagte er: »Hat man ihn hergelockt?«

»Davon müssen wir ausgehen.« Garrie nickte. »Außerdem werden wir verfolgt – also eigentlich er.«

Bill deutete auf Jar und Ahloh. »Wer sind die beiden?«

Garrie drehte sich um und sah sie an. »Der Jüngere« – sie nickte Jar zu – »ist Jar, ein Cousin von Lorth. Daneben sitzt Ahloh. Beide stammen von Balta, das liegt jenseits der Randzone.«

Bill atmete tief durch und lehnte sich zurück. Er stöhnte in einer Mischung aus Beeindrucktsein und Erschöpfung. »Lorth war schon immer für Überraschungen gut«, sagte er.

Garrie grinste. »Das stimmt.«

Bill schwieg einen Moment. Dann stand er auf und ging ein paar Schritte durch das Zimmer, die Hände auf dem Rücken verschränkt. Schließlich steckte er sie in die Hosentaschen des schwarzen Overalls, als wären sie ihm im Weg, und sagte: »Okay, hör zu. Für mich hat sich hier einiges verändert, seit ihr weg seid. Die Gria hat mich als Geschäftsführer dieses Ladens eingesetzt. Ich bin raus aus der ganzen Scheiße mit dem Kleinkram. Ich muss mir jetzt die Hände nicht mehr schmutzig machen. Wir ziehen hier saubere Geschäfte durch, keiner fühlt sich beschissen. Der letzte Krieg mit den Nachbarn liegt Jahre zurück. Ich kann die Leute hier nicht enttäuschen, die haben zu viel für mich getan.«

»Kein Problem, ich versteh das.« Garrie war entspannt, lehnte sich in dem Stuhl zurück, hatte ein Bein über das andere geschlagen und die Hände locker auf dem Knie abgelegt.

»Ich will die Leute hier in nichts reinziehen, was ihnen Probleme machen könnte«, fuhr Bill fort, als hätte er Garrie nicht gehört.

»Mach dir keine Sorgen«, sagte Garrie und richtete sich auf. »Sag uns einfach, wo Lera früher gewohnt hat. Wenn wir Glück haben, finden wir Lorth da schon wieder und können von Goodsphere verschwinden, bevor unsere Verfolger uns einholen.«

Bill blieb stehen, drehte sich zu Garrie, runzelte die Stirn in Unverständnis und sagte etwas dümmlich: »Was?«

»Wir sehen zu, dass du keine Probleme wegen Lorth bekommst«, erklärte Garrie. »Sag uns einfach nur, wo Lera gewohnt hat –«

»Was redest du da für'n Quatsch?«, fragte Bill verständnislos. »Ich will nur, dass meine Bosse keinen Ärger bekommen, wenn ich 'ne Weile weg bin, deshalb brauche ich einen Moment, um hier alles zu regeln. Aber ich komme natürlich mit, wenn ihr Lorth suchen geht.«

Das Gria-Lokal

Im Zylinder 270 standen Sloral und Bese vor einem öffentlichen Terminal und warteten darauf, dass Lorth seine mühsamen Nachforschungen im Netzwerk der Raumstadt abschloss. Billerton zu finden war Garrie leichtgefallen, Lorth jedoch hatte weniger Erfahrung und hatte auch nie so viele Leute auf Goodsphere gekannt, über die er Bill aufspüren konnte. Er brauchte fast eine Raumstadtstunde, bis er das Terminal wieder freigab und zu seinen Begleitern trat.

»Ich habe jetzt eine Adresse.«

»Die letzte, die du hattest, war falsch«, bemerkte Bese, der im Laufe der Wartezeit immer nervöser gewirkt hatte.

Lorth hielt inne. »Ja«, sagte er nur und betrachtete seinen Cousin stoisch, aber genau.

Bese sah ihn einen Moment herausfordernd an, dann ließ er die Schultern fallen und senkte den Blick. »Entschuldige.«

Lorth entschied, dass Bese nur erschöpft war. »Es ist in diesem Zylinder«, sagte er dann. »Wir fahren am besten wieder Bus.«

Bese nickte resigniert.

Sie mussten mehrmals die Linie wechseln, weil die Busbetreiber den notwendigen Schutz von verschiedenen Organisationen erhielten und deren Einflussbereich begrenzt war. Die letzte Tour war deutlich länger, was andeutete, dass sie im Bereich einer mächtigeren Gruppe waren.

»Sind die Grias auf Familien aufgebaut?«, fragte Sloral, als sie im letzten Bus saßen.

Lorth dachte kurz nach. »Nein«, sagte er dann. »Das kommt vor, ist aber eher selten.« Nach ein paar Sekunden ergänzte er noch: »Familien sind hier nicht so fest wie bei euch.«

»Ja, das ist mir auch schon aufgefallen«, sagte Sloral leise.

Lorth horchte genau, doch er konnte nicht sagen, ob in der Bemerkung Humor, Missbilligung, etwas anderes oder gar nichts mitschwang.

»Wie ist Bill so?«, fragte Bese, ohne zu ahnen, dass er damit seinen Bruder nachahmte, der kurz zuvor Garrie eine sehr ähnliche Frage gestellt hatte.

Lorth konnte mit der Frage jedoch nichts anfangen. Nach einigem Nachdenken fragte er zurück: »Was meinst du?«

»Na, ist Bill nett? Ist er groß, klein, offen, verschlossen – du musst doch irgendwas über deinen Freund sagen können!«

Lorth sah wieder nach vorne. »Ich habe ihn lange nicht gesehen«, sagte er, »er wird sich verändert haben.« Lorth waren solche Fragen unangenehm. Als Bese sich entnervt von ihm abwandte, ergänzte er dann aber noch: »Er ist groß, verschlossen – und nett zu seinen Freunden.«

Bese drehte noch einmal den Kopf zu Lorth und wandte sich dann kopfschüttelnd von ihm ab. »Du bist manchmal wirklich seltsam, Cousin Lorth.«

Lorth schwieg.

* * *

Sie erlebten eine erneute Enttäuschung. Zwar fanden sie diesmal ein Quartier mit dem gewünschten Namen – Billerton – an der Tür, doch meldete sich niemand auf ihr Läuten hin.

Sloral schaute mit verkniffener Miene auf die Tür. »Wird er arbeiten?«

Lorth sah den schmächtigen Thaumiker kurz an, doch er konnte wieder keine Emotion, keine Einstellung zu dieser Arbeit heraushören. »Ja, das ist wahrscheinlich, aber wo oder was er arbeitet, weiß ich nicht.«

»Kannst du das rauskriegen«, fragte Bese, »oder müssen wir hier abwarten, bis er vorbeikommt?«

»Das wird schwer«, meine Lorth zögerlich. Er hatte schon lange genug gebraucht, diese Adresse zu finden. Auf eine erneute Suche im Netz hatte er wenig Lust. »Vermutlich brauche ich dafür länger, als wir hier warten würden.«

»Wenn Perrez uns verfolgt, sollten wir nicht lange an einem Ort bleiben«, sagte Sloral sachlich.

»Du meinst, er verfolgt uns quer durch die Raumstadt?«, fragte Lorth nach.

»Ich halte es für möglich, auch wenn du unsere Spur sicherlich gut verwischt hast.« Sloral sprach ruhig, aber er wirkte unsicher. »Irgendwie hat er dich auf Singa gefunden. Und uns als Mitglieder seiner Mission kann er vielleicht auch aufspüren.«

Ein ungutes Gefühl gesellte sich zu den Schmerzen, die Lorth von den Verletzungen in den Schultern und von der Gehirnerschütterung verspürte. »Meinst du, wir sollten uns trennen?«

Sloral dachte nur kurz nach. »Das könnte auch genau das Falsche sein. Gemeinsam können wir uns helfen. Unsere verbliebenen thaumischen Fähigkeiten ergänzen dein Wissen, damit wir hier nicht zu sehr auffallen. Und alleine können wir auch Jar und Ahloh nicht wiederfinden.« Er blickte beim letzten Satz kurz zu Bese, dem die Sorge um seinen Bruder beständig im Gesicht stand.

»Wir können ihm auch eine Nachricht hinterlassen«, sagte Bese und ergänzte dann noch: »Bill meine ich.« Er nickte in Richtung der verschlossenen Quartiertür.

»Ja«, sagte Lorth. »›Lorth war hier‹ wäre ein netter Einfall.«

Bese ignorierte Lorths Sarkasmus. »Können wir ihm nicht aufschreiben, wie er uns finden kann?«

»Damit Perrez uns dann so findet?«, fragte Lorth zurück.

Sloral schaltete sich ein: »Kannst du es ihm nicht so aufschreiben, dass nur er die Nachricht deuten kann?«

»Garrie könnte das sicher«, sagte Lorth sofort. »Aber ich wüsste nicht, wie, nein.«

Alle drei schwiegen für einige Sekunden.

»Finde heraus, wo Billerton arbeitet«, sagte Sloral schließlich.

Mangels Alternativen nickte Lorth.

* * *

Sie verließen den Quartiergang auf demselben Weg, auf dem sie gekommen waren, und traten wieder auf die schwach beleuchtete Straße hinaus. Nach wenigen Metern blieb Lorth wie angewurzelt stehen. Auf der Straße stakste ihm ein vertrauter Anblick entgegen. Die Figur war etwa katzengroß und bewegte sich eigenartig steifbeinig. Sie kam direkt auf Lorth zu, schien es jedoch nicht besonders eilig zu haben.

»Ist das –?«, fragte Bese.

Lorths Mund war trocken. Er zitterte.

Glimp stelzte auf seinen vielgelenkigen Gliedern zu Lorth und kletterte in absolut vertrauter Manier an ihm empor. Lorth blieb wie erstarrt, hielt schließlich das gewohnte Gewicht in seinen tauben Händen, spürte die glatte, schuppige Haut der Echse, die sich an ihn schmiegte, in seine Jacke drängte.

»Himmel!«, hauchte Sloral.

Glimps Augen waren fest geschlossen. Automatisch öffnete Lorth seine Jacke und ließ Glimp in die Wärme darin.

Lorth drehte sich zu dem Thaumiker um. »Er ist ganz kalt«, war alles, was er sagen konnte. Dann rannen ihm Tränen über das Gesicht, die ersten seit neun Jahren.

* * *

»Wie hat er uns finden können?«, fragte Bese.

»Wie hat er überleben können?«, fragte Sloral.

»Egal«, sagte Lorth. Er hatte seinen Freund zurück.

* * *

Sie saßen in einem kleinen Restaurant und wussten nicht, was sie sagen sollten. Das offenkundige Rätsel, das Glimps Rückkehr ihnen bot, fesselte nicht nur ihre Gedanken, sondern auch ihre Zungen.

»Er könnte tatsächlich gegen das Vakuum ziemlich resistent sein«, sagte Sloral schließlich nach mehreren Minuten des Schweigens. »Seine Haut zumindest ist nicht so weich wie unsere.«

Lorth saß zusammengekrümmt da und hauchte durch den Kragen in seine Jacke, die er schon auf volle Heizstufe gestellt hatte, um die Kälte aus seinem wechselwarmen Begleiter zu vertreiben. Er dachte nicht lange über Slorals Vermutung nach.

»Aber wie hat er uns finden können?«, fragte Bese wieder. In seiner Stimme schwang Fassungslosigkeit mit. »Wir haben ihn aus den Augen verloren, als wir noch im – wo? – genau, im 163 waren. Wir sind jetzt mehr als hundert Zylinder weiter und haben uns zudem noch bemüht, keine Spuren zu hinterlassen, denen man folgen könnte.«

Lorth schoss ein Gedanke durch den Kopf. Der Gedanke war irgendwie eng an ein Gefühl gekoppelt, das er mit einem Wasserglas in Verbindung brachte. Er nahm sich nicht die Zeit, das Gefühl zu verstehen, doch er sprach den Gedanken laut aus: »Glimp ist ein Finder.« Er blickte auf, den beiden Thaumikern ins Gesicht. »Er hat schon immer wichtige Dinge gefunden. Er hat mich jetzt einfach nur wiedergefunden.«

Sloral kniff leicht die Augen zusammen. »Was meinst du, ›ein Finder‹?«

Lorth überlegte. Das Gefühl von eben war ihm noch immer nicht ganz klar, aber er erinnerte sich jetzt wieder an die Situation, in der er mit Beses Hilfe versucht hatte, Thaumik zu nutzen. »Erinnerst du dich an das Wasserglas in unserem Quartier auf Singa?«, fragte er Bese.

Bese stutzte kurz, nickte dann. »Ja, du konntest es nicht wieder füllen.«

»Das stimmt, aber ich fühlte die Thaumik und wusste, wie ich auf das Wasser blasen und wie ich die Bewegung mit der Hand ausführen musste.«

In Beses Augen keimte Verständnis auf. »Du hattest Durchblick. Ja.« Dann zeigte er auf Glimp und fragte: »Hast du jetzt das gleiche Gefühl?«

Lorth nickte. »Es ist sehr ähnlich. Ich kann es nicht besser erklären. Das Gefühl ist mir auch nicht ganz neu, ich habe es öfter, wenn ich in die Ströme abtauche. Ich weiß dann einfach Dinge –«

»Durchblick ...« Sloral lächelte, was bei dem hageren Mann ein ungewohnter Anblick war. »Dann hast du diese Fähigkeit vermutlich von deinen Eltern geerbt.«

»Mich würde interessieren«, sagte Bese nachdenklich, »was Glimp noch so alles finden kann.«

»Du meinst, vielleicht auch Bill?«, fragte Lorth.

»An Bill dachte ich weniger, aber du hast Recht, das könnte man auch versuchen.«

»Woran dachtest du sonst?«, fragte Lorth weiter.

»An Lera und Ganni.«

* * *

»Ich habe keine rechte Vorstellung davon, wie ich Glimp sagen soll, was ich von ihm will«, gestand Lorth.

Sie hatten das Restaurant verlassen und standen wieder auf offener Straße, in etwa dort, wo Glimp sie gefunden hatte.

»Bisher hat er immer das Richtige einfach so gemacht«, erzählte Lorth. »Es fing an, als ich ihn einmal bei einem Einbruch dabeihatte. Er sammelte in Windeseile ein paar Sachen zusammen und brachte sie zu mir. Einiges davon war Schrott, aber das meiste war wertvoll.«

»Vielleicht macht er ja jetzt auch wieder einfach nur das Richtige, wenn du ihn auf den Boden setzt«, meinte Sloral.

»Ich weiß nicht, was mit seinen Augen ist«, sagte Lorth. Er strich der kleinen, inzwischen wieder wärmer gewordenen Echse vorsichtig über die Augenlider. Glimp zeigte keine Reaktion, die auf Schmerz hindeutete, doch die Augen waren fest geschlossen. Obwohl es ihn beim Finden seines Herrn offensichtlich nicht behindert hatte, blind zu sein, und obwohl Glimp auch sonst seine Augen nicht zu vermissen schien, war Lorth besorgt. War Glimp verletzt? Brauchte er einen Arzt?

Auf Singa wäre es hoffnungslos gewesen, einen Tierarzt zu finden, da es höchstens einen auf der Stadt gab, der sich mit anderem als Wasserbewohnern auskannte. Auf Goodsphere, wo die Gesetze der Sphäralregierung weniger Umsetzung erfuhren, gab es mehr Haustiere und damit auch mehr inoffizielle Tierärzte, doch längst nicht so viele, dass sie gute Aussichten hätten, schnell einen zu finden.

Lorth nahm Glimp mit einer Hand aus seiner Jacke. Sein angeschossener Oberarm und seine geprellte Schulter schmerzten dabei, doch sie behinderten ihn weniger als der pochende Schmerz in seinem Kopf. Er setzte die Echse auf den Bodenrost der Straße. Glimp hielt sich an seinem Arm fest. Lorth versuchte, sich aus dem vielfachen klammerhaften Griff der Echse zu lösen und schaffte es schließlich für einen Moment, doch da kletterte Glimp schon an seinem Hosenbein empor. Er war eindeutig nicht gewillt, etwas zu suchen, das nicht Lorth war.

»Na ja, einen Versuch war es wert«, meinte Bese kleinlaut.

»Lorth?«, rief eine Stimme hinter ihnen.

Lorth drehte sich alarmiert um, und sein verletzungsbedingt lahmes Blickfeld schwamm träge seinen Augen hinterher. Wer kannte ihn hier? Die Stimme hatte er nicht erkannt.

In etwa fünfzehn Metern Entfernung stand ein Mann im Halbdunkel der Straße und spähte augenscheinlich gut gelaunt zu ihnen herüber.

»Bist du das, Lorth?«, rief er wieder und kam nun auf sie zu, den Kopf leicht vorgeschoben, die Augen zu forschenden Schlitzen verengt.

Lorth erkannte den Mann nicht, doch vermutlich war es neun Jahre oder mehr her, dass er ihn das letzte Mal gesehen hatte. »Wer bist du? Ich kann dich nicht richtig sehen«, sagte er.

»Na ich bin's, Sostav!«, rief er fröhlich.

Sostav war ein Freund von Bill, an dessen Namen Lorth sich erinnern konnte, doch den er kaum zehnmal in seinem Leben gesehen hatte. Er gehörte zu der Sorte von Menschen, die nicht zwei und zwei addieren, aber Stadtpläne und Kataloge auswendig lernen konnten. Dass er nach all den Jahren Lorth wiedererkannte, war nicht besonders überraschend.

»Sostav«, sagte Lorth, der die Angst verloren hatte. Wenn der Zurückgebliebene damals überhaupt mitbekommen haben sollte, dass Lorth und der gesuchte Baldack identisch waren, dann hatte er es bis heute vermutlich vergessen. »Ich suche Bill. Weißt du, wo er ist?«

»Klar, Mann, das weiß ich, das weiß ich! Der wohnt gleich hier um die Ecke, ich will grad' zu ihm gehen, weißt du?« Sostav war die Eifrigkeit in Person.

»Er ist nicht zu Hause«, sagte Lorth. »Weißt du, wo er sein kann? Es ist dringend.«

»Oh, was? Er ist nicht zu Hause?« Sostavs Gesicht, das stoppelbärtig und fleischig war, sackte in sich zusammen.

»Nein. Weißt du, wo wir ihn finden können?«, wiederholte Lorth seine Frage.

»Oh, äh, na ... Er könnte in der Kneipe sein, aber er sagt, dass ich da nicht hinkommen soll ...«

»Wir sollen ihm was bringen«, sagte Lorth.

»Es ist wichtig für Bill«, schaltete sich nun Bese ein, »dass wir ihm seine Sachen möglichst schnell bringen, verstehst du, Sostav?« Er sprach langsam, sehr betont und mit großen Augen.

In Sostavs offenen Blick schlich sich für einen Augenblick eine Spur von Furcht.

Bese fügte schnell hinzu: »Und Bill hat auch ganz sicher nichts dagegen, dass du uns sagst, wo die Kneipe ist.«

»Ach so, ja! Ihr seid ja auch Freunde von Bill, genau wie ich!« Sostav strahlte sie an und zeigte vereinzelte Zahnlücken.

»Ja, genau wie du, Sostav!« Bese strahlte zurück.

»Wo ist die Kneipe?«, fragte Lorth wieder.

»Och, da müsst ihr mit dem Bus fahren – in die Richtung.« Sostav wies mit dem ausgestreckten Arm die Straße hinunter. »Und wenn ihr bei dem großen Schild vorbeikommt, müsst ihr aussteigen.« Sein Gesicht zeigte plötzlich Angst. »Aber seid ihr sicher, dass ihr da hin dürft? Bill hat mir gesagt, ich soll da nicht hinkommen ...«

»Wir müssen ihm doch seine Sachen bringen!«, betonte Bese noch einmal, und die Angst verschwand wieder von Sostavs Gesicht.

»Kannst du das Schild genauer beschreiben?«, fragte Lorth.

»Was?«, fragte Sostav.

Bese ging wieder dazwischen: »Wir müssen mit dem Bus fahren – in die Richtung« – er deutete wie Sostav die Straße entlang – »und bei dem großen Schild aussteigen.«

»Nicht bei dem großen Schild, das geht nämlich gar nicht, da hält der Bus ja nicht. Ihr müsst *nach* dem großen Schild aussteigen!«

»Wie sieht das große Schild denn aus?«, fragte Bese.

»Oh, da stehen viele große Buchstaben drauf, aber ich kann die nicht so gut lesen.«

»Ist es bunt?«

»Ja« – heftiges Nicken.

»Und mit welchen Farben?«

»Oh, äh.« Er kniff die Augen zusammen und konzentrierte sich sichtlich, den Kopf leicht in den Nacken gelegt. »Grau. Mit schwarz. Und weiß.«

»Bunt also«, murmelte Sloral so leise, dass nur Lorth ihn hören konnte.

»Und was noch für Farben?«, fragte Bese.

»Roter Rand«, presste Sostav schließlich noch hervor.

»Ist es weit?«, fragte Lorth.

»Nö, nicht weit, du kannst ja Bus fahren.« Er strahlte wieder.

»Wie lange fährt man denn mit dem Bus?«, fragte Bese den Retardierten.

»Na, so 'ne Weile halt ...«, sagte Sostav.

Lorth wurde ungeduldig. »Ist das Schild links oder rechts?«

Nachdem Bese das für Sostav in Begriffe übersetzt hatte, die er verstehen konnte, klärte sich, dass man es nur durch das Heckfenster des Busses sehen konnte. Lorth spielte kurz mit dem Gedanken, Sostav einfach mitzunehmen, damit er ihnen den Weg weise, aber das große Kind hätte vermutlich Angst bekommen und sich nicht entgegen Bills Anweisungen der Kneipe nähern wollen. Also ließen sie ihn laufen, nachdem er ihnen noch vage erklärt hatte, wie man die Spelunke nach dem Aussteigen finden würde.

»Lorth?« Als sie im Bus saßen, sprach Sloral ihn leise von der Seite an.

Lorth drehte sich zu dem Thaumiker und hob leicht die Augenbrauen.

»Sostav hat dich erkannt.«

Lorth nickte. »Offensichtlich. Aber sein Gehirn funktioniert komisch. Es wundert mich nicht.«

Slorals erwidertes Nicken war so kurz und zackig, dass es eher Verneinung als Zustimmung ausdrückte. »Er ist ein Idiot, die haben oft gute Gedächtnisse. Aber das meinte ich nicht.«

Lorth hob erneut die Brauen.

»Wenn er dich erkennen konnte, können das auch andere. Die Illusion, die Lelix und Tajan für dich gewoben haben, ist gebrochen.«

* * *

Wider Lorths Erwarten erkannten sie bereits nach wenigen Minuten Fahrt ein Schild, das in der Rückrichtung auf eine Sondermüllstation hinwies und in einen roten Rahmen gefasst war. Bei der folgenden Station stiegen sie aus. Bese übernahm die Führung, weil Lorth dem emotionalen Plappern Sostavs nicht hatte folgen mögen. Der junge Thaumiker führte ihn und Sloral zu einer Tür ohne Überschrift.

»›Steht gar kein Name dran‹«, rezitierte Bese die Beschreibung Sostavs. »Hier müsste es sein«, sagte er dann lauter, doch zweifelnd. »Wie eine Schenke sieht das hier ja wirklich nicht aus.«

Lorth ging an ihm vorbei zur Tür. Als er sie öffnete, drang ihm ein muffiger Geruch, Musik und das entfernte Gemurmel einer Menschenmenge entgegen. Er hatte weniger Zweifel als Bese, dass sie hier richtig waren, und trat durch den Vorhang aus Plastikstreifen ein.

Der Raum war mit einigen Dutzend Männern gefüllt, kaum Frauen. Die meisten Gäste saßen oder standen an Tischen und hielten sich an ihren Gläsern fest, während sie sich unterhielten. Getränke holte man sich an der Bar, die meist ohne Keeper auskam, da sich die Gäste selbst bedienten, nicht zu komplizierte Drinks wollten und Bezahlen als Ehrensache ansahen.

Lorth kannte solche Kneipen. Das hier war Gria-Land. Während eines Krieges war eine solche Spelunke die Höhle des Löwen und für Außenstehende ähnlich gefährlich wie für Feinde der Betreiber. Doch im Moment schien niemand hier die Fremden zu beachten. Bese und Sloral, die noch immer ihre Nachkommen-Kluft trugen, wurden ein wenig beäugt, Bese auch aufgrund seines Alters. Doch Lorth selbst war vor fünfzehn Jahren ebenfalls als Jugendlicher in Kneipen wie diesen ein- und ausgegangen. Es war ungewöhnlich, aber nicht aufsehenerregend.

Hinter der Bar stand gerade ein kleiner Kerl und wusch ein paar Gläser ab, um sie dann noch nass in einen Schrank zu stellen, der mit Tüchern ausgelegt war. Die Gria hatte eine irrationale Abneigung gegenüber Technik, die mit der von Nachkommen oder Thaumikern jedoch keinesfalls vergleichbar war. Doch Ultraschallreiniger, Mikrowellentrockner oder auch nur Trinkbecher mit selbstreinigender Oberfläche würde man hier ebenso wenig finden wie auf Balta.

»Ich suche Billerton. Kann man den hier ab und zu finden?« Die Musikanlage war auf dem Tresen aufgebaut, und die Boxen standen direkt daneben, deshalb war die Musik hier lauter, und Lorth musste ziemlich laut sprechen, um sich verständlich zu machen.

Der kleine Kerl nickte und antwortete etwas. Lorth verstand nichts. Er legte demonstrativ eine Hand hinter ein Ohr. Daraufhin bedeutete ihm der Mann, er möge hier warten. Lorth nickte knapp und schaute zu, wie der Mann nach hinten verschwand.

Lorth blickte sich nach Bese und Sloral um, die in einigem Abstand an einem Stahlträger warteten, um den in Brusthöhe eine Tischfläche angebracht war. Sloral kam zu ihm herüber.

»Haben wir Glück?«, fragte er.

Weit hinter Bese öffnete sich die Eingangstür, und Perrez trat durch die Plastikstreifen. In Lorths Jacke begann

Glimp zu strampeln, als wollte er hinaus. Lorth lief es eiskalt den Rücken hinunter, als er die Verbindung zwischen Perrez und Glimp das erste Mal bewusst ganz deutlich wahrnahm. Er tauchte automatisch ab und zog den schmächtigen Sloral mit sich. Auf dem Boden zusammengesunken hatte er jedoch nicht viel Hoffnung, dass Perrez ihn übersehen könnte. Er nahm nur vage wahr, dass Bese von dem Stahlträger vor Perrez' Blicken geschützt war.

»Glimp!«, hauchte er Sloral zu. »Perrez kann Glimp aufspüren! Er ist hier!«

Glimp war es, was Perrez die Spur wies, doch Lorth wollte er finden. Lorth musste sich also von Glimp trennen. Der Gedanke allein tat weh. Er konnte unmöglich seinen Freund loswerden, den er gerade erst so schmerzhaft wiedergewonnen hatte. Er rannte geduckt und in der Deckung der umstehenden Menschen zu der hinteren Tür, durch die der kleine Kerl auf der Suche nach Bill verschwunden war.

»Lorth?«, rief Bese verwirrt. »Was ist los?«

Sloral folgte ihm wortlos und ebenfalls geduckt.

Bese hatte nicht gerade gebrüllt, doch es war laut genug, um einem wachen Ohr einen Hinweis zu geben. Hinter Bese und damit weit hinter Lorth und Sloral war ein Ausruf zu hören, unartikuliert, laut und aufs Höchste erregt: »*Ha!*«

Lorth drehte sich nicht um. Einer geraden Linie folgend stolperte er gebückt durch den dunklen Schankraum der Gria-Spelunke zu der Tür, die den einzigen brauchbaren Ausgang darstellte, und prallte mit einer lädierten Schulter dagegen. Sie öffnete sich zäh, war bleischwer und mit einem absurd starken Schließer versehen. Er quetschte sich erschöpft durch den Spalt, sobald er breit genug war, und fiel in den Gang dahinter. Um ihn drehte sich alles, sein Kopf pochte. Er sah zur Decke hinauf, die langsam verschwamm.

»Lorth!«

Das war Bills Stimme, die er seit neun Jahren nicht mehr gehört hatte. Sein alter Freund klang erschreckt und noch etwas, das Lorth nicht deuten konnte. Besorgt?

Hinter der Tür fielen Schüsse. *Was sollen Schüsse bringen?*, ging es Lorth träge durch den Kopf, dann wurde er hochgezogen und von kräftigen Armen davongeschleift, irgendeinen Gang entlang. Über ihm zogen alle paar Meter schwache Lampen vorbei. Es ging durch eine Tür, er stieß erneut mit einer Schulter an – war es die mit der Schusswunde? – und plötzlich waren viele Stimmen um ihn, die aufgebracht durcheinander redeten. Garries Stimme ... Garries Stimme war in dem Gewirr, doch dann wurde Lorth auch schon wieder hochgezogen, weitergeschleift.

Weshalb war er so benommen? Ein Teil von ihm dachte noch immer klar und war der Ansicht, dass seine Gehirnerschütterung dafür nicht stark genug war.

Mit einem plötzlichen Riss, als nähme ihm jemand einen Schleier von den Augen, war er wieder klar. Er blickte sich hektisch um. Ahloh stand vor ihm, mit gesenkten Lidern, konzentriertem Gesicht und zu ihm hingestrecktem Arm. Er murmelte etwas. Sloral hatte eine Hand auf seine Schulter gelegt und die Augen ebenfalls geschlossen.

»Ich kann stehen«, sagte Lorth zu Bill und dem Schrank, die ihn beidseitig aufrecht hielten. Sie ließen ihn los, und er klappte in sich zusammen, doch kurz darauf stand er tatsächlich wieder.

Er war in einer Art schlichtem Büro. Ahloh, Sloral, Jar, Garrie, Bill und der Schrank waren anwesend. Alle bis auf Sloral trugen Overalls. Jar wirkte in diesem Aufzug gar nicht mehr thaumikerhaft und Ahloh sogar etwas deplatziert.

»Was geht da vor sich?«, wollte Bill wissen und wies aufgebracht in Richtung Schankraum.

»Wo ist Bese?«, fragte Jar.

»Hey, Check, da ist dicke Luft«, meinte der Schrank über seine Schulter hinweg zu Bill.

»Perrez«, sagte Lorth zu Garrie, Ahloh und Jar. »Bese ist noch da hinten. Ich muss hier weg«, sagte er dann zu Bill gewandt.

»Warum bist du dann überhaupt gekommen?«, erwiderte Bill scherzhaft und grinste seinen alten Freund an.

»Wir können nicht weg!«, rief Jar aufgebracht. »Wenn Bese –«

»Perrez will nicht Bese!«, unterbrach ihn Lorth brüsk, dann wandte er sich wieder an Bill. »Bring uns hier raus!«

Bill zögerte keine Sekunde. Er trug andere Kleidung als früher, doch er bewegte sich wie damals. In Windeseile holte er ein kleines Arsenal an Waffen aus zwei Schubladen des Schreibtisches und verteilte es an alle Anwesende. Ahloh betrachtete die schwere Pistole in seiner Hand versonnen. Er hielt sie am Lauf, wie er sie gefangen hatte. Jar hingegen entsicherte seine.

»Durchladen, Jar«, sagte Lorth und betrachtete seinen Cousin, wie dieser gehorsam, wenn auch etwas mühsam, den Schlitten zurückzog und wieder nach vorne schnellen ließ. »Und erst entsichern, wenn du schießen willst«, sagte Lorth dann noch. Jar nickte flüchtig und sicherte die Pistole wieder. »Aber nicht vergessen, zu entsichern!« Jar nickte noch einmal mit gesenktem Blick. Er wirkte gefasst und angespannt.

»Wir gehen oben raus«, meinte Bill und sah zu einer Klappe an der Decke hinauf.

Die Decke war nicht sehr hoch. Ein großer Mann wie Bill konnte gerade mit den Fingerspitzen heranreichen, wenn er sich streckte. Bill zog die Klappe so schnell er konnte herunter. Eine Strickleiter kam ihm entgegen.

»Brass, du zuerst!«, befahl er dem Schrank.

Lorth überlegte kurz, wie der breite Kerl durch die Öffnung passen sollte, doch er war so schnell hinauf und durch das Loch, dass Lorth seine Bedenken vergaß.

»Ahloh, jetzt du!«, sagte Garrie, den Blick auf die Eingangstür gerichtet.

»Nein«, sagte der Alte ruhig. »Ich bleibe hier und halte ihn auf, so gut ich kann.«

Lorth sah ihn an. Der Alte wirkte entschieden, und Lorth hätte es dabei bewenden lassen.

»Du bist ja verrückt!«, schimpfte Garrie. »Du hast doch keine Chance gegen Perrez, das hast du selbst gesagt!«

»Ich will euch nur einen Vorsprung verschaffen«, erwiderte der Alte ruhig. Er fixierte die Tür, durch die sie die Verfolger erwarteten.

»Ahloh –«, sagte Jar und fasste ergriffen nach dem Arm des Alten.

Der wandte sich kurz zu ihm um, lächelte. »Perrez will nur Lorth. Wenn er meinen Bann bricht, wird mich das nicht umbringen.«

Der junge Thaumiker presste die Lippen zusammen. Er wollte nicht gehen. Vermutlich trieb ihn die Sorge um seinen Bruder stärker als die um den Alten.

»Ich will dir helfen«, sagte Jar schließlich.

Lorth packte seinen jungen Cousin an der Schulter und drehte ihn zu sich. »Bist du sicher?«, fragte er ihn mit harter Stimme. Das junge Gesicht vor ihm war angespannt, Jars Augen schweiften kurz hin und her, sanken dann.

»Wo kann ich dir helfen«, fragte er leise, »wenn nicht hier und jetzt?« Nach einem Moment der Pause ergänzte er noch: »Außerdem ... Bese ...«

Lorth schloss kurz die Augen und schluckte. Sein Griff an Jars Schulter lockerte sich. Er klopfte ihn dort kurz, wandte sich ab und kletterte die Strickleiter hinauf, durch das Loch, ohne noch einmal zurückzublicken. Sloral folgte ihm dichtauf. Lorth überlegte kurz, ob er ihn fragen sollte, warum nicht auch er Perrez aufhalten wolle, entschied sich dann aber dagegen. Ein Himmelfahrtskommando war nicht jedermanns Sache, wie hätte er das erwarten können? Und er war froh, noch einen der Thaumiker bei sich zu haben.

Der Gang, in den sie hinaufgeklettert waren, war gerade

hoch genug, um gebückt darin zu laufen. Er war dunkel, voller Kabel, Rohre und Staub, und nach einigen Dutzend Metern pochte Lorths Kopf übelkeiterregend. Sie liefen nur ein paar Quartiere weiter. Kurz nachdem sie durch eine Klappe in der Decke in das darüberliegende Geschoss geklettert waren, musste er sich auf die Roste des Quartiergangs übergeben.

»Oh, Mann«, sagte Bill. »Dir geht's ja echt beschissen.«

Lorth blickte auf, was erneute Schmerzen durch seine Augen und seinen Kopf jagte. »Weiter.«

Durch den Gang waren Schüsse zu hören und etwas, das vage nach Explosionen klang.

»Schon?«, fragte Bill überrascht. »Bei der Bar waren doch nicht wenige ...«

»Perrez.« Lorth sagte es, als erklärte das alles. Er hoffte, dass Jar nichts passiert war. Und Ahloh. Und seinen anderen Freunden. Er ließ den Gedanken fallen. »Weiter!«, sagte er drängender und packte Bill am Arm.

Sie rannten den Gang entlang, er mündete auf einen Balkon. Eine Treppe führte nach unten, zur Straße.

»Der Wagen da!«, sagte Bill und wies auf ein Fahrzeug, das in einer Parkbucht stand.

Sie rannten zu dem wartenden Auto und stiegen ein. Bill setzte sich ans Steuer, Lorth quetschte sich mit Brass und Sloral auf den Rücksitz, Garrie nahm den Beifahrersitz.

»Wir haben ein Shuttle für Scheiße wie diese«, sagte Bill. »Es ist nicht weit.«

Lorth blickte schräg durchs Fenster nach oben und sah gerade Lelix auf den Balkon stürmen und sich umsehen. Ihr Verfolger trug noch immer die helle schlichte Kleidung, in der sie sich zuletzt gesehen hatten. Er sah sich fiebrig suchend um, beachtete jedoch den Wagen erst nicht. Als sie unter ihm auf die Straße schwenkten und davonfuhren, fluchte der Thaumiker und zeigte mit dem ganzen Arm auf sie. Bruchteile von Sekunden später sprangen plötzlich alle Türen des Autos weit auf. Eine schlug mit der Wucht der Fahrt gegen einen Stahlträger und wurde zugeschlagen, sprang dann aber sogleich wieder sperrangelweit auf.

»Was –!?«, begann Bill entsetzt.

»Ignorier die Türen! Fahr!«, rief Garrie.

Nach einigen Sekunden scharfer Fahrt hatte die Wirkung nachgelassen, und die Türen ließen sich wieder schließen.

»Ich muss Glimp loswerden«, sagte Lorth. »Perrez kann ihn verfolgen.«

»Oh?«, sagte Garrie aufgebracht. »Oh, prima, das ist ja ein ganz toller Hinweis!« Sie klang verärgert. »Warum hast du ihn nicht einfach auf Singa gelassen?«

Lorth ging auf diese Äußerung nicht ein. »Ich würde ihn ungern irgendwo aussetzen, zumal er mich vermutlich immer wiederfinden würde, wenn er frei ist.«

»Prima«, meinte Garrie sarkastisch. »Und wer immer ihn nimmt, der muss mit einem Besuch von einem erbosten Senaristen rechnen, sehe ich das richtig?«

»Ja«, sagte Lorth.

Der Schrank neben ihm sah ihn abschätzig an. »Wer ist Glimp?«, fragte er Lorth mit ruhiger Stimme.

Lorth sah den Bodyguard an, dann öffnete er seine Jacke und ließ ihn einen Blick auf die Echse werfen.

Brass zog die Augenbrauen hoch. »Ein Tier«, sagte er respektvoll und beugte sich nach vorne. »Check, soll ich eine falsche Fährte legen?«

Bill sah sich halb um. »Dieser Perrez wird dich finden, Brass, ist dir das klar?«

»Ich hab schon zugehört.«

Nach ein paar Sekunden Bedenkzeit wandte er sich an Glimps Besitzer: »Lorth?«

»Okay«, antwortete der. Dann spulte er ein paar Hinweise ab: »Er frisst fast alles außer Fleisch. Er braucht Wärme. Mit seinen Augen stimmt was nicht, ich weiß nicht was.« Er stockte, überlegte, ob er noch etwas über das Vakuum sagen sollte, entschied sich dann aber dagegen. Er griff in seine Jacke und hob seinen dösenden Gefährten heraus. Glimp hatte die Lider noch immer fest geschlossen. Lorth reichte ihn Brass, der zaghaft mit seinen großen Händen das zierliche Geschöpf an sich nahm. Glimp wehrte sich nicht. Lorth sah den neuen Hüter seines Freundes an. »Glimp hat mich schon durch die gesamte Raumstadt hier verfolgt und aufgespürt«, sagte er. »Wenn du ihn laufen lässt, wird er mich wiederfinden und damit Perrez zu mir führen. Ich weiß nicht, ob er das auch schafft, wenn ich von Goodsphere runterkomme, aber es würde mich nicht wundern. Also achte immer auf ihn.«

Garrie schaltete sich ein: »Am besten, du nimmst dir ein Shuttle und fliegst so lange wie möglich kreuz und quer durch die Raumstadt. Das sollte es Perrez schwer machen, dich zu finden.«

Brass nickte stumm und verstaute Glimp in seinem Overall, der zum Glück weit genug dafür war. »Wie lange?«, fragte er dann noch.

Alle schwiegen für einen Moment. Schließlich sagte Garrie: »So lange wie möglich.«

»Hey«, sagte Lorth zu dem Bodyguard, und als dieser ihn ansah, sagte er noch: »Danke.«

* * *

»Da vorne«, sagte Bill und zeigte auf ein unscheinbares Dock. Sie hielten davor, stiegen aus, und Brass setzte sich sofort hinter das Steuer.

»Viel Glück!«, wünschte ihm Garrie.

Brass nickte und fuhr davon. Lorth sah ihm nach, dann zurück zu der Ecke, um die sie zuletzt gekommen waren und um die ihre Verfolger demnächst kommen würden.

Bill öffnete das Schott zu dem kleinen Shuttle. Es war ein Zweisitzer, der kaum Platz für alle vier bot. Zwei würden sich unbequem hinter die Sitze quetschen müssen, und waghalsige Flugmanöver waren so problematisch.

»Oh, prima«, sagte Garrie und betrachtete das magere Innere des Shuttles verärgert. Es lag ihr nicht, sich auf die Pläne anderer Leute verlassen und mit den damit verbundenen Mängeln leben zu müssen.

»Ja, ist ein bisschen klein, ich weiß«, sagte Bill entschuldigend.

»Besser als nichts«, sagte Lorth und stieg an Garrie vorbei ein, um Fakten zu schaffen.

In diesem Moment ertönte ein Rauschen von hinter ihnen, gefolgt von verschiedenen aufgeregten Stimmen.

»Oh, Mann«, hauchte Bill.

Lorth sah sich um. Um die letzte Ecke rauschte eine schwebende große Platte, auf der Perrez, Lelix und Martis hockten und sich festhielten. Sobald er sie sah, zeigte Lelix wieder mit dem gestreckten Arm auf die Fliehenden und intonierte seine monosyllabischen Beschwörungen.

Sloral machte eine hastige Handbewegung, die Lorth inzwischen als Weben eines Schildes erkannte, warf sich hinter Lorth her in das kleine Shuttle und presste sich eng an ihn. Im nächsten Moment trennte sich das angedockte Shuttle ohne Schließen des Schotts vom Zylinder. Mit einem ohrenbetäubenden Fauchen schoss die Luft durch den rasch breiter werdenden Spalt und beschleunigte das Fluggerät sofort massiv. Bill und Garrie, die noch außerhalb des Shuttles waren, schrien auf und taumelten einen Augenblick im starken Sog, dann verlor Lorth sie aus den Augen.

»Schließ das Shuttle!«, schrie Sloral.

Doch Lorth musste nichts unternehmen, das Shuttle hatte den Druckabfall im Innern selbstständig bemerkt und das Schließen des Schotts bereits eingeleitet. Nur Sekunden später war das Shuttle geschlossen, und Lorth zog an dem Notfallgriff. Ein an- und abschwellendes Rauschen umfing sie. Schließlich löste sich Sloral von

Lorth, der jetzt den thaumischen Schild seines Begleiters nicht mehr benötigte.

»Was ist passiert?«, fragte Lorth, während er die Triebwerke des Shuttles startete. Sie flogen durch die Düsternis des schummrigen Gaps. Der kurze freie Fall nach dem unfreiwilligen Katapultstart endete, als die Düsen den Auftrieb wiederherstellten und somit ein Zerschellen des kleinen Shuttles auf der Innenseite des nächsten Zylinders verhinderten.

»Ich bin nicht sicher«, sagte Sloral. »Ich glaube, das Shuttle hat sich durch einen Öffner versehentlich gelöst.«

Lorth nickte. Kleine Shuttles konnten direkt über ihre Einstiegsluke an einem Rundschott festmachen, ohne ein Dock zu benötigen. Wenn die Thaumik das Rundschott öffnen wollte, dann wäre ein Lösen des Shuttles die naheliegendste Konsequenz.

»Ich hätte erwartet, dass Perrez mehr zu bieten hat«, sagte Lorth schließlich. »Er war so dicht an uns dran und hat es nicht fertiggebracht, uns – was weiß ich – einzufrieren oder einzuschläfern oder so.«

»Er hat dir im Schankraum eine Somne nachgeschickt, die dich umgeworfen hat«, gab Sloral zu bedenken. »Ahloh und ich konnten sie lösen, aber sie war wirksam.« Er sah zu Lorth. »Ich vermute, er hat die gleichen Probleme wie wir, Thaumik zu nutzen. Aber ich würde mich nicht darauf verlassen.«

»Das mit dem Shuttle war Lelix, oder?«

Sloral nickte. »Ich kenne das nicht, was er macht. Vielleicht ist seine Thaumik weniger beeinflusst.«

Schwur

»Leg deine Hand auf meine Schulter und öffne deinen Geist«, sagte Ahloh ruhig.

Jar tat, was der Alte von ihm verlangte, er hatte jedoch die üblichen Schwierigkeiten, seinen Geist zu öffnen. Für einen Beistand war es nicht notwendig, in Trennung zu gehen, man musste sich nur von der Kontrolle zurückziehen, damit der andere Thaumiker die eigenen Kräfte mitnutzen konnte. Mit Bese hatte er diese Übung schon ein paarmal erfolgreich absolviert.

Ahloh sprach das Siegel und machte die entsprechende Handbewegung. Jar spürte ein Kribbeln in der Fläche der Hand, die auf Ahlohs Schulter lag. Dann strich Ahloh die Tür mit seinen Händen ab, von oben bis unten.

Als der Bann kaum fertig war, krachte es. Die Tür zitterte und zerbrach in der Mitte, blieb aber an ihrem Ort.

»Ist er noch zu spüren?«, erklang Lelix' Stimme gedämpft durch die Tür.

»Nein«, antwortete Perrez.

Daraufhin ertönte ein erneutes schweres Krachen, und diesmal zerbarst die Tür in tausend Teile, und feine Splitter flogen Ahloh und Jar um die Ohren. Die großen

Teile jedoch blieben noch immer, thaumisch gehalten, an Ort und Stelle.

»Warte, ich breche das Siegel«, war Perrez' Stimme gedämpft zu hören.

»Schließer!«, flüsterte Ahloh, und Jar machte sich bereit, doch es war schon zu spät.

Mit einem hohlen Knacken brach das Siegel, und die Tür zerfiel mit einem Rums zu Brocken und einer Wolke aus Staub.

»Kommt«, sagte Perrez und trat über den Schutthaufen. Er sah Jar und Ahloh in der Staubwolke. Er fixierte Ahloh und verengte die Augen ganz kurz zu Schlitzen, wie die Andeutung eines Zwinkerns. Ahloh sackte unter Jars Hand, die noch immer auf seiner Schulter lag, schlagartig in sich zusammen und schlug mit dem Kopf auf den Boden.

Jar zog erschrocken seine Hand zurück. Sein Herz schlug heftig. Der Senarist sah ihn mit einem leicht irre wirkenden Grinsen an.

»Ah, Jar! Das war gut! Wirklich!« Er klang beeindruckt, und fast so, als wäre er über Jars Leistung glücklich. »Fast zu gut!«, sagte er noch, dann deutete er ein weiteres Zwinkern an.

* * *

Jar erwachte und sah Tajan über sich gebeugt.

»Geh zu Bese.«

Jar blinzelte ein, zwei Mal, bevor er die Bedeutung der Worte verstand. Dann richtete er sich ruckartig auf. »Bese! Wo ist er?«, fragte er aufgeregt.

»In der Schenke«, sagte Tajan und deutete nach hinten. »Grillo ist bei ihm.«

Grillo. Perrez' spezieller Freund. Jar war nicht wohl dabei. Er raffte sich auf und torkelte noch leicht benommen über den Schutthaufen, der einmal eine Tür gewesen war, dann durch den Gang dahinter. Als er die schwere Tür zum Schankraum gegen den Widerstand ihres Schließers aufzog, bot sich ihm ein Bild der Verwüstung.

Es sah aus, als wäre eine Bombe eingeschlagen. Menschen lagen herum, etliche offensichtlich tot, einige stöhnten noch. Überall war Blut. An einem Stahlträger in der Mitte lag in einer hässlichen Pfütze Bese auf dem Rücken. Über ihm kauerte Grillo und sprach leise vor sich hin, während er den Körper von Jars Bruder mit beiden Händen abfuhr.

»Bese!«, rief Jar und stürzte zu ihm. Die Pfütze war tatsächlich Blut. »Was ist mit ihm?«, fragte er und spürte Panik in sich aufsteigen. »Ist er verletzt? Wo blutet er?«

»Er blutet nicht mehr, junger Mann«, erwiderte Grillo kühl. Jar sah den untersetzten Thaumiker an, dann seinen Bruder, der zu Jars großer Freude die Augen offen hatte und ihn ansah.

»Bese!«, keuchte Jar. »Was ist mit dir?«

»Ich bin angeschossen – Jar«, brachte er mühsam hervor.

»Seine Wunde ist geschlossen, er blutet nicht mehr«, erklärte Grillo, »aber die inneren Verletzungen können wir hier nicht behandeln.«

In Jars Kopf schwamm alles. »Er wird doch wieder gesund?«, fragte er wie betäubt.

Grillo atmete tief durch. »Wir können ihm nicht wirklich helfen«, sagte er. Dann legte er dem verängstigten Jar überraschend eine mitfühlende Hand auf die Schulter. »Tajan hat dich geweckt, damit du Abschied nehmen kannst, für alle Fälle.«

Das schwammige Gefühl in Jars Brust stieg in seinen Kopf, breitete sich dort gnadenlos aus und vernebelte seine Sicht. »Abschied?«, fragte er verständnislos. Tränen rannen ihm die Wangen hinab.

Bese regte sich. Jar beugte sich über ihn. »Was, Bese?« Die Welt war sein Bruder. Als Grillo aufstand und ging, merkte Jar es nicht.

»Ich – nein – hör zu. Wichtig.«

»Ja, Bese, ich höre dir zu.«

Bese hustete schwach, drehte den Kopf zur Seite. Jar half ihm. Bese spuckte etwas Blut aus, das ihm den Mundwinkel hinablief und sich tropfenweise in der Pfütze verlor.

»Lera und Ganni – wir haben sie nicht gefunden«, flüsterte Bese dann, müde Augen auf Jar gerichtet.

»Nein, das konntet ihr auch nicht«, flüsterte Jar zurück, »sie sind nicht mehr hier, sie –«

Bese hatte ihn gepackt und drückte überraschend fest zu. »Was immer du weißt – sag es nicht Perrez – sag es niemandem.«

»Nein, Bese, bestimmt nicht«, sagte Jar. Er fing sich wieder etwas. Beses Forderung machte es notwendig, klar zu denken.

»Jar – schwör mir, dass du nichts – preisgibst.«

»Ja, Bese, ich versprech es dir, ich werd niemandem sagen, was ich weiß.«

»Nein – Jar –« Er hustete erneut, spuckte mehr Blut. Jar half ihm, es loszuwerden. Vor Kurzem hätte ihn diese Situation noch mit Ekel erfüllt – jetzt war es eine Aufgabe, die er um nichts in der Welt hätte abgeben wollen. Bese fing sich wieder und sprach weiter: »Du musst es mir – schwören, Jar, schwören.«

Jar verstand mit einem Mal, worum es Bese ging. »Du willst einen neuen Istalog schaffen, richtig?«, fragte er tonlos. »Aber dafür musst du sterben, Bese, verstehst du? Du sollst nicht sterben! Wenn dir Grillo nicht helfen kann und Tajan, dann kann es Perrez vielleicht, oder die Raumfahrer hier, die haben doch auch Heiler ...«

»Jar« – er drückte wieder Jars Handgelenk – »schwöre es mir –« Dann verblasste die Aufwallung. Der Griff lockerte sich und er lächelte. »Das wird mich auf keinen Fall umbringen. Nur« – er hustete – »beruhigen.«

Jar schossen wieder Tränen in die Augen. Er sah hoch, in den verwüsteten Schankraum der Spelunke und atmete tief durch. Er ... wusste nicht ... Er sah zu seinem Bruder hinunter.

»Bese«, flüsterte er ernst. »Ich schwöre dir, nichts von dem, was ich über Lorths Familie weiß, an die Bruderschaft zu verraten.«

Bese lächelte ihn an. »Danke«, hauchte er. Und dann noch: »Hilf Lorth, wenn du kannst.«

»Ich werde Lorth helfen.« Jar nickte. »Aber du wirst wieder gesund, Bese, hörst du?« Er wischte mit dem Ärmel seines Overalls Schweiß und Blut von Beses Stirn und Wangen.

Im Mauseloch

Lorth und Sloral flogen um den halben Zylinder und wollten dann wieder andocken. Sie waren einer Meinung: Wenn Perrez Lorth direkt verfolgen konnte, dann war es egal, wohin sie flüchteten, er würde ihn überall finden. Wenn er aber nur Glimp verfolgte – und Lorth war inzwischen überzeugt davon –, dann sollten einige hundert Kilometer Abstand mehr als genug sein, um den Senaristen abzuschütteln.

»Weißt du, was mit Bill und Garrie passiert ist?«, fragte Lorth seinen Begleiter.

Sloral zögerte. »Die Luftschleuse war offen, die Atmosphäre strömte ungehindert aus – durch ein Loch von mehr als einem Schritt Durchmesser.«

Lorth nickte. Solch ein Sog war gewaltig, und die beiden hatten unmittelbar in der Nähe dieses Lochs gestanden. Aller Wahrscheinlichkeit nach waren sie hinter dem Shuttle hergeblasen worden, quer durch den Gap gefallen und auf dem nächsten Zylinder aufgeschlagen. Ein freier Fall durch einen Gap dauerte etwa dreizehn Sekunden, wie jeder erfahrene Raumstadtpilot wusste. Ohne Schutzanzug und Shuttle brachte einen das Vakuum in etwa der gleichen Zeit um die Besinnung. Ob sie den Aufschlag wahrgenommen haben konnten, war also fraglich. Weit weniger fraglich war das zu erwartende Resultat des Vorganges.

Wie viele Opfer würde diese Verfolgung durch den Senaristen noch fordern?

»Ich muss Perrez ausschalten«, sagte Lorth.

»Oh«, sagte Sloral. Und nach einigen Sekunden: »Das wird nicht leicht.«

»Siehst du eine Möglichkeit?«

Sloral dachte nach. »Es ist kaum möglich, ihn mit physischen Mitteln anzugreifen, und, so leid es mir tut, dir stehen wohl nur solche Mittel zur Verfügung.«

Lorth dachte nach. »So ein thaumischer Schild schützt auch gegen Explosionen?«

»Ja.«

»Und gegen Sprungfehler?«

»Das kenne ich nicht.«

Lorth hatte ohnehin keine Idee, wie er Sprungfehler gezielt hätte einsetzen können. »Was ist, wenn ich ihn irgendwie in ein Shuttle setze, das in eine Sonne fliegt?«

Sloral schaute ihn an. »Das kannst du nicht. Die nächste Sonne ist Lichtjahre entfernt.« Er sah wieder nach vorne. »Und ich glaube, dass er dann einen Sprung wagen würde. Ob es ihm ohne Sprungplatz und ohne Sekundanten gelingen kann, weiß ich nicht, aber ich traue es ihm zu.«

Lorth presste rhythmisch die Zähne zusammen. »Eure Thaumik lässt doch bereits nach. Die von Perrez nicht?«

Sloral überlegte lange, bevor er antwortete. »Ich habe überlegt, warum unsere Thaumik so plötzlich nachgelassen hat, als wir hier auf Goodsphere angekommen sind. Es könnte sein, dass es die Zeit ist, die wir bereits fernab von Balta verbracht haben. Oder Goodsphere ist weiter von Balta entfernt als Singa.«

Lorth schüttelte den Kopf. »Ich weiß nicht, wo Balta liegt und wo Goodsphere gerade langfliegt, aber alle

Raumstädte haben ihre Routen entlang der Randzone. Keine ist deutlich weiter davon entfernt als andere.«

»Es wäre auch möglich, dass unsere Reise in der Boje unsere Fähigkeiten dezimiert hat«, fuhr Sloral fort.

»Oder dass die Größe der Gruppe wichtig ist«, stimmte Lorth in das ihm allmählich unsinnig erscheinende Spekulationsspiel ein, »oder dass ihr nur in Perrez' Umgebung Thaumik wirken könnt –«

»Das nicht«, unterbrach ihn Sloral, den Sarkasmus ignorierend oder tatsächlich nicht bemerkend. »Perrez war auf Singa mehrmals weit von uns entfernt, ohne dass es Einfluss auf unsere Fähigkeiten hatte.«

»Vielleicht war das nicht weit genug?«

»In der Wirtschaft vorhin war er wieder viel näher. Beim Brechen der Somne hatten Ahloh und ich aber die schon bekannten Probleme.«

Lorth runzelte leicht die Stirn. »Hast du noch mehr Möglichkeiten?«

»Ich glaube nicht, dass der Bruch der Missionsgruppe relevant war, denn wir waren im Bojenhangar auf Singa schon Stunden getrennt und dennoch voll einsatzbereit.«

Lorth nickte, doch er mochte diese Art Rätselraten nicht besonders. Führte das irgendwohin?

Sloral fuhr unbeirrt fort. »Ich glaube allerdings, dass Perrez Artefakte bei sich hatte, die er auf Singa zurückließ.«

»Artefakte?«, fragte Lorth.

»Thaumikträger. Gegenstände, die das Nutzen von Thaumik auch bei den Raumfahrern ermöglichen.«

»Warum sollte er sie dann zurücklassen?«

Sloral hob die Brauen. »Ich denke, er hatte keine Zeit mehr, sie zu holen. Immerhin musste er uns ziemlich schnell folgen, als wir mit der Boje geflohen sind.«

Lorth hielt die Theorie, dass Perrez solche Artefakte nicht immer bei sich tragen würde, für absurd. Aber es erschien ihm noch immer müßig, darüber zu spekulieren, was der Grund dafür war, dass die Thaumik schwächer geworden war. Stattdessen fragte er, was ihm relevanter erschien: »Glaubst du, dass Perrez' Thaumik jetzt, hier, ebenfalls schwächer geworden ist?«

»Ich halte es für sehr wahrscheinlich«, sagte Sloral zögerlich. »Sonst wären wir ihm bestimmt nicht noch einmal entkommen.«

Sie flogen eine Weile schweigend durch den Gap.

»Ich werde es darauf ankommen lassen«, sagte Lorth schließlich.

* * *

»Was hast du vor?«, fragte Sloral und schaute besorgt auf die Metalltonne, die Lorth in das Shuttle hieven wollte.

»Ich möchte Perrez in das Shuttle locken und es dann sprengen.« Lorth drückte den kurzen plumpen Steuerhebel auf dem Bedienkasten, der an einem Kabelstrang von der Decke baumelte. Ein Motor surrte lautstark, etwas schleifte ungesund, und der Kran setzte sich ruckartig in Bewegung. Die Tonne voll Treibstoff schwang an ihren Ketten leicht hin und her, während sie auf die Einstiegsluke des kleinen Shuttles zuglitt.

»Es wird nicht funktionieren«, sagte Sloral vorsichtig nach einigen Sekunden. »Perrez wird nicht ohne Schild in das Shuttle steigen. Mit einiger Wahrscheinlichkeit kann er in Trennung wahrnehmen, dass hier eine Falle für ihn liegt, oder er erkennt schlichtweg das Fass als das, was es ist.«

»Ich will es versuchen«, sagte Lorth unnatürlich ruhig. Er war einer scheußlichen Form der Verzweiflung nahe: Er fühlte sich ohnmächtig und hilflos. Irgendwo auf Goodsphere war seine Familie, und er hatte Perrez womöglich schon genug Hinweise geliefert, damit dieser sie finden konnte. Der Senarist musste nur diesen Basslov finden, dann wäre es auch ohne thaumische Fähigkeiten nicht mehr so schwer, Leras neues Quartier zu finden. »Vielleicht kann ich auch das Shuttle auf ihn stürzen«, sagte er abgelenkt.

Sloral blieb stumm und strahlte Skepsis aus, bis es Lorth in den Nerven brannte. Stoisch setzte er das Verladen der Tonne fort. Schließlich lag die explosive Ladung sauber verstaut quer hinter beiden Sitzen, und man musste über sie hinwegklettern, um einzusteigen. Lorth drehte sich wieder zu Sloral. »Wir sollten uns trennen, bis ich Perrez erwischt habe.«

»Versuch, mit mir nach Balta zu gelangen.« Auf dem Gesicht des schmächtigen Thaumikers zeigte sich etwas, das Lorth zuerst als Gemisch aus Sorge, Zweifel und Abneigung interpretierte, doch dann erkannte er es als das, was es war: eine Bitte, eine inständige, hoffnungslose Bitte.

Lorth schaute seinem neuen Freund lange in die Augen. »Ich will das hier versuchen«, erklärte er dann. »Perrez hat Ganni vielleicht schon gefunden, und wenn nicht, dann dauert es nicht mehr lange. Wenn ich jetzt flüchte, wird er ihn umbringen und mir hinterherjagen.«

»Aktiviere diese Kreation, dann verliert Perrez das Interesse! An euch beiden!«

»Wie lange würde eine Flucht nach Balta dauern? Einen Monat? Zwei? Wie lange brauche ich dann, um die Thaumik soweit nutzen zu können, dass ich die Kreation aktivieren kann?« Lorth atmete tief durch. Er log Freunde nicht gern an, auch wenn es notwendig war. »Ich habe meine Meinung nicht geändert«, sagte er dann. »Ich will mit in deine Welt kommen, um dort zu tun, was notwendig ist. Aber vorher muss ich Perrez daran hindern, meiner Familie zu nahe zu kommen.«

»Es wird nichts bringen. Du weißt weder wo er noch wo deine Familie ist.«

»Wir werden sehen«, sagte er wieder mit dieser unnatürlichen, falschen Ruhe.

Entgegen dem Gesagten musste Lorth sich eingestehen, dass Sloral recht hatte. Wenn Brass noch planmäßig vorgehen konnte, dann folgte Perrez ihm jetzt vermutlich kreuz und quer durch die gesamte Raumstadt. Doch

Lorth hatte eine Ahnung, wie er ihn wieder aufspüren konnte, er durfte nur nicht zu lange warten.

Palaver

Jar tauchte den Lappen in die Schüssel, wrang ihn aus und ignorierte die roten Schlieren, die er in dem lauwarmen Wasser hinterließ. Er faltete das feuchte Tuch auseinander und tupfte damit die Ränder der Wunde an der Seite seines Bruders ab. Gemächlich sickerte neues Blut daraus hervor.

Er hatte Beses Kleidung mit einem Messer aufgeschnitten, das er hinter der Bar gefunden hatte. Beses Bauch lag frei. Im unkoordinierten Gefecht im Schankraum hatte eine Kugel sich quer durch seinen Leib geschlagen. Die Eintrittswunde auf seiner linken Seite lag etwas unterhalb der untersten Rippe und war klein und unbedeutend. Jemand hatte dort bereits die Blutung gestoppt, indem er einen Schließer auf die Wunde gesprochen hatte. Die Haut hatte sich zusammengezogen und das Loch verschlossen. Die Austrittswunde hingegen lag näher an der Hüfte, war handtellergroß und sah so übel aus, dass Jar im ersten Moment wieder weggesehen hatte. Trotz ihrer grausigen Erscheinung hatte auch hier ein Schließer die Blutung vorläufig gestoppt, doch jedes Mal, wenn die Wirkung nachließ, verlor Bese zu viel der kostbaren Flüssigkeit. Jar dachte lieber nicht darüber nach, was die Kugel auf ihrem Weg durch den Körper angerichtet haben mochte. Er wischte vorsichtig um die Wunde und erneuerte dann den Schließer.

Bese war seit einigen Minuten bewusstlos. Jar war im ersten Moment panisch geworden und hatte seinen Bruder fast sogar geschüttelt, um ihn nicht einschlafen zu lassen, doch dann hatte er sich wieder gefasst und Beses Atem und Puls beobachtet. Der lädierte Brustkorb hob und senkte sich schnell und flach, doch sein Puls war stabil, soweit Jar das festgestellt hatte. Jetzt pflegte er die Wunde.

Vielleicht war es sogar besser, wenn Bese ohnmächtig war – so blieben ihm die Schmerzen erspart, die er haben musste.

Grillo kam vorbei und kniete sich neben Bese. Er fühlte erst die eine, dann beide Hände des Verletzten und sah schließlich Jar an. »Leg seine Beine hoch«, sagte er. Als Jar ihn nur verständnislos anschaute, wiederholte er seine Aufforderung in einem Tonfall, der nach »Ich gebe dir nur einen guten Rat« klang, stand auf und ging wieder zu den anderen Opfern des Gefechts, um dort Verletzungen zu behandeln.

Jar sah sich um, fand einen Stuhl in der Nähe, holte ihn heran und legte Beses Unterschenkel auf die Sitzfläche. Dann ging er umher, auf der Suche nach etwas, um Bese zu verbinden. Unter dem Geschirrbecken der Bar fand er einen Erste-Hilfe-Kasten.

Auf der Piatrusti hatte er schon einmal so ein Set aus Neugierde untersucht. Zuerst hatte er nicht verstanden, welchem Zweck das Päckchen und sein Inhalt diente. Auf Balta waren Verbände nur selten im Einsatz und schon gar nicht typische Rettungsmittel. Thaumik erfüllte denselben Zweck meist besser, und schlimmere Verletzungen wurden mit dem Podamin-Rauch therapiert oder von speziellen Heilern, die in Trennung den Körper des Verletzten zu behandeln vermochten.

Die weitaus gefährlicheren Attacken auf Balta waren ohnehin thaumischer Art. Doch die Bilder auf den Binden und Medikamenten verdeutlichten genug, um ihren Zweck zu erklären.

»Wir haben keins mehr«, war Tajans Antwort auf die Frage nach seinem Podamin gewesen. Ob er es aufgebraucht hatte oder ob es nicht mehr wirkte, hatte er nicht gesagt.

Im Laufe der nächsten halben Stunde verband Jar seinen Bruder mit den ungewohnten Heilmitteln. Es erschien ihm krude, Menschen in Stoffe einzuwickeln, um ihre Wunden zu behandeln, doch er musste einsehen, dass er so die hässliche Wunde deutlich effektiver abdichten konnte als mit Schließern, die eher momentane als dauerhafte Wirkung hatten. Der Illusion einer Heilung gab sich Jar jedoch nicht hin. Ihm war klar, dass die Stillung der Blutung Beses tiefer liegende Verletzungen in keiner Weise behandelte. Er brauchte einen Heiler.

Beses Verband war kaum fertig, als Perrez zurückkam. Er betrat den Schankraum durch den Eingang von der Straße her und würdigte Jar und seinen Bruder keines Blickes, sondern ging direkt zu Grillo, der neben einem reglos auf dem Boden liegenden Mann kniete.

»Wir haben den Glimposter«, sagte der Senarist.

»Und Lorth?«, fragte Grillo besorgt.

Perrez schüttelte stumm den Kopf. »Ein Gria-Mann hatte ihn bei sich«, sagte er dann. »Ich vermute, Lorth weiß jetzt, wie wir ihn aufgespürt haben.«

Grillo nickte einmal bedächtig. »Lebt der Thaumische?«

»Ja.« Perrez nickte knapp. »Wir können ihn bald wieder auf Lorth ansetzen.«

Jar hörte angespannt zu und bemühte sich, möglichst unauffällig zu bleiben. Er nestelte sinnlos an Bese herum, um beschäftigt zu wirken. Dennoch bemerkte – oder beachtete – Perrez ihn schließlich und sah Grillo fragend an. Der warf einen kurzen Blick auf die beiden Brüder und sagte etwas, das so leise war, dass Jar es nicht verstand.

Perrez überlegte kurz und kam dann herüber. Jars Herz schlug schneller. Er sah hastig zu Bese hinab und beschäftigte sich mit ihm, bis Perrez bei ihm stehenblieb.

»Hallo, Jar«, sagte Perrez emotionslos.

Jar stand auf, nickte vage und sagte leise, am Kloß in seinem Hals vorbei: »Meister Perrez.«

»Wie ich höre, ist Bese verletzt.«

»Er hat einen Schuss quer durch den Bauch abbekommen.«

Perrez neigte nur den Kopf und sah so hinab zu dem bandagierten jungen Mann. Sein Blick und seine ganze Haltung wirkten abschätzig, und Jar fragte sich, was er begutachtete: die Verbandstechnik oder die Person? War ihm das Wohlergehen seiner Missionsmitglieder überhaupt wichtig? Je gewesen? Jar stockte, als ihm einfiel, dass Bese aus Perrez' Sicht auch nicht mehr als ein mieser Verräter sein mochte.

»Meister –« Jar zögerte, fasste sich dann und sagte: »Bese ist schwer verletzt, ich habe ihn verbunden, aber er hat viel Blut verloren und …« Jar biss sich auf die Unterlippe.

Perrez betrachtete noch immer den leblosen Körper zu seinen Füßen. »Hattet ihr einen guten Flug in eurer Boje?«, fragte er dann, ohne aufzublicken.

Jar schaute unsicher hin und her. »Es war sehr eng …«, sagte er verwirrt. Wie kam der Senarist jetzt darauf?

Perrez blickte Jar wieder an. Ohne den Kopf zu heben, drehte er ihn zur Seite, sodass er ihn stark schräg hielt. Seine Lippen waren angespannt geschürzt.

»Wir haben vieles zurückgelassen, um eurer Spur zu folgen«, sagte er dann kühl. »Mit thaumischen Mitteln können wir Bese jetzt nicht mehr helfen.«

»Dann … Meister, können wir Bese zu den Heilern der Raumfahrer bringen? Bitte, er ist schwer verletzt …« Jar brachte es nicht über sich, mehr zu sagen.

Perrez schüttelte den schräg gehaltenen Kopf. »Wir müssen erst Lorth aufspüren. So leid es mir tut, ein so junges Missionsmitglied zu verlieren.«

Tränen schossen in Jars Augen, als Perrez Jars schlimmste Befürchtungen dermaßen kalt kalkuliert äußerte. Er wagte nicht, etwas zu erwidern, denn die Tränen waren nicht nur aus Sorge um seinen Bruder. Stattdessen verkrampften sich seine Hände unwillkürlich.

Der Senarist schaute auf Jars zitternde Fäuste, blickte ihn dann direkt an und sagte mit fester Stimme: »Jar, es geht hier um sehr viel. Glaub nicht, dass mir das Leben deines Bruders nichts wert sei.«

Jars Gesichtsfeld engte sich ein, er kniff die Augen zusammen. Etwas in seinem Kopf knackte hohl, als würde ein trockener, dünner Ast mit einem winzigen Staubwölkchen brechen. Tränen rannen seine Wangen hinab. »Er wird sterben«, sagte er leise und gepresst, fast ein Flüstern.

Perrez ging nach einem stillen Moment, erfüllt nur vom Rauschen der allgegenwärtigen Belüftungsanlagen, wortlos fort.

Jar stand noch einige Sekunden so da: die Augen fest geschlossen, den Atem mühsam kontrolliert. Dann hob er langsam die Lider und plierte in den verwüsteten Schankraum. Zu seinen Füßen lag in einer Pfütze aus Blut noch immer sein Bruder, dessen Brust rasch und schwach pulsierte. Jar sah jetzt ebenso abschätzig auf den Körper hinab wie kurz zuvor der Senarist.

Ein blechern klingender Gong ertönte, und Jar blickte auf. An der unbeschrifteten Eingangstür war keine Klingel gewesen, also woher kam das Geräusch?

Perrez ging einige Schritte zu einem Terminal, betrachtete es. Das Geräusch wiederholte sich und schien aus dem Apparat zu kommen. Perrez zögerte noch einen Moment, drückte dann eine Taste.

Jar konnte nicht sehen, was sich auf dem Bildschirm tat, doch er erkannte Lorths Stimme, die verrauscht aus dem Gerät erklang: »Meister Perrez. Wir müssen reden.«

Perrez richtete sich auf und runzelte leicht die Stirn. »Ach, jetzt auf einmal? Was soll dieses alberne Davonlaufen?«

Lorth antwortete nicht sofort. »Wir können uns das schenken, glaube ich«, sagte er dann sachlich. »Ihr möchtet die Kreation meiner Eltern aus der Welt schaffen, dafür müsst Ihr ihre Nachkommen liquidieren.«

Perrez schnaufte unwirsch und sah ärgerlich beiseite. »Ah. – Ach, so ist das.« Er wirkte einen Moment resigniert und wütend zugleich. Dann sammelte er sich und richtete den Blick wieder nach vorn. »Ich möchte euch am Leben erhalten, damit die Kreation nicht aktiv wird«, sagte er fest. »Vernichten kann man eine Kreation nicht, wenn sie einmal geschaffen ist.«

»Ich habe anderes gehört«, erwiderte Lorth.

»Von Ahloh und Sloral?«

»Ja«, sagte Lorth. »Wie geht es ihnen?«

»Sie sind beide entkommen. Ich vermute, sie sind bei dir. Sag du mir, wie es ihnen geht.«

»Sie sind nicht bei mir.«

Perrez machte eine wegwerfende Handbewegung, als hätte er genug von einem inzwischen langweiligen Spiel. »Wie du meinst.« Er legte den Kopf leicht schief. »Ich hätte die Glasthaumiker nicht mitgebracht, doch die Bruderschaft hielt es für eine gute Idee.«

»Ihr wusstet über die beiden Bescheid?«

»Über alle drei. Tansir hast du aber nie kennengelernt.« Er machte eine kurze Pause. Als Lorth nichts sagte, fuhr der Senarist fort: »Deine Flucht war eine Option in dem Plan, wobei ich es bevorzugt hätte, wenn wir nicht mit einer Boje hätten reisen müssen.«

»Warum sollte die Bruderschaft Leute mitschicken, die zu Verrätern werden können?« Lorth klang so neutral wie stets, doch Jar fühlte sein Misstrauen durch die Kommunikationseinrichtung hindurch.

»Damit du eine Alternative hast, falls ich dein Vertrauen nicht gewinnen sollte. Wichtig für uns war nur, dass du uns zu deinem Sohn führst.«

Nach einer Sekunde fragte Lorth: »Ihr habt ihn gefunden?« Er klang kaum weniger neutral als zuvor.

Perrez schüttelte sofort den Kopf. »Nein.«

Einen Moment herrschte Stille.

Perrez stützte beide Hände auf das Terminal, als wollte er so Lorth an den Schultern packen, starrte auf den Monitor und fragte schmaläugig: »Hätten wir ihn finden können?«

Jars Stirn runzelte sich, sein Mund stand offen, und die Tränen auf seinen Wangen trockneten vergessen vor sich hin. Was ging hier vor sich? Warum hatte Lorth angerufen?

»Ich habe ihn noch nicht gefunden«, sagte Lorth schließlich wenig erhellend.

Perrez nickte dazu nur.

Jar schaute gebannt dem kommunikativen Duell der beiden Kontrahenten zu, ohne deren Motive zu verstehen und ohne die Methoden dieses Kampfes zu durchschauen.

»Was ist mit Garrie und Bill?«, fragte Lorth.

Perrez stieß sich von dem Terminal ab und stellte sich wieder aufrecht hin. »Deine Freunde vorhin an dem Schott?«

»Ja.«

Perrez neigte wortlos den Kopf und schüttelte ihn leicht. Doch Lorth schien nicht zu reagieren, daher sagte Perrez schließlich: »Sie wurden aus dem Zylinder gesaugt, bevor wir sie aufhalten konnten.«

Jar erschrak. Garrie war tot? Und Bill ebenfalls? Er sah sich reflexhaft kurz zu Bese um, der unbewegt dalag.

»Seid Ihr sicher, Senar?«, fragte Lorth nach.

Jar sah wieder zum Terminal. Was war es nur, was Lorth erreichen wollte?

Perrez schloss kurz die Augen und sah dann wieder auf. »Sie waren die Verbindung zu deiner Familie, nicht wahr?«

»Seid Ihr sicher, dass Ihr nicht von Bill erfahren habt, wo Ihr suchen müsst?« Trotz seines Insistierens klang Lorth kalt wie immer. »Seid Ihr sicher, dass Ihr meine Familie nicht schon gefunden habt?«

Perrez runzelte die Stirn. »Wir haben deine Freunde nicht und wir haben deine Familie nicht.«

Warum zweifelte Lorth so offensichtlich daran? Jars Verwirrung stieg und stieg.

»Woher wisst Ihr, dass ich einen Sohn habe und keine Tochter?«, fragte Lorth schließlich.

Perrez sagte nichts.

»Senar?«, fragte Lorth nach. »Woher habt Ihr das gewusst?«

»Ich habe nur vermutet, dass es ein Sohn ist«, sagte Perrez mit leicht gerunzelter Stirn, als fragte er sich selbst, warum er das gedacht hatte.

»Ihr habt gut geraten«, sagte Lorth kühl. »Wenn stimmt, was die Glasthaumiker mir erzählt haben, dann solltet Ihr auf sein Leben sicher Acht geben, denn es ist wertvoll für Euch.«

Perrez schüttelte ärgerlich den Kopf. »Wir haben deinen Sohn nicht gefunden! – Aber«, sagte er dann, offensichtlich froh, das Thema wechseln zu können, »ich habe deinen Glimposter wieder zurückgeholt. Es geht ihm gut. Nur seine Augen sind noch verschlossen. Sobald sie sich öffnen, können wir dich mit der Hilfe des kleinen Finders immer wieder aufspüren, ist dir das klar?«

»Wo ist mein Sohn?«, fragte Lorth aus dem Computer, die Drohung ignorierend.

»Das weiß ich nicht – leider. Versteh mich nicht falsch, der jüngere Erbe Lekos wäre uns mehr wert, schlichtweg weil er länger leben und leichter zu beeinflussen sein wird als du. Wenn wir ihn finden, werden wir ihn nach Balta bringen, um über sein Leben zu wachen. Wenn wir ihn in unserem Sinne erziehen, können wir auch sicherstellen, dass Lekos Linie nicht ausstirbt.«

»Ihr wollt ihn also entführen.«

Perrez zögerte. »Nenn es, wie du willst. Ich sehe es so, dass sein Leben in Gefahr ist und ich ihn schützen will. Bei dir haben wir es genauso gemacht, bis es damals auf Ositar den Kampf mit den Raumfahrern gab – erinnerst du dich? Als wir wieder nach dir suchen konnten, warst du bereits verschwunden und die Spuren zu alt.«

Jar wusste nicht, was Ositar war, und Lorth ging nicht darauf ein. Stattdessen sagte er: »Sein Leben war nie in Gefahr, bis Ihr aufgetaucht seid.«

Perrez schoss ärgerlich zurück: »Es war schon in Gefahr, noch bevor er geboren war! Sein ganzes Leben über gab es Leute, die ihn lieber tot gesehen hätten! Wenn er gefunden wird, ist euer beider Leben nicht mehr viel wert! Wenn er bleibt, wo er ist, werden früher oder später Leute wie Ahloh oder Sloral ihn aus der Welt schaffen, damit die Kreation aktiv wird!«

Einen Moment lang herrschte Schweigen, dann sagte Lorth: »Ihr erwartet nicht, dass ich Euch glaube, oder?«

Perrez hielt sich aufrecht, senkte aber den Blick. »Nein«, sagte er, wieder ruhig, und schüttelte leicht den Kopf, »eigentlich nicht. Deine Eltern haben mit ihrem Tod einen Istalog geschaffen, der ihren letzten Willen umzusetzen sucht. Dazu gehört sicher nicht, dass du mir glauben sollst. Der Istalog beeinflusst dich gegen mich und den Rest der Bruderschaft.«

»Also alles nur Thaumik«, sagte Lorth trocken.

Perrez sah beiseite. »Bedenke die Fakten, Lorth«, sagte er in einem leiernden, fast schon gelangweilten Tonfall, als hätte er dies schon oft erklärt und dieses Mal ebenso wenig Hoffnung, zu überzeugen, wie die vorigen Male. »Du hattest auf Singa mehr Vertrauen in Ahloh und Sloral als in mich. Lag der Grund wirklich nur darin, dass ich dich mit einer Falle gefunden habe?« Er blickte wieder auf den Bildschirm. »War nicht auch etwas Anderes daran beteiligt? Sympathie?« Er machte eine vage Geste.

Lorth antwortete nicht, doch Perrez starrte intensiv auf das Terminal.

»So ein Istalog beeinflusst einen unmerklich«, fuhr Perrez fort. »Aber wenn man weiß, dass er da ist, kann man seinen Einfluss auch ignorieren. Du musst nur rein logisch denken.«

»Warum habt Ihr mir nicht von Anfang an die Wahrheit gesagt?«

»Das wäre mir auch lieber gewesen. Die Bruderschaft war allerdings nicht der Ansicht, dass die Wahrheit gegen den Istalog ankommt. Dass du uns freiwillig zu deinem Sohn geführt hättest. Ich erwarte das jetzt auch nicht, aber man soll ja nichts unversucht lassen.« Er zuckte nüchtern mit den Schultern.

Lorth schwieg einen Moment. Dann fragte er: »Wie geht es Bese und Jar?«

Jar durchlief es eiskalt. Er erstarrte. Perrez sah sich wie befürchtet um und entdeckte ihn schon etwas von Bese entfernt. »Sie sind beide hier«, sagte der Senarist ruhig, den Blick unverwandt und undeutbar auf Jar ruhend. Jar spürte Schweiß auf seine Stirn treten. Perrez sah zu Bese, der ruhig am Boden lag. »Sie sind allerdings schwer verletzt«, fuhr er fort und sah wieder zum Terminal, »und wir können ihnen nicht wirklich helfen, dafür fehlen uns die Möglichkeiten.«

Jar stutzte.

»Bringt sie zu einer Krankenstation«, sagte Lorth, der weder Jar noch Bese aus dem Blickwinkel des Terminals sehen konnte.

»Dafür fehlen mir die Leute«, meinte Perrez. »So viele sind von meiner Missionsgruppe nicht mehr übrig, und deinen Sohn und dich zu finden, das hat absolute Priorität.« Nach einer Sekunde ergänzte er noch: »Ich will sie nicht verlieren, aber meine Aufgabe ist wichtiger.«

Nach einem Moment sagte Lorth: »Ihr geht über die Leichen Eurer Leute, Senar.«

Perrez sah nur eine Sekunde beiseite. »Denk nicht, dass es mir gefällt«, sagte er leise, den Blick wieder auf den Bildschirm gerichtet. »Lorth, wenn du zu uns zurückkehrst, können wir schnell handeln. Wir finden dich mit dem Glimposter ohnehin früher oder später. Er ist ein Finder, es ist das Wesen seiner Art. Das ist, was Glimposter tun. Wir haben vor vielen Jahren bei den Raumfahrern welche ausgestreut, um dich wiederzufinden. Jetzt, wo er so lange bei dir gelebt hat, wird er dich immer aufspüren können.«

Lorth schwieg einen Moment. Dann sagte er: »Bringt Ihr meine Cousins zu einer Krankenstation, wenn ich mich Euch stelle?«

Jar wusste, dass Perrez' Bluff auf genau diesen Punkt hinauslaufen sollte: Lorth sollte zurückkehren, egal auf welche Weise und möglichst schnell. Der Senarist war unmittelbar vor seinem Ziel, und das erreichte er, indem er Beses Leben als Einsatz benutzte. Eine kalte Wut kochte in Jar hoch. *Perrez blufft!*, wollte er schreien. *Ich bin nicht verletzt! Er wird dich umbringen, um die Kreation deiner Eltern zu vernichten! Flieh so schnell du kannst!* Zu seinem Entsetzen blieb er jedoch starr stehen, schwieg und verzog keine Miene. Etwas hielt ihn unbewegt und still am Fleck. Kaum mehr als die Augen konnte er noch frei bewegen.

»Wenn wir dich und deinen Sohn haben«, sagte Perrez, »dann ist meine Aufgabe erfüllt.« Er beugte sich vor. »Nichts täte ich dann lieber als Jar und Bese den Ärzten von Goodsphere anzuvertrauen.«

Lorth schwieg, und Jar taumelte emotional zwischen der Hoffnung, dass er den Lügen Perrez' keinen Glauben schenken und entkommen möge, und der Möglichkeit, durch seine schnelle Rückkehr Beses Leben zu retten. Doch er war gefangen, erstarrt und unbeweglich im Bann einer Thaumik, die er nicht kannte. Eine unheimliche Spannung lag über dem Raum.

Nach fast einer Minute, in der auch Perrez nur stumm das Terminal betrachtet hatte, erklang Lorths Stimme wieder. »Ich werde zum nächsten Dock kommen«, sagte er kurz angebunden und brach die Verbindung ab. Ihm war wie üblich nicht anzuhören gewesen, was in ihm vorgegangen sein mochte.

Jar kämpfte gegen den Bann, der ihn unbewegt stillstehen ließ, doch es hatte keinen Sinn, und bald befasste er sich wieder mit dem Gespräch. Glaubte Lorth wirklich, dass er Bese helfen konnte, indem er sich stellte? Perrez jedenfalls strebte nur danach, Lorth wieder in seiner Hand haben, um jeden Preis. Er hatte ihn fliehen lassen, um ihn verfolgen zu können, gemäß den Vorgaben der Bruderschaft, doch seine Loyalität diesem Plan gegenüber war nun offensichtlich aufgebraucht, und er wollte Lorth nicht länger hinterherlaufen müssen.

Perrez verließ das pultartige Terminal und ging zu Grillo.

Mit einem Ruck verflog Jars Starre. Er stolperte einen Schritt vorwärts und fand sein Gleichgewicht wieder. Seine Beine kribbelten. Er konnte nicht einmal erkennen, wer den Bann erzeugt hatte. Er fühlte sich elend.

Grillo wandte sich an Perrez: »Meint Ihr, er sagt die Wahrheit?«

»Ich hoffe nicht«, antwortete Perrez angespannt.

Grillo sah ihn nachdenklich an. »Wenn Lorth den Kontakt zu seiner Familie verloren hat, haben wir ein Problem, auch wenn wir ihn zurückbekommen.«

Perrez kniff die Augen zusammen, blickte seinen Freund düster an und schwieg. Grillos Miene blieb ernst und gefasst. Er wirkte nicht im mindesten eingeschüchtert von dem Senaristen.

»Wir könnten ein viel größeres Problem bekommen«, sagte dieser, »wenn er tatsächlich glaubt, dass wir seinen Sohn schon haben.«

Grillo runzelte leicht die Stirn. »Warum habt Ihr auch von einem Sohn gesprochen ...«

Perrez warf entnervt die Arme in die Luft. »Du weißt, woher das kommt, verdammt!« Er ging aufgebracht ein paar Schritte durch den Raum von seinem Freund weg und sah sich dann wieder zu ihm um.

Grillo nickte langsam. »Aber vielleicht gibt es auch gar keinen Istalog.«

Perrez schnaubte einmal müde und ließ den Blick resigniert lächelnd durch den Raum schweifen. »Das weiß man nie«, meinte er und schwieg einen Moment. »Ich glaube auch nicht, dass Lorth sich einfach stellen wird«, sagte er dann noch. »Es wäre gegen den Istalog, aber es passt auch einfach nicht zu ihm.« Ein Schmunzeln huschte bei der Erwähnung dieses ungreifbaren Bannes kurz über sein Gesicht, um gleich darauf wieder einem sachlichen Ernst Platz zu machen. »Ich glaube eher, dass er uns irgendwie angreifen will.«

»Und Bese und Jar?«, fragte Grillo nach.

»Seine Sorge gilt seinem Sohn.«

»Den er nicht gesehen hat, seit er ein Kleinkind war.«

Perrez schüttelte den Kopf. »Das spielt für ihn keine Rolle. Er will nur den Bengel schützen. Was zählen da ein paar Cousins, die er erst seit ein paar Tagen kennt?«

Erst seit ein paar Tagen. Jar dachte zurück. Der Überfall auf die Polizeistation, in der sie sich das erste Mal gesehen hatten, lag tatsächlich weniger als einen Monat zurück.

Durch den Gap

Nachdem Lorth das Gespräch mit Perrez beendet hatte, sah er Sloral lange an. Der schmächtige Thaumiker hatte von hinter der Kamera zugesehen und erwiderte den Blick mit schmalen Augen. »Glaubst du ihm?«, fragte er schließlich. Seine Stimme hatte einen angespannten Unterton mit einem Anflug von Angst.

»Nein«, antwortete Lorth. »Ich glaube, dass er weiß, wo Ganni ist und uns nur braucht, um die Kreation zu vernichten.«

»Eine Kreation kann man nicht vernichten –«, begann Sloral.

»Wie auch immer – er will verhindern, dass sie aktiv wird.«

Sloral schürzte die Lippen. »Und den Rest?«

Lorth schloss kurz die Augen und schüttelte ganz leicht den Kopf. »Es spielt keine Rolle, wie viel davon gelogen ist. Ich kann nicht riskieren, dass er Ganni tötet, nur damit ich der Letzte des Zirkels bin.«

Sloral nickte vage. »Was hast du dann vor? Willst du dich ihm wirklich stellen? Das ist euer beider Tod. Deiner erst auf Balta, aber unausweichlich.«

»Ins Shuttle bekomme ich ihn nicht. Aber ich kann versuchen, das Shuttle auf ihn zu stürzen. Wenn er nicht mit der Wucht einer Explosion einer ganzen Treibstofftonne rechnet, kann ich ihn vielleicht überraschen.«

Sloral antwortete nicht sofort. Schließlich atmete er einmal tief durch und sagte: »Ich kann mir nicht vorstellen, dass es etwas bringen wird. Vielleicht wirst du weitere Unschuldige in den Tod reißen. Womöglich sogar deine Cousins oder deinen Sohn.«

Lorth schüttelte den Kopf. »Er wird meinen Sohn nicht zum Dock bringen, dafür ist er ihm zu wertvoll. Und es sollten noch einige der Schotts zwischen ihnen und dem Dock funktionieren. Es ist einige hundert Meter und mehrere Decks von ihnen entfernt.« Lorth sah beiseite und sprach leise weiter: »Aber vielleicht kommt wenigstens Glimp dabei um.«

Sloral hob die Augenbrauen und schwieg. Lorth hatte guten Grund, dem kleinen Finder den Tod zu wünschen, bestand darin doch die einzige Möglichkeit, dem Senaristen zu entkommen. Aber natürlich würde Lorth mit diesem Ausgang nicht glücklich sein können.

Sloral sprach das Thema nicht weiter an. »Was geschieht danach?«, fragte er stattdessen.

Lorth zögerte, sah zu Boden, doch seine Augen huschten noch einmal kurz zu Sloral empor. »Wir gehen nach Balta«, sagte er.

»Wie?«

Lorth schürzte die Lippen. Tatsächlich hatte er nicht darüber nachgedacht, wie sie das machen sollten. Es spielte für seinen Plan keine Rolle, daher hatte er diesen Punkt außer Acht gelassen. »Irgendwie«, sagte er knapp.

Sloral schaute ihn aus schmalen Augen an. Schließlich lächelte der Thaumiker schwach, doch angespannt. »Lass uns hoffen, dass Perrez dich wirklich nur über Glimp aufspüren konnte. Dann können wir ihn ohne deinen Begleiter vielleicht auf Dauer abschütteln.«

Lorth nickte stumm.

* * *

Sie waren in einem Minidock, das nur Shuttles kleinster Bauart aufnehmen konnte, wie Bills Fluchtshuttle, das Lorth zur Bombe umfunktioniert hatte. Neben dem Terminal war das Innenschott. Er hatte ein schlechtes Gewissen seinem neuen Freund gegenüber, weil er ihn auf dieser Fahrt alleine lassen würde, alleine in einer Welt, in der er sich nicht auskannte, in der er fremd war. Wenn Lorth ehrlich war, dann musste er gestehen, dass er Slorals Chancen, auf Goodsphere längere Zeit alleine zu überleben, nicht sehr hoch einschätzte.

»Bleib in der Nähe vom Sektor zweiundsiebzig«, sagte er und schaute dabei auf das Schott zum Gap. »Ich komme in diesen Zylinder zurück.«

»Ich werde dich nicht alleine lassen, Lorth«, antwortete Sloral ruhig.

Lorth schüttelte schwach den Kopf. »Du kannst mir dabei aber nicht helfen.«

»Das weiß man im Voraus nie.«

Lorth fühlte sich in dieser Diskussion unwohl. »In dem Shuttle ist nur ein Druckanzug«, sagte er und schaute den wartenden Sloral wieder an. »Ich werde im Gap aussteigen müssen.«

»Ich kann mit einem Schild im Vakuum überleben.« Der Thaumiker strahlte neben seiner Besorgnis und Hilfsbereitschaft noch Verständnislosigkeit aus.

Lorth sah angespannt beiseite. Seine Kaumuskeln arbeiteten. »Du würdest nur stören«, sagte er bitter.

Einige Sekunden lang hing die Zurückweisung schwer in dem kleinen Raum, dann nickte Sloral knapp. »Gut«, sagte er mit deutlicher Frustration in der Stimme und wandte sich den Kontrollen für das Schott zu.

»Warte –«, sagte Lorth, holte die Pistole aus Bills Arsenal hervor und hielt sie Sloral mit der linken Hand hin.

Der sah kühl auf die Waffe und schüttelte den Kopf. »Ich bin Thaumiker, kein Raumfahrer. Ich will die Waffe nicht.«

Lorth zögerte und überlegte, ob er darauf bestehen sollte, steckte sie dann aber wieder ein. »Viel Glück«, sagte er stattdessen. Und als er bemerkte, wie es klang, sagte er noch: »Ich werde höchstens einen Tag brauchen, um wieder hierher zurückzukommen.«

»Ich hoffe, wir sehen uns bald wieder«, sagte Sloral mit einem seltsamen Unterton in der Stimme. »Viel Glück.«

Lorth lächelte ihn dünn an.

Sloral drückte einen dicken grünen Knopf, und das Innenschott glitt zischend auseinander und verschwand in Decke und Boden. Lorth wandte sich bereits dem Shuttle zu, als sein Freund das Minidock verließ und durch den Versorgungsgang davoneilte.

* * *

Lorth kletterte wenige Minuten später in das Shuttle, öffnete das Schott zum Gap und flog in die Düsternis zwischen den Zylindern hinaus. Er war in einen leichten Raumanzug gehüllt, der ihn im Gap schützen würde. Um seinen lädierten Oberkörper hatte er eine Rettungsweste geschnallt, deren Düsen den Sturz durch einen Gap abfangen konnten.

Hinter seinem Sitz lag das Fass mit Treibstoff verzurrt, schwer und mächtig und unbeirrt. Ein Zünder, den er aus einem Teil einer jetzt funktionsuntüchtigen Steuerdüse des Shuttles gebaut hatte, saß wie ein bösartiges Geschwür auf der Rundung des Metalls und wartete darauf, das Signal zu erhalten, die Wandung mit einem feinen Düsenstrahl zu zerschneiden und dann in Brand zu setzen. Im Gap würde nicht die Treibstoffmenge im Fass die Wucht der Explosion begrenzen, sondern die Menge des Sauerstoffs im Innern des Shuttles. Doch auch die Sauerstoffvorräte des Shuttles waren beachtlich. Lorth hatte mit identischen Sprengsätzen bereits früher gearbeitet.

Er dachte zurück an Smithie, von dem er Konstruktionen wie diese gelernt hatte. Hier auf Goodsphere war das gewesen, vor über zehn Jahren. Der Mann hieß nicht wirklich Smith, er wurde nur wegen seiner praktischen Begabung so genannt – ein Waffenschmied, der aus den unwahrscheinlichsten Bestandteilen tödliche Werkzeuge herstellen konnte. Die Gria hatte immer wieder Verwendung für ihn, und Lorth hatte seine Hilfe bei etlichen Aufträgen in Anspruch genommen.

Ob Smithie immer noch im Geschäft war? Es wäre dumm von jeder Seite, ein derartiges Talent zu vernichten, doch keine Gria, soweit Lorth das beurteilen konnte, arbeitete nur nach dem Prinzip der Logik.

Eine Reihe von Positionsleuchten an der Wand eines Schachtes rauschte wie vor zehn Jahren geräuschlos an ihm vorüber und hinterließ nur den Eindruck eines Klangs: *wusch-wusch-wusch* ... Das tatsächliche leise, sonore Summen und Rauschen, das die Aggregate und Düsen des Shuttles an den Innenraum abgaben, blieb derweil konstant.

Ganni. Lorth dachte an seinen Sohn. Er musste jetzt elf sein, eine Zahl, die für die Baltaner eine besondere Bedeutung hatte, warum auch immer ... Seine Hände krampften sich für einen Augenblick um das Steuer des Shuttles. Perrez war ein vorsichtiger Mann. Er würde Ganni nicht liquidieren, wenn er Lorth noch nicht wieder in seiner Hand hatte. Oder doch?

Nach allem, was Lorth wusste, war das letzte Mitglieds des Zirkels der Schlüssel zur Kontrolle über die Kreation. Der Vorletzte war nur ein Hindernis auf dem Weg zu dieser Kontrolle. Nur der Letzte konnte als Erwachsener die Kreation deaktivieren, sie so verändern, dass sie nie mehr aktiv werden würde. Die Thaumiker hatten Lorth als Kind nicht dazu nutzen können, und bevor er erwachsen geworden war, war er ihnen durch Zufälle entkommen und hatte selbst einen Sohn gezeugt.

Lorth war erwachsen, Ganni nicht, daher war der Vater für Perrez mehr wert als der Sohn, egal, was der Senarist behauptete. Er würde Ganni nur aus Vorsicht am Leben erhalten, als Rückversicherung. Spätestens auf Balta, wenn die Bruderschaft das Auslöschen der Kreation anging, würde Ganni als störendes Element aus dem Geschehen genommen werden. Unter keinen Umständen durften Lorth und Ganni gleichzeitig in Perrez' Hände geraten. Hatte der Senarist die Gewalt über beide Erben Lekos, konnte nichts mehr Gannis Leben retten.

Lorth flog in einem weiteren Schacht durch einen Zylinder und ließ wieder die geräuschlos rauschenden Lichter an sich vorüberziehen. Als er den Schacht verließ, erhob sich sein kleines, gefährliches Shuttle in den Gap unterhalb des Zylinders, aus dem er vor kurzer Zeit erst entkommen war, in dem sich sein größter Feind, seine Cousins und vermutlich auch sein Sohn befanden. Ein Blick auf seine Anzeigen wies ihm den Weg zum richtigen Sektor und dann zum richtigen Dock.

Er starrte in die Dunkelheit, versuchte, die spärlichen Beleuchtungen an der konvexen Unterseite des Zylinders zu deuten und das Dock, an dem Perrez warten würde, mit eigenen Augen zu erkennen. Bevor er sicher war, welche der Lichter sein Ziel markierten, wurde ein Ruf auf dem Schirm vor ihm angezeigt.

Lorth verstellte die Frequenz des Kommunikators um gerade so viel, dass die Verbindung stark gestört sein würde, und aktivierte die Autoantwort, in der Hoffnung, dass das Gebrabbel der KI-Einheit seines Shuttles den Eindruck einer Fehlfunktion unterstreichen würde. Dann schloss er den Helm seines Anzugs. An seinem Handgelenk über dem Anzug trug er den improvisierten Fernzünder für die Bombe hinter seinem Sitz.

Sein Shuttle steuerte dem Dock entgegen. Die Anzeigen verkündeten, dass es sich bereits auf weniger als zehn

Kilometer genähert hatte. Es wurde Zeit, das Shuttle zu verlassen. Er löste die Gurte und kletterte geschmeidig hinter die Sitze und die Treibstofftonne. Das Shuttle flog vom Autopilot gesteuert weiterhin auf sein Ziel zu.

Lorth klappte den Schalter um, mit dem man das Evakuieren der Fahrgastzelle einleitete, und kurz darauf hörte er ein Rauschen, dann ein Knistern, als sich sein Anzug um ihn herum aufblähte. Schließlich herrschte Stille. Selbst das sonore Rauschen und Summen, das normalerweise in einem Shuttle zu hören war, war verstummt. Das Vakuum schluckte alle Töne, und jede Bewegung, die seinen Anzug knistern ließ und ihm auf diese Weise Geräusche schenkte, die bar jeder Akustik waren, untermalte seine Einsamkeit nur noch.

»Lorth, ich werde die Steuerung von deinem Shuttle jetzt übernehmen«, klang Perrez' Stimme plötzlich in Lorths Kopf.

Ein bleiernes Gefühl erfasste Lorth. Seine Arme begannen zu zittern, und er sah einen Moment lang dunkle Flecken. Die Stimme des Senaristen war direkt in seinem Kopf gewesen. Es war fast, als hätte er selbst sie gedacht. Er sah sich um. Nichts hatte sich verändert. Das Shuttle flog noch immer auf das anvisierte Dock zu, die Instrumente zeigten dieselben Daten.

Er drehte sich wieder zum Schott an der Rückseite des Shuttles und drückte zwei grüne Knöpfe gleichzeitig. Eine rote Lampe blinkte kurz mehrmals auf. Eigentlich hätte das Schott sich jetzt öffnen sollen und den Blick auf die Weite des Gap freigeben sollen. Er drückte erneut. Erneut blinkte die Lampe. Lorth dachte fieberhaft nach. Er sah kurz über die Schulter auf die Anzeige: weniger als eine Minute bis zum Ziel.

Jetzt zündeten Steuerdüsen, drehten das Shuttle spürbar.

Lorth verstand mit einem Mal, was es hieß, dass Perrez die Kontrolle über das Shuttle übernommen hatte. Der Ausweg durch das Schott war versperrt. Er konnte das Shuttle nicht mehr öffnen. Es würde bis in das Dock fliegen, wo Perrez ihn überwältigen würde. Vermutlich würde eine Somne ihn schlafen legen, bevor er den Senaristen auch nur sah, und vermutlich würde er erst auf Balta wieder aufwachen.

Lorth wandte sich um und sah durch die Frontscheiben des Shuttles das Dock und damit die Gewalt des Senaristen unausweichlich näherkommen. Er fühlte sich wie ein Verurteilter auf dem Weg zum Schafott. Nur dass auf diesem Schafott schon sein Sohn bereitlag. Die funktionierenden Positionslichter am 270 erschienen ihm wie die Fackeln, mit denen ein Scheiterhaufen entzündet werden sollte.

Mit einem Mal erfasste ihn eine tiefe Ruhe. Die Schmerzen in seinem Körper – die Schusswunde am Oberarm, die geprellte Schulter, die Kopfschmerzen der Gehirnerschütterung – ebbten ab. Er fühlte sich plötzlich sehr müde, doch er wusste, dass ihm nicht mehr viel Zeit bleiben würde. Er hätte nicht einmal sagen können, dass ihn dieser Ausgang des Geschehens besonders überraschte. Es kam nur früher als erwartet und ließ ihm keine Gelegenheit zum Kämpfen. Das Display zeigte bereits weniger als zwanzig Sekunden an.

Lorth sackte erschöpft zusammen, lehnte sich gegen das Schott des Shuttles und schloss die Augen. Vor sich sah er wieder Gannis Gesicht, wie er es vor Jahren zuletzt gesehen hatte: ein Zweijähriger, freudig erregt dicht hinter der Fensterscheibe eines Transporters. Er hätte gerne noch gesehen, wie der elfjährige Ganni heute aussah.

»Alles für dich«, flüsterte er. Der Atem seiner Worte erzeugte eine behauchte Stelle an der Innenseite seines Visiers. Noch bevor der Fleck sich wieder auflöste, drückte Lorth den Fernzünder an seinem Handgelenk.

* * *

Zwischen den Zylindern 270 und 271 der Raumstadt Goodsphere strahlte für einen Moment ein helles Licht auf. Es währte nur einige Sekunden und hinterließ auf den Netzhäuten der wenigen Beobachter einen dunklen Fleck. Die Überreste des Shuttles, das sich in dem gleißenden Lichtblitz aufgelöst hatte, richteten keinen wesentlichen Schaden an. Die schrappnellartigen Trümmer waren maximal faustgroß und trotz ihrer Geschwindigkeit nicht geeignet, mehr als ein heftiges Prasseln auf der massiven Außenseite des 270 zu verursachen. Die Bruchstücke schlugen in einem großen Radius rund um das Dock ein, auf das das Shuttle zugeflogen war, prallten ab und fielen dann durch den Gap bis hinunter auf den Zylinder mit der Nummer 271 wo sie liegenblieben und langsam erkalteten.

Intermezzo

Perrolt

In der baltanischen Stadt Perrolt ging ein älterer Mann gemächlichen Schrittes über den gestampften Lehmboden der Straße, die ins Zentrum der Siedlung führte. An seinem Gürtel baumelte eine kurze Kette aus feinen Metallgliedern, doch sonst war seine Kleidung völlig schmucklos. Er hatte die Hände in einer durchgehenden Bauchtasche verborgen. Die weiten Ärmel seines kuttenartigen Oberteils bewegten sich sachte in der heißen Brise und mit dem schwachen, vom Alter leicht eckigen Auf und Ab seines Schrittes.

Perrolt bestand aus nicht mehr als einigen hundert Häusern, die etwa ebenso vielen Familien Wohnraum boten. Nur wenige Gebäude dienten anderen Zwecken wie die Brauerei, einige Werkstätten, eine Schule und dergleichen. Ein Bauwerk an einem großen, freien Platz überragte mit seinen drei Stockwerken alle anderen.

Der Alte folgte der menschenleeren Straße bis ebendort und überquerte dann den Platz. Als er wartete, um einen einsamen Karren vorbeizulassen, der von zwei Gingern gezogen wurde und mit einem absurd hohen Berg Stroh beladen war, der unmöglich durch Physik alleine seine Form hätte behalten können, grüßte ihn der lenkende Bauer respektvoll. Er grüßte zurück und ging quer über den von der Sonne aufgeheizten Platz zur Stadthalle.

»Senar Pius?« Der Gardist am Eingang schaute verblüfft und öffnete mit einer Handbewegung die beiden schweren Türflügel. Pius nickte liebenswert zurück und trat in die angenehme Kühle und Dunkelheit des großen Steingebäudes. Als er Stufe für Stufe die Treppe in den ersten Stock erklomm, schlossen sich die Flügel mit leisem Wummern wieder hinter ihm und überließen es den Fackeln an den Wänden, das Innere der Stadthalle zu erhellen.

Die Verwunderung des Gardisten überraschte Pius nicht. Er war zum ersten Mal offen als Senarist der Bruderschaft in Erscheinung getreten. Der Gardist hatte ihn in seiner bisherigen Stationierungszeit nur als Bürger, als gewöhnlichen Thaumiker und Bewohner Perrolts kennengelernt. Pius' Status ebenso wie seine Mitgliedschaft in der Bruderschaft waren bis heute geheim geblieben. Seine Senartion, mit der er zum Senaristen geworden war, war zwar bereits angenommen worden, als er noch ein junger Mann gewesen war, doch damals hatte er noch nicht in Perrolt gelebt, und auf Balta entschied im Wesentlichen die Bruderschaft darüber, was bekannt wurde und was nicht.

»Ah, Pius«, begrüßte ihn Senar Sippa, als Pius in den Kesselraum trat. »Bitte, setz dich.«

Sippas Blick fiel auf die Kette an Pius' Gürtel, die als Ordensabzeichen seinen Status offenbarte. Er deutete mit der Kelle, die er gerade in der Hand hielt, darauf. »Bist du damit durch die Stadt gelaufen?«, fragte er behutsam.

»Es war an der Zeit«, sagte Pius mit sanfter, fester Stimme, während er durch den Raum ging und sich gegenüber des Feuers auf eine kleine hölzerne Bank setzte.

»Das war ein unnötiges Risiko«, meinte Sippa und wedelte kurz mahnend mit der Kelle. Dann wandte er sich wieder dem Kessel zu und rührte weiter um, leise vor sich hin flüsternd.

Pius zuckte mit den Schultern. »Ich kann sie alle spüren«, sagte er, »jeden einzelnen.« Er hatte die Hände auf die Knie gelegt und fixierte quer durch den dunklen Raum das einzige Fenster. Die Atmosphäre war ein Gemisch aus Küche und Waschhaus. Auch hier wurde gekocht, doch weder Speise noch saubere Kleidung sollte das Ergebnis sein.

»Lass dich von Perrez' Art nicht anstecken«, meinte Sippa und warf seinem Religionsbruder wieder einen mahnenden Blick zu. Sippa war deutlich jünger als Pius, sein Haar war noch nicht ergraut, und er war größer und kräftiger. Auf der Nase trug er eine kleine Brille, um seine ausgeprägte Kurzsichtigkeit zu kompensieren. Thaumische Methoden zum Heilen dieser Schwäche hatte er stets abgelehnt, da sie seine Ursprünglichkeit und damit seine thaumischen Fähigkeiten beeinträchtigt hätten. Ein kurzer Vollbart zierte seinen runden Kiefer.

Pius lächelte schwach. »Perrez ist arrogant«, sagte er dann leise und nachdenklich, noch immer zum Fenster blickend. »Arroganz treibt mich nicht.«

»Perrez ist zu schnell zu weit gekommen. Er braucht Aufgaben, die ihn seine Grenzen erkennen lassen.«

Pius lächelte noch immer und antwortete nicht.

»Wir nehmen ihn heute Abend mit«, sagte Meister Sippa schließlich.

Pius sah vom hellen Fenster weg zum Kessel, vor dem sein Kollege stand – nur ein dunkler Schatten vor dem prasselnden Feuer, das den Sud erhitzte. Pius erhob sich nachdenklich, ging langsam zum Fenster und schaute über die Stadt, in der er sein halbes Leben verbracht hatte.

* * *

Es war ein heißer Tag gewesen, und Baltas Sonne hatte viele Stunden gehabt, um die Seen und Flüsse aufzuheizen und ihr Wasser als diffuse Nebel verdunsten zu lassen, die sich jetzt allmählich zu Gewitterwolken verdichteten und dem Sonnenlicht den Zutritt verwehrten. Schließlich entluden sie sich heftig über Perrolt, doch der Sturm tobte nur kurz – ein Hitzegewitter ohne Ausdauer. Nach den anfänglichen grandiosen Entladungen statischer Elektrizität, deren Blitz und Donner einen kleinen Jungen fasziniert und erschreckt hatten, ergoss sich ein heftiger Schauer über das Örtchen.

Der Regen ließ nach und verebbte schließlich völlig. Eine triefnasse Landschaft blieb zurück.

In einem Vorort der Stadt öffnete die Mutter des Jungen die Haustür, um eine Fliege nach draußen zu lassen, die sich vor dem Gewitter klugerweise in ihr Haus geflüchtet hatte. Die junge Mutter war groß, schlank, hatte schwarzes, wallendes Haar und fast ebenso dunkle Augen, die oft wie eine gewaltige Pupille wirkten. Ihr Gesicht war nicht hübsch, doch es strahlte eine Stärke und Strenge aus, die es auf eine eigene Art attraktiv erscheinen ließ.

Dem Insekt folgte der Junge dichtauf und ging sogar noch einige Schritte zwischen den Büschen hindurch, um es weiterhin beobachten zu können. Seine Mutter bückte sich unter einem tiefhängenden Ast hindurch, um auf ihn achtzugeben. Und tatsächlich schloss er kurz darauf die Augen, stapfte mit ausgestreckten Armen durch das Unterholz und rutschte schließlich auf einer Wurzel aus. Die Frau streckte reflexhaft ihre Hand aus und murmelte ein paar Silben, für die sie eine Unmenge an Gelegenheiten zum Üben gehabt hatte, seit ihr Sohn gehen gelernt hatte. Der Sturz wurde gebremst, noch bevor seine Knie den Boden berührten, und er fiel unnatürlich langsam ins nasse Gras. Doch das kühle Wasser auf seinen Händen und seinem Gesicht behagte ihm nicht, und er begann auf dem Bauch liegend zu weinen.

»Du musst die Augen offenhalten«, ermahnte Albitha ihn sanft, während sie sich neben ihn hockte und ihn wieder hinstellte. »So blind durch die Welt zu tapsen führt zu so was. So, komm –«

Ihr Trost hatte eine schnelle Wirkung, und Lorth weinte bereits nicht mehr, als seine Mutter sich daranmachte, seine Kleidung zu trocknen.

»Hallo!«, rief ein junger Mann auf der Straße und machte einen großen, halb gesprungenen Schritt über die Pfütze, die sich immer an der Stelle bildete, wo der Haus- auf den Stadtweg mündete. Sein glattes, aschblondes, fast graues Haar klebte tropfend an seinem Kopf. Seine Kleidung war ebenso nass und unterstrich damit den Eindruck, das Unwetter im Freien verbracht zu haben. LL

»Ach, Leko!«, rief Albitha verärgert und stand auf, um sich dem Heimkehrer zuzuwenden. »Du hast dir schon wieder keinen Schild gemacht! Irgendwann wirst du noch mal krank!« Sie trafen auf der Mitte des Hausweges aufeinander, wo Albitha sofort mit wischenden Bewegungen und leisem Gemurmel das Wasser aus Lekos Kleidung bannte.

Als Lorth seinen Vater erkannte, hellte sich sein Gesicht auf, die kürzliche Unbill augenblicklich vergessend, und er rannte seiner Mutter hinterher. »Papa!«, rief er freudestrahlend.

»Hast du alle gesprochen?«, fragte Albitha ihren Mann und konzentrierte den Blick dabei auf ihre werkelnden Hände.

»Ja«, sagte Leko und küsste sie sachte auf die Stirn.

»Wann werden sie hier sein?«

Leko nahm ihre Hände sanft von sich. »Bei Sonnenuntergang«, antwortete er und ging an ihr vorbei zum Haus.

Albitha schaute zum Himmel und suchte die Sonne, die hinter einer Wolkenwand verborgen war und es bis zu ihrem Untergang bleiben sollte.

* * *

»Meister Sippa – Meister ... Pius –« Perrez stutzte verhalten im Türdurchgang.

Die Angesprochenen nickten ihm zu und verwiesen ihn auf den letzten freien Platz an dem langen Tisch.

Perrez zögerte kurz, setzte sich dann jedoch zwischen die erwachsenen Männer wie ein Gleicher unter Gleichen. Im Gegensatz zu den meisten Anwesenden trug er allerdings aufgrund seiner Jugend noch keinen Bart. Er schob seinen Stuhl etwas vom Tisch weg, um auch die Missionsteilnehmer neben sich besser im Blick behalten zu können. Von den beiden Senaristen am Kopfende der Tafel abgesehen, kannte er niemanden, und Pius kannte er bisher nicht als Senarist.

»Perrez, wir haben dich rufen lassen«, sagte Senar Sippa, »weil wir heute Abend eine Mission durchführen werden und es für angemessen halten, dich daran teilnehmen zu lassen.«

»Mich?«, fragte Perrez überrascht und beugte sich etwas vor, um Sippa besser sehen zu können. Gleichzeitig ärgerte er sich, dass er so unbeherrscht nachgefragt hatte. Eigentlich rechnete er seit einiger Zeit damit, dass die Bruderschaft endlich auf ihn und seine Fähigkeiten aufmerksam wurde.

Sippa nickte. »Wir halten deine Teilnahme aufgrund deiner Leistungen für angemessen.«

Perrez schwieg. Sein Blick huschte unwillkürlich über einige Gesichter. Jeder der unbekannten Bruderschaftler sah ihn an. Perrez fühlte sich unwohl.

»Gut –«, sagte er, stockte dann und nickte noch kurz.

»Wir werden gegen Karcharisten vorgehen«, sagte der alte Pius.

Perrez hob stumm die Brauen. Er bemerkte erleichtert, dass einige der Blicke sich wieder von ihm ab- und zu den Senaristen am Kopf der Tafel wandten.

Pius fuhr fort: »In Perrolt existiert schon sehr lange ein Glasthaumikerzirkel. Um ihn zu beobachten, bin ich damals hierher geschickt worden. Die Gefahr, die von ihm ausging, war immer gering, daher haben wir seine Mitglieder gewähren lassen. Eine bekannte und bewachte Gefahr war uns lieber als die trügerische Sicherheit der Ruhe, die wir bekommen hätten, hätten wir den Zirkel voreilig zerschlagen.«

Perrez runzelte die Stirn. Er hätte nicht gedacht, dass Glasthaumiker auf Balta geduldet wurden. Ihre Ziele und Vorstellungen waren mit denen der Bruderschaft nicht in Einklang zu bringen.

»Doch es sind Dinge geschehen, die die Bruderschaft zwingen, ihren Gleichmut zu beenden«, fuhr Pius mit leiser Stimme fort, den Blick konstant auf ein Pergament gerichtet, das vor ihm auf dem Tisch lag. Seine Sprechweise wirkte, als dozierte er über ein Thema, das mit einer großen Vielzahl an Wiederholungen seinen Reiz für den Vortragenden verloren hatte. »Die Auslöschung des Zirkels ist vor einigen Monaten von der Bruderschaft vorgeschlagen worden, und der Fürst hat nun zugestimmt. Wir werden heute Abend alle Mitglieder vernichten.« Damit sah er von dem Pergament auf und ergänzte in freierem Tonfall: »Das heißt, wir werden den hier seit über zwei Generationen währenden Frieden beenden und Perrolter töten.«

* * *

»Bringen wir ihn vorher ins Bett?«, fragte Leko.

»Nein, es ist noch zu früh, er wird nicht schlafen können«, antwortete seine Frau.

»Vielleicht sollten wir nachhelfen …?«

»Du bist kaltherzig.«

Leko grinste und griff nach ihr, als sie an ihm vorübergehen wollte. Er erwischte sie am Handgelenk und zog sie zu sich auf die gepolsterte Bank, die unter dem Fenster stand, durch das Lorth und Albitha kurz zuvor das Gewitter beobachtet hatten.

»Au!«, protestierte sie und suchte ihr Handgelenk zu befreien.

»Jammer nicht!«, schalt er mit gespielter Strenge. Ein Halblächeln umspielte seinen Mund. Er presste sie auf die Bank und beugte sich über sie. Ihr Kuss währte nur einen Moment. Dann sahen sie sich an. Seine Miene gefror, zerfiel, hinterließ einen offenen, hilflosen Ausdruck der Angst.

»Oh Gott«, sagte er. »Oh Gott, was tun wir da, Albitha?«

»Was wir tun müssen«, sagte sie. Ihre Hand lag in seiner inzwischen ermatteten, und sie ließ sie dort.

Sein Blick huschte haltlos zwischen ihrem rechten und linken Auge hin und her. »Ich liebe dich«, sagte er.

»Ich liebe dich auch«, antwortete sie.

Diesmal küssten sie sich länger.

* * *

»Jetzt«, sagte Pius endlich und öffnete die Augen.

Die Sonne war bereits vor geraumer Zeit untergegangen, und die letzten Schimmer der Dämmerung begannen zu verblassen. Die Bruderschaftler störte dies nicht, stellte die Dunkelheit bei ihrem Vorhaben doch eine natürliche Hilfe dar. Einige saßen noch immer an dem langen Tisch und unterhielten sich leise, andere standen in kleinen Grüppchen herum. Perrez hörte stumm einem Gespräch zweier Bruderschaftler zu, die wie er nicht von diesem Kontinent kamen. Sie alle hatten das Eintreffen der Karcharisten bei Leko und Albitha abgewartet – nun war es so weit.

»Gut«, sagte Sippa, »bildet Paare. Zum Hause Lekos sind es nur einige hundert Schritte. Jedes Paar wird aus einer anderen Richtung kommen. Bestimmt nun die Beisteher.«

Die Thaumiker fanden sich zu Paaren zusammen und sprachen sich ab, wer den Kampf führen und wer beistehen sollte. Perrez sah sich kühl um. Die meisten hatten bereits Erfahrung, einige waren offensichtlich Taristen, doch das schüchterte ihn keineswegs ein. Höchstens die beiden Senaristen, von denen der ältere ihm seit Monaten erfolgreich den thaumisch wenig begabten Bürger Perrolts vorgespielt hatte, betrachtete er als gleichrangig.

Perrez hatte sein Können noch nie ausreizen müssen, und auch wenn er davor zurückschreckte, Menschen zu töten, war ihm der Ruf der Bruderschaft wichtig. Er würde alles tun, was von ihm verlangt wurde.

»Was sind deine Stärken?«, fragte ihn der junge Mann, mit dem er ein Paar bildete.

»Eigentlich alles«, sagte Perrez offen nach einer kurzen Pause und grinste schief.

Seinem hochgewachsenen Gegenüber schlief das Gesicht ein, und sein Blick zuckte kurz zu den Senaristen, die jedoch miteinander sprachen und sie nicht beachteten. Er schaute wieder zu dem jungen Perrez hinunter. »Willst du mir beistehen oder soll ich ...?«

»Mach du Beistand, wenn du willst«, sagte Perrez sofort. Er glaubte nicht daran, dadurch viel zu gewinnen, aber er wollte auch nicht durch vertauschte Rollen zum Nichtstun verdammt sein.

Sein Partner warf einen weiteren nutzlosen Blick zu den beiden Führern ihrer Gruppe.

Sie verließen die Stadthalle in kurzen Abständen. Die Paare, die sich von hinten dem Ziel nähern sollten, gingen zuerst. Zum Schluss gingen die beiden Senaristen. Die Bruderschaftler hielten miteinander Kontakt, indem sie in leichter Trennung blieben und in der Welt der Geister einander im Auge behielten.

Perrez und sein konsternierter Begleiter gingen spät und deshalb einen eher direkten Weg. Niemand machte sich ein Licht. Als sie am Haus Lekos eintrafen, spürten sie bereits die anderen Paare rund um das Haus verteilt in dunklen Ecken oder zwischen Büschen warten. Durch geschlossene Vorhänge und Fenster fiel sanft der Schein der Innenbeleuchtung nach draußen in den Garten. Das Zirpen einiger Insekten war das Lauteste, das man hören konnte. Nichts deutete darauf hin, dass hier Glasthaumiker ein Treffen abhielten. Dennoch zweifelte Perrez keine Sekunde daran, dass es so war. Er kam nicht einmal auf den Gedanken, dass es anders sein könnte.

Die beiden Senaristen kamen offen mit blassen thaumischen Lichtern über ihren Häuptern als Letzte und blieben bei einer Pfütze vor dem Haus stehen.

»Es ist so weit«, sagte Pius leise und gab in Trennung ein entsprechendes Signal.

Perrez wob sich einen Schild. Zu auffällige Thaumik wäre in der Nähe eines Zirkels geübter Laien nicht ratsam, zu groß die Gefahr, dadurch ihre Aufmerksamkeit zu erregen.

Etwas Großes flog über sie hinweg. Perrez ahnte es mehr, als dass er es wirklich spürte. Es war so schwach, dass er vermutete, es als Einziger wahrgenommen –

»Eine Usne, Perrez«, sagte Pius in seinem Kopf. *»Sie werden von Neuigkeiten angezogen. Sieh dich vor!«*

Perrez zuckte zusammen und starrte wie gebannt zu Pius, der ihm jedoch nur einen kurzen Blick schenkte und dann wieder das Haus beobachtete, auf das die Bruderschaftler jetzt vorrückten.

»Los!«, flüsterte sein Partner und gab ihm gleichzeitig in Trennung einen kleinen Schubs.

Perrez zwang sich, von Pius wegzuschauen und spähte stattdessen in den Himmel, doch er konnte nichts erkennen außer Sterne. Antir war am Nachmittag untergegangen und würde gegen Morgen erst wieder aufgehen.

»Was hast du?«, fragte sein Begleiter ihn so leise er konnte.

»Ich –«

Ein Flammenstrahl schoss aus dem Haus durch ein geschlossenes Fenster, das sofort in einem lauten Knall zerplatzte, direkt auf Perrez zu. Sein Schild dämpfte das Feuer und lenkte es zum Teil beiseite, aber seine Kleidung stand dennoch sofort in Flammen. Perrez wirbelte in Panik herum und reagierte automatisch. Eine einzelne

Silbe sprengte das Feuer aus den Stoffen in die Umgebung und ließ ihn einen Moment lang wie ein Feuerwerkskörper erscheinen. Die Andeutung eines Kopfnickens reflektierte den noch immer auf ihn einströmenden Strahl zurück zum Haus, das augenblicklich aufloderte. Neben dem Krachen der Explosionen der brennbaren Materialien waren nun auch Schreie zu hören. Perrez ging direkt auf den Strahl zu in Richtung Haus. Seine Gedanken waren ausgeschaltet. Eine Handbewegung, und eine Kaskade brennender Bälle stob aus seinen Fingern, schlug als Breitseite auf die Häuserfront, durchschlug die Steinwände mühelos und entzündete das Innere. Eine weitere Silbe deckte das Dach des Hauses mit einer Druckwelle ab, die auch noch zwei der Bruderschaftler auf der gegenüberliegenden Seite erfasste und umriss. Seinen Partner, der zwanzig Schritte hinter ihm noch mit dem thaumischen Feuer kämpfte, das Perrez sich mühelos aus der Kleidung geschlagen hatte, hatte er vergessen. Vor ihm zerpulverte die Haustür und stob als Wolke aus Spänen in die brennende Wohnung, entzündete sich und rauschte als Feuerball durch den Eingangsraum. Als er die Schwelle überschritt, brach der Türrahmen zu beiden Seiten, als ob eine unsichtbare Riesenfaust ihn brutal weitete, um einem größeren Wesen genügend Platz zu machen.

Perrez hielt die Arme breit vor sich, als er durch die verwüstete Wohnung schritt. Er fühlte in halber Trennung nach Menschen, fand ihre Geister in der Stube. Sie waren angsterfüllt zusammengeschrumpft. Perrez war sicher, dass die Körper ihrer Besitzer ein sehr ähnliches Bild abgeben würden. Noch während er nach ihnen in der wirklichen Welt suchte, erloschen einige der Geister.

* * *

»Was tut Ihr hier, Meister Crishra?«, fragte Pius in Trennung, um so die Sprachbarriere zu überwinden.

»Eine Auflösung steht bevor«, antwortete der Thaumische auf die gleiche Weise.

Pius runzelte die Stirn und sah zum Haus, das inzwischen lichterloh brannte. Usnen zu deuten war nie leicht, doch eins war gewiss: Wo immer sie auftauchten, geschah Überraschendes, wurden Entdeckungen gemacht. Pius war nicht hier, um etwas zu entdecken, sondern um etwas auf immer zu verbergen. »Was habe ich übersehen?«

»Die Kreation agiert mit dem Verzehren des Zirkels«, sagte der vogelartige Meister und schaute mit einem Leuchten in den Augen auf das brennende Haus.

»Die Kreation existiert bereits?«, fragte Pius alarmiert.

»Seit dem Sonnenuntergang«, sagte Crishra.

Pius starrte entsetzt zum Haus. »Haltet ein!«, hallten seine Gedanken durch die Welt der Geister. »Erschlagt niemanden! Rettet alle Überlebenden!«

Er schickte seinen Geist auf einen Flug, während sein Körper leblos neben dem Baum zusammensackte, auf dem der Usnenmeister saß.

* * *

»Sie sind alle tot.«

Die Überreste des Hauses von Leko und Albitha schwelten noch, und allmählich fanden sich Nachbarn und Stadtbewohner aus größerer Entfernung ein, die jetzt erst die Katastrophe bemerkten. Der Schimmer der Abenddämmerung war inzwischen völlig verschwunden, und mit dem Verlöschen der letzten Flammen kehrte finstere Nacht ein, unterbrochen von immer mehr thaumischen Lichtern, die über Köpfen oder am Ende von langen, schwankenden Stangen eine fahle, gespenstische Atmosphäre verbreiteten.

Pius sah seinen Kollegen an. »Das darf nicht sein.«

Sippa runzelte die Stirn. »Was passiert jetzt?«

»Krieg«, sagte Pius nach einer Pause nur.

»Krieg?«, fragte Sippa verwirrt nach. »Wer wird Krieg führen?«

»Die Raumfahrer«, sagte Pius leise. Er schaute wieder auf die rauchenden Trümmer.

Der Ast, auf dem Meister Crishra gesessen hatte, war bereits wieder leer gewesen, als Pius in seinen Körper zurückgekehrt war. Vermutlich hatte der Usnenmeister die Information erhalten, derentwegen er gekommen war. Anderes interessierte ihn nicht, also bestand kein Grund, zu bleiben. Seltsam war nur, dass Pius in Trennung nichts wahrnahm. Nichts. Keine Kreation schien aktiv zu sein, nichts Neues schien entstanden zu sein.

Ein absurder Gedanke kam ihm, eine vage Hoffnung, doch er wollte nichts unversucht lassen.

»Bringt mir das Kind!«, befahl er in für ihn ungewöhnlicher Schärfe und schritt weit aus.

* * *

»Warum denn Ositar?«, fragte Perrez verwundert.

»Auf einer thaumischen Welt ist er für die Karcharisten zu leicht zu finden«, antwortete Pius.

»Aber wie soll er auf Ositar überleben? Wir kennen dort doch –« Perrez stockte mitten im Satz, als ihm ein Licht aufging.

Pius nickte und sagte: »Wir haben bereits Pflegeeltern gefunden, die ihn bei sich aufnehmen werden.«

»Raumfahrer?«

»Gewissermaßen.«

»Gewissermaßen?«, fragte Perrez mit unangemessener Schärfe nach.

»Ich wünsche«, fuhr Pius ohne nähere Erklärung fort, »dass du dich aus der Ferne seiner annimmst. Du wirst auf Ositar bleiben und dort als Raumfahrer leben. Die Gefahr droht weniger von den Karcharisten – es ist nicht sehr wahrscheinlich, dass sie ihn finden können –, sondern vor allem von den Raumfahrern. Sie heißen Wechselbälger wie ihn nicht gut. Sieh zu, dass der Junge unauffällig bleibt.«

Perrez' Stimmung verfinsterte sich bereits bei den Aussichten, eine Reise zu den Raumfahrern zu unternehmen. Sich dort längere Zeit aufhalten zu müssen, entsprach noch weniger seiner Lebensplanung – und gar als einer der ihren zu leben ... Doch er sagte nichts. Er war sich zu sehr der Tatsache bewusst, bei dem Überfall auf die Glasthaumiker einen Großteil der Vernichtungsarbeit geleistet zu haben, die sie jetzt zu diesen Schritten zwang.

»Ist der Junge zum Manne gereift«, schloss der Senarist seinen Befehl ab, »wird er unser Schlüssel zur Tilgung der Kreation sein.«

* * *

»Lorth! Hör mir zu!«

Doch Lorth weinte und hörte nicht zu. Zwischen den Schluchzern waren immer wieder Wortfragmente wie »Mama« und »Papa« zu vernehmen, doch sonst war nicht viel aus dem verstörten Kind herauszubekommen. Sein tränenüberströmtes Gesicht fand nur im Schlaf oder dem nahekommender Erschöpfung etwas Ruhe.

»Du machst ihm Angst, Perrez! So bringt das nichts!« Sheea drehte den Jungen von ihm weg und nahm ihn auf den Arm. Lorth ließ es weinend über sich ergehen und hing schlaff vor ihrer vollen Brust.

Perrez fuhr sich entnervt durch die Haare. »Wir können unmöglich so auf das Raumschiff gehen. Der Junge lässt jede Tarnung auffliegen, so wie der sich benimmt!«

»Na, was erwartest du denn?«, fragte Sheea gereizt zurück. Lorths endloses Geheule zerrte auch an ihren Nerven. »Der Kleine hat miterleben müssen, wie seine Eltern vor seinen Augen verbrannten. Und das ist erst ein paar Tage her.«

In Perrez' Blick, der bisher von Frustration und Erschöpfung geprägt war, mischte sich für einen Augenblick ein Quäntchen Schuldgefühl. Doch sein Pflichtbewusstsein und das Wissen, stets entsprechend gehandelt zu haben, stellten sofort seine gewohnte Sicherheit wieder her. »Egal, so geht das nicht«, sagte er steif.

Perrez war zu jung, um als Lorths Vater durchzugehen. Die Bruderschaft hatte daher Sheea mit auf die Reise nach Ositar geschickt, eine vollbusige, reife Frau mit lockigem braunen Haar. Sie hätte sowohl Perrez' als auch Lorths Mutter sein können und mimte nun eine Reisende mit zwei Söhnen. Doch Lorths Gemütszustand drohte, diese Maskerade auffliegen zu lassen.

»›Sieh zu, dass der Junge unauffällig bleibt‹«, zitierte Perrez seinen Auftrag gereizt und wackelte übertrieben mit dem Kopf zu den Silben. Er atmete tief durch.

»Wir können ihn wieder einschläfern«, meinte Sheea.

»Er ist zu alt dafür!«, schoss Perrez zurück. »Auf die Dauer fällt das auch auf. Die Reise dauert schließlich einige Tage.« Er wurde plötzlich still, legte nachdenklich eine Fingerspitze an die Lippen und schüttelte ganz leicht den Kopf. »Nein«, murmelte er. »Aber ich kann etwas anderes versuchen – setz ihn auf die Bank da und geh ein Stück zurück.«

Sheea tat wie ihr geheißen. Lorth drehte sich sofort zur Seite weg, vergrub das Gesicht in den Polstern und zog die Knie zur Brust.

Perrez vertiefte sich, schloss die Augen. Solche Thaumik hatte er noch nie gewoben, auch noch nie von jemandem gehört, der so etwas bereits getan hätte. Andererseits war es eine seinem Können angemessene Aufgabe. Vergleichbares wurde bisweilen von Heilern eingesetzt, doch dürften Heiler selten ausgerechnet so eine Aufgabe zu lösen haben.

Während Perrez den Bann wob, wurde Lorth ruhiger und ruhiger. Der Thaumiker betrachtete den Geist des Kindes von allen Seiten, bog ganz natürliche offene Stellen nach innen, verband lose Enden miteinander, bis er schließlich eine Art Kokon gebildet hatte, der den Geist abschloss.

Als er aus der Trennung zurück in seinen eigenen Körper kehrte, schien Lorth zu schlafen. Doch dann sahen sie, dass er zwar noch seitlich kauerte, seine Augen jedoch offen waren und er sie mit tränennassem, ansonsten aber unbewegtem Gesicht betrachtete.

»Was hast du gemacht?«, flüsterte Sheea.

Perrez kratzte sich in den Locken. »Ich weiß nicht genau, wie ich es beschreiben soll ... Lorth, wie geht es dir?«, fragte er dann und beugte sich zu dem Jungen hinunter.

Lorth setzte sich aufrecht hin und zog die Knie an die Brust. »Wo ist Mama?«, fragte er und schaute gelassen zu Perrez auf.

»Deine Mama ist nicht hier«, sagte Perrez und betrachtete mit wachsender Sprachlosigkeit sein Werk, denn Lorth schaute nur nachdenklich zur Seite. »Und Papa?« Er sah auf.

»Sie sind beide nicht hier. Wir müssen ohne sie auskommen.«

»Oh«, sagte er und senkte den Blick.

»Was hast du getan?«, fragte Sheea noch einmal, diesmal schwang ein Anflug von Horror in ihrer Stimme mit.

»Ich – ich würde sagen, ich habe ihn abgeschlossen – ihm seine Gefühle eingesperrt –« Er wusste selbst nicht so genau, was er meinte.

»Du hast ihm seine Gefühle genommen?«, fragte Sheea im Flüsterton.

»Nein – nein, das nicht –« Perrez glaubte nicht, dass man einem Menschen etwas so essentiell Menschliches wie seine Emotionen nehmen konnte. »Sie haben nur keine direkte Verbindung mehr zur Außenwelt.«

»Er kann nur nicht mehr ... also weinen und so?«

Perrez nickte nachdenklich.

»Wie lange wird das anhalten?«

»Lange genug, denke ich.«

»Also bis wir auf Ositar sind?«

Perrez hob einmal langsam die Schultern und ließ sie

wieder sinken. Tatsächlich waren solche Heilertechniken in ihrer Wirkungsdauer prinzipiell unbegrenzt. Sie waren kein Umgeben mit einer vergehenden Hülle, sie waren auch keine Verletzung, die der Geist mit der Zeit selbst heilen würde.

Doch in Perrez wuchs allmählich der Schrecken vor seinem eigenen Werk. Er wagte nicht, Sheea das zu sagen. »Ich denke schon«, sagte er stattdessen und vermied es, sie anzusehen.

Sheea atmete zitternd tief durch, nahm ein Taschentuch aus einem Beutel und wischte Lorth die letzten Tränen seiner Jugend vom Gesicht.

»Komm, wir gehen jetzt auf ein Raumschiff«, sagte sie aufmunternd, auch um ihre eigene eigentümliche Stimmung zu vertreiben, und reichte Lorth ihre Hand.

Lorth stand auf, machte aber keine Anstalten, nach der ihm hingehaltenen Hand zu greifen. »Gut«, sagte er ruhig.

EPILOG

Epilog

Jar sah hinauf. Die Sonne schien hell, nur wenige Wölkchen zierten einen ansonsten dunkelblauen Himmel. Hätte Balta Jahreszeiten gekannt, hätte man es einen schönen Sommertag nennen können. Doch hier war jeder Monat gleich. Wesentliche Temperaturschwankungen, die den Baltanern geholfen hätten, ihre Jahre wahrzunehmen und zu zählen, existierten nicht. Zeit war hier weniger wichtig. Die Wirklichkeit orientierte sich auf dieser Welt nicht an temporaler Ordnung, wie sie für die Raumfahrer so viel Bedeutung hatte. Nichts war befristet, kein Alter relevant.

Sein Auge tränte vom gleißenden Licht und Jar blinzelte, bis er es nicht mehr aushielt. Er senkte den Kopf wieder und überblickte die Landschaft.

Er stand auf der Kuppe eines Hügels, der sich neben einem kleinen Weiher erhob. Um das Wasser herum wuchs Schilf, auf ihm schwammen Vögel. Dahinter bildete ein weiterer Hügel den Horizont. Auf seinem Kamm wuchs eine einzelne Reihe Bäume, deren Äste sich sachte in der lauen Brise bewegten.

Hier hatte Jar seine Dritte Lehre beendet und sein Augenlicht nach einem Monat von Jayken zurückerhalten. In der Zeit seiner Blindheit war Bese sein Führer gewesen. Jar wandte sich um und schaute in den Hain, der westlich von ihm lag und die Kuppe des Hügels bedeckte wie ein kleiner Haarschopf. In seiner Mitte ragte ein kurzer Metallpfahl aus dem Boden und markierte Beses Grab.

»Die Kreation darf nicht aktiv werden, Jar«, hatte Perrez eindringlich gesagt, als sie sich nach dem Tribunal gesehen hatten.

»Ich verstehe«, hatte Jar geantwortet und den Senaristen dabei mit neutralem Blick fixiert, bis dieser weggeschaut hatte. Er hatte sich ausgetrocknet und verbrannt gefühlt.

Als Perrez einen Moment später halb angesetzt hatte, noch etwas zu sagen, war Jar einfach gegangen, ohne ihm eine weitere Gelegenheit zum Sprechen zu geben. Sein Respekt vor diesem Mann war aufgezehrt.

Einige Tage später war Perrez noch einmal erschienen. Er war extra zum Haus von Jars Familie gekommen, wo er sehr steif von Jars Vater empfangen worden war. Seine Mutter hatte dem Senaristen nicht begegnen wollen.

Dieses Mal war Perrez offensichtlich entschlossen gewesen, trotz Jars bitter-staubiger Gelassenheit alles zu sagen, was ihm wichtig war. Er hatte betont, wie notwendig es war, dass Jar alles sagte, was er wusste, um Lorths Sohn finden zu können. Jar hatte mit neutralem Blick wiederholt, dass er nichts wisse. Es war ihm egal, ob Perrez ahnte oder aus seinem Verhalten ablesen konnte, dass Jar doch etwas wusste. Ein Teil von ihm wollte sogar, dass der Senarist erfuhr, dass er sein Wissen nicht mit ihm teilen würde. Konsequenzen fürchtete Jar nicht mehr. Seit Beses Tod schien ihm vieles nicht mehr bedeutend und andererseits verspürte er auch eine Stärkung. Perrez war schließlich unverrichteter Dinge wieder gegangen.

Jar schritt zwischen den wenigen Bäumen hindurch bis zu der Grabstelle. Der Pfosten war eine Handbreit dick und etwa hüfthoch. Er bestand aus einem dunklen Metall, in dessen stumpfe Oberseite Beses Name eingraviert war. Jar blieb neben der kleinen Säule stehen, legte seine Hand sachte darauf und schaute zwischen den Stämmen hindurch zum Horizont.

Dort war Westen. Dort lag Trissolt.

Seine Gedanken jedoch kreisten um einen Jungen namens Ganni, der auf einer Welt namens Krussalat lebte und der ein Erbe anzutreten hatte, das nicht jedem gefallen würde.

Kapitel

Printed in Poland
by Amazon Fulfillment
Poland Sp. z o.o., Wrocław

34443504R00258